FVA

Nora Bossong

Webers Protokoll

Roman

FRANKFURTER VERLAGSANSTALT

1. Auflage 2009

Herstellung und Umschlaggestaltung: Laura J Gerlach
Bildquelle: Robert Levin / CORBIS
Satz: Fotosatz Reinhard Amann, Aichstetten
Druck und Bindung: GGP Media GmbH, Pößneck
Printed in Germany
ISBN: 978-3-627-00159-9

Davon geht die Welt nicht unter,
die wird ja noch gebraucht.
Zarah Leander

Ich stelle mir seine Augen vor an jenem Tag, an dem er überlegt, noch einmal zum Arzt zu gehen, zu sagen: Sehen Sie doch, ich hatte recht. Sehen Sie es denn nicht? Die Augen sind blutlos, bewegen sich kaum mehr, die Farbe ist aus der Iris in tiefer liegende Kapillaren gesickert.

Es könnte ein Uhr mittags sein, ein kalter, aber sonniger Tag, als Weber sich auf den Weg macht, um seine letzten Spuren zu beseitigen. Weber im Jackett, Krawatte sorgfältig gebunden, tritt aus einem Hauseingang, ein in seiner grauen Kleidung kaum sichtbarer Mann, Aktentasche in der Hand, schwarzes Leder.

Weber, Sie wollen doch nicht, dass man schlecht über Sie denkt.

Er blickt die Häuserfassade hinauf, hell getünchte Steine, die das Sonnenlicht reflektieren, es könnte gestern schon so ausgesehen haben, es könnte im letzten Jahr so ausgesehen haben, Weber erinnert sich nicht. Er kann sich nicht gut erinnern.

Er hört die Stimme seines Arztes:

Lieber Herr Weber, so leid es mir tut, ich kann nichts finden.

Das Licht schlägt gegen die Häuser, er reibt sich mit der Hand über die Augen, reibt gegen ein Brennen an, das, wie er überzeugt ist, das Innere seiner Glaskörper zerstört. Und er ist sich sicher: Im Zentrum seines Sehnervs bestimmt eine Krankheit seine Wahrnehmung, schränkt seine Handlungen ein, seit Jahren.

An einer Ampel muss Weber warten. Neben ihm ist eine Auslage mit Obst und Gemüse aufgebaut, er nimmt eine Ingwerwurzel in die Hand, ohne zu erkennen, was es ist, betrachtet sie, ein Experte, dem ein Gegenstand aus einem anderen Fachgebiet vorgelegt wird. Ingwer kennt er nur geschält und zerraspelt, als Verfeinerung von Orangenmarmelade. Vielleicht kommt ihm etwas mit alten Bäumen in den Sinn oder der Geruch von Druckerschwärze, doch das ist nicht gesagt. Er legt den Ingwer zurück. Dann geht er weiter.

Als er die Straße überquert, hupt ein Taxi an ihm vorbei. Weber zuckt zusammen, aber nicht mehr, als man bei einer Filmszene erschrecken würde. Er streicht sich über die mit Haarwasser zurückgekämmten Locken, in der Stirn Locken, leichte Wellen, zurückgeworfen, die übereinanderfallen, sich wieder vorwälzen. Wellen über Wellen. Ein Rauschen in Webers Kopf:

„Ich kann, so leid es mir tut, nichts finden, ich werde auch morgen nichts finden und nächste Woche" – der Arzt wischt mit dem Ärmel seines Kittels über den Schreibtisch –, „für nächste Woche glaube ich auch nicht daran."

Auf der anderen Straßenseite stellt Weber die Tasche auf eine Mauer, sieht sich um, der Bürgersteig ist leer. Am Himmel hat ein Flugzeug Spuren hinterlassen, weiße Schraffuren auf Blau. Eine Maschine aus Rom, denkt Weber. Bestimmt aus Rom.
Seinem Portemonnaie entnimmt er einen winzigen Schlüssel, den er in das winzige Schloss der Aktentasche zu stecken versucht. Der Schlüssel gleitet ihm aus den Fingern, das Klirren auf dem Fußweg ist kaum hörbar. Er bückt sich, ein leichter Schwindel fließt durch seinen Kopf, er tastet über den Boden, liest den Schlüssel auf, stochert mit ihm im Schloss, lässt die Schnallen aufschnappen. Er erinnert sich an nichts.

In seinem Kopf ein Ballsaal, tausend Stimmen reden um ihn her, aber niemand spricht mit ihm, draußen regnet es, es könnte später September sein, und Mädchen auf hohen Absätzen balancieren Tabletts voller Gläser durch den Raum. „Darf es für Sie noch ein Sekt sein?"

Weber, auf einem Frankfurter Bürgersteig stehend, von einem Wall aus Verkehrslärm umgeben, blickt in seine Tasche hinein. Aber dass es Erinnerung gibt, ist ja nicht wahr, man stellt sie sich nur vor, ist Weber überzeugt. Er blickt in seine Tasche hinein, und ich blicke auf, blicke den uralten Diplomaten an, der mir mit einem leeren Sektglas in der Hand gegenübersitzt, im Nebensaal eines Hotelrestaurants, in den wir uns zurückgezogen haben. Hinter ihm eine Fensterfront, und er und die Front passen so wenig zusammen, es sieht wie eine Rückprojektion aus, ein Filmtrick, bei dem sich um die Figuren schwarze Linien ziehen und sie niemals ganz in ihre Umgebung hineinwachsen. Das sind die Tricks der sechziger Jahre, denke ich.

Der uralte Diplomat lacht und hebt sein Glas. „Auf Ihr Wohl, Fräulein! Und so also stellen Sie sich Weber vor? Sie können nicht anders, Sie, die Sie Weber nie trafen. Wie sollte er für Sie mehr sein als bloße Rhetorik? Aber vielleicht stapeln Sie hoch, vielleicht ist er für Sie nicht einmal das, nur ein Fragment, und ich soll Ihnen die fehlenden Worte einflüstern?

Eines kann ich Ihnen gern verraten: Wenn Sie die Widersprüche nicht ertragen, wenn Sie sich lieber in ein Urteil verkriechen, dann halten Sie dem Ganzen sicher nicht stand. Nicht heute, nicht morgen und schon gar nicht gestern."

Ich zucke die Schultern, lasse den Uralten mit den Fingern auf der Stuhllehne klappern und stelle mir ein Paar Schuhe vor.

In den verspiegelten Türen ein Paar Lackschuhe, die zu weit auseinanderstehen. Breitbeinig, denkt Weber, und dann, als sie über das Parkett in Richtung Buffet trampeln, denkt er: Militärstiefelgang. Er sieht sich um, sieht aufs Original der gespiegelten Szene, Köpfe, manikürte Finger, die durch die Luft schnipsen, Mehring, Kobus, Fräulein Schnoop.

Palmer aber kann er nicht finden.

Weber blickt hinauf zu den Lüstern, die sich langsam in Bewegung setzen, sich über seinem Kopf, vor seinen Augen drehen, oder ist das der Boden, der einen Walzer um die eigene Achse tanzt? „Darf es für Sie noch ein Sekt sein?" Der Ballsaal dreht sich, und die Lüster drehen sich, grinsen auf ihn hinunter, auf Weber, der sich nicht auf den Beinen hal-

ten kann, der sich auf einen Stuhl zu stützen versucht und strauchelt und Kobus' Stimme hört: „Weber, was ist los?" Die Lüster lachen, oder die Menschen lachen, oder zwei Gläser stoßen aneinander. In seinem Kopf wird der Ballsaal enger, dunkel, ein Punkt, der keine Bedeutung hat.

Weber auf dem Bürgersteig fährt mit den Fingern über die Scheine, zählt das Geld. Leise klickt das Schloss wieder ein. Aus seiner Innentasche zieht er seinen Kalender hervor, schlägt ihn auf, betrachtet den Eintrag für diesen Tag. Oder betrachtet er eine leere Zeile, den Tintenfleck, den er aufs Papier kommen ließ, ehe er es sich anders überlegte und nichts eintrug?
Es ist beinahe Frühling, ich stelle mir vor, dass es ein erster, wenn auch kalter Vorfrühlingstag sein muss, Anfang der sechziger Jahre. Licht fällt über erstes Grün, ein Kind läuft in kurzer Hose an Weber vorbei, ein Mann hängt einen Blumenkasten an eine Balkonbrüstung, und Weber schlägt den Kalender zu, steckt ihn zurück in seine Innentasche, setzt seinen Weg fort, vorsichtig, beinahe suchend. So genau sind ihm die Straßen nicht vertraut, durch dieses Viertel hat er sich früher fahren lassen, es ist zu weit entfernt von seiner Wohnung, als dass er es problemlos zu Fuß erreicht hätte, nur heute, ausnahmsweise, läuft er, denn er will mit niemandem sprechen, will keinem Fahrer Adressen nennen. Die Straßen starren ihn an, als wären sie aus einer fremden Stadt hier hineingesetzt, als begegnete er ihnen heute zum ersten Mal.
Schritte hinter ihm. Weber geht schneller, obwohl er nicht schnell gehen sollte, er verträgt die harte Luft nicht, die er beim Laufen hektisch in sich hineinsaugt. Hinter ihm Militärstiefelgang, ist Weber sich sicher. Er hat einen trockenen Mund, seine Augen brennen. Er biegt ab, die Schritte folgen, er bleibt stehen, sieht sich um. Ein Mädchen überholt ihn.
Er blickt hinauf in den Himmel, der blau und kalt über ihm hängt. Warum aus Rom?, überlegt er. Warum ausgerechnet Rom?

Es ist Rosenkranzfest, 9 Uhr an einem Sonntagmorgen, es ist der 5. Oktober 1958, und der Papst erscheint auf dem Balkon des Castel Gandolfo, ein kranker Knochenmann.

Weber sähe gern so aus, aber leider, Weber sieht ganz und gar anders, Weber sieht gesund aus, viel zu gesund für sein Alter, und warum ist in seinen Augen nichts zu erkennen von den Nadeln, die gegen die Netzhaut pochen? Überbleibsel einer Kriegsverletzung, einer zumindest während des Krieges beigefügten Verletzung, nicht an der Front zwar, aber was, denkt Weber, spielt das für eine Rolle, noch immer ist jene Entzündung nicht verheilt, ist derzeit schlimmer denn je, dieses Stechen –

Die helle Stimme des Papstes hallt in den Hof, es könnte ergreifend sein, dieser abgezehrte Mann, der mit dem Rest seiner Kraft zu den Menschen dort unten spricht, aber dann:
dieser Schluckauf!
Wie ein Säufer klingt der Papst, dieser asketische Greis, er hält seine Predigt vor einer Gruppe plastischer Chirurgen und schluckt auf, als hätte er sich zum Frühstück mit Champagner besoffen.

Weber ist auf dem Weg zu seinem letzten Termin. Seine Miene verrät nichts, nicht der Gang, es ist ein unauffälliger Mann, der am Mailänder Friedhof vorbeigeht, auf den Platzspitz in Zürich zu, durch die Berliner Rauchstraße Richtung Tierpark, dem Geschrei in den Gehegen entgegen –
Aber welches Geschrei? Nein, ganz und gar tierstill ist es, nur der Verkehr brummt neben ihm her. Weber befindet sich ja gar nicht in Mailand, nicht in Zürich und auch nicht in Berlin, er geht durch die Frankfurter Innenstadt, am Ende der Straße kann er den Hauptbahnhof sehen. Es könnte ein gewöhnlicher Wochentag sein, ein Weg zur Arbeit, die Unterlagen geordnet, der Tag schon jetzt auf dem Index der ersten Seite ablesbar. Weber aller-

dings hat sein Amt verlassen, ein Botschaftsrat a. D. ist er, so stünde es in seiner Akte.

Weber vor dem Hotel, die Stufen zur Eingangstür mit Teppich bedeckt, ein Boy reibt seine weißen Handschuhhände aneinander. Als er Weber bemerkt, strafft er seine Haltung, bereit, Gepäck abzunehmen. Weber aber hat nur seine Aktentasche dabei, ist zudem kein Gast, hat nicht vor, lange zu bleiben. Der Mann nickt ihm zu, seine Handschuhhände weisen die Stufen hinauf.

Einen Moment zögert Weber, den Teppich zu betreten. Dann setzt er seinen linken Fuß vor, folgt der Geste des Mannes, schleppt sich die Stufen hinauf, seine Augen brennen, er drückt sich in die Drehtür, wird hineingespült ins Foyer.

Das Glänzen eines Foyers, glänzende Gesichter überall, glänzend blond gebändigtes Haar, schwarze Anzüge, Abzeichen. „Darf ich Ihnen etwas zu trinken bringen, der Herr?" Weber fährt herum, ein klappriger Kellner blickt ihn an, träg schlupfen die Lider auf und zu.

Weber bestellt Ceylon-Tee, und der Kellner schlurft unendlich langsam davon, Weber sackt in einen Ledersessel, er will schlafen, er ist ausgesprochen müde.

Adesso non posso più.

Doch dann das: „Doktor Weber?"

Der junge Mann verneigt sich, geht dabei in die Knie, bringt sich auf Augenhöhe mit dem sitzenden Weber, er hat feine Gesichtszüge, hübsch wie ein Mädchen, denkt Weber. Nein, eigentlich hübscher.

„Ich freue mich sehr, dass Sie gekommen sind, Doktor Weber."

Weber reibt sich über die Augen, streicht sein Haar zurück, absurd, was er sich da vorgestellt hat, hübsch wie ein Mädchen, was denkt er sich denn? Er steht einer Frau gegenüber, einer gewöhnlichen Frau, die hinter dem Rezeptionstresen im Gästebuch blättert.

„Nein, Herr Wendler logiert nicht bei uns", erklärt sie ihm.

Ob sie sich sicher sei, will Weber wissen.

„Ich kann gerne noch einmal für Sie die Reservierungen durchsehen."
Heute früh sei er aus diesem Hotel angerufen worden.
„Ich werde nachsehen." Die Dame entschuldigt sich und verschwindet hinter einer Kirschholzwand, in der Fächer für die Zimmerschlüssel eingelassen sind, in einigen liegen zusammengefaltete Zettel und Kuverts. Weber lehnt sich vor und versucht einen Winkel zu finden, aus dem er die Namen auf den Kuverts lesen kann. Er schrickt zurück, als die Dame mit klickernden Schritten wieder auf ihn zustöckelt.
„Ich bedaure, es ist auch niemand mit diesem Namen vorgemerkt. Darf ich etwas ausrichten, falls der Herr sich bei uns meldet?"
Weber zieht ein Silberetui aus der Innentasche seines Jacketts, nimmt eine Visitenkarte heraus, er knickt den rechten Rand nach vorn, wie er es seit seiner Zeit als Attaché gewohnt ist, der zu Besuchende muss bei Empfang einer solchen Karte die Visite als stattgefunden betrachten.
Allerdings: Er, Weber, ist kein Diplomat mehr, und dieses Treffen, weiß Weber, lässt sich nicht ins diplomatische Protokoll zwängen. Er ist hier auch nicht als Stellvertreter eines Staats, er ist hier in eigener Sache. In seiner Hand zerknittert Pappe, ein Kärtchen, auf dem sein Name steht und sein ehemaliges Amt, Dr. Konrad Weber, Botschaftsrat I. Klasse, so viel wert wie ein abgelaufener Coupon.
„Darf ich eine Nachricht notieren?"
Weber wehrt ab, nein, nein, er glaube nicht, dass es nötig sei. Er tritt einen Schritt zurück, will das überhitzte Foyer verlassen, weg vom Lächeln der Rezeptionistin, die sich ihr gelbblondes Haar hinters Ohr streicht, eine, wie Weber denkt, beinah ordinäre Geste, er hat getan, was er tun konnte, niemand kann ihm einen Vorwurf machen, wenn er Wendler nicht antrifft, trifft er Wendler nicht an. Das ist nicht Webers Schuld. Er wendet sich ab, und sein Blick fällt auf die weiße Beschriftung der Glastür.

Er stellt seine Tasche ab, greift in seine Innentasche, holt seinen Kalender hervor, und zum Fräulein hinter der Rezeption gewandt: Ob dieses Hotel denn nicht der Frankfurter Hof sei?
„Nein, mein Herr, dies ist der Kaiserhof."
Als Weber die Treppen hinunter auf die Straße zurückgeht, nickt ihm der Weißbehandschuhte zu. Weber duckt sich, wendet sich von dem Mann ab, der hinter seinem Rücken lächelt, ist Weber sich sicher, über ihn lacht und sich die weißen Finger reibt.

Pius vor einer Gruppe plastischer Chirurgen, breitet die Arme aus, er wird etwas Ergreifendes sagen, interpreti dei dolori comuni oder etwas in der Art, er hebt seine Hand, spreizt Zeige- und Mittelfinger ab zum Segen – und wird lächerlich gemacht vom eigenen Organismus, die Zeremonie von seinem Zwerchfell zerstückelt, der Segen verkommt zu einem von Schluckgeräuschen zertrümmerten Worthaufen, übers Mikrofon in die Lautsprecher gehickste letzte öffentliche Papstgeräusche.

In der Nacht lagen die Temperaturen knapp über fünf Grad, es könnte ein gewöhnlicher Wochentag sein, ein Weg zur Arbeit, die Unterlagen geordnet, der Tag schon jetzt auf dem Index der ersten Seite ablesbar.
Doch nichts als ein Botschaftsrat a. D. ist Weber, etwas, für das er keine Karten mehr braucht, keine Aufgabe hat, kein Protokoll für seinen Auftritt. Ein Amt ohne Amt.
Er ist nichts.
Das heißt, er ist Weber.
Menschen strömen an ihm vorbei, Frauen mit auftoupierten Haaren, sein Kopf taucht unter zwischen all diesen Stimmen, wie soll er hier noch atmen können?
Weber, es tut mir leid, aber ich muss darauf bestehen: Sie sind gesund.
Er hört die schwankenden Balkone über sich wie Mastkörbe knarren, und die Takelage knarrt, eine Balkontür wird zugeworfen, jemand flüstert:

Adesso non posso più!
Der Knochenmann hat den Balkon verlassen, die Tür wurde hinter ihm geschlossen. Nicht nur er selbst, nein, wenn man ehrlich ist: Jeder ahnt, dass er es nicht mehr lange durchhält, das Papstsein, vielleicht schon begonnen hat, es nicht durchzuhalten, seit geraumer Zeit ein Kokon aus Gewändern, aus Brokat und Seide durch die Gänge des Castels getragen wird, durch die Gänge des apostolischen Palasts, des Petersdoms, auf Balkonen aufgestellt, und von Pius ist nicht mehr übrig als ein infantiler Mystiker, der mit Vögeln spricht und sonst mit niemandem. Dass er es nicht mehr lange durchhält, ist offensichtlich.

Aber warum sieht man es Weber nicht an? Sieht denn niemand, dass auch er nicht mehr kann, dass auch er vielleicht seit Jahren nicht mehr kann, nur noch, wie Pius, mit Vögeln sprechen will oder, wenn es denn sein muss, mit Annas Katze? Er hat zu einem Treffen zu gehen, man mutet ihm auch jetzt noch ein Treffen zu. Wenn wenigstens die Krankheit deutlich an ihm abzulesen wäre, wenn die anderen nur dächten: Jeder andere würde in seinem Zustand keinen Schritt mehr vor die Tür setzen. Aber dieser Weber! Dass er noch zu einem Termin geht!
Stattdessen haben sie ihn allein gelassen mit den Krankheiten. Alles an Weber, Haut und Haar und die Locke im Nacken, die sich gegen das Haarwasser sträubt, alles das hält nicht mehr durch, und vor vier Tagen hat Weber die Praxis seines Arztes verlassen.

„Herr Weber, so leid es mir tut, ich kann nichts finden. Und ich bitte Sie, nach all den Jahren, verzichten Sie in der nächsten Zeit auf Ihre Besuche bei mir. Ich werde auch morgen nichts finden und nächste Woche – für nächste Woche glaube ich auch nicht daran.“

Weber hat nicht genickt, nichts erwidert, hat beim Verlassen der Praxis die Tür zugeschlagen, und, von seinem Arzt vor die Tür gesetzt, ist er in die Kälte der Bethmannstraße getreten.

Der Uralte hebt protestierend die Hand: „Fräulein, ich hege doch Zweifel bei Ihrer Geschichte. Sehen Sie, es ist nun zufällig so, dass mir bekannt ist, zu welchem Arzt Ihr Weber ging. Am Stadtrand war das, und es ist mir nicht klar, wie er von dort aus auf eine Straße im Zentrum tritt."
Da sitzt er vor mir, der uralte Diplomat, der Weber getroffen zu haben behauptet, sitzt vor dem Fenster mit seinen paar fahlen Fakten, die ich nicht überprüfen kann, und ich sitze vor ihm und erzähle ihm etwas, das viel mehr ist als die Adresse eines Arztes. Aber das will er nicht sehen, er schüttelt den Kopf, und ich komme nicht an gegen seine sturen Details.
„Mädchen, ich weiß nicht, mir kommen da Zweifel. Sehen Sie, in der Kirchgasse war das."
Da sitzt er, lächelt mir mit mageren Lippen zu, hat nicht mehr zu sagen als die Namen von Straßen und will mir damit alles in Grund und Boden behaupten. Ich aber stelle mir vor:

Weber bleibt vor einem Schaufenster stehen, in dem schwarze Anzüge ausgestellt sind. Er betrachtet seine Augen in der Fensterscheibe, zwei rote Punkte, denkt Weber, und er kann an nichts anderes mehr denken, entzündet, in Brand gesteckt, zwei leuchtend rote Punkte müssten das sein. Aber auf der Scheibe ist nur die blassblaue, fast farblose Iris zu sehen, dahinter sechs Modepuppen in schwarzen Anzügen. Trauerkleidung, denkt Weber und wendet sich ab.
Die Luft riecht süßlich nach den ersten aufbrechenden Knospen, vor vier Tagen hat Weber die Tür seines Arztes ins Schloss krachen lassen, kein gewöhnlicher Tag ist das gewesen, so viel ist sicher, so weit jedenfalls, wie Aussagen sicher sind und nicht bloß ein Gebilde aus Luft und Verstand, kein Tag wie die anderen Tage, könnte es heißen, denn für gewöhnlich achtet Weber auf Lautlosigkeit.
Er ist bemüht, nicht aufzufallen. Wendler hat es einmal so formuliert: „Niemand erinnert sich an die Unauffälligen, Weber. Ob sie

da waren oder nicht – das ist gleichgültig. Für die Betrachter macht es keinen Unterschied."
Weber ist auf dem Weg zu Wendler. Es könnte Zufall sein, dass sie einander wieder begegnen, ein spontaner Einfall Webers in dieser für ihn unverständlichen Woche oder in einer der Wochen davor.

„Das aber ist höchst unwahrscheinlich", ruft mein uralter Diplomat. „Sie müssen bedenken, meine Liebe: Weber war ganz und gar nicht spontan, jede Überraschung hat ihn in Not gebracht, in Teufels Küche, wie man so sagt."
Ich lehne mich zurück, bleibe ganz ruhig und erkläre: „Zu bedenken ist: Des Teufels Küche wird er betreten, sobald er bei seinem Bekannten eintrifft.
Webers Faust schließt sich fester um den Griff seiner Tasche. Ehe er die Straße überquert, sieht er sich nach einem Auto um, einem bleichen VW, einem grauen Mercedes, einem weißen Borgward, will all das hinter sich lassen, seine Geschichte und seine mit bleichen Wagen gesprenkelte Gegenwart. Sterben wäre eine Möglichkeit, aber die falsche, denn das reicht zum Verschwinden bei Weitem nicht aus. Weber wünscht ja nicht, dass die Welt für ihn aufhört, sondern er für die Welt, nie begonnen hat, schlicht: dass er aus dem Protokoll verschwindet.
Aber leider ist das mit dem Verschwinden nicht so leicht, wie Weber es sich wünscht. Mit dem Untertauchen in der Masse ist es lang nicht getan, zudem verabscheut Weber die Masse. All das genügt nicht: das Annehmen einer Rolle, das Erlernen einer neuen Sprache, das Angewöhnen fremder Bräuche, das Abtrainieren alter Gewohnheiten.
Seit Jahren hat die Zusammensetzung von Weber und Welt nicht mehr funktioniert. Ob Weber aus der Welt gefallen ist oder die Welt von Weber ab oder ob Weber sich selbst nicht mehr sicher ist, dass die Geschichte, die er als seine Vergangenheit erinnert, tatsächlich zu ihm gehört, lässt sich nicht sagen und kann wohl auch

von Weber nicht gesagt werden, zumindest besteht eine Diskrepanz, die in einem weiter zurückliegenden Ereignis oder einer Reihe von Ereignissen ihren Ursprung haben muss, denn es gibt doch Ursprünge, es gibt doch Erklärungen für etwas, insbesondere für Absonderlichkeiten“, sage ich.

Der uralte Diplomat hebt sein leeres Glas und schüttelt den Kopf. „Was Sie sich einbilden“, sagt er. „Meine Liebe, das ist zu leicht!“

Ich will etwas sagen, dem Alten entgegnen, aber ich weiß, ich bin hier nicht wichtig. Es ist Weber, der zu dem richtigen Hotel finden muss, Weber, um den ich mich zu kümmern habe, und ich schlucke meine Wut auf den Uralten hinunter.

Weber betritt das Hotel, blickt sich um, erkennt lederne Sessel, erkennt Spiegelflächen, es ist warm, von irgendwoher dringt enervierende Klaviermusik, so enervierend, dass Weber im Kopf das Wort enervierend ausformuliert. Er mustert die Menschen in der Lobby, die, ein Bein über das andere geschlagen, in die Luft oder in eine Zeitung starren.

Über den Teppich geht es sich wie über Sand, weich, anstrengend, Weber tritt vor die Rezeption, legt seine Hände, gefaltet, auf die Marmorplatte.

Er habe die Vermutung, erklärt Weber, dass in diesem Hotel ein Bekannter von ihm logiere, den am heutigen Mittag zu treffen er vereinbart habe.

„Und wie, bitte, lautet der Name?“

Es handele sich um einen Herrn Doktor, einen Mann der Wissenschaft, der Naturwissenschaft könnte man sagen. Und nach kurzem Zögern fügt Weber hinzu: Ein wirklich außerordentlicher Mann.

Er spürt den Marmor unter seinen Händen wärmer werden, hört die Klaviermusik, erklärt lauter: Jedoch sei er, Botschaftsrat Weber, sich gar nicht sicher, ob sein Bekannter tatsächlich hier

wohne, unter Umständen sei alles ein Irrtum, für den er sich schon vorab entschuldige.
„Vielleicht wollen Sie mir den Namen Ihres Bekannten verraten?"
Weber nennt ihn, fügt hastig hinzu, er habe kaum Hoffnung, dass der Gesuchte sich tatsächlich in diesem Hotel aufhalte, wenn auch dieses ganz ohne Zweifel ein ausgezeichnetes Hotel sei und er seinem Bekannten nur von Herzen wünsche, in diesem Hotel zu logieren, wenn auch –
„Der Herr hat das Zimmer 203."
Das Brennen in Webers Augen, er will mit seinen Händen darüberreiben, hält sie aber auf die Marmorplatte gepresst, will nicht auffallen.
Durch das Foyer, bemerkt Weber aus den Augenwinkeln, wird ein metallener, nein, ein durchsichtiger, ach was, ein Ding getragen, ein halbes Oval aus glänzenden Streben. Eine Frau in einem tulpenförmigen Kostüm trägt, auf Absätzen schwankend, einen leeren Käfig über den Teppichtreibsand.
Er sei sich nun gar nicht sicher, ob sein Bekannter um diese Zeit gestört werden wolle, fällt es Weber ein.
„Herr Wendler erwartet Sie. Zimmer 203. Zweite Etage. Die Fahrstühle befinden sich dort drüben."
Irgendwo weit entfernt kreischt eine Tür, es ist so laut, glaubt Weber, dass er seine eigene Stimme nicht mehr vernehmen kann, die etwas erwidern will, wieder und wieder etwas erwidern will, auch die Stimme der jungen Frau hinter dem Tresen kann er nicht hören, Webers Kopf ist überfüllt mit dem Geschrei und Gekrächze und Gezisch von unzähligen Dingen, die vor seinen Augen auftauchen.
„Die Fahrstühle", wiederholt die Empfangsdame, „befinden sich dort drüben."
Er dreht sich um, die Frau mit dem Käfig ist verschwunden. Vielleicht nie da gewesen, denkt er. Es könnte ein gewöhnlicher Tag sein.

Erster Teil. Zürich, Mailand und andere Orte.

Erstes Kapitel. Bonn.

Die neue Hauptstadt also, kurz und klanglos, eine Stadt, die nichts ist, für nichts steht, an nichts erinnert, aus der weder sonderlich berühmte Söhne noch Töchter kommen, sieht man von Beethoven einmal ab. Schumann war hier nur in der Nervenheilanstalt. Ein Grau somit, in das man einen Verwaltungsapparat setzt und all das nun Hauptstadt nennt – eine, wie mein Diplomat findet, leicht euphemistische Bezeichnung für ein 30 Stockwerke hohes Gebäude in der Nähe von Köln. Aber das Hochhaus ist ja noch gar nicht gebaut, als Weber an einem Freitagmorgen, aus Zürich kommend, den Nachtzug verlässt. Bonn. Der Einzige, der, ist Weber sich sicher, bei dieser Wahl aufgeatmet hat, ist Mehring: „Alles, bloß nicht Frankfurt! Weimar war schlimm genug. Es ist ja kein Wunder, dass da keine Republik gelingen konnte. Alles verdorben von diesem harmonisierenden Klassiker! Und bei jedem Staatsbesuch zu seinem Gartenhaus."

Es ist 1951, die Bundesregierung hat am 10. April die Wiederverwendung ehemaliger Beamter beschlossen, und Weber reist zum ersten Mal aus seinem Zürcher Exil in den Norden. Er ist müde. Im Fond des Taxis kann er nur einen trägen Blick auf die Häuser werfen, sie biegen ab, ehe er sich ein Detail eingeprägt hat.

Das also ist Deutschland jetzt. Er hat es sich schlimmer vorgestellt. Näher.

Vor einem Neubau unweit des Regierungsviertels lässt Weber sich von dem Fahrer absetzen, betritt einen Vorgarten, in dem pflaumenfarbige Blumen einen Holzzaun hinaufwachsen, und bleibt vor den Stufen, die zur Eingangstür hinaufführen, stehen. Er dreht sich um und sieht das Taxi wegfahren. Kein Geräusch, nicht einmal das Glucksen einer Taube. Noch zögert er. Aus dem Nachbarhaus sieht er eine Frau in einem tulpenförmigen Kostüm heraustreten, sie nickt ihm zu, er senkt seinen Blick, betrachtet den

schaukelnden Saum ihres Rocks. Dann steigt er die Stufen hinauf.
Er klingelt, aber nichts regt sich. Weber betrachtet die pflaumenfarbigen Blumen, die ihm bekannt vorkommen, aber ihm fällt ihr Name nicht ein, ebenso wenig, wo er sie schon einmal gesehen haben könnte.
Als er sich wieder umdreht, steht Rippler vor ihm in der geöffneten Tür und spielt mit einem Brieföffner.
„Weber! Gut siehst du aus! Das Schweizer Klima scheint dir zu bekommen."
Er tritt beiseite und bittet Weber herein. Sie stehen sich einen Moment lang gegenüber, Rippler, einen halben Kopf kleiner als Weber, ein Geruch von Seife umgibt ihn, und Weber ist sich nicht sicher, ob dies schon früher so gewesen ist; ein Kindergeruch, denkt er. Ripplers Gesicht ist grau geworden. Weber fühlt sich zu dicht bei ihm, unangemessen nach all den Jahren, und auch Rippler weicht vor Weber zurück in das Innere seiner Wohnung.
Ob er sich noch an Bauer erinnere, fragt Weber. Der sei damals auch in der Wilhelmstraße gewesen, nicht bei ihnen, sondern, wenn er, Weber, sich nicht irre, im Referat IV. Gerade heute habe er Bauer im Zug getroffen.
Helligkeit flutet um ihn, sie fällt aus einem Oberlicht auf sie herab, wird von allen Seiten reflektiert, die Wände der Garderobe, in die Rippler ihn geführt hat, sind lückenlos verspiegelt. „Bitte, hier kannst du ablegen." Weber sieht sich vor sich stehen, einen zu hellen Mantel in der Hand. Ja, tatsächlich, der Mantel ist zu hell – oder ist es der Lichteinfall, der Weber täuscht?
Bauer wolle sich auf einen Auslandsposten bewerben, fährt Weber fort, und beinah hätte er seinen Mantel an das Spiegelbild des Kleiderhakens gehängt. Er sieht sich zu Rippler um, der aber hat es nicht bemerkt.
Bei Bauer sehe er, was einen Auslandsposten anbelangt, keine Chance, da werde Rippler ihm doch recht geben.

Rippler nickt und führt Weber durch einen weißen Flur, durch einen weißen Salon in ein weißes Kaminzimmer, streicht im Vorbeigehen über die Möbel.
Nicht nur aus fachlichen Gründen, führt Weber aus. Nein, da seien einige Sachen nicht ganz in Ordnung gewesen. Bauer sei ja ab 41 in Polen gewesen – Rippler verstehe, was er damit meine, er wolle nur sagen – er wolle nichts unterstellen, wolle nur sagen –
„Gewiss, mein Lieber, gewiss." Rippler deutet auf einen Holzsessel, dessen Armlehnen zu weißen, buckelnden Katzen geschnitzt sind. „Spezialanfertigung aus Mailand! Weber, ich sage dir, preiswert war das nicht. Aber man muss auch zu leben wissen."
Elegant sei das, betont Weber, elegant! Und so zeitgemäß!
Die ganze Einrichtung kommt ihm kalt und gewöhnlich wie ein Arztkittel vor, und dieser Sessel ist die falsch dazu ausgewählte Krawatte.
„Setz dich doch", fordert Rippler ihn auf. „Zigarre?"
Nein, er rauche nicht –
„Aber natürlich, ich vergaß."
Weber blickt aus dem Fenster, Blätter wälzen sich im Wind übereinander, Wellen aus Grün, und dahinter hört Weber Stimmen, er sieht jemanden, der auf ihn zukommt, er blickt Palmer entgegen, dem stramm zurückgekämmten Haar, dem Militärstiefelgang.

„Darf ich Ihnen eine Zigarre –" Er rauche nicht.
„Dann lasse ich Ihnen einen Schluck vom Champagner –" Er trinke auch nicht.
„Tun Sie denn überhaupt etwas, Weber?"
„Er ist Protestant. Die haben ja ihre eigenen Regeln."
„So, Protestant?" Palmer zieht eine Braue hoch, reicht Webers Frau ein Glas Champagner und prostet ihr zu. Beinah beiläufig: „Und wie halten Sie es mit Ihrem Glauben, Weber?"

Anna an seinem Arm, Palmer vor sich, weiß Weber nicht, was er antworten soll. Er tanzt auf einer Champagnerperle, die aufsteigt und jeden Moment zerplatzen wird.

„Weber, was ist mit dir? Kann ich dir etwas zu trinken anbieten? Einen Aperitif? Ein Glas Sekt? Das regt den Kreislauf an, glaub mir."
Nein, nein, keinen Sekt, murmelt Weber. Wasser, bitte. Er fühlt seine Hände sich fest um die buckelnden Katzenrücken klammern. Er will aufstehen, aber tatsächlich, sein Kreislauf ist schwach, und er sackt wieder zurück in diese Karikatur des Hammurapi-Throns.
Rippler klirrt mit Karaffen, mit Gläsern und mit den ins Glas geschliffenen Lichtflecken, es klingt hell, sphärische Töne, ein bisschen Scriabin vielleicht, überlegt Weber, da dreht sich Rippler um, reicht ihm ein Glas, ruft: „Prost, Weber! Auf die alten Zeiten!" Die Gläser schlagen aneinander.
Welche Zeiten, fragt Weber.
Rippler antwortet nicht, stürzt sein Getränk in einem Zug hinunter.

Am Telefon, von einem Kratzen in der Leitung unterbrochen, von einer im Wind wankenden Telefonleitung irgendwo zwischen Bonn und Zürich, hatte ihm Rippler versichert: „Weber, das wird ein Leichtes. Du glaubst nicht, wie schwer es für die ist, Leute zu finden, die auch nur halb so qualifiziert sind wie du."
Worauf Weber antwortete, er hoffe das, oder antwortete, es wäre sehr wünschenswert, oder – aber das nur einmal, als er sich in der seltsamen Montagsstimmung befand, gerade vom Arzt zurückgekehrt – flüsternd: Es sei ja nur gerecht.
Auch vor wenigen Tagen noch, bei ihrem Telefonat kurz vor Webers Abfahrt. „Das wird ein Leichtes, Weber!"

Jetzt ist Rippler stumm. Weber versteht nicht, warum er nicht mit einfällt in seinen Vortrag, warum er nicht ruft: „Weber, das wird ein Leichtes!“ Hat all das Weiß um ihn her seine Sätze geschluckt? Ist es die Stadt, die nicht zulässt, laut zu sein?
Wie viele Volljuristen gebe es denn noch in Deutschland, fragt Weber. Und wie viele davon besäßen die nötigen Fähigkeiten, die sie theoretisch – und er betone: nur theoretisch! – befähigten, in den Auswärtigen Dienst einzutreten? Sprachen, das sei ja noch leicht. Aber wer habe hinreichende Kenntnis von der europäischen Wirtschaft? Wer besitze ein Verständnis für die Aufgaben eines Gesandten? Wer verfüge über die nötige Etikette? Wie viele mochten das wohl sein? Nicht viele. Und wie viele könnten sie davon de facto einstellen? Lächerlich. Die meisten hätten so im Dreck gepanscht, dass man sie nicht einmal nach Lateinamerika in irgendein Provinzkonsulat schicken könne, und wenn es im tiefsten Dschungel läge! Er, Weber, hingegen käme frisch aus der Schweiz, er habe Leute, die für ihn ausgesagt hätten, es müsse seiner Mailänder Personalakte beiliegen.
„Was in einer Personalakte steht, weiß man nie so genau.“
Nein, er sei sich sicher, schon damals habe man es zu Protokoll genommen. Wurde es in jenen Jahren gegen ihn verwendet, so könne es jetzt nur für ihn sprechen.
„Eines darfst du in der Tat nicht vergessen, mein Lieber“, fällt Rippler endlich in Webers Aufzählung ein. „Damals lag ein Haftbefehl gegen dich vor.“
Das Knistern der im Wind wankenden Telefonmasten, das Rauschen der schaukelnden Kabel, ein Ast, der gegen Ripplers Fenster stößt. Weber reibt sich mit der Hand über die Stirn, bittet, an dieses Faktum nicht erinnert zu werden. Die Tatsache, dass er als kriminelle Person gegolten habe, sei für ihn sehr enttäuschend, ja, er möchte sagen: erniedrigend gewesen.
„Weber, das waren Verbrecher, die dich so nannten!“
Er habe sich als Krimineller fühlen müssen.

„Es gab doch diesen Heldt", bemerkt Rippler. „Wenn wir ihn als Zeugen für dich gewinnen könnten."
Nein, das solle Rippler vergessen, ruft Weber und macht eine wegwerfende Handbewegung. Das sei alles Gerede. Aufgebauscht! Um Heldt solle sich Rippler nicht kümmern.
Er streicht sich übers Haar, drückt eine im Nacken abstehende Locke glatt und fügt leiser hinzu: Es müsse doch auch so genügen. Man wolle schließlich ein neues Amt aufbauen. Nicht nur, dass der Herr Bundeskanzler in diesem Punkt vollkommen unnachgiebig erscheine. Es sei schlicht ein Fakt, dass man einen ehemaligen SS-Mann nicht nach Paris schicken könne. Die ganze Abteilung Ribbentrop habe mit dem diplomatischen Geist wenig zu tun gehabt, präzisiert Weber. Da sei doch in Wahrheit keiner qualifiziert gewesen, außer darin, das Parteiprogramm herunterzubeten.
„Auch unter den Gesandten, Weber, waren nicht alle einwandfrei. Auch unter denen."
Ja, gewiss, auch ihm, Weber, sei ein solcher Mann vorgesetzt worden. Ein Strammer aus der Partei. Er sei nur dazu da gewesen, ihn, Weber, zu kontrollieren. Nichts habe dieser Vorgesetzte allein machen können, keine juristische Ausbildung habe der genossen, und auch in allem Übrigen wären seine Fähigkeiten mehr als mangelhaft gewesen. So falsch könne man einen Posten kaum besetzen.
„Ich meine, Weber, auch unter den Alten."
Das sei doch, als wolle man Äpfel mit Birnen vergleichen! Scheinbare Annährungen, ja, möglicherweise, um zu verhindern, dass ein weiterer Posten verloren gehe, dass man weiter zurückgedrängt werde. Das sei Taktik gewesen, nicht Überzeugung.
„Wie du meinst, Weber, wie du meinst. Bei einigen der Alten sehe ich allerdings Schwierigkeiten voraus."
Es habe Ungeschickte gegeben, ja.
„An welches Konsulat hast du im Übrigen gedacht?"

An ein Konsulat habe er eigentlich nicht gedacht, erklärt Weber. Er blickt zum Fenster, er streicht sich das Haar zurück, die abstehende Locke im Nacken. Eher an eine Botschaft.
Und dann sagt Weber: Rom.
Weber sagt mit einer Bestimmtheit: Rom, die ihn selbst überrascht. Und Weber erklärt: Italien. Weber erklärt: langjährige Erfahrung, ausgezeichnete Kenntnisse des Landes, perfekte Sprachkompetenz, Weber erklärt: Er oder keiner. Der Posten in Rom sei wie für ihn gemacht.
„Ja, natürlich, Rom –" Rippler erhebt sich schwerfällig, geht zu seinem Schreibtisch hinüber, durchblättert Unterlagen. „Lass mich sehen, Rom, das dürfte B3 sein –"
B6 oder eine Besoldungsstufe darüber, erklärt Weber.
„B6?" Rippler kratzt sich am Kinn. „Das ist happig. Vorher warst du – was genau? A14?"
Was spiele denn Damals für eine Rolle?
„Gut, gut." Rippler winkt ab. „B6? Bist du sicher?"
Er habe sich noch nicht genau informieren, habe zuerst mit ihm, Rippler, reden wollen.
„Abergläubisch, was, Weber?"
Aberglaube? Er sei alles andere als überzeugt, wirklich in den Auswärtigen Dienst zurückkehren zu wollen. Viel habe er über sich ergehen lassen müssen. So etwas sitze tief. Er, Rippler, könne das nicht nachvollziehen. Weber blickt aus dem Fenster, streicht sein Haar im Nacken glatt.
Rippler räuspert sich, durchblättert Unterlagen. „Weber, ich halte Rom für eine fabelhafte Idee. Wir werden uns gleich heute Abend umhören, ob schon jemand für diesen Posten in Erwägung gezogen wurde. Du wirst dich mit Blankenhorn unterhalten. Letztlich entscheidet er in Personalsachen. Der Herr Bundeskanzler vertraut ihm. Fürs Misstrauen hat er nicht genug Zeit."

Weber betrachtet die Stadt durch das Fenster des Taxis, und er denkt, dass vieles nicht mehr zusammenpasst. Er sieht einen Prälaten der Nuntiatur, der versucht, vor diesen Neubauten einen Spaziergang zu machen. Aber es gelingt nicht, stellt Weber fest, der Prälat bleibt den Gebäuden fern, wie eine Figur, die man in einen Film kopiert hat.

Man könnte, fürchtet Weber, manches überholt haben. Man könnte das, was er für wesentlich hält, überholt haben, denkt er.

Aber vieles funktioniert wie gewohnt. Weber kann seinen Chauffeur bezahlen, im Hotel, kaum dass er das Foyer betreten hat, schwirrt ein Angestellter ihm zu Diensten: „Darf ich Ihnen die Tasche abnehmen? In welchen Stock darf ich den Herrn fahren?"

Nein, er, Weber, ist noch nicht aus der Zeit gefallen, und ehe sich die Fahrstuhltür schließt, Weber mit dem Angestellten allein ist, dessen ganze Lebensaufgabe darin besteht, mit weißbehandschuhten Händen einen von acht Knöpfen zu drücken, erkennt Weber sein Gesicht auf einer verspiegelten Wand, die von Tiffanylampen matt erleuchtet wird. Er hört Stimmen, italienische, deutsche, englische Sätze, Lachen, Kichern, Husten.

Weber blickt auf die Spiegelung seines Gesichts: sein in der Stirn gewelltes Haar, seine Brauen aus Wellen, sein Kinn, sein Hals aus Wellen, kleine Wirbel, die sich überlappen, überschlagen, die Krawatte ins Wasser hineingebunden. Unter sich die Kacheln eines Pools, verspiegelte Rechtecke, dunkle Linien, die sein Gesicht zerschneiden. Die Augen Strudel. Weber betrachtet sein in den Wellen untergehendes Gesicht. Er hört Stimmen um ihn her, eine Flut aus Geräuschen und Verpflichtungen und die alte Gräfin:

„Herr Konsul, haben Sie schon Sir Richard getroffen? Ein fabelhafter Mann!"

Irgendwo bellt ein Hund, oder ein Auto bremst, eine Flasche Champagner wird knallend geöffnet, und Webers Gesicht zerfließt in einem nach Chlor stinkenden Becken.

Nein, Weber ist noch nicht aus der Zeit gefallen. Er hört den Liftboy atmen, er hört über sich das Rollen der Gewinde im Schacht. Das Lämpchen leuchtet die Zahl Sechs an die Fahrstuhlwand, die Tür gleitet auf.
„Etage sechs, der Herr."
Als ob er das nicht selber sähe!
In seinem Zimmer findet Weber, wie er es gewünscht hat, zwei Flaschen mit stillem Wasser und ein Kännchen mit Öl, das er auf Reisen zur Beruhigung seines Magens in kleinen Dosierungen einzunehmen pflegt. Man kann nie sicher sein, ob sich die Restaurantköche tatsächlich an seine Diätvorschriften halten, wenn es auch immer und überall beteuert wird. Niemand weiß ja, wie schlecht es um ihn steht, alle meinen, es sei ein Spleen.
Als Weber in den Nebenraum geht, um sich für das Diner umzuziehen (Frack mit weißer Weste und Zylinder), klingelt das Telefon.
„Ein Ferngespräch für Sie."
Aus Bremen?
„Nein, aus Mailand."
Aus Mailand, wiederholt Weber, stützt sich auf die Schreibtischplatte, stößt einen Stapel Papiere um, die als wirrer Schwarm auf den Hotelteppich flattern.
Es täte ihm leid, er sei nicht zu sprechen. In Eile, wiederholt Weber mehrmals. Man solle dem Anrufer ausrichten, er sei nicht zu erreichen.
„Sind Sie sicher?", fragt die Telefonistenstimme irritiert.
Er pflege sich im Allgemeinen über die Dinge, die er sage, sicher zu sein. Auch wenn dies veraltet sein möge, halte er, Weber, es doch nach wie vor für eine Tugend.
„Selbstverständlich, Herr Doktor Weber, natürlich. Verzeihen Sie die Störung."
Weber hängt den Hörer auf die Gabel. Als er aufsieht, scheint ihm die Sonne direkt ins Gesicht. Er kneift seine Augen zusammen,

reibt sich mit der Hand über die Lider. Ein pochender Schmerz, der sich von seinen Augen aus bis in die Stirnhöhlen ausbreitet. Mit geschlossenen Augen tastet er über die Schreibtischplatte, ein weiterer Papierstapel raschelt zu Boden, Weber tastet sich an der Wand entlang, unter seinen Füßen zerreißt Papier, sein Knie stößt gegen den Bettpfosten. Vorsichtig lässt sich Weber auf die Matratze sinken. Sein Puls geht zu schnell, spürt Weber, sein Mund ist zu trocken, in seinem Kopf dreht sich alles, und Weber ist sich nicht sicher: Ist er es, der schwankt, oder die Welt um ihn her, um Weber, um einen der letzten, nach alter Ordnung statisch ruhenden Flecken?

Ehe er das Hotelzimmer verlässt, um sich zu Rippler in die Limousine zu setzen und durchs künstlich erleuchtete Abendbonn zu fahren, telefoniert er nach Bremen.
Ob man Neues gehört habe.
„Nichts. Aber du wirst doch trotzdem hingehen, Konrad?"
Ob es keinen einzigen neuen Namen gebe, fragt Weber. Ob denn wirklich nichts zu erfahren gewesen sei.
„Ich sage es dir doch."
Weber schlägt eine Mappe auf, fährt mit dem Finger die Namen auf einer Liste entlang.
Ob sie bestimmt bei den von ihm genannten Stellen angerufen habe.
„Konrad! Ich sage es dir doch."
Weber kreist einige Namen ein. Dann schlägt er die Mappe zu, murmelt Unverständliches in den Hörer und legt auf.

Weber genießt das gleichmäßige Rauschen der Gespräche. Der fremde Dialekt, an den er sich in der Schweiz gewöhnt hat, ist verschwunden. Ein Lüster sprenkelt Licht über den Raum, und in den verspiegelten Türen, aus denen ab und an ein Kellner huscht, sieht er sie alle wieder, über das Parkett verteilt: Mehring, Kobus,

Fräulein Schnoop. Weber stolziert über die Feier, seine Frackschöße flattern aufgeregt, ein Balztanz, bei dem Weber mit einem ganzen Schwarm anbändelt.

„Weber! Wie freue ich mich, Sie wieder bei uns zu sehen! Wagen Sie sich endlich vor in die neue Republik? Ich verspreche Ihnen, es hat sich einiges geändert."

„Und, Weber, Geschäfte laufen? Bei der Treuhand in Zürich, habe ich recht?"

„Einfach fort waren Sie. Ich habe mich ja oft nach Ihnen erkundigt. Einfach verschwunden! So einen Schrecken können Sie mir doch nicht einjagen."

„Ach lieber Herr Weber, man hat ja ab und an von Ihnen gehört. Sie sind jetzt im Devisenhandel tätig, nicht wahr?"

„Ist Ihnen klar, Weber, wie gut es Ihnen geht? Haben Sie gehört, was Gruber macht?" Beerbeck, ein zierliches Männchen, das zu Webers Mailänder Zeit im Konsulat in Florenz tätig war, klackt mit seinen Zähnen.

Nein. Was mache Gruber jetzt, erkundigt sich Weber.

„Er ist in der Fischfutterbranche."

Ach so? In der Logistik?

„Eher in der Feldforschung. So genau kann man das nicht sagen, Kopf und Rumpf sind auf der Höhe der Hackeschen Höfe aus der Spree geangelt worden, was der Rest macht, ist nicht bekannt. Fischfutter eben. Dabei hat er den Krieg überlebt. Zwei Wochen lang, dann hat sein Nachbar von irgendwoher Kapseln bekommen, und Gruber hat ein Vermögen dafür bezahlt, er muss mit dem Nachbarn zusammen das Sofa nach nebenan geschafft haben und das Vertiko und das Klavier, das nur leichte Schäden von einem Luftangriff abbekommen hat, ein paar Kratzer wie von einer Katze, und einen Teppich haben sie noch rübergeschafft, dafür hat er dann die Kapsel bekommen. Mehr war nicht zu holen. Das Silberbesteck hat irgendjemand mitgehen lassen, als Gruber zum letzten Mal im Bunker war, und bei der Gelegenheit sind die Bilder und die Spiegel und die Kristallgläser zerschlagen. Dieser dusselige Nachbar hat sich auf den Tausch mit dem Klavier eingelassen, dabei muss man sich doch fragen, wer zu der Zeit ein Klavier gebraucht hat, und hätte sich der Nachbar das gefragt, hätte man nicht Grubers Kopf und Rumpf aus der Spree ziehen müssen."

In den verspiegelten Türen bemerkt Weber ein Paar Lackschuhe, die zu weit auseinanderstehen, breitbeinig, denkt Weber, und dann, als sie über das Parkett in Richtung Buffet trampeln, denkt er: Militärstiefelgang. Er sieht sich um, sieht aufs Original der gespiegelten Szene, Köpfe, manikürte Finger, die durch die Luft schnipsen, Mehring, Kobus, Fräulein Schnoop. Palmer aber kann er nicht finden.

„Aber wissen Sie, Winkler, den hat es noch blöder erwischt. Zwei Tage nach Kriegsende läuft er durchs Brandenburger Land und stößt auf zwei Russen, die ihn für einen getarnten Wehrmachtssoldaten halten. Die beiden haben noch nichts von der Kapitulation gehört und schreien ihn an, er solle stehen bleiben. Da unser lieber Winkler aber nie Russisch gelernt hat, ist er nicht sicher, was die beiden von ihm wollen, er schwenkt nach links, will ihnen ausweichen, da hat der Dünnere der beiden schon abgedrückt, und Winkler stolpert in den Dreck, wahrscheinlich hat er den Aufprall noch erlebt, vielleicht ist er aber schon im Fallen gestorben."

Über ihm schwingt ein Kronleuchter, und Weber stellt sich Palmer vor, zwei zu weit auseinanderstehende Lackschuhe. Aber das kann nicht sein. Palmer! Er schüttelt den Kopf, er starrt auf den Boden, auf zwei weiße Leinenschuhe, die sich ihm nähern, und was haben Leinenschuhe auf diesem Empfang verloren?

„Erinnern Sie sich an Heldt? Wissen Sie, was aus ihm geworden ist?"

Weber blickt Beerbeck ins Gesicht – nein, unmöglich, denkt Weber, woher sollte Beerbeck Heldt kennen? Er sieht Wendler an, ist er sich sicher, das sind Wendlers Klavierspielerhände, die über

das Buffet flirren. Über ihnen, an der Saaldecke, wachsen Streben aus dem Kronleuchter, Metallstreben, Käfigdraht, und Wendler, an einer Cocktailkirsche nuckelnd: „Hoffen wir, dass es ihm besser ergangen ist als Winkler und Gruber, nicht wahr, Weber?"
Weber nickt, ihm ist schwummrig, er sieht zur Decke hinauf, und über Wendlers tiefschwarzem Haar, das, ist Weber sich sicher, damals heller gewesen ist, über Wendlers in rabenschwarze Tinte getauchte Frisur schaukelt ein Käfig, in dem zwei Vögel übereinanderfallen.
Jemand greift Webers Arm und dirigiert ihn von seinem Gesprächspartner weg, und jetzt, aus der Entfernung, kann er es wieder klar sehen: Beerbeck ist das, eindeutig. „Nicht wahr, Helen Schnoop geht es heute ausgezeichnet. Seit der Heirat. Sind Sie nicht der Meinung?", ruft er Weber noch zu. Beerbeck, natürlich! Was hätte Wendler hier auch verloren?
„Weber, was ist mit Ihnen, Sie haben doch früher nicht so Ihre Zeit vertrödelt", flüstert Rippler ihm zu. „Beerbeck hat nichts zu sagen, rein gar nichts, bemüht sich selbst um Wiedereinstellung. Aber den, das sage ich Ihnen, kann man keiner Abteilung zumuten. Zu zynisch geworden – ach, Herr Keetenheuve, ich grüße Sie!"
Und sie ducken sich wieder in die Gespräche hinein. Weber schüttelt Hände, Weber tauscht Floskeln aus, Weber macht einen Witz, der seine humanistische Bildung hervorhebt, und schau einer an, der junge Daloff hat es nicht verstanden, und der soll jetzt als Legationssekretär nach Paris?
„Ja, und Herr von Zillner ist für Madrid vorgesehen. Es ist wohl niemand anderes in Frage gekommen."
„Wissen Sie das noch nicht?"
„Es heißt, Wildbrand interessiere sich unter Umständen für den Posten. Nicht aussichtslos."
„Herr Weber, was halten Sie eigentlich davon?"
„Man hört, Kobus könnte bald auf dem Weg in die Vereinigten Staaten sein."

„Bonn, ja, über die Stadt kann man streiten. Aber habe ich Ihnen schon gesagt, wie froh ich bin, dass es nicht Frankfurt geworden ist? Was glauben Sie, wessen Geburtshaus man bei jedem Staatsbesuch hätte besichtigen müssen?"
„Haben Sie das nicht gewusst? Palmer ist jetzt in der Rechtsabteilung. Natürlich, kein schlechter Posten, allerdings geringer als die Konsularstelle in Mailand. Er soll ein wenig pikiert gewesen sein, dass er nicht befördert wurde. Hat ihm aber nichts genützt. B3 bleibt B3."
Weber, perplex, fällt nichts anderes ein als zu stottern: Aber – das sei doch Palmer!
Weber, Sie wollen doch nicht, dass man schlecht über Sie denkt.
„Was wollen Sie, Weber, haben Sie gedacht, neue Diplomaten wachsen wie Unkraut zwischen den Trümmern? Werden uns von den Amerikanern per Luftpost geschickt? Sie waren zu lange in der Schweiz. Bekommt Ihnen die Bergluft überhaupt?"
Zürich, erklärt Weber, läge nicht allzu hoch.
„Was fangen Sie eigentlich mit Ihrer Geschichte an?", fragt Mehring.
Welche Geschichte.
„Aber lieber Kollege!", flüstert Mehring und reibt Daumen und Zeigefinger aneinander.
Er müsse entschuldigen, aber er wisse nicht, was Mehring meine.
Weber hört entfernt die Stimme einer Frau, wie aus einem Schacht heraus: *„Da muss ein Irrtum vorliegen –"*
Mehring wendet sich ab, winkt eines der Mädchen herbei, das auf Stöckelschuhen Silbertabletts durch den Raum balanciert.
„Ein Glas Sekt, Weber?"
Weber schüttelt den Kopf, sucht den Rand der Feier nach Anna ab, die sich doch stets dort aufhält – aber Anna ist ja gar nicht mit ihm mitgereist, sie sitzt bei ihrem Vater in Bremen, häkelt Mützen für die Caritas!
„Die Schule, Weber! Ich sage nur: die deutsche Schule in Mailand."

Weber riecht die Süße der aufsteigenden Sektbläschen, die den Raum ausfüllen, er hört das Klingeln der Glaskristalle am Kronleuchter, aneinanderklappernde Schnäbel, er sieht einen Schwarm aufsteigen, den Himmel draußen sich verdunkeln, hört einen Zug, der quietschend in einen Bahnhof einfährt, er dreht sich um. Er dreht sich, oder alles dreht sich um ihn.

Aber es ist doch nichts?

Das Klirren des Kronleuchters, entferntes Lachen, eine Frau, die ihre Hüften in einem bunt schillernden Abendkleid wiegt, und Weber versucht, das Drehen seiner Wahrnehmung anzuhalten, er hört, wie eine Tür geöffnet wird, hört, wie ein Mann sich auf einem knarrenden Stuhl vorbeugt, hört,

wie Brandes zischend Luft einsaugt, als sei ihm plötzlich frostig geworden, erklärt: „Das ist nicht so leicht, lieber Weber."

Ja, gewiss, er habe auch nicht damit gerechnet, das Geld so bald zurückbuchen zu müssen. Es sei allerdings, in Anbetracht der Tatsache, dass –

„Wissen Sie noch?" Mehrings Sektatem. Die vom Alkohol geschwollene Stimme.

Was, bitte, solle er wissen?

„Weber, Sie scherzen. Aber Sie machen es gut." Mehring lächelt ihm zu und tänzelt zurück in die Gruppe, zurück zu den anderen, und ist es so, dass sie Weber heute Abend nicht dabeihaben wollen? Dass sie ihm den Rücken zukehren? Sein ehemaliger Untergebener Mehring ihn hinter vorgehaltener Hand auslacht? Gehört er, Weber, hier überhaupt her? Es ist warm, die Luft verhangen von zuckersüßem Parfum.

Jemand, der nicht hierher gehört –

Weber am Fenster, einen Windhauch im Nacken, die Frackschöße hängen schlapp von der Kante des Lehnstuhls, auf den er sich hat fallen lassen. Nein, er wird sich heute nicht mehr rühren, nicht mehr hineingehen in die Mitte des Geschehens, in den lauten Karneval der weltpolitischen Etikette, er hat genug manikürte Damenfinger gesehen, die nach den Händen ihrer Männer, nach den Schnittchen mit Lachsersatz auf den Tabletts greifen, Damen, schrill und lustlos lachend, Puppen, Automaten, die man auf die Empfänge stellt und einschaltet, *nein, wirklich, Thomas, das ist zu köstlich, nein, wirklich, Thomas!,* ihre glatten Gesichter, die man nicht auseinanderhalten kann, weil sie alle zur gleichen Kosmetikerin gehen, weil sich hinter allen die gleichen Gedanken stapeln, die Frühjahrskollektion aus Paris, das Bridge, die Romane, von denen sie nur das Deckblatt kennen, die kleine Schrift ist zu ermüdend, und mit einer schwachen schmalen Hand heben sie die Bridgekarten vom Tisch, schauen unter anämisch gelangweilten Schlupflidern auf Pik Dame und Herz neun.

Aber das ist gleichgültig, denn er, Weber, spielt ohnehin nicht mehr mit, nein, er hat genug davon gesehen, die Männer, deren Hände durch die Luft fuchteln, „Kobus, kommen Sie mal her!", Menschen wie Spielfiguren im Raum platzieren, und jeder von ihnen versucht sich selbst als König aufzustellen, oder besser, sich selbst als Hintermann des Königs aufzustellen, die Männer, die in ihren feinen Manieren versinken, bis sie davon aufstoßen müssen, deren schöngeistige Bildung nur für die Pointen kurzer Gespräche reicht, ordinär wie Fischfrauen sind sie, alles nur nach Kilo, Wert und Gegenwert abschätzen, der Empfang ist der Markt, und ihre Untergebenen, ihre Kontakte, ihre hübschen Frauen sind die stinkenden Fische, für die sie ihre Anpreisung durch den Raum bellen, immer und immer wieder die gleichen Sätze repetieren, bis sie heiser sind, sich mit ihren von den Schuppen glänzenden Fingern über den Frack streichen (Frack mit weißer Weste und Zylinder) und zwischen die Platten auf dem Buffet, auf die Verkaufstheke ihre stinkenden Fische klatschen, für die sie Gebote hören wollen, höhere Gebote als für die stinkenden Fische der Konkurrenz, die elender als die eigenen stinken, aber alle stinken sie erbärmlich, und Weber, auf einem Stuhl am Fenster, die Luft aus einer still liegenden Bonner Straße im Nacken, betrachtet Kobus, der in ein Gelächter mit einfällt, von einem Witz angestoßen, den keiner der Beteiligten amüsant findet, und er betrachtet Mehring, der in eine andere Gruppe hinüberdriftet, er sieht die Karbonatbögen in den Köpfen der Männer, mit denen sie Durchschläge ihrer Kosten-Nutzen-Rechnung schreiben, ihrer Ranglisten, welcher Gast der Entscheidende ist an diesem Abend, welcher Gast mutmaßlich die meisten wichtigen Gespräche führte, welchen Gast man ab morgen zu fürchten, welchen man zu hofieren, welchen man zu umschmeicheln hat und welchen man in der nächsten Zeit wird fallen lassen können. Und wen, denkt Weber, man zum Fallen bringt.

Das ist das Tuscheln zwischen dem Geschrei.

Weber blickt hinauf zu einem gewaltigen Lüster, eingefasst von Streben mit funkelnden Steinen, und Weber hört, wie es leise zu pfeifen beginnt, und über ihm hängt ein gewaltiger Käfig, Prachtvögel müssen darin versteckt sein, aber nichts ist zu sehen, so hell strahlt es aus dem Innern.

Eine Frau kichert grell ins Dunkel, dann eine Männerstimme: „Ruhig, Liebes, ruhig. Hier schlafen Leute."

Weber wendet seinen Kopf, schemenhaft kann er seinen Frack erkennen, ein zweidimensionaler Körper, schlapp, nur vom Bügel aufrecht gehalten. Er schließt die Augen. Eben noch war es Nacht, und eben noch lag er in seinem Hotelzimmer. Doch jetzt beugt sich Rippler vor übers Buffet, und Palmer beugt sich vor und murmelt zu Weber: „Sie werden's bereuen, wenn Ihnen was auffällt."

Weber, ein Stück Melone auf der Gabel, wendet den Kopf: „Bitte, wie?"

Palmer lächelt, ein süßliches Lächeln zu dem süßen Parfum, diese schlecht kaschierte Dumpfheit, und Palmer murmelt: „Sie wollen doch nicht Ihre Karriere riskieren wegen eines lächerlichen Wiedersehens."

Und Weber: Wie er das verstehen dürfe?
Palmer raunt: „Was ist nun mit dem Geld der Mailänder Schule?“
Palmer flüstert: „Was ist eigentlich aus Heldt geworden?“
Er kenne keinen Heldt.
„Weber, Sie wollen doch nicht, dass man schlecht über Sie denkt.“
Er kenne keinen Heldt, ruft Weber, eine Gabel in der Hand, auf die ein Stück Melone gespießt ist. Er kenne auch keinen Wendler, ruft Weber, und die Melone fällt zu Boden, das rotmehlige Fruchtfleisch zerspritzt auf dem Parkett, er kenne Wendler nicht, ruft Weber, und da erst merkt er, dass die Stimmen verhallt sind, dass sich die Leute, die eben noch in ihre Gespräche vertieft waren, umgedreht haben zu ihm, dass sie ihn alle – alle – anstarren. Was soll er, Weber, in der Mitte der Menge?

Anna! Weber schlägt die Decke von sich, der beherrschte Weber strampelt wie ein Kleinkind, schreit nach Anna – aber Anna schläft schon seit Jahren nicht mehr neben ihm, oder, um genau zu sein: Er schläft nicht mehr neben ihr, seitdem die Dekoration des Schlafzimmers über den Gestellrahmen, über die Pfosten und das mit Konstanzer Schnitzereien verzierte Rückenteil in das Bett hineingekrochen ist, das Kreuz über dem Bett, die in eine überirdische Ruhe versunkene Holzmadonna, die Pietà aus dem 18. Jahrhundert, von einem atheistischen Kunsthandwerker restauriert, der mehrmals gefragt hatte: „Wozu wollen Sie sich einen toten Mann ins Zimmer stellen? Ist doch abscheulich. Wozu brauchen Sie einen toten Mann in der Wohnung?“, dann aber erstaunlich gut und erstaunlich preiswert gearbeitet hatte. Nach und nach tauchten die kleinen Geschwister dieser ersten Devotionalien auf, eine Marienbrosche, ein Rosenkranz, ein Wandteller mit einem Porträtbild von Pius XI., eine bleiche Gipspietà von einem St. Gallener Straßenhändler, noch ein Rosenkranz für die Feiertage, ein Wandteller mit einem Porträtbild von Pius XII. und Heiligenbildchen. Überall Heiligenbildchen und Postkarten, auf denen der Papst starr und weiß auf einem Stuhl sitzt, just vom Himmel heruntergeseilt und nicht den Eindruck erweckend, als säße er gern dort. All diese Dinge verschworen sich mit Anna gegen Weber und verdrängten ihn langsam, aber bestimmt aus dem Schlafzimmer, scheuchten ihn fort und zwangen ihn, das Gästezimmer für sich umzurichten, aber wann hatten sie das letzte Mal Nachtgäste gehabt? Als Schwellenwächter nahe der Schlafzimmertür auf dem Flur ein Schachbrett mit verlassener Partie, ein Meisterschaftsspiel, das Anna vor Jahren nachstellen wollte, aber nach wenigen Zügen vergaß, und Weber lag in den ersten Nächten unruhig vom Gebietsverlust da, schlaflos von seiner nächtlichen Rolle als Gast, bis er sich daran gewöhnt hatte und die Ruhe und Verborgenheit eines Hausherrn im Gästezimmer genoss –

Aber er, Weber, liegt nicht zu Hause, ist in dieser Nacht nicht versteckt, er sieht eine auswärtige Beleuchtung durch die Gardinen scheinen, wie um alles in der Welt soll er hier schlafen können, was hat sich die Hoteldirektion dabei gedacht? Morgen wird er sich an der Rezeption beschweren, wird ihnen mitteilen, was für eine Zumutung das sei, ihm ein Zimmer zuzuteilen, dessen Gardinen nicht ausreichend das Straßenlicht abhalten, er habe einen leichten Schlaf, wird er ihnen sagen, und er brauche seine nächtliche Erholung, dringend!, ausgesprochen dringend!, sein Arzt habe ihm mit Besorgnis aufgetragen: „Achten Sie auf Ihre Nachtruhe, Doktor Weber."

Weber, mitten in einer Nacht, die nur von den grünen Schatten einer durch die Gardine scheinenden Leuchtwerbung erhellt ist, beginnt, an der Richtigkeit der Welt zu zweifeln, jetzt, endlich, beginnt er damit, seine Maßstäbe fliegen wie Papiere im Luftzug durcheinander, die Geraden seiner eigenen kleinen Weberwelt sind es, die nicht mehr in ihrer Ordnung bleiben wollen. Palmer in der Rechtsabteilung, Besoldungsgruppe B3!

„Paranoid bist du, Weber. Kein Mensch will dir was Schlechtes.“
Drückend warme Luft weht in Webers mit dunklen Möbeln vollgestopftes Hotelzimmer. Er blickt auf die Straße hinunter, auf das gegenüberliegende Haus. Von Gardinen gerahmt, streiten sich dort zwei Männer.
„Im Übrigen müsste ich dir Vorhaltungen machen“, fährt Rippler am Telefon fort. „Du hast gestern kein einziges Wort mit Blankenhorn gewechselt. Beerbeck! Wofür ist Beerbeck gut? Mehring und Kobus, gut, du kennst sie von früher, aber helfen können sie dir auch nicht. Warum bist du nach Bonn gekommen? Warum habe ich dir eine Einladung für diesen Empfang besorgt? Meine Güte, Weber, du bist lange genug dabei. Du weißt, dass daraus nichts wird, wenn du es so anpackst.“
Weber blickt hinaus, sucht nach den beiden streitenden Männern, die Gardinen sind zugezogen, schaukeln friedlich.
„Auf was wartest du denn, Weber? Du wartest doch auf etwas. Weber – bist du noch dran?“
Weber bittet um Verzeihung. Er sagt: Verzeihung. Nicht mehr, als könnte ein Wort alles erklären.
Rippler klappert mit einem Stift, und Weber, in seinem Hotelzimmer, in das Telefonat zurückgekehrt, erklärt: Er habe mit Herford gesprochen. Weber erklärt: Der kleine Herford, direkter Untergebener Blankenhorns, dessen Zuarbeiter, dessen linke Hand. Der habe zugesagt, sich seiner Sache anzunehmen. Weber sei mit ihm essen gewesen, als Herford dienstlich in Zürich gewesen war, seitdem stünden sie gut zueinander. Er erwarte Herfords Anruf, noch heute werde er sich bei ihm melden und da solle Rippler noch sagen, er wisse nicht, weshalb er nach Bonn kam. Herford werde sich seiner Sache annehmen, beteuert Weber, und will er damit Rippler oder sich selbst überzeugen?, wiederholt, diesmal laut, fast gereizt: Ja, ganz ausgezeichnet stünden sie zueinander, seit jenem Abendessen im Frühjahr, in Zürich –
Als Weber auflegt, kriecht die Ruhe muffig aus den Ecken des

Zimmers, und er glaubt, in der Stille ein Schreien zu hören. Er blickt auf das Fenster des gegenüberliegenden Hauses, auf das Fenster, die Gardine. Sperlingspapagei, fällt es Weber ein. Er weiß nicht, wann er dieses Wort zum letzten Mal gedacht hat, er kann sich nicht erinnern, dass er es sich je gemerkt hätte, aber da ist es, und alles um ihn her ist weiß – weiße Teppiche zu seinen Füßen, weiße Regale Schränke Sessel, alles weiß oder –
Grau? Dies ist kein von Weber jemals gemietetes noch besessenes Appartement. Er ist allein, der Raum ist groß, beinah eine Halle, irgendjemand, ist Weber sich sicher, wird gleich erscheinen, er ist hier verabredet, aber er kann sich nicht erinnern, mit wem. Er ist allein in diesem Raum, der ganz in Grau gefasst ist, alle Wände, alle Möbel grau
– oder schwarz? Das Bild flackert vor seinen Augen, es schlägt um von einem grauen in einen schwarzen, von einem schwarzen in einen weißen Raum, in der Mitte aber steht immer er, Weber, ein Mann herausgehoben, das graue Zentrum, weder vom Weiß noch vom Schwarz verschluckt.
Weber späht auf das gegenüberliegende Fenster, als das Telefon erneut klingelt, er reibt sich über die Augen, hebt den Hörer ab, hört die Stimme am Telefon: *Aber mein Lieber, das ist zu leicht!*
Oder aber bin ich es, die es hört? Bin ich es, die fragt: „Wie, bitte, darf ich das verstehen?“ Ist es mein Diplomat, der erklärt: „Aber meine Liebe, das ist zu leicht!“ Ich bin mir nicht sicher, und so leise, dass es mein Diplomat nicht hört, flüstere ich: „Aber was ist zu leicht?“
Weber ins Telefon fragend: Wie, bitte, dürfe er das verstehen? Er spürt ein leichtes Jucken unter seinen Lidern, tupft sich mit den Zeigefingern die Fältchen in den Augenwinkel entlang, und ins Telefon bestätigt er: Jaja, im Konsulat in Mailand sei er gewesen, er tupft über die Tränenflüssigkeit, die sein gereiztes Auge absondert, und: Ja aber – das könne doch nicht möglich sein!, Weber tupft das Fältchen entlang, und ins Telefon: Das läge doch in seinem, in Herfords, Aufgabenbereich! Weber reibt sich die Lider,

dieses Brennen, da ist doch ein Brennen!, und er erwarte von ihm, Herford, dass die Sache in Ordnung komme – nein, da verstehe er ihn falsch, er erwarte es!, und Weber reibt sich über die Augen, reibt, bis sie so stark brennen, dass er kaum noch sehen kann, aber er sieht einen See vor sich, er sieht friedlich im Wasser schaukelnde Tretboote, er sieht einen Schreibtisch, Papiere, und ins Telefon rufend: Er werde das nicht akzeptieren! Tretboote, denkt Weber, friedlich im Wasser schaukelnde Tretboote, denkt er. Entfernt eine Stimme:

Weber, Sie wollen doch nicht, dass man schlecht über Sie denkt –

Kaum dass er aufgelegt hat, wählt er die Nummer von Rippler. Er holt Luft und versucht zusammenzufassen, was ihm gerade mitgeteilt wurde, was er gerade gehört hat. Oder hat er es gar nicht gehört? War er nur abgelenkt durch das plötzliche Sichauflösen eines weißen Raums? Er atmet, will sprechen, aber er kann es nicht, er atmet und hört Rippler atmen. Diese muffige Stille.

Dann, endlich, bringt er es heraus: „Schlechte Neuigkeiten, Rippler. Meine Akte ist verschwunden. Zusammen mit der von Palmer –“

Zweites Kapitel. Mailänder Normalitäten.

„Das Schönste für den Führer ist es, wenn er nach angestrengten Wochen in seinem Wagen wieder durch das deutsche Land fahren kann. Alles ist da, Alt und Jung, schnell wird die Straße zum Fahnenmeer! Frauen halten ihre Kleinen, die Zukunft des Landes, über die Köpfe der begeisterten Menge, gleichsam, als wollten sie sagen: Ihr gehört ihm!" Weber schlägt die Zeitung zu, beschließt, fortan auf die Lieferung dieses Presseerzeugnisses zu verzichten. Es ist sonnig, ein Sommertag in Mailand, in wenigen Minuten wird er zu seinem Spaziergang zum Konsulat aufbrechen, er wird sich an der Via Palestro die Repubblica kaufen, die es natürlich auch im Konsulat gibt, der Verkäufer wird ihn erfreut mit „Il Console" begrüßen und, soweit dies in dem engen, mit Zeitungen eingeschneiten Kabuff möglich ist, eine Verbeugung andeuten. Weber wird überlegen, ob er sich auf eine der Bänke der Giardini Pubblici setzen und wenigstens die erste Seite der Zeitung lesen soll, ehe er sie in einen Abfalleimer wirft, er wird sich wie jeden Morgen dagegen entscheiden, da er lieber zu früh als zu spät in seiner Dienststelle erscheint.

„Wie er überhaupt immer so erschien, dass es am wenigsten auffiel", ergänzt mein Diplomat. „Oft war er schon da, müssen Sie wissen. Eine stille Anwesenheit, die man, sobald das Geschehen einsetzte, sofort vergaß. Auf Empfängen traf er korrekt ein, nicht allzu verfrüht, und natürlich hat er gewusst, als Ehrengast eine Viertelstunde nach der Zeit anzukommen, wenn alle, in Gespräche versunken, schon wieder das Warten vergessen haben. Doch die Viertelstunde hat er, da bin ich mir sicher, nie überzogen, das Unauffällige, verstehen Sie, braucht Exaktheit, man muss Talent besitzen, um nicht aus dem Hintergrund hervorzutreten. Und dieses Talent, das hatte Ihr Weber. Zurückhaltung, das beherrschte er. Und überlegen nun Sie: Wie entschlossen kann er sein, die Zeitung abzubestellen?"

„Er war, ist und wird niemals ein Diktator sein. Er ist wirklich nur F ü h r e r, und das ist das Höchste, was überhaupt von einem Menschen gesagt werden kann. Nirgends auf der Welt gibt es eine derart fanatische Liebe von Millionen Menschen zu einem Einzelnen, ein unendliches Vertrauen, wie es manchmal Kinder zu einem sehr guten Vater haben."

Vater, Vertrauen, fanatische Liebe. Die Worte rutschen an Weber ab wie zu große Formen an zu kleinen Lücken. Er schiebt die Zeitung beiseite und beschließt, das Abonnement dennoch zu behalten. Die monatlichen zwei Mark zwanzig wird er als Ausgabe für die eigene Sicherheit rechnen. Unter Umständen, überlegt Weber, lässt sich das Abonnement sogar über das Konsulat abrechnen. Das Höchste, das Gute, das unendliche Vertrauen. Wo ist im Übrigen die Orangenmarmelade? Das Messer hilflos über den Frühstückstisch kreisend, ruft er nach Anna.

Sie erscheint in der Tür, müde und blass, als habe sie in dieser Nacht etwas am Schlafen gehindert, aber genau genommen, denkt Weber, sieht Anna immer ein wenig bleich, ein wenig schattig um die Augen aus, und es ist somit kein Grund zur Sorge.

„Die Orangenmarmelade? Ich habe dir gesagt, weshalb es keine mehr gibt. Erinnerst du dich? Zuerst fehlt eine Zutat, dann fehlen alle. So kann's gehen."

Nein, er erinnere sich nicht. Und ob sie nicht vorhabe, sich zu ihm an den Frühstückstisch zu setzen.

Aber Anna ist schon wieder verschwunden. Weber hört ein Rascheln hinter der Tür ihres Schlafzimmers, und natürlich, fällt ihm ein, heute früh kam auch Annas monatliches Befindlichkeitsheft an, die Monatsschrift für deutsche Katholikinnen oder wie sich das nennt, die Anna über die Adresse des Hausmädchens bezieht, da Weber sich weigert, eine offensichtlich überzeugte Katholikin als Ehefrau zu haben. Er als Repräsentant des Deutschen Reichs. Das gehe nicht, hat Weber erklärt.

„Ja, repräsentier nur. Wenn das bisschen schon zu viel dafür ist –"

Man müsse, hat Weber erwidert, dort nichts wagen, wo es auch einen anderen Weg gebe.
„Wenn's einem egal ist, wo man ankommt." Es hat sich, ist Weber sich sicher, bin ich mir sicher, nicht wie ein Einspruch angehört.

Weber schüttelt Hände mit dem Leiter eines Pflastersteine produzierenden Betriebs. Folkloristisch gekleidete Mädchen übergeben Weber einen Strauß Trockenblumen. Weber schüttelt Hände mit dem Leiter eines Frotteeunternehmens. Im Hintergrund ein Kardinal, zwei blonde Frauen und ein Frotteewarenvertreter.
Den Fotos, die ihm Fräulein Schnoop mit der Vormittagspost hereingereicht hat, liegt ein Artikel der Bozener Tageszeitung Der Tiroler bei. „Festliche Eröffnung des Betriebs Gebr. Tietjen, der deutsche Vizekonsul preist das neue Frottee-Herstellungsverfahren." Als ob Weber nichts Besseres zu tun hätte! Das Essen immerhin war besser, als Weber es von einem Frotteewarenunternehmer erwartet hätte.
Er schiebt die Fotografien zurück in die Dokumentenmappe, lässt sie schlucken vom dunklen Deckel der tagesaktuellen Unterlagen, die morgen, wie Weber hofft, von selbst verschwunden sein werden. Er mag keine Fotografien. Er mag vor allem keine Fotografien von sich selbst.
Die Absätze des Attachés schlagen auf den Boden. Er hat eine Mitteilung zu machen, aber kann er das nicht auch schlichter ankündigen? Die Attachéfinger flirren über den Schirm der Schreibtischlampe. Vorsicht, will Weber rufen, aber er beschließt, den ständig überreizten Kobus nicht noch nervöser machen.
„Neue Berechnungen zum Bau der deutschen Schule, Herr Vizekonsul." Kobus legt Weber eine Aktenmappe vor.
Er solle sich setzen, er solle doch endlich einmal lernen, ein wenig ruhiger zu werden. Er, Weber, sei ja nicht der Reichsaußenminister.
„Da Sie gerade davon sprechen, Herr Vizekonsul: In Berlin geht das Gerücht um, man habe hier das Gretchen brünett besetzt. Vielleicht wäre es angebracht, wenn Sie Kulturattaché Mehring darauf ansprächen?"

Ein Überangebot an schauspielfreudigen Mädchen sei immerhin etwas, worauf man sich selbst im Krieg verlassen könne. Wenn allerdings Kobus weiter wie ein aufgeschreckter Pfau durchs Konsulat hetze, werde er früher oder später jemandem auffallen und schneller wegbefördert, als er in seinem Eiltempo aus dem Haupteingang verschwinden könne. Auf den Empfängen benähme er sich doch auch ganz angemessen. Er solle gefälligst Sekt zum Frühstück trinken, wenn ihn das beruhige, verordnet Weber.
„Wie Sie meinen, Herr Vizekonsul."
Und ob das Fräulein Schnoop wieder zurück sei? Ob es wohl an seine Teebestellung gedacht habe? Nein, Kobus solle das vergessen! Weber werde selber nachsehen. Er müsse ohnehin zum Generalkonsul, da könne er kurz beim Fräulein Schnoop – als was Kobus denn heute Abend zum Maskenball käme?
„Warten Sie's ab, Herr Vizekonsul." Kobus lächelt, und es ist wieder, wie Weber mit Bedauern feststellen muss, ein wenig zu auffällig.

Auf dem Flur trifft Weber Mehring, der von der Gretchenfrage bereits gehört hat. Er winkt ab, ehe Weber reden kann.
„Lassen Sie mich mit diesem Faust in Frieden! Ich kann das Stück nicht ausstehen, ich habe es nie ausstehen können, ich kann Goethe nicht ausstehen, und hätte ich geahnt, dass ich einmal nichts anderes tun werde, als Gespräche über diesen intellektuellen Nimmersatt zu führen, dann wäre ich zum Militär gegangen, das sage ich Ihnen, Weber."
Weber will etwas entgegnen, aber Mehring fährt ihm über den Mund: „Was glauben Sie, wie lange man sich über die Zueignung unterhalten kann? Diese schwankenden Gestalten, die werde ich irgendwann verjagen, dass sie so schnell nicht wieder heraufgespukt kommen. Haben denn die Leute nichts anderes gelesen? Meine Güte, mit Schiller kann man doch nichts falsch machen!"
Der Faust habe durchaus ein paar gute Szenen, versucht Weber zu beschwichtigen. Die Walpurgisnacht könne er auch nicht leiden. Aber die Szene in der Studierstube –

„Das Einzige, was ich an diesem Stück ertrage, ist das Gretchen. Und jetzt soll ich es zu einer blonden Walküre machen? Wenn mich etwas annähernd so langweilt wie Goethe, dann sind es blonde Frauen. Mein Gretchen bleibt dunkel. Wenn Sie es anders haben wollen, Weber, spielen Sie es selbst!"

Rosenstöcke mit kleinen perlweißen Blüten ziehen sich an den Längsseiten des Gartens in die Höhe. Blätter flackern im Sonnenlicht. Eine Taube flattert vom Rand des Springbrunnens auf. Neben der Hecke zum Nachbargrundstück trifft Weber auf Gustav von Weitkamp, der in seinem letzten stillen Rundgang über das Gelände trabt wie ein Pferd im schäbigen Radius des Voltigierens.
Was man Neues aus Rom gehört habe, erkundigt sich Weber.
„Nicht viel", klärt Weitkamp ihn auf. Er wedelt mit seiner Hand, als könne er die Luft zu etwas Greifbarem zusammenscheuchen. „Man könnte auch sagen: Nichts. Nichts Genaues. Sie halten uns im Vagen. Da gefallen wir ihnen."
Herr Ciano habe Gelegenheit gehabt, mit dem Papst zu sprechen?
Weitkamp zuckt mit den Schultern. „Sehen Sie, Weber, mich interessiert heute mehr, ob die Sektlieferung heil hier ankommen wird. Ich nehme an, man fängt sie irgendwo ab. Oder die Flaschen platzen bei einer Detonation. Ich glaube nicht, dass sie hier ankommen, so wenig, wie ich den Zusicherungen glaube, die Italiener würden nicht mit den Briten verhandeln. Nicht ernsthaft verhandeln. Wie viel Gutgläubigkeit trauen sie uns denn noch zu?"
Ob er es wirklich für eine gute Idee halte, fragt Weber, ausgerechnet heute eine Feier zu geben. Wer wisse schon, wie sich die Lage im Laufe des Tages entwickle.
„Gerade an diesem Abend, Weber, gerade an diesem."
Weitkamp schreitet an der Grundstücksgrenze entlang, sein Jackett vom Wind aufgedrückt, flattert, zwei verkümmerte Flügel.
Auf dem Nachbargrundstück tauchen zwei Frauen auf, die fett und fleißig Wäsche auf eine Leine hängen.

„Man hat sicherlich eine herrliche Aussicht vom Balkon des Konsulats", schnarrt die eine.
„Ja, ganz herrlich", pflichtet die andere ihr bei.
„Ein wunderschönes Land."
„Und alles so friedlich hier."
„Zum Sterben friedlich", schnaubt Weitkamp zu den beiden Frauen hinüber. „Sagen Sie, Weber, wer sind denn diese impertinenten Personen da drüben?"
Die Haushälterinnen der Nachbarn. Man habe sie für den Abend als Aushilfen engagiert.
„Auch das noch! Ich bleibe in meinem Büro. Warum hat sich in all den Jahren niemand darum gekümmert, den Zaun höher zu ziehen? Das wird mir ein Rätsel bleiben", murmelt Weitkamp. „Das Gute ist: Ab morgen kann es mir gleichgültig sein."
Was er in seinem Ruhestand zu tun gedenke, erkundigt sich Weber.
„Mich von all dem Unsinn hier fernhalten. Und Ihnen rate ich, das Gleiche zu tun."
Er verstehe nicht ganz.
„Wissen Sie eigentlich, warum Sie hier sind?"
Er sei drei Jahre in Berlin gewesen und nun versetzt worden. Daran könne er nichts Ungewöhnliches finden. Und Mailand stelle er sich, wenn er das so sagen dürfe, als eine angenehme Dienststelle vor. Besser als Frankreich oder Polen.
„Angenehm, ja!" Weitkamp lacht und nickt mit leerem Gesicht vor sich hin. Ein Pfau torkelt über den Rasen, der blaue Hals in ständiger Bewegung. Die Fontäne des Springbrunnens spuckt Wasser.
„Für wen Sie arbeiten, verstehen Sie aber schon?"
Er wisse, wer ihm das Gehalt zahle.
„Sie sind hier, weil die ganze Bagage, die man aus Berlin nachrücken lässt, nichts versteht von konsularischen Angelegenheiten. Sie müssen denen den Rücken freihalten. Sehen Sie nicht, auf was das Ganze zusteuert? Und Sie an Deck des Konsulatsdampfers halten den Kurs."
Weber will einlenken, aber Weitkamp verbietet ihm mit einem knap-

pen Handzeichen das Wort. „Sind Sie denn über Nacht blind geworden? Sie glauben doch nicht im Ernst, dass Sie hier noch etwas bewirken. Sie wollen das vielleicht glauben. Es ist ja am einfachsten für Sie, hierzubleiben."

Ganz so sei das nicht, entgegnet Weber. Er setze sich einer nicht unwesentlichen Gefahr aus, indem er an diesem Posten ausharre.

„Man sitzt bequem und wechselt, wenn es eng wird, in den Widerstand. Halten Sie sich nicht für zu heroisch, Weber, das steht Ihnen nicht. Ob Sie es ernst meinen oder nicht: Diese Taktik geht nicht auf, das verspreche ich Ihnen. Selbst wenn Sie mutiger wären: Was glauben Sie denn, von Ihrer Position aus erreichen zu können? Ich habe einen Bekannten in Rom, er ist immerhin Botschafter beim Heiligen Stuhl, auch bei ihm halte ich diese Haltung für Humbug. Und Sie, Weber, sind ein Nichts, vielleicht ein wenig mehr, aber Ihr Wert läuft steil gegen null."

Weitkamp bleibt vor der Mauer stehen, die das Gartengrundstück vor der abfallenden Böschung bewahrt.

„Diese Wiese dort hat mich immer an Irland erinnert. Seltsam, nicht wahr?", murmelt Weitkamp. „Irland? Wieso ausgerechnet Irland?" Er wendet sich ab. „Den Bericht über die Eröffnungsfeier in Bozen erwarte ich bis morgen Mittag."

Das Schönste für den Führer ist es –

Der diplomatische Dienstwagen ist praktisch entbunden von der Straßenverkehrsordnung, da nicht haftbar bei der Verletzung von Regeln und somit, hat Weber zumindest bislang geglaubt, über andere Fahrzeuge erhaben. Bislang.

Hupend rast ein Mercedes an ihnen vorbei, ein rumpeliger Fiat schneidet ihre Fahrbahn, Weber wird im Sitz nach vorn geworfen, der Fahrer hat vor zwei jungen Frauen abgebremst, die, zu stolz, um auch nur einen Blick auf den Verkehr zu werfen, die Straße überqueren. Im Süden Italiens soll der Verkehr noch chaotischer sein.

Versteckt im Anzug (Stresemann mit Seidenbinder und grauer Weste), sitzt Weber tief im Fond des Wagens, bedeutet seinem Fahrer, einen

Bogen um die Faschisten zu machen, die heute in den Straßen um die Arena aufmarschieren. Weber bittet, die Fahnen zu umfahren und das Stiefelgetrampel, das vollkommene Verkehrschaos, alles ist da, Alt und Jung, schnell wird die Straße zum Fahnenmeer! Weber lehnt sich zum Fahrer vor, er solle doch diesen Trubel umfahren. Frauen halten ihre Kleinen, die Zukunft des Landes, über die Köpfe der begeisterten Menge, gleichsam, als wollten sie sagen: Ihr gehört ihm!
Für Weber ist es ein Film, der tonlos abläuft vor dem Fenster des Wagens, ein Hollywoodspektakel ohne bildhübsche Diven, und schnell verkleinert es sich, ein Schneekugelgestöber, ein Flohzirkus, und Weber notiert im Fond des Wagens einen Brief ans Auswärtige Amt in Berlin: Die Matratze könne er, so sehr er's versuche, nicht länger ertragen. Er bitte um Anweisung, ob Kosten für den Kauf eines neuen Modells übernommen würden.
Sie biegen ab, und haben sie jetzt etwa das Ende der Parade erwischt? Nein, dieser Aufmarsch ist anders, ruhiger, ganz in Schwarz. Drei ältere Damen wollen nicht von der Fahrbahn verschwinden, hören sie denn das Hupen nicht? Sie sind so taub wie die Friedhofszypressen, und durch ihre wurzelig verzerrten Finger lassen sie Rosenkränze laufen, als sei das Ave Maria der Rhythmus, in dem sich die Stadt zu bewegen hat.
Weber und sein Fahrer nähern sich im Schritttempo dem Cimitero Monumentale. Weber sieht den Sarg, eine schlichte Truhe, an die jemand, vermutlich ein Kind, einen Stoffhund gebunden hat.
Er denkt an Berlin, an die Hochbahn am Nollendorfplatz, die Einemstraße, den Tiergarten, das Haus seiner Eltern.
Vor einem Monat war Major Weber erkrankt, von einem Tag zum anderen ein fleckiger Alter geworden, der nur noch Brei zu sich nahm, wenn überhaupt, und in der übrigen Zeit sinnlos stammelnd weinte. Weber erfuhr davon in drei Worten, per Telegramm nach Mailand geschickt: Komm umgehend. Mutter. *Weber allerdings hatte eine Verhandlung zu beenden, kurz vor dem Abschluss sie zu verlieren, sie an Mehring oder gar Kobus zu übergeben, wäre ihm nicht in den Sinn gekommen, vier Stunden, dann war es geschafft, vielleicht sechs, so lange würde der Major*

es verkraften, so schnell ist niemand totzukriegen, und Weber saß kurz darauf im Nachtzug, lief durch Charlottenburg, durch die Rauchstraße, wo er den Herrn Nuntius traf – „Guten Tag, Eure Exzellenz." –, Orsenigo nickte ihm zu, ein, wie Weber findet, angenehmer Mann, der es versteht, den Dissens zwischen Kurie und Reich so kleinzuhalten, wie es gerade geht. Der Nuntius rauschte in seiner Soutane die Straße hinunter, und Weber stand im Schlafzimmer seiner Eltern, ein bleicher Körper aufgebahrt, das sollte sein Vater sein, der sah zuletzt doch anders aus, und seine Mutter flüsterte Weber zu: „Nimm deinen Hut ab, Junge."

Man hatte den Major in eine Kiste verstaut und ihn dann, wie man sagt, beigesetzt. Auf dem Friedhof – denn umsonst war Weber nicht angereist! – hielt er die Hand seiner Mutter. Auf ihrer Stirn Falten, in ihren Augenwinkeln Falten, auf ihren Wangen Falten um Falten, die sich kreuzten, einander verschlangen, leise zischelnd: eine Schlangengrube. Auf dem Grab ein Kranz von einem Untergebenen Görings oder von einem Untergebenen eines Untergebenen Görings oder von einem Gauleiter aus der Nachbarschaft, den Weber nicht kennt, nicht zu kennen wünscht, mit dem Weber sich nicht abgibt, denn er, Weber, bewegt sich in anderen Sphären. Er, Weber, hat sich nie mit denen eingelassen, ist er sich sicher.

„Herr Vizekonsul, wenn ich bitten darf." Der Chauffeur öffnet Weber die Wagentür, Weber wirft noch schnell einen Blick auf die Unterlagen, dann steigt er aus, beginnt seinen heutigen Rundgang in der Mailänder Gesellschaft, Professor Schiruzzi (Freundschaftsbesuch), Comtessa Vechiella (das, was zumindest die Comtessa für einen Freundschaftsbesuch hält und Weber für eine Zumutung), der deutsche Unternehmer Krinsberg (offiziell), das ist alles für heute, pünktlich vor dem Beginn des Kostümballs um vier wird er zurück im Konsulat sein, um sich in seinem Büro umzuziehen, vielleicht bleibt zuvor noch Zeit, ein spätes Mittagessen in der Innenstadt einzunehmen. Wenn die Comtessa ihn nicht zuvor mit ihren furchtbaren Plätzchen vergiftet hat.

Irgendwo bellt ein Hund, oder ein Auto bremst, eine Flasche Sekt wird knallend geöffnet. Am Springbrunnen des Konsulats blickt Weber auf die verspiegelten Kacheln des Bassins. Die Fontäne spuckt einen Strahl in die Luft, das Wasser prasselt ins Becken zurück. Falten über Falten. Ein gealtertes Webergesicht am Grund. Er hört die Stimmen um ihn her, eine Flut aus Geräuschen, und er sieht in einiger Entfernung die Gräfin, deren Name Weber stets entfällt, obwohl er ihr auf jeder Veranstaltung in und um Mailand begegnet, überlegt Weber. Nie gelingt es ihm, ihr zu entgehen, immer hat sie ihn früher entdeckt als er sie, und sie kommt jedes Mal mit gierigen Augen auf ihn zugeweht, „Herr Konsul, welch eine Freude!", und nur wenn das Buffet eröffnet wird, kann er sich sicher sein, ihr nicht in die Arme zu laufen. Sie scheint alle Nahrung, die sie zu sich nimmt, auf Empfängen abzugreifen, und Weber ist seit Monaten mit Mehring in Dissens darüber, ob das eine Mode ist unter dem verarmten Adel der Region oder allein das Markenzeichen der Gräfin.
Weber betrachtet sein in den Wellen untergehendes Gesicht. Er hört die Stimmen um ihn her, eine Flut aus Geräuschen, ahnt bereits die Sätze der Gräfin: „Herr Konsul, meinen Sie denn, die Gerüchte seien ernst zu nehmen?"
Da sieht er sie in der Tat auf sich zu schwirren, er strafft seine Schultern, versucht, sich seinen Widerwillen nicht anmerken zu lassen, auch er tritt einen Schritt auf sie zu, aber da ist sie schon an ihm vorbeigelaufen, Weber hört hinter sich ihre Stimme: „Herr Mehring, dringend wollte ich mit Ihnen sprechen! Sagen Sie, sind denn Sie der Meinung, dass man sich Sorgen machen müsste?"
Weber begreift nicht –. Er streicht sich die Haare zurück, langsam dreht er sich um, betrachtet die Gräfin, die aufgeregt auf den Kulturattaché einredet, keiner von beiden nimmt von ihm, Weber, Notiz, und nicht nur das: Auch die anderen Gäste blicken an ihm vorbei, so als sei er, der Vizekonsul, ein überflüssiger Gast, ein Mann am Rand, den niemand erkennt.
Sie sind ein Nichts, Weber, vielleicht ein wenig mehr, aber Ihr Wert läuft steil gegen null.

„Köstlich, nein, wirklich, Herr Mehring! Köstlich! Sie als Mephisto, ganz vortrefflich!“
„Aber nicht der von Goethe, Comtessa, nicht der von Goethe möchte ich betonen.“
„Nun, wissen Sie, für mich sieht ja ein Teufel wie der andere aus.“ Laut lachend schwankt die Gräfin vor Mehring, greift sein Handgelenk. „So köstlich!“
In der nahe gelegenen Kirche dröhnt die marode Turmuhr, und um Weber erhebt sich lautes Stimmengewirr: Zwei SS-Männer betreten das Grundstück, stechen mit dummdreistem Blick ihren Arm in die Höhe. Die Gräfin murmelt: „Meine Güte“, tätschelt dem Kulturattaché das Handgelenk. „Gehören die etwa zu Ihnen?“
„Nicht direkt“, erklärt Mehring.
Einen Spazierstock schwingend kommt der ehemalige amerikanische Konsul in einem zu engen Anzug auf sie zu, sein Gesicht weiß geschminkt, riesige Schuhe vor sich her schleudernd.
„Ich bin rein privat hier, nicht dass Sie sich wundern, lieber Herr Mehring. Ein hübsches Fest im Übrigen“, bemerkt Wilmot und rückt an seiner Melone. „Allerdings, Ihre Kollegen da drüben, die gefallen mir nicht allzu gut.“
„Das sind nicht seine Kollegen“, klärt die Gräfin ihn auf. „Nicht direkt, Mister Wilmot“, flüstert sie und tätschelt ihm das Handgelenk.
„Wollen wir hoffen, dass wir das jetzt nicht häufiger von Ihnen geboten bekommen“, murmelt Wilmot.
Mehring, die Hände in der Hosentasche, wippt auf seinen Schuhsohlen leicht vor und zurück, zieht eine Hand hervor, die Rechte, gestikuliert gekonnt, zurückhaltend, aber präzis, und streicht sich über das Haar im Nacken.
Mehring hat seine Rolle übernommen, kommt es Weber in den Sinn, und er ist sich einen Moment lang nicht sicher, ob doch er, Weber, es ist, der zwischen der Gräfin und dem alten Konsul a. D. steht, Wilmot, der gerade noch rechtzeitig seinen 70. Geburtstag gefeiert hatte, um nicht nach Carpi ins Lager gebracht zu werden. Eine Feier mit der halben

Mailänder Oberschicht und Anzeigen im Tagesblatt, laut und rauschend hatte er den Geburtstag gefeiert und drei Jahre zu früh, aber weder die Italiener noch die SS sind darauf gekommen, dass er erst 67 war, als Italien in den Krieg eintrat. Wilmot allerdings scheint heute seinen Landsleuten nach Carpi hinterherreisen zu wollen. Ein Chaplin-Kostüm! Ausgerechnet!

Weber blickt sich zu den beiden SS-Männern um, die im Stechschritt vor der Gartentür auf und ab gehen, stehen bleiben und sich eine Weile betrachten. Und ist das nicht Kobus, der da in der SS-Uniform steckt, der jetzt, mit strammem Schritt auf Weber, nein, auf Mehring zugeht, seine Reitpeitsche gegen das ausgestellte Hosenbein federn lässt?

„Herr Wilmot. Frau Tuzzi." Kobus reicht ihnen die Hand. „Sehen Sie mich nicht so an, Mehring. Ich weiß, ich habe mich darüber ausgeschwiegen. Es sollte eine Überraschung für die Feier sein."

„Ich bin mir nicht sicher, ob ein Kostümball den Missbrauch von Uniformen legitimiert."

„Missbrauch? Sagen Sie bloß, ich mache eine schlechte Figur darin! Kommen Sie, ich habe Hunger, wollen wir sehen, was unserem verehrten Herrn Konsul aufzutreiben gelungen ist." Er zieht, die Reitpeitsche noch immer in der Hand schwenkend, Mehring mit sich, der an seinen Mephistohörnchen zupft und mäkelt: „Es ist ja gar kein richtiges Kostüm, was Sie da tragen."

Sie gehen direkt an Weber vorbei. Keiner von beiden blickt ihn an. Es ist, als sei Weber aus dem Abend herausgeschnitten.

Ihr Wert läuft steil gegen null.

Er ist niemand. Der Mann am Rand.

Weber.

Er eilt ins Innere des Konsulats, Streichermusik klingt ihm entgegen. Der Empfangssaal ist mit violetten Tüchern dekoriert, blonde Mädchen mit venezianischen Ledermasken stehen an den Wänden und verschenken Lilien. Weber hastet durch den Saal, vorbei an den müden Blicken der Mädchen, die die Blumenstiele zwischen ihren Fingern drehen und wohl merken, dass sie hier stehen wie exotische Tiere, eine Sensation zum Angucken und Wieder-Vergessen. Weber aber wird nicht einmal gesehen.

Der Speisesaal öffnet sich vor ihm, ein Dschungel aus künstlichen Efeuranken. In grünen Fensterscheiben bricht sich das Licht und verwandelt sich in Seewasser, nah am Grund fließend und algenverhangen. Im nächsten Raum, dem Frühstückszimmer, sind die Farben noch drückender, und Weber denkt an Weitkamp, der das Zimmer schon lange nicht mehr ausstehen kann. Früher habe ein Frühstück im kleinen Saal mehr Gänge gehabt, als Gäste da waren. „Und jetzt, Weber? Ich schäme mich ja, meine Gäste mit diesen Kriegsrationen abzuspeisen. Nein, Diplomatie kann man in diesen Tagen nicht mehr machen. Diplomatie nicht.“

Auch hier dreht sich niemand nach Weber um, man bemerkt ihn nicht einmal, er scheint trotz seines weißen Gewands sich in der dunklen und üppigen Dekoration aufzulösen. Vielleicht, überlegt er, ist es das Schlechteste nicht? Einen Abend lang enthoben aus seinen Verpflichtungen, nichts anderes zu sein als ein stiller Beobachter, und er denkt: verschwunden. Einen Abend lang verschwunden.

Den letzten, kaum erleuchteten Raum der Feier auslassend, die Bibliothek, die Weitkamp mit purpurroten Tüchern auszukleiden bestimmt hat, kehrt der Mann, den niemand erkennt, um. Er flaniert, seine weiße Soutane raffend, zurück Richtung Ausgang, er wird, stellt der Mann sich vor, das Gebäude verlassen, das Gelände des Konsulats, die Gespräche, die Verkleidungen, alles nach Weitkamps Abgang ins Unüberschaubare Flutende hinter sich lassen, er wird, von niemandem erkannt, verschwinden.

Doch bis dorthin, weiß Weber in diesem Moment, wird er es nicht schaffen.

Denn da kommt Anna auf ihn zu –

Mit der Linken schiebt sie ihre Augenbinde hoch, lächelt ihn an. „Gut siehst du aus, Konrad.“ Sie streicht über seine weiße Soutane, lehnt sich vor und küsst ihn auf die Wange.

Das gehe so auf keinen Fall, flüstert Weber ihr zu. Wolle sie ihn vor allen seinen Mitarbeitern lächerlich machen? Als Justitia! Das sei die Höhe. Warum sie sich denn nicht gleich an den Eingang stelle und Flugblätter verteile.
Weber greift seine Frau am Arm, will sie von hier fortbringen, aber sie stehen im vorletzten der Zimmer, sie müssten die gesamte Feier durchqueren, um zum Ausgang zu gelangen. Nur das letzte Zimmer gibt es noch. Das Dunkle. Da würde niemand Anna erkennen, überlegt Weber, und er will sie dorthin drängen, doch Anna erklärt ruhig: „Weitkamp wünscht dich zu sprechen. Er wartet in seinem Büro auf dich."
„Weitkamp? Ist er denn nicht hier unten? Er muss doch – er kann doch nicht einfach –"
„Er wartet in seinem Büro auf dich", wiederholt Anna und lässt ihre Finger über Webers Schulter fahren.

Weber rauscht in seinem weiten Gewand durch die Flure, stolpert mehr die Treppen hinauf, als dass er schreitet, erreicht Weitkamps Büro, klopft an. Auf Zuruf öffnet er die Tür. Ein großer, hell ausgeleuchteter Raum mit weißen Raubtierstatuen in den Regalen und auf dem Schreibtisch, die ablenken von dem darüberhängenden Führer-Porträt (missmutig dreinblickend oder, wie es gemeint sein könnte: entschlossen).
Weitkamp blickt auf: „Weber, wie gut, Sie zu sehen. Wenn ich auch sagen muss – Ihre Verkleidung – Geschmackssache. Welcher Papst sind Sie denn? Della Chiesa?"
Das verbitte er sich. Wie ein verwachsener Choleriker sehe er wohl nicht aus. Er sei einen Meter zweiundachtzig groß, gar kein Vergleich zu Benedikt!
„Ich dachte nur, Sie könnten vielleicht an den Friedenspapst gedacht haben. Warum auch nicht? Man wird dieser Tage zynisch oder verrückt. Kommen Sie, Weber, kommen Sie. Ich wollte etwas mit Ihnen besprechen."

Weber tritt vor den Schreibtisch, er hat ein ungutes Gefühl, aber er kann weder sagen, auf was es sich bezieht, noch, was es hervorruft, ob es das Papstgewand ist, in dem er vor seinem Vorgesetzten steht, oder die glänzendbleichen Raubtiere um ihn her oder etwas vollkommen anderes, und er erwidert: Natürlich, Herr Weitkamp. Man habe bisher alles ordnungsgemäß durchgeführt, sogar die erhoffte Sektlieferung sei rechtzeitig und unversehrt eingetroffen.
Er sieht die lauernden Figuren in den Regalen, er hört Weitkamps Stimme, bestimmt, beinahe herrisch:
„Jetzt sind Sie also hier, um einen der Parteimänner zu stützen. Ja. Ganz recht. Sehen Sie mich nicht so entgeistert an, Weber. Oder ist das die Brille, die Sie tragen? Fensterglas, nicht wahr? Sie haben also immer noch die Hoffnung, bald auf meinem Platz zu sitzen? Nun, die Hoffnung sollen Sie behalten, stützt vielleicht die Moral, wer weiß – man hat wenig genug davon in diesem Jahr. Ich will Ihnen allerdings nicht vorenthalten, dass ich vor einer Stunde mit dem Amt in Berlin telefoniert habe. Man zieht derzeit einen Prokuristen aus Lübeck als vorläufige Besetzung für meinen Posten in Erwägung. Aber gut: vorläufig. Zeitweilig. Vorübergehend, so Gott will. Aber es scheint mir nicht ausgeschlossen, dass Sie von dort oben als ewiger Stellvertreter geplant sind, nur hier, um zu erledigen, was der Parteigesandte nicht kann – mein Nachfolger, könnte man sagen, wenn das Wort in diesem Zusammenhang nicht so lachhaft wäre. Ein Mann, der keine Ahnung hat von Diplomatie, nicht von Rechtskunde, nicht vom Konsularwesen, er hat nach der Schule nicht studiert, sondern Weizen verkauft, als Prokurist in einer Getreidegroßhandlung. Und Ribbentrop, der liebe Sekthändler, hält das natürlich für eine großartige Voraussetzung, um ihn in den diplomatischen Dienst zu setzen. Ein früherer Leiter der Firma soll zudem Konsul gewesen sein, anno 1880. Somit ist dieser Prokurist geradezu prädestiniert, mein Erbe anzutreten.“ Weitkamp lacht trocken auf. „Aber ganz so dumm sind Sie nicht, und deshalb hat man Sie herbeordert, denn ohne Sie, Weber, ist er nichts, ohne Sie kann er nicht das einfachste Amtsgeschäft abwickeln. Denken Sie daran, wenn Sie wirk-

lich hier bleiben wollen." Weitkamp hat seine Augen weit aufgerissen, ein Kinderblick umgeben von alter Haut und borstigen Brauen. „Was nach uns kommt, Weber, das sind keine Diplomaten mehr." Er blickt direkt durch die Fensterglasbrille in Webers Augen. Webers Lider flackern. Er ist sich nicht sicher, ob dies ein von Weitkamp eingefädeltes Verhör ist. Für die eine oder die andere Seite.

„Ich weiß nicht", fährt Weitkamp fort, „ob ich so offen mit Ihnen reden darf – oder sollte. Kann ich Ihnen vertrauen? Wie gut kenne ich Sie denn? Ich sage Ihnen eins: Man kennt mittlerweile niemanden mehr gut. Es wäre klüger von mir, ich hielte mich aus der Sache heraus, würde gar nicht mehr sprechen, ja, das werde ich bald tun, ich werde mich in meinen Ruhestand verkriechen und euch zusehen, wenn mir nach ein wenig Irrsinn zumute ist. Entschuldigen Sie, Weber, ich bin mir jetzt sicher, dass ich so nicht mit Ihnen reden sollte, mit niemandem, aber es ist mir gleichgültig. Mir ist bald alles gleichgültig, und ich hoffe, wenigstens Ihnen vertrauen zu können. Vielleicht irre ich mich, wer weiß."

Weitkamp wendet sich zur Seite. Will er Webers Blick ausweichen, diesem durch zwei runde Fensterglasstücke gebündelten Blick? So sacht, als handelte es sich um ein wirkliches Haustier, streicht Weitkamp über den Kopf einer Leopardenfigur.

Man wird dieser Tage ironisch oder verrückt –

„Was nach uns kommt, Weber – wir sollen uns nicht darüber unterhalten, sagt man. Ach was, sagen! Das traut sich heutzutage kaum noch jemand. Entweder man schwatzt sinnloses Zeug, oder man mauschelt, tuschelt, was weiß ich. Kann ich Ihnen trauen? Das weiß ich nicht, und vielleicht wissen nicht einmal Sie es. Aber, Weber, ich hatte Sie drei Jahre lang in der Rechtsabteilung, Sie haben, wenn ich es so sagen darf, bei mir gelernt, ich habe Sie in den Stand des Diplomaten gezogen. Wenn ich nicht mal Ihnen trauen kann, ist es mir gleichgültig, was passiert. Dann ist mir alles gleich, und ich möchte meinen, ich habe mir diese Haltung verdient, ich habe mehr Städte gesehen, als die meisten Menschen auch nur vom Namen her kennen, ich war für den Kaiser in Kowno, ich war während der Republik in Teheran und in Den Haag

und jetzt bin ich möglicherweise am Ende, oder sagen wir, in Mailand." Weitkamps Finger streichen über das kalt an den Katzenkörper lasierte Fell, über den gebuckelten Rücken. „Kowno ist die schönste Stadt der Welt. Sie ist grau und eisig und abgemagert wie eine Bettlerin am Straßenrand. Aber wir sind eben keine Bürger, wir sind Gesandte unseres Landes, und damit tragen wir ein Stück dieses Landes in unserm Blick, und wir sehen niemals nur Mailand, Weber, wie ich damals auch Kowno mit den Alleen, mit den stuckverzierten Häusern, mit den Balkonen und Karyatiden des wilhelminischen Berlins gesehen habe."

Die dicken Musselinvorhänge (Mussolini, denkt Weber) blähen sich auf. Aber ist das, überlegt Weber, überhaupt möglich? Sind diese Vorhänge nicht zu schwer, um von einem Windhauch bewegt zu werden? Er blickt sich um, fürchtet etwas und ist sich nicht sicher, was.

„Mit dem Schulbau ist es auch noch nicht weitergegangen?", fragt Weitkamp, der jetzt mit den Nägeln über den Kopf seiner Porzellankatze kratzt.

Nein, er bedaure, der Krieg verhindere einen planmäßigen Ablauf des Bauvorhabens. Lässt Weber sich etwas anmerken? Eine unruhige Geste mit der Hand? Eine Locke, die plötzlich nicht mehr vom Haarwasser gehalten wird, sich widersetzt, in seinem Nacken absteht? Aber anmerken, was soll es? Weitkamp weiß doch Bescheid, ist Weber sich beinahe sicher.

„Sie machen das schon, Weber. Ich kann ja zumindest davon ausgehen, dass das Geld bei Ihnen in guten Händen ist."

Gewiss, erklärt Weber. Gewiss.

„Ach, und Weber, apropos: Auch wenn Sie ab morgen nicht mehr mein Untergebener sind – würden Sie noch einmal für mich nach Basel fahren? Einige Bankgeschäfte mit Brandes für mich regeln? Ich würde ja selbst, wenn nur nicht dieses Rheuma – ich werde mich erkenntlich zeigen, Weber, wenn Sie es noch einmal für mich übernähmen."

Und Weber antwortet: Ja, natürlich. Er starrt, noch immer nickend, auf Weitkamp, der einen Umschlag für Brandes aus seiner Schreibtisch-

schublade holt. Weber denkt an den kleinen Schweizer, er denkt an die Devisentransfers, an das Geld für die Mailänder Schule. Weiß Weitkamp, überlegt Weber, doch nichts davon? Er ist sich in diesem Moment nicht sicher, wo das Spielfeld aufhört. Wo es überhaupt anfängt.
„Sehen Sie da draußen?" Weitkamp deutet auf das Fenster. „Schauen Sie über die Dächer der Häuser hinweg, vergessen Sie Mailand. Erkennen Sie die Berge dort? Da, irgendwo, sitzen die Partisanen, viel mehr, als Sie sich vorstellen können, und lauern auf den richtigen Moment. Ich rate Ihnen eines, Weber, warten Sie nicht so lange ab."

Als die erste Rakete zündet, glaubt Weber, er habe Dornen geschluckt, jemand habe sein Essen vergiftet, irgendetwas Schreckliches sei passiert. Er hat das Papstkostüm in seinem Büro gegen seinen gewöhnlichen Stresemann eingetauscht, und über ihm zerfällt ein Leuchtstreifen in rote Funken, ein zweiter in blaue und dann immer mehr Funken, die den Himmel verscheuchen. Sekunden später löst sich alles auf, die Farben gehen im Lärm der lachenden Gäste unter, der klirrenden Gläser, eines vom Leuchtrausch tollwütig kläffenden Hundes.
„Herr Weber, ich habe schon nach Ihnen gesucht." – „Ach, Herr Weber, hier sind Sie." – „Herr Weber, wir dachten schon, Sie kämen nicht mehr!"
Wippende Federn auf Damenköpfen, Papageienkleider, Masken in der Form von Vogelschnäbeln. Etwas abseits von der Gesellschaft steht ein Mann in einem Ledermantel. Anstelle einer Maske hat er sich ein schwarzes Stoffband über die Augen gebunden, zwei Schlitze darin, er dreht eine Glasscheibe in der Hand und Weber meint – aber das kann ja nicht sein! – das Blitzen des abgebrannten Feuerwerks darin widerscheinen zu sehen.
Wer das sei, will Weber von Mehring wissen.
„Jemand, der nicht hierher gehört. Ein Glas Sekt für Sie, Weber? Ach, ich vergaß, Sie trinken ja nicht."
Ob man Genaueres über den Mann wisse?
„Um sechs hat ihn der Erste bemerkt", berichtet Mehring. „Bislang ist

unklar, wie er hereinkam. Ich habe Kobus geschickt, seine Einladung zu prüfen, er hatte eine bei sich, die auszustellen sich allerdings niemand erinnert. Wir haben davon Abstand genommen, ihn von der Feier zu verweisen. Herr Konsul, es hätte zweifelsohne mehr Unruhe gebracht als seine Anwesenheit."
Zweifelsohne, murmelt Weber, lässt Mehring, zwei Gläser Sekt in den Händen, stehen und schlendert auf den Fremden zu, hie und da Gästen zunickend und unverbindlich in die Runde lächelnd.
Als Weber sich ihm nähert, grüßt der Fremde höflich, und ehe Weber sich vorstellen kann, um dadurch als Erwiderung den Namen seines Gegenübers zu erfahren, erklärt der Mann mit weicher Stimme:
„Vielleicht werde ich Ihnen bald danken müssen, Herr Weber."
So? Weber ist sich nicht sicher, ob es eine Frage war oder eine Feststellung und somit etwas, gegen das man nichts mehr ausrichten kann. Er wippt, die Hände in den Hosentaschen, auf seinen Schuhsohlen vor und zurück. Manchmal würde er es vorziehen, wenn er anderen etwas zu verdanken hätte, erklärt er.
Der Fremde lacht, dreht die Glasscheibe in der Hand – wieder blitzt etwas auf.
„Es wird bald zu regnen beginnen", verkündet der Mann.
Weber blickt in den Himmel: keine Wolke. Auch kein Funken Feuerwerk treibt sich dort verspätet herum, und in der Hand des Mannes dreht sich nichts als ein durchsichtiges Stück Glas. Weber bemerkt, dass Kobus und zwei Gäste musternd zu ihnen herüberblicken. Weber nickt dem Mann zu und entfernt sich von ihm, zurück in den Bauch der zwitschernden, klirrenden, kläffenden Gruppe.

„Passeport?"
Weber schüttelt den Kopf, Weber scheucht die Bilder fort. Ein kleiner Mann in Schweizer Uniform steht vor ihm, dem Gesichtsausdruck nach schon eine ganze Weile. Weber braucht einige Augenblicke, bis er sich wieder in der Welt, oder sagen wir: in seinem Abteil im Zug Bonn–Zürich zurechtfindet. Es ist 1951, er befindet

sich auf der Rückreise von seinem Besuch bei Rippler. Vor dem Fenster ist die Umgebung reglos, der Zug, schließt Weber, steht somit still, es ist, schließt Weber, somit die Grenze. Dahinter hört Deutschland auf, dahinter gelangt er wieder in sein Schweizer Leben.

Das Männchen kratzt über die Knöpfe seiner Uniform, wiederholt in Französisch: „Passeport?“, verlangt englisch: „Passport!“

Drittes Kapitel. Vakuum.

Ganz Zürich versinkt im Grau, eine tote lautlose Masse, in der die Tage nicht mehr Tage sind, und Weber kraftlos auf dem Kanapee, Weber vor dem Fenster, vor dem Spiegel im Bad, vor den Büchern, vor Annas hässlichem Holzkreuz, vor dem Schachtisch, den beiden geschlagenen Springern, dem Läuferopfer, das seit Jahren niemand zu holen wagt. Er rührt einen Turm an und findet es nutzlos.

Wie gewohnt geht er durch Zürich spazieren, wie er es sich auf Rat seines Arztes angewöhnt hat, nach dem Essen eine Stunde, und er wartet darauf, dass es ihn erfrischt, wie er es gewohnt ist, körperlich und geistig erfrischt. Er wartet darauf seit Tagen, seitdem er aus Bonn zurückgekehrt ist, aber er sieht nur noch die grauen Straßen, die grauen Fassaden der Häuser, ihr graues Inneres, und selbst die Bäume sind grau, schon die Knospen, die sich im März durch die Rinde kämpfen, werden nichts als grau sein, und Weber muss sich eingestehen, dass alles in einem grauen Rachen verschlungen ist, dass sie alle besiegt sind von diesem Fahlen, das mehr ist als eine Farbe, eine Lichtbrechung, und dass keine Hoffnung besteht, in nächster Zeit aufzuwachen und beim Öffnen der Augen den Bleifilm über der Umwelt weggewischt zu finden.

Weber fragt sich, wie Kinder in dieser Umgebung wachsen können. Aber vielleicht wachsen sie ja gar nicht, vielleicht bleiben sie klein und zwergenartig und altern nur umso rascher in ihren engen Körpern. Er wird Doktor Niedecker fragen. Nein, er wird ihn nicht fragen. Der Arzt versteht nicht, wovor Weber Angst hat. Der Arzt kennt nur die Organe und seine kleinen Tricks, mit denen er aus ihnen herausklopft, ob sie funktionieren oder nicht, was für ihn lediglich einen Unterschied in der Abrechnung bedeutet.

Vielleicht, überlegt Weber, lebt nur er unter diesem Bleifilm.

Webers Fahrer lenkt den Wagen die gewundene Straße nach Como hinauf, Weber betrachtet die weißen Handschuhe auf dem Lenkrad, während irgendwo, weit entfernt, deutsche Truppen über die Europakarte hetzen, Ereignisse aus Druckerschwärze. Neben ihm sitzt Palmer, ein Aufschneider aus Berlin, dem die Partei hier Urlaub bezahlt.
Es ist ein Frühlingstag 1943, und Tretboote schaukeln vor ihnen, weiß, braun und schwarz, wie Pferde, die unruhig an ihren Zügeln zerren, die Taue quietschen über dem Wasser, sie warten auf Weber, wie Pferde warten, in der Alltagsmelancholie der sie umgebenden Koppeldrähte. Weber tätschelt das lackierte Holz, er hat eine Schwäche für Tretboote.
Das Boot Nummer 4, glänzend weiß mit hellgrünen Sitzen, schmatzt im Wasser, als Weber hineinbalanciert. Der Parteischnösel stampft hinter ihm her, bewegt sich in den Lackschuhen wie in Militärstiefeln, schubst das Boot in einen Veitstanz, dass Weber beinah das Gleichgewicht verliert. Ehe er sich gefangen hat, ist Palmer auf der Steuerseite in den Sitz gesackt, schiebt sich eine Sonnenbrille vor die Augen, sitzt breitbeinig da, ohne dass seine Füße die Pedale berühren. „Na, dann machen Sie mal, Weber."
Weber zögert einen Moment, fragt sich, ob er richtig verstanden hat, er sieht noch einmal auf die Schuhe Palmers, aber tatsächlich, weitab von den Pedalen glänzen sie in der Sonne. Palmers laute Stimme: „Na los, Weber, ich habe nicht den ganzen Tag Zeit."
Und Weber beginnt zu treten, erst schwerfällig, doch je mehr das Boot an Fahrt gewinnt, desto leichter geht es, und Weber, Schweiß auf seiner Stirn, versucht zu vergessen, dass er es ist, der tritt, blickt sich um, als wäre alles wie immer. Die blitzblanken Fassaden an der Uferpromenade, die verfallenen Häuser am Hang, die weichen Waldkuppen der Berge. Steinmauern, die ein Stück vom See abspalten und wie Vorgartenwiesen verwalten. Ein Pflanzenarm spickt ins Wasser.
Der Parteischnösel, weit zurückgelehnt auf dem lackierten Holzsitz, die Hände hinterm Kopf verschränkt: „Man hört, es gäbe einen Zaubertunnel in Mailand."

Weber vergisst vor Überraschung zu treten, die Pedale, noch in Schwung, hacken ihm von hinten in die Achillessehnen.
Wie er das zu verstehen habe, fragt er, den Schmerz unterdrückend.
„Von Zeit zu Zeit scheint Geld in diesen Tunnel zu fallen und im Nichts zu verschwinden. Manche meinen auch, es käme in der Schweiz wieder zum Vorschein."
Tatsächlich?
„In Berlin fragt man sich, was Sie, Herr Weber, wohl davon halten."
Die weichen Buckel der Berge, zerlöchert von einigen hoch liegenden Gebäuden. Möwen taumeln auf den Uferwellen.
Nun ja. Weber lächelt in den Himmel, holt Luft: Nun ja! Er lehnt sich vor, um Schilffasern von der Bootsschnauze zu wedeln.
„Ich hoffe doch, Sie haben eine Meinung?"
Weber taucht seine Hand in den See, lässt das Wasser über seinen Puls fließen, sein Gesicht bringt er zurück zur Ausdruckslosigkeit, und er antwortet: Man könnte mutmaßen, dass jemand die fremde Währung benutzt, um durch Devisentransfers Gewinne für das Reich zu erzielen.
„So", murrt Palmer und spuckt ins Wasser. „Denken Sie das?"
Auf der anderen Seite natürlich, wispert Weber, ist ein unkontrollierter Devisenhandel, an Recht und Gesetz vorbei, in keiner Weise akzeptabel. Ja, man müsse alles daran setzen, die Verantwortlichen ans Licht zu bringen.
Palmer rückt an seiner Sonnenbrille, lehnt sich auf dem Sitz zurück. Webers Beinchen strampeln wie die eines auf den Rücken gefallenen Insekts, er spürt den Schweiß über seinen Rücken laufen, über seine Brust, er ahnt, dass sich riesige dunkle Flecken auf seinem weißen Sommerhemd abzeichnen, und ihr Boot prescht durchs Wasser, zieht an anderen Ausflugsschalen vorbei, aus denen ihnen dicke Damen mit Sonnenhüten zuwinken.
„Was also schlagen Sie vor?", fragt Palmer.
Weber schuftet das Boot, den Parteischnösel und die als Lackschuhe getarnten Militärstiefel vorwärts, seine Beine zucken, als versetzte man ihnen Stromschläge, als sei das Boot aus Metall, an das sich Zitteraale

gesaugt haben, und irgendetwas scheint in der Tat nicht in Ordnung zu sein, das Ufer sackt tiefer und tiefer, sieht Weber in den Himmel hinein, da hört er Palmer schreien, ein entferntes Geheul, wie in Wolken gepackt: „Scheiße, Weber, haben Sie das denn nicht gesehen?"

Weber, wie aus Tiefschlaf erwachend, einem sirupartigen Albtraum, dessen Fäden ihm noch klebrig in den Haaren hängen, wendet sich zu Palmer um, der hinter Webers Rücken herumfuchtelt.

„Wollen Sie uns umbringen mit diesem Wrack? Tun Sie doch was!"

Ihr Boot zieht an anderen Booten vorbei, aus denen Damen zu ihnen herüberwinken, während Palmer mit hohler Hand Wasser aus dem Heck schöpft, seine Lackschühchen tanzen über der Sitzbank, „machen Sie doch was", fleht der Parteischnösel, und Weber lehnt sich zurück, lässt seinen Sitz unter sich knacken, er betrachtet die über das Holz gekrakelte Linie, durch die Wasser einsickert. Wie ein Fluss, wie die Elbe oder die Weichsel, überlegt Weber, wie die Weser sieht die Linie aus, mit einer breiten Mündung, durch die das Wasser sprudelt, viel schneller, als Palmer schaufeln kann, und während weit entfernt Landkarten gewonnen werden, topographische, historische und politische Karten zusammengerollt und in einem Tresor in der Wilhelmstraße eingeschlossen werden, während Weber von der Seite das rote Gesicht des Schnösels betrachtet, die vom Wasser strähnigen Haare, die geröteten Augen, die, bemerkt er, tränenden Augen, da wird ihm klar, dass Palmer nicht schwimmen kann, dass er, keine fünfzig Meter vom Ufer entfernt, glaubt, um sein Leben zu schaufeln.

Weber sieht wieder nach vorn, tief in den Himmel hinein, der das Blau eines Kindermärchens hat, er atmet durch, lauscht dem Wasserschöpfen hinter sich, stellt sich vor, wie es wäre, wenn Folgendes möglich wäre:

Sein helles Sommerjackett abzulegen, es sorgfältig zusammenzufalten. Ein Himmel, endlos weit, und der Geruch der Wasserpflanzen, die unter dem Bootsboden sich schlängeln und ineinander verrenken. Er steht auf, das Boot schaukelt, sackt tiefer, ein wenig näher noch an die Pflanzen, die unter ihnen wimmeln, einander verschlingen, leise zischeln: in die Gräsergrube. Und Weber, einen Fuß auf dem Rand, be-

reit zum Springen: „Das Wasser bekommen wir nicht mehr raus. Gib's auf!" Die Augen des Schnösels blank, zwei in den See getretene Kiesel, und Palmer beginnt zu wimmern, kurze, aufgeregte Säuglingsschluchzer, und er liegt vor Weber auf dem Boden des Bootes, seine Hose, sein Hemd, sein Gesicht vom Seewasser durchnässt, „Sie dürfen nicht schwimmen, Sie dürfen mich hier nicht allein lassen", und Weber, einen Fuß auf dem Rand, schunkelt das Boot in einen immer weiter sich öffnenden Hochsommertag, Licht spritzt von den Wellen auf, eine Alge durchreißt die Membran des Sees, „bitte, bitte, Weber, haben Sie Mitleid mit mir!"

Und Weber im knarrenden Steuersitz, hinter sich das Schöpfen, um sich die lachenden und winkenden und dicken Damen, stellt sich vielleicht auch dies vor: Wie er hineinspringt, noch ein letztes Mal einen Lackschuh gegen Holzplanken schlagen hört, und Rufe, fiepend wie die eines Hamsters, den man unter Wasser drückt, und Weber schwimmt, vor sich das auf und nieder schaukelnde Ufer, die blitzblanken Fassaden an der Promenade, die verfallenen Häuser an den Hängen, Weber schwimmt mit kräftigen und regelmäßigen Zügen. Er stellt sich vor, wie er sich an Land zieht, seine Hose von Erde verschmiert, wie er dasitzt mit angezogenen Knien, seine Haare und seine Kleidung trocknen lässt in der Hitze und dem unendlichen Licht, auf den See hinausblickt. Auf die Fläche, über die kreisrunde Wellen ziehen.

Was wäre Palmer, wenn er ertränke in einem Ausflugsboot mit hellgrünen Sitzen, während seine Freunde mit Bauchschuss in der Weichsel verbluten? So viel Panik in einem einzigen Gesicht hat Weber noch nicht gesehen.

„Weber, tun Sie endlich was!" – das Wimmern eines Säuglings – „Sie werden's bereuen, wenn Sie nicht spurten" – der Geruch der Wasserpflanzen – „Sie wollen doch nicht, dass man schlecht über Sie denkt" – von den Wellen um sie geworfene Lichtrisse – „Sie wollen nicht Ihre Karriere riskieren wegen eines lächerlichen Bootsausflugs!"

„Herr Doktor Weber bitte!"
Weber schreckt auf, blickt sich um, sieht hinter dem Fenster den Zürichsee, sieht vor sich Zeitschriften über einen Tisch ausgebreitet in diesem bis unter die Decke antiseptisch riechenden Zimmer. Ein Fräulein lächelt ihn an. „Wenn ich dann bitten darf, hier entlang."

„Sie wollen doch nicht Ihre Karriere riskieren wegen eines lächerlichen Bootsausflugs!" Das Wimmern eines Säuglings. Palmers hartes, bart- und faltenloses Gesicht.
Und Weber winkt. Er winkt tatsächlich. Eines der Damenboote schwappt gemächlich auf sie zu, und während die Dicke strampelt, richtet die Pummelige sich auf: „Können wir helfen?"

Energie könne doch nicht einfach verschwinden!, erklärt Weber. Die Sehkraft könne doch nicht verdunsten wie Wasser in der Sonne. Man könne sicherlich eine Milz entfernen, einen Lungenflügel, ja vielleicht sogar das Herz, er, Weber kenne sich da nicht aus, aber bei ihm sei nichts entfernt worden, es sei etwas verschüttet und er, Doktor Niedecker, sei dafür verantwortlich, den Erreger dieser Verschüttung, den Auslöser dieser Lawine zu finden. Und diesen, bitte schön, so schnell wie möglich aus Webers Körper herauszuholen.
Der Arzt pickt mit einer Bleistiftspitze auf die Krankenakte und lächelt erschöpft. „Lieber Herr Weber, es tut mir sehr leid, aber ich kann nichts finden. Ich habe bei Ihnen eine vegetative Dystonie diagnostiziert –"
Um die gehe es nicht, unterbricht ihn Weber.
„Hervorgerufen, wie ich damals annahm, durch die Ernährung", fährt Niedecker fort. „Mittlerweile komme ich eher zu der Auffassung, dass Ihnen das hiesige Klima nicht behagt. Ein paar Tage im Flachland, Weber, gönnen Sie sich diese Erholung. Begleiten Sie Ihre Frau bei ihren Heimreisen. Es gibt in Niedersachsen ganz

wunderbare Kurorte. Eine vegetative Dystonie haben Sie, Weber. An Ihren Augen kann ich, so leid es mir tut, nichts finden."

Aber er wisse doch, dass er an den Augen erkrankt sei. Er spüre das doch, da könne ihm der Doktor einreden, was er wolle. Davon allein werde es nicht besser. Davon werde es leider, leider nicht besser.

Weber sitzt gebückt in dem ledernen Sessel, seinem Arzt gegenüber, dessen Gesicht vor seinen Augen verschwimmt, das Fenster, die Bilder an der Wand, die Stifte auf dem Schreibtisch schrumpfen, werden unscharf, als zöge etwas Weber mit seinem Sessel nach hinten fort, in einen Schacht hinein, tiefer und tiefer.

Dieser Morgen, an dem alles von ihm abrückt, vielmehr er mit den Dingen nichts mehr zu tun haben will. Er hat Kobus' Stimme im Ohr: „Ich habe aber aus Berlin gehört, dass sie dort gar nicht sicher sind, ob man Sie auf Weitkamps Posten setzt?" Kobus, der, mit einem Stapel Zeitungen knisternd, lächelt. „Ich habe gehört, sie sind noch nicht davon überzeugt, Sie zu befördern?"

Aber Kobus ist weit weg, weiter noch, als Anna von ihm entfernt ist, weiter weg als dieser junge Palmer und auch als Webers Erinnerung an einen Bootsausflug auf dem Comer See. Kobus' Stimme kann ihm nichts anhaben, ist Weber sich sicher, denn was hat Kobus schon zu sagen, er ist im Rang eines Konsulatssekretärs, Besoldungsgruppe A11, so viele Stufen unter Weber, dass es ein Wunder ist, dass Weber ihn dort unten am Treppenabsatz überhaupt erkennt, und jetzt steht Weber am unteren Treppenabsatz vor dem Weitkamp'schen Haus, er steigt, steif, aber elegant, die Stufen hinauf, zählt in seinem Kopf – seine Lippen bewegen sich dabei – A14, A15, A16, B3, B6, B9. Er klingelt.

Ein Mädchen mit Sommersprossen öffnet ihm. Zu Herrn Weitkamp wolle er, bitte schön, erklärt Weber, und das Mädchen, ein Strickpullover aus weiten Maschen, gibt Weber wortlos den Weg frei. Auf seinem Rücken Sommersprossen, kleine Flecke.

Ob sich Herr Weitkamp seit seiner Pensionierung erholt habe, versucht

Weber ein Gespräch zu beginnen, aber das Mädchen antwortet ihm nicht, dreht sich nicht einmal zu ihm um.
Im Vorbeigehen wirft Weber einen Blick in ein Zimmer. Eine Frau in bordeauxrotem Kostüm sitzt reglos in einem Stuhl und starrt hinaus in den Flur, ohne Anzeichen, dass sie Weber bemerkt, dass sie irgendetwas bemerkt, dass es sie tatsächlich gibt.
Das Fenster ist abgehangen mit dicken Vorhängen. In der Mitte des Raumes ist das Bett aufgebaut, ein Altar aus Holz, mit unzähligen Pfosten, Schnörkeln und Zierrat, zwei Matratzen sind übereinandergewuchtet, und aus einem Meer von Decken ragt ein Kopf heraus, ob er atmet? Weber kann von der Gestalt nicht mehr als den Umriss erkennen. Ob es überhaupt eine Gestalt ist?
„Herr Weitkamp, Besuch für Sie."
„Ach, Weber, sind Sie es?", krächzt das Ding in den Decken mit unerwartet hoher Stimme. „Hast du die Wespen draußen im Hof gehört, Mariechen? Ich kann so nicht schlafen, es macht mich verrückt, jaja, ich sage verrückt. Abscheuliche Tiere, vom Herrgott geschaffen, um sterbende Männer zu quälen. Mariechen, bitte versprich mir, unternimm was gegen die Biester."
„Ganz gewiss, Herr Weitkamp." Das Mädchen schiebt Weber einen Sessel ans Bett, nickt ihm zu, Weber will es bitten, das Fenster zu öffnen, aber er wagt nicht, vor seinem ehemaligen Vorgesetzten ungefragt zu sprechen, nicht einmal mit dem Dienstmädchen.
„Weber, was haben Sie mir für Neuigkeiten gebracht? Ganz begierig bin ich, sage ich Ihnen. In so ein Zimmer lassen sie ja kaum etwas herein, nur gefilterte Nachrichten, trügerisch schön. Als sei man von der Welt weggesperrt, ja, schlimmer als ein Kind behandeln sie mich und denken dabei noch, sie täten mir gut."
Weber referiert in gedämpftem Ton die Ereignisse der letzten Tage, erzählt von einem Streik in einer Mailänder Fabrik, von dem britischen Truppentransporter, der erfolgreich von einem deutschen U-Boot versenkt worden sei, nur leider, es seien vorwiegend Italiener an Bord gewesen, dann fällt ihm ein, dass dies gerade am Tag von Weitkamps Ent-

lassung geschehen war, dass Weitkamp davon unterrichtet ist, und unsicher, wie lang es zurückliegt, dass Weitkamp keine Informationen mehr bekommt, lässt Weber die restlichen Daten im Vagen.

„Wissen Sie, was ich mache, seitdem ich aus dem Dienst ausgeschieden bin?", unterbricht Weitkamp ihn. „Ich konstruiere Kalküle! Wissen Sie, was das ist? Wunderschön ist das, ich lasse mich mit ihnen treiben, weiter und weiter, hinaus aus dem Zimmer, aus der Stadt, ja, ich bin kaum noch wirklich, verstehen Sie, Weber, nicht mehr körperlich, nur noch die Ableitung einer Ableitung."

Ob es besser sei als Schach, erkundigt sich Weber.

„Besser als Schach? Weber, Sie wollen sich über mich lustig machen, mir meine letzten Minuten mit dummen Witzen vertreiben. Es ist kein Vergleich, sage ich Ihnen, zwischen einem Zug mit der Dame und diesem herrlichen Klang in den Gedanken, sie steigen höher und höher, Weber, das ist Wahrheit! Nicht Ihre kleinen Berichte, die paar Neuigkeiten, die Sie jeden Morgen aus der Zeitung ausschneiden und auf ein Blatt aufkleben, um es an Ihren Vorgesetzten, an einen Minister, an wen auch immer zu schicken. Wer sind diese Männer? Weshalb glauben Sie, dass es Ihre Aufgabe ist, für sie zu arbeiten?"

Nun, er werde dafür bezahlt, wendet Weber ein.

„Ach so, damit erklären Sie sich alles? Sie haben ja keine Ahnung. Aber wissen Sie, ich habe die Kalküle gefunden, und die Kalküle bewahren mich vor dem Schlimmsten." Eine blasse, knochige Hand kriecht unter der Decke hervor, deutet in die Luft.

„Sehen Sie, wie hübsch sie sind?"

Weber, natürlich, kann rein gar nichts sehen, er wagt nicht, den Kranken daran zu erinnern, dass es schlicht unmöglich ist, Konstruktionen im Kopf eines anderen zu lesen, und er rückt mit dem Sessel ein Stück zurück und betrachtet dieses Wesen, das vor nicht allzu langer Zeit noch gesund und bei Sinnen und Webers Vorgesetzter gewesen ist, Weitkamp, der seinen Dienst quittierte an dem Tag, als in Mailand ein Generalstreik gegen die deutsche Besatzung stattfand, und Weber sieht wieder, wie sie durch den Garten des Konsulats spazieren, und Weit-

kamp zu Weber: „Was ich in meinem Ruhestand zu tun gedenke? Mich von all dem Unsinn hier fernhalten. Und Ihnen rate ich, das Gleiche zu tun", denkt daran, wie sie stehen bleiben, auf die Wiese des angrenzenden Parks hinunterblicken, und Weitkamp zu Weber: „Was glauben Sie denn, was Sie aus Ihrer Position noch erreichen?" Hinter ihnen trägt eine Küchenhilfe Weinflaschen für Weitkamps Entlassungsfeier über die Terrasse, und Weitkamp zu Weber: „Tun Sie doch nicht so heroisch. Sie können doch was, Weber! Gehen Sie in die Schweiz. Ich sage Ihnen, halten Sie sich fern."
Bienen summen im Hof, Weitkamp verblasst vor Webers Augen, und jetzt liegt vor ihm ein Zwerg, der mit leerem Blick gegen die Decke starrt und unsichtbaren Kalkülen nachfliegt.

Zu Hause am Fenster wartet Weber auf seinen Nachmittagstee, den ihm das junge Mädchen aus dem Sonnenhof jeden Tag bringt, da sieht er sie die Straße vom Hotel herunterkommen, kurz darauf klingelt es an der Tür.
„Guten Tag, Herr Konsul!"
Mit blauem Käppi, ein Tablett in der Hand, auf dem achthundert Meter lang, vom Hotel bis zu Webers Haustür, der Tee in der randvollen Kanne geschwappt ist, legt sie ihren Kopf schräg.
„Aber was ist denn mit Ihnen? Sie sehen so blass aus."
Weber zu dem Mädchen, zu den leuchtend roten Wangen, zu dem fein gestickten Hotelemblem auf dem Revers der Jacke, Weber, mit gebrochener Stimme: „Ach Charlotte, Sie glauben ja gar nicht –"
Was täte Weber, wenn es nicht morgens und mittags und abends bei ihm klingelte, „Herr Konsul, Ihr Lunch", und er wieder weiß, wo er sich befindet, und käme das Mädchen nicht – „Guten Abend, Herr Konsul" –, würde er im Strudel versinken, in der Treibsandzeit einsacken und nie wieder zum Vorschein kommen, aber das Mädchen steht immer pünktlich vor seiner Haustür, deutet einen Knicks an, ohne das Geschirr zum Klappern zu bringen, „Herr Konsul!" Als hätte er sein Amt nie verlassen.

Weber in seinem Sessel, den ihm das Mädchen vor den Schreibtisch geschoben hat, während er noch in einer Mappe ohne Wappen, ohne Aufdruck, in einer schlichten schwarzledernen Klemmmappe Telefonnummern und Zeitungsausschnitte sortiert, Weber in seinem Sessel zurückgelehnt, den Telefonhörer in der Hand, eine fremde Stimme am anderen Ende der Leitung, die ihm aufgeregt Firmennamen zuschnattert, und Weber holt Luft, er unterbricht die Stimme, gelassen, aber bestimmt: „Hören Sie, es ist Ihre Entscheidung, aber ehe Sie sich zu dem Kauf entschließen, sollten Sie die Fusion in der kommenden Woche bedenken."
Und die Person am anderen Ende der Leitung, vollkommen aus dem Konzept gebracht: „Sie meinen also – Sie meinen also nicht, dass es eine gute Wahl ist?"
„Ich gebe nur zu bedenken, Sie sollten genannten Aspekt bei Ihrer Entscheidungsfindung nicht ignorieren."
Das Mädchen schleicht mit einem Teetablett herein, während Weber sich das Haar zurückstreicht, mit seinem Füller eine Notiz unter eine der Telefonnummern kritzelt, „ich möchte Ihnen nicht direkt davon abraten, ich gebe nur zu bedenken …", und das Mädchen macht ein Zeichen, das Weber nicht zu deuten weiß, er zieht seine Stirn kraus, er schüttelt den Kopf, das Mädchen aber hört nicht auf, mit den Händen zu winken, es macht seltsame Bewegungen mit dem Kopf, Weber ist kurz davor, es für verrückt zu erklären, bis er sich umdreht.
Wendler. Er steht in der Mitte des Zimmers und spielt mit den Fransen seines Seidenshawls.
Weber murmelt ins Telefon: Ja, ganz richtig. Man dürfe nicht die Fusion vergessen, aber es sei ganz richtig. Alles Gute!
Wendler breitet seine Arme aus, die leeren Handteller drehen sich zu Weber.
Verschwunden, Weber, verschwunden.
Er kommt auf ihn zu, zwei Schritte, und Wendler steht direkt vor

ihm, so nah, glaubt Weber, hat er Wendlers Gesicht noch nie gesehen, nicht in Mailand, nicht in Como und auch nicht in jenem trübfeuchten Keller. Wendlers Haut ist grau und porös, die Poren groß und jede Miene, zu der Wendler fähig ist, von Falten vorgezeichnet. Als sei seine Haut ihm voraus, denkt Weber. Wendler klopft ihm gegen die Schulter, lächelt.

„Weber, ich hörte, du warst in Bonn – ich hätte dich gern dort getroffen, dich mit einigen Leuten bekannt gemacht. Nicht dass ich jetzt in die Diplomatie gewechselt wäre, aber Kontakte verstehe ich zu knüpfen, das weißt du."

Weber bemerkt Wendlers kalten Blick, die aschfarbene Iris, die Pupillen, die unruhig hin und her zucken, als suchte Wendler etwas und fände es nicht. „Natürlich, Weber, ich wollte dir helfen, ich habe dir bereits geholfen, deshalb bin ich hier. Weber, es sieht gut für dich aus, es sieht alles wunderbar aus. Wären da nur nicht die Gerüchte im Friedensbüro."

Das Mädchen trippelt nervös in einer Ecke herum, hält noch immer das Tablett, was will sie hier, fragt sich Weber, will sie lauschen, will sie ihn ausspionieren, will sie hören, ob Weber sie bald nicht mehr braucht, fortgeht, nach Alaska, stellt Weber sich vor, nach Island, stellt Weber sich vor, nach Zimbabwe oder in ein neuseeländisches Provinzkonsulat mit tausend Schafen, zwei Flüchtlingsfamilien und einem stupiden Hirten. Dann blickt er wieder Wendler an, und er fragt: Friedensbüro?, er fragt: Gerüchte?, er fragt: Wovon er rede. Herr im Himmel, er habe keine Ahnung, was Wendler meine.

Wendler spaziert am Bücherregal vorbei, legt seinen Kopf schräg, um die Buchtitel zu lesen, rechts Webers, links Annas Bücher. „Du hast doch in Mailand die Verwaltung geleitet, nicht wahr?"

Und?

„Erinnerst du dich, dass es die Überlegung gab, eine deutsche Schule dort zu errichten." Wendler, halb in den Flur zurückgezogen, lässt seine Finger über die Schachfiguren gleiten, lässt einen

Läufer kippeln. „Ich möchte sagen: nicht nur die Überlegung, sondern den Plan, ich möchte sagen, sogar den Auftrag, Weber, erinnerst du dich?“

Das müsse lange her sein.

„Anfang der Vierziger, lange her ist das nicht, aber was spielt das für eine Rolle? Fakt ist, dass es einige Schwierigkeiten bei ihrem Bau gab. Fakt ist, dass ein nicht unwesentlicher Teil des Geldes für den Bau der Schule verschwunden war, ehe man auch nur den Keller ausgehoben hatte.“

Es sei Krieg gewesen. Da gehe vieles verloren. Wendler solle nicht vergessen, dass Krieg gewesen sei!

„Es gibt Krieg, und es gibt Rechnungsbücher. Zudem“, Wendler dreht sich dem Mädchen zu, das erschrocken mit dem Geschirr klappert, „es gibt frisierte Rechnungsbücher, und es gibt schlecht frisierte Rechnungsbücher.“ Er klopft mit seinem Finger gegen das Holzkreuz, das gefährlich an seiner Befestigung schwankt und herunterzustürzen droht. „Was hast du mit dem Geld angefangen?“, fragt Wendler, betont gelassen, so als frage er Weber, ob er sich neue Krawatten gekauft habe. Er nimmt die Teetasse in die Hand, deutet dem Mädchen, ihm einzuschenken, der Kandis klirrt auf den Porzellanboden, er lächelt Weber zu. „Nun?“

Weber sieht das Mädchen an, was sie hier zu suchen habe, schreit er, oder bleibt er höflich, bittet er sie ruhig, den Raum zu verlassen, dies sei ein Gespräch von hoher Wichtigkeit, nicht für die Allgemeinheit, nicht für viele Ohren, in jedem Fall nicht für sie bestimmt?

„Warten Sie“, ruft Wendler, „lassen Sie doch den Kandis da!“ Seine Klavierspielerhände picken einige Zuckerkristalle aus der Dose, er lächelt Weber zu: „Nun?“

Er habe, als er gegangen sei, alles ordnungsgemäß hinterlassen, erklärt Weber. Die Gelder seien wieder aufgetaucht!, ruft er. Und er ist sich sicher: Er hat das Geld doch ersetzt, die Lücke geschlossen, er weiß genau, dass er an einem Sonntag im Dezember 43 alle

Rechnungen bereinigt, alle Schulden beglichen, dass er seinen Vorgesetzten zufriedengestellt hat.
Warum heute überhaupt Bücher von 43 nachgerechnet würden, fragt Weber, während Wendler den Kandis knabbert. Läge das nicht hinter ihnen? Läge das nicht staatlich verordnet hinter ihnen? Gebe man vielleicht auch Goebbels' Jacketts noch in die Reinigung?
„Wenn du dich stur stellst, mein Lieber, ist niemandem geholfen und dir am allerwenigsten. Ich sagte, ich will dir helfen, ich kann dir helfen, ich habe einen ganz hübschen Posten zur Hand, aber nur, wenn du kooperierst. Ein Prokurist, eine Inventur, eine Rechnungslegung, was ist dabei, die paar fehlenden Reichsmark hast du schnell erklärt. Siehst du, es ist deine Entscheidung, ich gebe nur zu bedenken, dass du es dir selbst nicht leicht machst, wenn du glaubst, dich nicht zu erinnern."
Das Telefon klingelt, Weber zögert, den Hörer abzunehmen, ruft das Mädchen wieder herein, deutet auf den vor sich hin rasselnden Apparat: „Bitte, sagen Sie, ich sei außer Haus." Das Mädchen, verwirrt, von neuem im Wohnzimmer zu stehen, verwirrt, als sei der Raum eine optische Täuschung, als seien die Regale wie auf einem Escherbild verschränkt, das Mädchen greift nach dem Hörer: „Verzeihung, hören Sie, Herr Weber ist zurzeit außer Haus", sie blickt sich verschreckt um, dabei ist der Raum alltäglich, nur Wendler knackt Kandis zwischen seinen Zähnen, und seine Klavierspielerhände spazieren über die Bücher in den Regalen, über Annas nach Weihrauch und altem Leder riechende Bücher und über das Sammelalbum vom Bau des Olympiastadions 36, und er ruft: „Ach, was du nicht alles hast! Sammelalben!", und Weber und das Mädchen machen ihm Zeichen, leise zu sein, und das Mädchen am Telefon: „Jaja, ganz sicher, außer Haus. Darf ich etwas ausrichten?" Wendler knackt Kandis, und Weber sinkt auf den Sessel, der nah beim Telefon, nah beim Mädchen steht, und als sie auflegt, flüstert er: „Öffnen Sie ein Fenster, las-

sen Sie Luft rein, bitte, ein wenig mehr Luft. Es ist hier drin kaum zu ertragen."

Wendler grinst das Mädchen an, das sich vorbeugt, dessen Dekolleté in der Scheibe sich spiegelt, und Weber sieht Wendlers Kiefer malen, Wendler, der die Kristalle in seinem Speichel auflöst, ein zuckriger Sirup, der seinen Mund ausfüllt, und er steckt sich einen Kandis nach dem anderen in den Mund und betrachtet das Mädchen und mahlt mit den Kiefern und löst die Kristalle auf.

„Haben Sie noch einen Wunsch, Herr Weber?", fragt das Mädchen, die Hände gefaltet, von draußen dringt das Jammern eines Radios herein, einer Schallplatte, ein unerträglich trauriger Sänger nölt: „Adesso non posso più", während das Mädchen Wendlers Blick bemerkt, zu Boden sieht, die Ohren glühend rot.

Wendler fängt zu lachen an, ruhig und gleichmäßig, und das Mädchen wird immer roter, der Sänger immer trauriger: Adesso non posso più, und Weber fühlt eine plötzliche Schwächung seines Kreislaufs, fühlt sich fiebrig, vollkommen kraftlos, und er klagt, bitte, sie könnten sich ein anderes Mal kennenlernen, es täte ihm aufrichtig leid, aber ihm sei nicht wohl, sie müssten verstehen, das Klima hier mache ihm zu schaffen, es sei nicht mehr so wie früher, ob sie verstünden, der Körper werde älter, werde empfindlicher und er müsse sie jetzt, ohne unhöflich zu sein, leider bitten - ein anderes Mal - und für heute - es sei ihm unlieb, sie so plötzlich - aber bitte.

Weber zeigt mit einer schlaffen Geste zur Tür. Wendler, noch immer Kandis wie Nüsschen knabbernd: „Erhol dich, Weber, aber denk daran - ich habe einige Asse im Ärmel, interessante Posten, also mach es mir nicht schwerer, Weber, als es ohnehin schon ist, dich wieder an Bord zu bringen."

Es ist ruhig um Weber, als die beiden gegangen sind, auch das Nölen des Sängers ist abgedreht, irgendwo klappert der Deckel einer Mülltonne, und Weber sitzt da, in seinem Sessel zurückgelehnt, die Augen zur Decke gerichtet, ein erstarrter Blick, ein erstarrter

Körper, das Klima macht ihn schwer, unerträglich, drückt ihn immer tiefer in das gelbe Sesselpolster, *schwerer, Weber, als es ohnehin schon ist, dich wieder an Bord zu bringen.*
So lautlos ist es in Webers Wohnung, als hätte sich alles Lebendige von hier verabschiedet, nur die Dinge sind noch geblieben: riesige Vasen mit exotischen Kunstblumen, Annas Metallkruzifix, ein Löwe aus Sandstein, den sie aus ihrer Mailänder Wohnung mitgebracht haben, der Schachtisch, mit einer Partie, im elften Zug eingefroren, Annas Rosenkranz, Regale, rechts Webers, links Annas Bücher, ein Bildband vom Bau des Olympiastadions, das katholische Jahrbuch 1936, ein paar Romane und da, über der Lehne des Sessels, eine Strickjacke, das einzige erkennbare Weberzeichen.
Nähme man sie weg, wer ahnte, dass es Weber hier gab?

Drei Balkone, die sich überlagern, Säulen, Terrassen, eine mit edlen Teppichen geflutete Halle, Bronzemädchen, die an der Treppe ihre Arme das Geländer hinaufrecken, Bedienstete, die aus Türen hervorlugen, dort und da, und oben im Saal drehen Herren im Smoking Schülerinnen über die Tanzfläche.
So könnte es früher hier ausgesehen haben. Der Hof ist verlassen. Die Fenster hängen lose in den Rahmen, die Scheiben eingeschlagen von Metallstangen, die seit Monaten an den Außenwänden lehnen. Daneben wuchert Pflaumenfarbiges. Über den Eingang der Villa hat jemand mit Kreide geschrieben: „Festi vestri convertentur in lamentationem.“
Weber lässt sich von Wendler dorthin fahren, lässt sich vielleicht von Wendlers Fahrer oder von seinem eigenen bringen. Wendler jedenfalls schlägt Weber auf die Schulter, als sie das Haus betreten. „Was sagst du dazu? Hier herrscht ein anderes Chaos, aber ich sage dir, mit dem Krieg lassen sie mich in Ruhe.“
Es ist Juni 1943, im Innern der Villa ist der Sommer ausgesperrt, nur wenig Helligkeit dringt durch die verschmutzten Fenster herein. Sie

steigen eine Treppe hinab, die Steinstufen sind bröckelig, Weber tappt nah an der Wand entlang, und dann betreten sie eine Halle unter der Erde, kaltes Licht strahlt von der Decke, der Boden ist mit Glassplittern bedeckt, mit leeren Weinflaschen, Kabelgebilden und metallenen Apparaturen, an denen Lämpchen flirren.

„Setz dich", sagt Wendler, aber Weber sieht in diesem Raum keinen Stuhl. „Ich möchte dir etwas zeigen. Meine Zeit hier ist nicht vergebens, jaja, es überrascht mich bisweilen selbst, denn was tue ich schon? Ich stromere herum, blicke hierhin und dorthin, probiere dies und jenes aus. Aber dann fällt es mir in den Schoß, wie ein Geschenk des Himmels." Wendler lacht auf, kratzt mit dem Fuß einige Glasscherben beiseite, das Klirren füllt den möbelleeren Raum.

„Horror vacui", raunt Wendler, und Weber nickt, zwei Verschworene, von denen einer keine Ahnung hat. „Die Abneigung der Natur gegen die Leere. Die Angst vor dem Nichts!" Wendler schüttelt den Kopf und kichert klapprig hinter seiner vorgehaltenen Hand. „Unsinn! Ich sage dir, die tatsächliche Frage, Weber, ist die: Drängen wir in die Leere, oder stößt uns die Enge ab?"

Wendler kehrt Weber den Rücken zu, öffnet eine Schranktür, tritt zur Seite.

Weber sieht einen Glastrichter, Weber sieht einen über und über bunten Vogel in einem Glastrichter, und er will Wendler fragen, was hat der Vogel in diesem Trichter zu suchen, vielmehr: Hat er etwas darin zu suchen, oder hat Wendler ihn dort hineingepfercht, man könnte sagen hineingestopft, hineingestöpselt? Oder ist überhaupt kein Vogel vorhanden, ist alles nur optische Täuschung?

Er, Weber, falle gern darauf rein, seine Augen neigen dazu, ihm Falsches vorzuspielen, er sei somit ein geeignetes Opfer für derlei Täuschung und habe sich immer mit Vergnügen Wendlers optische Experimente vorführen lassen.

Weber weiß nicht, wo die Ursache dafür liegt, dass er bei Wendler nie von den Tatsachen auf die Ursachen schließen kann, er kommt sich dumm vor, zumindest schwer von Begriff – er ist der Schuljunge, der

dem Professor über die Schulter gucken darf. Aber nicht zu nah rankommen! Zurück in die zweite Reihe!
Es ist auch angenehm, dieses Gefühl, nicht folgen, nicht einlenken zu können, eine kindliche Dummheit, denkt Weber, und wer nimmt einem Kind etwas krumm?
Wendler hält eine Zange in der Hand und klackert mit dem Metall gegen den Trichter. Der Papagei, ob real oder nicht, bleibt reglos. Paralysiert, denkt Weber, oder ungemein gelassen. Und erklärt er das Spiel für grandios, oder hält er Wendler zurück? Ruft er aus: Wendler solle dergleichen lassen, er bringe das Tier ja um?
Wendler lacht. Ein Sandmannlachen. „Ach, Weber, es ist doch zu schön."
Hinter einem Vorhang holt Wendler einen Käfig hervor, in dem ein zweiter Vogel sitzt, ganz in Weiß und mit grellroten Augen. Wendlers Finger wuseln durch den Käfig, bis er das Tier am Flügel erwischt. Er zerrt es heraus, hält es hoch, ruft: „Weber, den Kolben."
Geht Weber Wendler zur Hand, reicht er den Kolben herüber, oder lässt er ihn auf die verwitterten Fliesen fallen, den Vogel aus den Scherben entkommen? Vermutlich nicht, denn Wendler sagt: „Liebesvögel", er sagt: „es sieht hübscher aus, wenn sie sich zusammen verrenken." Und stopft den Weißen zum Bunten.
Den Schlauch in der Hand, pfeift Wendler einen Marsch in die Halle. „Was glaubst du, Weber, wie verzichtbar das Atmen ist? Was passierte, wenn wir uns die Lunge beim Tier wegdächten? Versuchen wir es: Wir werden nach und nach diesen Vögeln die Luft absaugen" – und Wendlers Klavierspielerhände drücken ein Gestell auf und nieder –, „sieh genau hin, ich sage dir: Hier kannst du was lernen!"
Die Vögel schlagen hektisch mit den Flügeln, wirbeln in der Glaskugel über und unter und hin und her, stürzen ineinander, weiß und bunt, Wendlers Finger am Gestell drücken schneller, er atmet heftig, saugt Speichel aus seinem Mundwinkel, „ach, ist das herrlich, Weber, siehst du, wie schön sie sich mischen?" Er kratzt mit dem Nagel an der Glashaut, winkt den Vögeln zu, ruft aus: „Meine Kleinen!" Da werden sie träger, und Wendler doziert: „Sie scheinen nun deutlich matter zu wer-

den, ja beinah krank kommen sie uns vor. Aber ich sage dir, das ist erst der Anfang." Er pumpt weiter Luft ab und hält den Schlauch wie einen Siegeskranz in die Höhe. Die Vögel beginnen heftig zu zucken – „als habe man ihnen den Kopf abgedreht!", ruft Wendler. „Aber wir tun ja gar nichts, wir pumpen nur Luft. Sie sterben ganz von allein. Wenn nur alles so einfach ginge." Er pumpt Luft, hält den Schlauch, sieht mit geweiteten Augen den Vögeln zu. Wie gierig er aussieht, denkt Weber, oder denkt er es nicht, sieht auch er nur noch Federn? Die Vögel werfen sich zwei, drei Mal noch herum und sterben mit dem Bauch nach oben, dem Nacken schief.
„Nimm an", sagt Wendler, „wir töteten immer so. Wie leise und hübsch das doch wär."

Weber steht am Fenster und trinkt allein seinen Tee, da Charlotte heute nicht mit glänzender Kanne und blauem Käppi vor ihm erschien. Ihre Mutter kam vor einer Stunde vorbei und erklärte: „Fieber, Herr Weber, da kann man nichts machen", und kochte Tee und schnitt Butter und löffelte Orangenmarmelade in ein Porzellanschüsselchen und röstete Brot und verschwand.
Weber am Fenster rührt nichts von den Dingen an, die auf den Esstisch drapiert sind, als stillen Protest dagegen, dass heute das Mädchen nicht da ist, dass er allein hier am Fenster stehen muss, und niemand ist da, mit ihm zu sprechen, niemand ist da, von ihm, hinter einer Zeitung versteckt, ignoriert zu werden, er denkt an Anna, *kein Wunder, dass deine Marmelade nicht schmeckt,* er denkt an das Mädchen, *ja, und dann, Herr Weber, war das so – aber ich langweile Sie doch nicht?*, Weber ohne die vom Sonnenhof entliehene Hausangestellte, obwohl das Geld für ein eigenes Dienstmädchen da wäre, aber von dem Geld braucht niemand zu wissen, nicht einmal Anna, Weber ist seit Jahren ohne eigenes Dienstmädchen und heute auch ohne Charlotte, und Anna hatte gesagt: „Mach dir keine Sorgen, so viel ist das nicht, das kann ich doch machen."

Anna, die vieles verspricht und die ganze Zeit fort ist, in Bremen, um ihren Vater zu pflegen, dabei ist auch er, Weber, ihrer Pflege bedürftig, aber daran denkt sie nicht, lässt ihn allein am Frühstückstisch sitzen, und es interessiert sie nicht, dass er die Dinge, die auf dem Tablett drapiert sind, nicht anrührt, nur den Tee, denn ohne Tee hält Weber den Tag nicht durch, und von Anna ist nur ihre Behauptung geblieben: „Du wirst gar nicht merken, dass wir kein Mädchen mehr haben", und sie läuft durch Bremen, stellt Weber sich vor, und denkt keine Sekunde an ihn.
Eine deutsche Frau, Herr Weber, hat bei ihrem Mann zu sein!
Weber, allein vor dem Fenster, rührt nichts von dem auf dem Esstisch Drapierten an, nur den Tee, denn ohne Tee kann er den Tag nicht ertragen, er denkt an Charlottes Stimme, *ja, und dann, Herr Weber,* dumpf liegt darunter die Stimme Annas, *kein Wunder, dass deine Marmelade nicht schmeckt,* wird lauter, übertönt das Mädchen, *kein Wunder, dass deine Marmelade nicht schmeckt,* und Weber steht vor dem Fenster, eine kalte Tasse Tee in der Hand, als das Telefon klingelt.
Rippler redet gegen das reservierte Schweigen Webers an: „Mach dir keine Gedanken, Weber, wir kriegen das hin."
Weber lässt sich in seinen Sessel sinken und blickt auf die ans Fenster kratzenden Tannenzweige, die ihm den Blick auf die Berge versperren, auf die weißen, weit entfernten Spitzen, die ihn beruhigen, da er sie nie wird erreichen können, so hoch, dass er es gar nicht versuchen muss, und Rippler am Telefon: „Das lässt sich alles regeln", während die Tannen auch den Blick auf die Straße zum Hotel Sonnenhof versperren, auf der morgens und mittags und abends Charlotte mit einem Tablett herunterkommt, bei Weber klingelt, um acht, um eins und um halb sieben klingelt, „Herr Konsul, das Frühstück", und das sind, wenn Anna nicht da ist, und Anna ist nicht da, Webers einzige Orientierungspunkte in der um ihn her verstreichenden Zeit, in den abstrudelnden Wochen, und Rippler erklärt: „Wir machen das, Weber, wir kriegen das hin!"

Und dann sagt Rippler: „Amsterdam. Wie sähe es damit aus? Ja, Weber, das habe ich für dich in Aussicht gebracht. Die Leitung des Generalkonsulats. Leider muss ich erwähnen, dass man derzeit nicht bereit ist, dich in die Besoldungsgruppe B3 einzustufen, wenn auch der Posten dafür ausgeschrieben ist. Weber, vorübergehend, sage ich. Sie werden dich hochstufen über kurz oder lang, da kannst du sicher sein. Amsterdam, mein Bester! Was denkst du?"
Weber blickt auf den Läufer, den Wendler hat kippeln lassen, die Schachfigur, die Weber, ohne dass er weiß, weshalb, in der Hand hält, vom Feld genommen, auf dem die Figur seit Jahren wie festgewachsen stand, er betrachtet den von Wendler aus seiner Rolle herausgekippelten Läufer und erklärt laut und gereizt:
Nein! Er erklärt: Damit gebe er sich nicht zufrieden. Für die Niederlande habe er sich nie interessiert, seine Zeit vor dem Krieg dort sei schrecklich gewesen, er wisse mit den Holländern nichts anzufangen und überhaupt bezweifle er, dass ihm sein Arzt einen Aufenthalt in einer nördlichen Stadt am Wasser gestatte.
„Aber Weber, lass es dir doch erst mal durch den Kopf gehen."
Leute wie er könnten sehr gut auch ohne das Amt, aber ob das Amt ohne Leute wie ihn könne, das wisse er nicht. Es sei eine Zumutung, einen Posten, nicht jedoch die dafür angemessene Besoldungsgruppe angeboten zu bekommen. Er lasse sich nicht zum Bittsteller machen, nein, nicht er, der durch den Krieg hindurch aufrichtig geblieben ist, während um ihn her alle Menschen nach und nach mit ihren schlimmsten Eigenschaften Walzer getanzt hätten. Was sei das denn für ein Kinderspiel? Jungen hätten mit ihrem Ball eine Scheibe kaputt geschossen und jetzt wolle es keiner gewesen sein? Jetzt soll er, Weber, der dem Spiel nur zugesehen hat, dafür bestraft werden, jetzt soll er die Scherben aufkehren? So nicht, ruft Weber in den Apparat und Rippler seufzt.
„Weber, ich habe getan, was ich konnte. Mehr fällt mir im Moment nicht ein, und wenn es dir nicht genügt, dann tut es mir leid.

Nimm es mir nicht übel, wenn ich das sage, aber du führst dich auf, als hättest du eigenhändig die Diktatur gestürzt. Als wärst du der größte Widerstandkämpfer Mailands gewesen."
Weber schnappt nach Luft, Weber sieht vor dem Fenster den Weg zum Hotel Sonnenhof schwanken, als könne sich die Straße nicht entscheiden, ob sie von nun an ins Nirgendwo führen wolle, und Weber ruft: Genau so sei es auch gewesen! Und er werde es ihnen allen beweisen. Das sei Verleumdung. Er werde es ihnen beweisen! Und dann solle noch jemand wagen, ihm Amsterdam anzubieten.
Weber greift mit der freien Hand nach Papier und Stift, und während er Rippler noch am Telefon hat, beginnt er zu schreiben:
„Mir wurde zur Kenntnis gebracht, dass gewisse Kreise Gerüchte in die Welt gesetzt hätten in die Richtung, dass –", und er schreibt: „Missgunst", er schreibt: „Konkurrenz", er schreibt: „aussichtsreicher Kandidat."
Er wird es ihnen allen zeigen, ist Weber sich sicher. Wenn die anderen nur wüssten! Wüssten, wie er damals war! Wie die anderen waren! Sie würden nicht noch einmal so mit ihm umspringen. Er wird es ihnen zeigen!
Seine Akte aus Mailand allerdings bleibt noch immer verschwunden, Weber ist in der Mailänder Zeit nicht auffindbar, verschollen, als hätte er während dieser Jahre nicht existiert, die Weberexistenz ausgesetzt, um dann, wenig später, wieder aufzutauchen. Seine Akte hingegen kommt nicht zurück. Bleibt auch verschwunden, als das Telefonat beendet, der Hörer wieder auf den Apparat gelegt, Bonn somit fortgesperrt ist, weit weg von Weber, in einer anderen Welt, einem anderen Leben oder wie man das nennt.

Viertes Kapitel. Boten.

Weber, ein Kind, das auf die Äste starrt, die ans Fenster reiben. Wie die Schwingen dunkler Vögel, denkt das Kind Weber, und es versteht nicht, wie Vögel so groß sein können.

Weber, ein Kind. Ja.

Denn wofür auch sollte er mehr als ein Kind sein? Bislang hat es dafür Gründe gegeben, es hat die Besoldungsgruppe A15 gegeben, es hat den Titel Attaché gegeben, den Titel Legationsrat, und immer etwas, das darauf folgte, den Konsul II. Klasse, den Konsul I. Klasse, und als hätte die Zeit das Fortbewegen verlernt, gibt es jetzt keinen Grund mehr, älter zu werden.

Das Telefon klingelt, Weber ist zu müde, zum Apparat zu gehen, den Hörer abzuheben, er ruft das Mädchen, Charlotte, ob sie wohl bitte – das Telefon – er sei außer Haus. Aber das Mädchen ist ja nicht hier, ist krank, *Fieber, Herr Weber, da kann man nichts machen,* oder von Wendler behext. Weber lässt es klingeln, und in seinem Kopf klirrt es noch nach, als der Anrufer es schon aufgegeben hat, und Weber denkt: Die Angelegenheit der Mailänder Verwaltung, Weber denkt: Wie kann das Geld jetzt wieder auftauchen, als vermisst wieder auftauchen?

Es ist gefühlte hundert Jahre her, dass in der Mailänder Verwaltung Geld für den Bau einer Schule einging, die im Krieg zu planen ohnehin absurd war, gefühlte hundert Jahre, oder zweihundert Jahre, eine Unendlichkeit ist das her, das war in einem anderen Leben, in dem Geld auftauchte und Geld unter Umständen verschwand, möglicherweise unter ungeklärten Umständen, die jetzt, tausend Jahre später, unmöglich wieder aufrollbar sind, und niemand, überlegt Weber, kann ernsthaft annehmen, dieses Geld zu finden. Mit Schatzsuchen hätte man bessere Aussichten, und warum also wird ein Wirbel gemacht um eine vor Jahrtausenden abgeschlossene Sache?

Weber schleicht durch die Wohnung, bleibt vor Annas Schachbrett stehen, betrachtet den Läufer, der seit Jahren seinen glänzenden Holzbauch dem Gegner preisgibt. Und Weber denkt: Eine Partie fortzuführen, die seit Jahren beendet, eine Meisterschaft zu imitieren, deren Ergebnis überholt ist, ein Spiel nachzustellen, an dessen Spieler sich niemand erinnert.
Was macht das für einen Sinn?

Nach Tagen und Nächten, die aus nichts anderem als dem Klingeln des Telefons und durch Webers Kopf jagenden Gedanken bestanden haben, setzt Weber sich an seinen Schreibtisch, zieht seinen Füllfederhalter auf und schreibt:
„Die betreffende Angelegenheit der Mailänder Verwaltung hat nun aber für mich schon vor meiner Ausreise in die Schweiz nach eingehender und ordnungsgemäßer Rechnungslegung und Entlastung ihren klaren und sauberen Abschluss gefunden. Es ist allerdings in der Tat höchst betrüblich, dass, wie ich hören musste, die von mir verwalteten Mittel später verloren gingen."

Er sieht Brandes vor sich, einen kleinen Schweizer, der sich eleganter zu bewegen weiß, als sein untersetzter Körperbau es erwarten lässt. Es ist ein Frühlingstag im Jahr 43, und Weber läuft neben Brandes her, vorbei an Brunnen, Statuen und exotischen Bäumen, über die Zierkieswege des Basler Grundstücks, durch die marmorne Halle und überheizten Flure der Villa. Seiner Gartenhausvilla, wie Brandes bei jedem Besuch Webers spöttisch erwähnt, und in der Tat, groß ist die Villa nicht, aber prunkvoll, ein Miniatur-Versailles.
Sie betreten den Salon, dessen Mobiliar weich und hell glänzt wie Vollmilchschokolade, im Garten bläst ein Springbrunnen seine Fontäne in den grellblauen Himmel, ein weißer Pfau torkelt über die Wiese, nähert sich den parkenden Autos und betrachtet seinen ruckenden Kopf im spiegelnden Lack.
„Wenn Sie wüssten, wie viel Scherereien uns dieses Tier macht."

Er könne es sich vorstellen, auch im Konsulat pflegte man einen Pfau zu halten.
„Ich hoffe, das ist vor der Einführung der Automobile gewesen. Sehen Sie! Wieder! Ihn überfordert seine eigene Spiegelung, und er weiß sich nicht besser zu helfen, als mit dem Schnabel darauf einzuhacken. Er hat uns den Lack von jedem unserer Wagen ruiniert. Ich bin kurz davor, ihn als Sonntagsbraten anrichten zu lassen."
Der Pfau des Konsulats sei tatsächlich einem hungrigen Sonntagsjäger zum Opfer gefallen, erzählt Weber. Kurz nach Einführung der Lebensmittelmarken. Man habe schließlich einige Federn vor dem Bedienstereneingang der Villa eines reichen spanischen Kaufmanns gefunden, nach einigen Überlegungen allerdings darauf verzichtet, eine Staatsaffäre daraus zu machen. Berlin habe zu der Zeit auf eine Verstärkung durch die Blaue Division gewartet.
„In der Tat?" Brandes wippt auf seinem Stuhl, seine Daumen drehen sich umeinander. „Lieber Herr Weber. Sie erwähnten, dass es sich diesmal nicht allein um die Saläre Ihres Vorgesetzten handelt."
Ganz recht, erklärt Weber. Er sei durch glückliche Fügung in den Besitz eines kleinen Kapitals gelangt. Natürlich, Brandes verwalte Weitkamps Geld aus freundschaftlichen Gründen und er, Weber, wolle sich nicht anmaßen zu glauben, dass Brandes nun auch ihm, dem Boten, einen ähnlichen Freundschaftsdienst erweisen werde. Aber vielleicht habe Brandes Ratschläge, Kontakte, durch die er sein kleines Kapital in den nächsten Monaten ein wenig wachsen lassen könne.
„Natürlich, Herr Weber, Sie waren mir doch immer ein lieber Gast. Der geschätzte Generalkonsul Weitkamp vertraut Ihnen vollkommen, warum sollte ich mich Ihnen nicht erkenntlich zeigen?" Brandes lächelt und reibt sich übers Kinn. „Es ist noch mehr, Herr Weber. Wenn ich so offen sprechen darf. Die Neutralität unseres Landes hat ihr Gutes, oder. Sie ist für gewisse Dinge unerlässlich, und damit meine ich nicht bloß die sichere Abwicklung von Devisentransfers in unsicheren Zeiten." Brandes wendet sein Gesicht zum Fenster, und auch Weber blickt hinaus. Im Garten ist der Pfau auf Abstand zu den Limousinen gegangen, doch er

scheint sich noch nicht vom Anblick seines Spiegelbilds erholt zu haben, torkelt hin und her, schlägt sein Rad auf.

„Aber manchmal – manchmal", fährt Brandes fort. „Neutralität bringt auch ein Gefühl von Einsamkeit mit sich. Eine Tasse Nescafé, Herr Weber?"

Ehe Weber antworten kann, hat Brandes sich zum Beistelltisch gedreht, eine Kanne von der Wärmeplatte genommen und schenkt Weber ein.

„Ich liebe das Geld, wissen Sie", fährt Brandes fort. „Ich führe zu ihm eine enge Beziehung, es ist für mich wie eine Geliebte, wenn ich mich so ausdrücken darf." Er lacht, und Weber sieht eine Reihe Zähne, trotz ihrer gelblichen Färbung glänzend. „Ja, Sie mögen sich wundern, unser Land gilt als gemütlich und brav, aber hinter den Zuckerbäckerfenstern ziehen wir unsere eigenen Fetische groß. Mir gefallen die Deutschen, sie sind klarer, sie haben eindeutigere Symbole, und ich halte den Weg, den sie gehen, den Weg gegen Russland, für einen mutigen! Einen richtigen! Die Rückschläge, die derzeit ihre Truppen lähmen, das sind Kinderkrankheiten, aber sie streben auf so Wichtiges hin, dass manchem, der noch kein Gefühl, kein Verständnis hat für die neuen Dimensionen, die Kinderkrankheiten wie Katastrophen erscheinen. Aber Deutschland", und Brandes breitet seine Arme aus, „Deutschland ist unbeirrbar. Ich möchte es ganz deutlich sagen: Die Verehrung für Ihr Land ist mir ein inniges Gefühl, ein Instinkt beinah, wie der Instinkt eines Säuglings nach Mutterschutz. Allerdings eine Sache –" Brandes lächelt Weber an, „wie Sie mit einigen Ihrer Mitbürger umgehen, muss ich doch als heikel bezeichnen. Nun, Sie werden es anders sehen, Sie haben Ihnen ja schnell den Status der Mitbürger abgenommen. Sie können mutmaßen, ich stieße mich daran, weil die Schweiz hierdurch mit einer Flüchtlingsflut zu kämpfen hat. Unser kleines überfülltes Rettungsboot. Und Sie haben recht. Aber sehen Sie, Herr Weber, es ist nicht allein das."

Er, Weber, vertrete seit Monaten, wie Brandes sicher wisse, im Einklang mit Herrn Generalkonsul Weitkamp die Meinung, dass gewisse Vorgehensweisen der Partei bedenklich seien. Man müsse schließlich auch an die westliche Presse denken.

„Ja, an die Presse", wiederholt Brandes. „Sehen Sie, Herr Weber, ich möchte mich da ungern einmischen. Es wäre nur ein kleiner Dienst, ein Botendienst, den Sie mir im Gegenzug für die Verwaltung Ihrer Gelder erweisen könnten. Ich betone noch einmal: Ich möchte mich da ganz und gar raushalten. Es geht genau genommen um eine Bitte meiner Frau. Eine etwas sentimentale Sache, es geht um ihre frühere Gouvernante, längst konvertiert, aber das zählt ja bei Ihnen nicht. Die alte Dame lebt bislang ganz friedlich in Mailand, aber sie macht sich Sorgen, man könne aus Deutschland mehr Druck auf die Italiener ausüben und die Rassengesetze in Italien verschärfen. Sie brauchen mir nicht zu erklären, wie immun die Italiener gegen das Einhalten von Gesetzen sind. Aber alte Damen machen sich andauernd Sorgen, was haben sie auch anderes noch zu tun? Kurz und gut: Es würde meine Frau sehr freuen, wenn Sie für die Dame einige Wertgegenstände über die Grenze bringen könnten. Es ist nicht aufwendig für Sie. Keine Kunst, kein Silber, nur ein wenig Schmuck, leicht zu verstauen. Nicht mehr als ein weiterer Botendienst. Vielleicht springt sogar eine kleine Aufwandsentschädigung für Sie dabei heraus. Ja, ich denke, das wird sich mit der alten Dame vereinbaren lassen. Sie kommen doch häufiger hierher, nicht nur für Weitkamp, sie besuchen regelmäßig einen Basler Facharzt, wie ich hörte. Viele Gelegenheiten somit für diese kleine Gefälligkeit. Und die alte Dame könnte wieder ruhig schlafen, wenn wenigstens ihre spärlichen Schmuckstücke in Sicherheit wären. Ich betone noch einmal: Ich habe nichts damit zu tun. Ich werde Ihnen zwei Adressen geben, eine in Mailand, eine in Basel, wo Sie die Gegenstände holen und wieder abgeben. Und als Gegenleistung kann Ihnen meine Liebschaft mit dem Geld Nutzen bringen, ja, auch Ihrem Land. Eine kleine Summe – vorübergehend, sagten Sie?"

Ja, vorübergehend. Er brauche das Geld wohl in einem halben Jahr zurück. Investitionen in Mailand.

„Nun, ein Jahr sollte es eigentlich schon bei mir bleiben. Vielleicht etwas kürzer, manchmal lassen sich die Dinge beschleunigen. Zehn Monate, was meinen Sie? Ich kann es Ihnen nicht auf den Tag genau versprechen. Man meint, derlei Dinge seien berechenbar. Aber das ist ein Irr-

tum. Die Vermehrung von Geld, Herr Weber, ist ein großes Geheimnis. Wollen wir also sehen, was ich für Sie erreichen kann. Ich werde Ihnen nicht den Kopf meiner Geliebten auf einem Silbertablett anbieten, aber eine Affäre nutze ich aus. Ich wäre ein Trottel, wenn ich Affären nicht ausnutzte."
Brandes beginnt zu lachen, sein Kopf ruckt wie der des Pfaus, der die größere der beiden Limousinen attackiert, ein leises, spitzes Geklacker, das bis zu ihnen hereindringt.

Weber blickt auf, draußen fliegen die riesigen Vögel weiter gegen die Scheibe an, immer und immer weiter gegen die Scheibe, als begriffen sie nicht, dass durch Glas kein Durchkommen ist, als hofften sie, hineinzukommen in das von der Heizungsluft angewärmte Wohnzimmer, und Weber lässt sich an seinen Schreibtisch sinken, stützt den Kopf in die Hände, betrachtet die an- und anfliegenden gefiederten Äste, schraubt einen Füller auf und schreibt:
„Mir wurde zur Kenntnis gebracht, dass gewisse Kreise Gerüchte in die Welt gesetzt haben in der Richtung, dass man nicht wisse, was aus der von mir geführten Verwaltung von Mitteln für den Bau einer deutschen Schule in Mailand geworden sei. Herr Dr. Rippler (MdB) meinte, dass hierbei Missgunst sowie der Wunsch, einen voraussichtlich aussichtsreichen Konkurrenten auszuschalten, die Triebfeder gewesen sei."
Denn es sind Gerüchte gestreut worden, weiß Weber von Rippler, beinah sicher weiß er es von seinem Bonner Bekannten, er hat es Weber gesagt oder zumindest angedeutet oder zumindest eine Bemerkung gemacht, die Weber als eine solche Andeutung verstanden hat, und wies nicht auch Wendler, kandiskauend, ihn darauf hin? Weber ist überzeugt: Gewisse Kreise in Bonn, in Stuttgart, vielleicht auch in Frankfurt wollen schlechte Stimmung gegen ihn machen. Um ihn auszuschalten, um ihn, einen aussichtsreichen Konkurrenten, kaltzustellen mit Gerüchten, von denen sie wissen, dass Weber sie nicht entkräften kann, weil diese Gerüchte seit

Kriegsende gegenstandslos sind, weil diese Gerüchte zu entkräften so unmöglich ist wie der Versuch, fürs Alleinsein Zeugen zu finden, fürs Abwesendsein, fürs Verschwinden.

„Horror vacui", raunt Wendler. Mit der Zange klopft er gegen das Glas, an den Zylinder voller Federn, und Weber wünscht sich hinaus in die Hitze und Helligkeit des Junitags.

„Wir sehen: Das Atmen scheint für Sperlingspapageien unverzichtbar zu sein. Morgen untersuche ich, wie es sich mit Spatzen verhält." Wendler winkt Weber, ihm zu folgen. „Aber nun, lieber Weber, will ich mit dir über eine Sache reden, die dich interessieren könnte. Ein lukratives Geschäft", erklärt er und geht durch eine schmale Tür voran. Über eine Treppe gelangen sie noch tiefer hinab, Kälte weht aus den Wänden, die Luft ist feucht.

„Ich habe seit einiger Zeit Kontakte zu gewissen Personen, die – wie soll ich sagen?"

Ein Kellerlicht summt. Auf dem Boden des Gangs, der sich vor ihnen öffnet, liegt Sand, und links und rechts sind Holzverschläge schief zusammengenagelt. Dahinter kann Weber nicht mehr als Bettlaken erkennen, die Objekte in der Größe von Möbelstücken verhängen.

Wendler wiegt nachdenklich seinen Kopf, und dann, als habe er vergessen, wovon er eben sprach, bemerkt er: „Dinge verschwinden manchmal. Eine Tatsache, die jeder kennt. An der man nichts ändern kann." Er zeigt um sich und pfeift den verdeckten Geräten zu. „Ich warte darauf, dass die Dinge hier unten endlich verschwinden. Aber sie tun es nicht. Oder sagen wir so, selbst wenn es mit einigen von ihnen geschähe, würde es mir gar nicht auffallen." Er streicht mit der Hand über die rauen Latten der Verschläge. „Ich habe all diese Sachen mit dem Haus gekauft, ohne auch nur einmal zuvor unter die Stoffe zu sehen. Ja, ich habe vor dem Kauf des Hauses nur einen kurzen Blick in den Keller geworfen, diesen Gang habe ich erst, Monate nachdem ich hier einzog, betreten. Bis heute weiß ich nicht, was sich hinter diesen Verschlägen alles befindet. Aber ein paar Dinge habe ich doch gefunden."

Wendler dreht sich zu Weber, in seinen Händen einen Vogelkäfig, und Weber kann sich nicht erklären, wo er ihn so plötzlich herhat. Kein einziges Mal hat sich Wendler gebückt, auch zur Seite hat er nicht gegriffen. Oder doch? Weber ist die ganze Zeit hinter Wendler gegangen, hat ihn nicht einen Moment aus den Augen gelassen.
„Was die Gegenstände betrifft, komme ich zu dem Schluss", sagt Wendler, „dass in diesem Haus ein Magier wohnte, der seine Profession an den Nagel gehängt hat. Weiß Gott, warum." Er drückt einen der Verschläge mit der Schulter auf. „Vielleicht ist er sich selbst unheimlich geworden."
Weber hört ein Pfeifen, ruhig und hell.
„Um auf die Personen zurückzukommen, von denen ich eben sprach – ich habe an dich gedacht, denn für die Sache, um die es geht, dürftest du die richtigen Kontakte haben. Weber, könntest du bitte –?"
Wendler weist mit dem Kinn auf einen von der Decke hängenden Gegenstand. Weber zieht den Stoff beiseite, und vor ihm schaukelt eine Voliere, kunstvoll geschnitzt mit Burgzinnen und Fensterattrappen. Drinnen, auf einer Stange, hüpft ein weißer Sittich.
„Man ist bereit, deine Mühen nicht unerheblich zu entlohnen. Verhandlungssache. Ich bin sicher, du wirst nicht leer dabei ausgehen. Bitte, den Sittich." Wendler hält ihm den kleinen Metallkäfig entgegen.
Weber hakt das Türchen der Voliere auf, zwängt seine Hand hinein, der Vogel stürzt aufgeregt flatternd hinauf, taumelt unter dem spitzen Dach der Voliere, ein weißes Pendel aus Federn.
„Pässe", sagt Wendler, und der Vogel lässt sich, ein wenig beruhigt von Webers Reglosigkeit, auf der Stange nieder. Webers Hand schnellt nach vorn, fast hätte er ihn erwischt, eine Feder staubt ab, als das Tier aufflattert.
Was er damit sagen wolle, fragt Weber.
„Liegt das nicht auf der Hand, mein Lieber? Du besorgst Pässe, nicht einmal echt müssen sie sein, und ich bringe dich mit Leuten in Kontakt, die für derlei Papiere alles, oder sagen wir: ein Vermögen geben. Und so viel Dankbarkeit gibt es gratis dazu, dass du dein Leben lang davon zehren kannst."

Was für Leute das seien, erkundigt sich Weber so leise, als fürchte er, von den Gegenständen um ihn her belauscht zu werden. Der Vogel, im obersten Winkel der Voliere ans Gitter geklammert, stößt mit dem Schnabel durch die metallenen Maschen.

„Du kannst bei mir alles haben, Weber. Nun ja, die Lieblinge des Regimes sind es nicht. Aber aus ganz unterschiedlichen Gründen. Du hast die freie Wahl. Aber bitte, der Sittich!"

Weber versucht, den Vogel zu fassen, das Tier aber flattert im obersten Stock des Volierenschlosses, so hoch, wie Weber mit seinem Arm nicht gelangt.

Es seien – Verfolgte?

„Meine Güte, Weber! Wenn es ihnen hier großartig ginge, bräuchten sie wohl keine neuen Papiere. Lock ihn mit ein paar Körnern an, wenn du ihn anders nicht greifen kannst."

Webers Arm schmerzt von der Verrenkung, durch die er in die Ecken der Voliere zu gelangen versucht. Er liest einige Körner vom Käfigboden auf und hält die Hand so ruhig wie möglich.

„Was also sagst du zu meinem Vorschlag?"

Weber zögert. Der Vogel nähert sich seiner Hand.

Wendler müsse das verstehen. Vor ein paar Wochen, als Weitkamp noch Leiter des Generalkonsulats, somit sein Vorgesetzter gewesen sei, hätte die Situation ganz anders ausgesehen. Damals wäre die von Wendler angedachte Aktion ein Leichtes gewesen.

Der Vogel ruckt mit dem Kopf, er zögert, als wittere er die Falle, die Webers Finger bilden, hüpft aber doch auf Webers Daumen, von dort in seinen Handteller.

„Weber, jetzt. Greif zu!"

Ein kleiner, pochender Körper in seiner Faust. Nicht er selbst, eine von Wendler betätigte Mechanik ist es gewesen, die ihn die Hand zusammendrücken ließ, ist Weber sich sicher. Ein Leichtes, verglichen mit heute, fährt er fort, den Vogel langsam aus der Voliere ziehend. Die Gefahr, in die er sich mit einer solchen Aktion begäbe, wäre erheblich. Wahnwitzig. Er bitte Wendler um Verständnis, wenn er ablehnen müsse.

Wendler lächelt ihm zu. „Überleg es dir, Weber. Kein schlechtes Geschäft würde das für dich werden, das verspreche ich dir. Kein schlechtes Geschäft. Und jetzt her mit dem Vogel."
Weber steckt den Vogel in die Öffnung des kleinen Drahtkäfigs und verschließt die Luke. Der Vogel hackt mit seinem Schnabel gegen das Gitter. „Es ist nämlich so, Weber, und das vergessen viele, dass nicht nur Gegenstände verschwinden." Mit den Nägeln fährt er über die dünnen Gitter des Käfigs, zieht eine klackernde Spur. „Was wäre das auch für eine Logik! Wenn Gegenstände verschwinden, wieso sollten es dann nicht auch Lebewesen tun?"
Ein Sirren in Wendlers Ärmel. Seine leeren Handflächen, die er dreht, vor Webers Augen dreht und dreht wie eine rituelle Gebärde. Der Käfig samt Vogel ist abhandengekommen, verschwunden, während Weber doch Wendlers Hände, den von ihm gerade erst gefangenen Vogel nicht aus den Augen gelassen hat. In Nichts aufgelöst, muss Weber gestehen. In Nichts, auch wenn das unmöglich ist.

Es kommt Weber vor, als würde eine Tür geöffnet, er lauscht, ja tatsächlich, er hört feine Schritte, Damenschritte, und er will rufen: „Charlotte, ist Ihr Fieber gesunken?", als er hört, wie die Tür des Schlafzimmers aufgeschoben, ein Mantel unachtsam aufs Bett geworfen wird, und er begreift, dass es Anna ist, die heimkommt von ihrer Kaffeefahrt oder Häkelfreizeit oder Halmarunde oder was sie auch immer in Bremen getan hat. Die Annaschritte, die hektisch und ohne jede Ökonomie über den Teppich hin und her laufen.

Wendler geht vor ihm die Treppe hinauf, die Schultern seitlich, um Weber nicht den Rücken zuzuwenden. „Du reist doch mit Diplomatengepäck, mit so einer hübschen schwarzen Tasche, deren Inhalt niemand zu sehen bekommt." Wendler verschließt die Kellertür, kehrt mit der Sohle einige Scherben beiseite, schüttelt den Kopf. „Meine Güte, Weber, wie siehst du mich an? Was habe ich denn schon getan? Ich habe einem Freund meine neuste Entdeckung gezeigt, und das ist der Lohn? Und hier: so ein Chaos!" Er hebt Kolben und Schläuche auf, stellt sie von hier nach dort, nimmt ein anderes Gerät in die Hand, das er nach kurzem Zögern wieder zurückstellt, und umgeht dabei geschickt, Ordnung zu schaffen.

„Dieses kleine schwarze Ding. Ich stelle es mir als nette Begleitung vor. Zu leer sollte es aber nicht mit dir reisen. Das wäre doch Verschwendung, Weber. Ein einfacher Botendienst. Vollkommen ungefährlich. Niemand öffnet Diplomatengepäck. Lass es dir durch den Kopf gehen, Weber." Wendler lacht auf. „Du wirst deine Meinung schon noch ändern, wart's ab. Du entschuldigst mich?"

Als Wendler sich zurückzieht, um seine Instrumente zu säubern, geht Weber hinaus in den Garten. Die Wiese ist verwildert, und weiße Blütenstände ragen aus dem Grün und Grau des Grases hervor. An einem Gewächshaus mit zerschlagenem Dach kommt er vorbei, drinnen surrt es, als habe sich ein Wespenschwarm dort versteckt. Die Splitter der Dachscheiben blecken ihn an, Zähne in einem Maul. Weber sieht den Rachen vor sich: ein Nebel aus Wespen und der Geruch verwesender Sträucher. Nur Wendler weiß, wie man mit diesem Ungeheuer umgeht, er hat sein Grundstück im Griff, er besitzt, ist Weber sich sicher, selbst für diese Glasruine einen Schlüssel, um von Zeit zu Zeit Insekten für seine Versuche zu bergen.

Das Summen aus dem Innern des Gewächshauses. Die schwüle Juliluft. Wendlers Lachen.

Du wirst deine Meinung schon noch ändern, wart's ab.

Was sie nur alle von ihm wollen, denkt Weber.

„Konrad?" Annas Stimme, nicht so fest, wie Weber es gewohnt ist, wankend beinah, und er blickt auf die Äste, die Schwingen, er sieht Wendler vor sich, einen Vogelkäfig, der verschwindet, eine leere Voliere, die hinter Wendler schaukelt, und draußen, vor seinem Arbeitszimmer, fragt Anna: „Konrad, bist du hier? Arbeitest du noch? Du arbeitest wirklich zu viel, Konrad."

Weber wendet sich vom Fenster ab, hört noch, wie der Wind in die Bäume fährt, einen Ast herunterreißt. Sein Blick fällt auf den angefangenen Brief, hastig faltet er ihn zusammen und legt ihn in seine Schreibtischschublade. Er nimmt ein leeres Blatt hervor, die Zeitung von gestern, die auf seinem Pressestapel obenauf liegt, und überträgt wahllos Worte aus dem Leitartikel auf das Blatt. Zaghaft an den Türrahmen klopfend, betritt Anna das Zimmer, Weber dreht sich zu ihr um, als reiße sie ihn aus der Arbeit.

Er ist erstaunt. Man könnte auch sagen: erschrocken. Das ist nicht Anna, die dort auf der Schwelle des Zimmers steht. Eine ganz andere aber ist es auch nicht. Weber versucht den Eindruck, den ihm die Erscheinung gibt, zu begreifen, er kommt zu dem Schluss, dass diese Frau eine blasse, eine magere Abwandlung von Anna ist, dass möglicherweise Anna selbst dahintersteckt, aber seltsam verjüngt und zugleich gealtert. Sie steht da in der unsicheren Haltung eines Kindes, mit einem Gesicht voller Falten. Dicke helle Schminke soll die Furchen verbergen, aber die wächserne Schicht hebt die Linien nur deutlicher hervor: um ihren Mund Falten, in den Augenwinkeln Falten, auf der Stirn Falten, unter der Schminke Falten um Falten, die sich kreuzen, einander verschlingen, leise zischeln: eine Faltengrube. Ihre Augen schmal, mandelförmig.

Er sieht auf ihre schwarze Kleidung, die sie noch fremder macht. Weber hat Anna nie Schwarz tragen sehen. Es steht ihr auch nicht, stellt er fest.

Ob sie eine gute Reise gehabt habe, erkundigt er sich, da Anna ihr Schweigen von allein nicht beendet. Auch jetzt bleibt sie wortlos, immerhin betritt sie zögerlich das Zimmer, geht auf Weber zu, er drückt mit seiner Hand die Schreibtischschublade fest zu. Ohne ihn anzusehen, lehnt Anna sich vor, langt über den Schreibtisch und greift nach der kleinen Holzfigur, dem Schachläufer.

„Warum hast du ihn weggenommen", fragt Anna, ihre Stimme klingt hohl und trocken, als habe sie nicht mehr genug Flüssigkeit im Körper, um zu sprechen.

Er selbst sei es nicht gewesen, der die Figur fortgenommen habe, sie wisse doch, er interessiere sich nicht für ihr Schachbrett, seit wie vielen Jahren habe er es dort stehen gelassen, ohne eine Figur zu berühren, es sei Besuch da gewesen –
Die Figur prallt vom Fenster ab. Anna steht starr neben ihm, als habe nicht sie so schnell und scharf geworfen.
„Es geht mir nicht um den gottverdammten Läufer!" Sie sackt in sich zusammen, kauert neben dem Schreibtisch, die Hände vors Gesicht gedrückt. „Du bist nicht ans Telefon gegangen, du bist einfach nicht drangegangen."
Weber rückt mit dem Stuhl ein Stück von ihr ab. Sie hätten doch telefoniert, bemerkt er. Aus Bonn habe er sie angerufen.
Anna antwortet nicht.
Er muss seinen Kopf schräg legen, um sie dort unten betrachten zu können, er sieht ein mageres, in Schwarz gehülltes Mädchen. Vielleicht interessiere sie ja, wie es in Bonn verlaufen sei, sagt er.
Anna reibt sich übers Gesicht, Schminke bleibt an ihren Händen haften, und um die Wimpern sind graue Schatten gezogen. Sie erhebt sich, wankend, doch als sie aufrecht vor ihm steht, ist ihr Stand wieder sicher. Sie zupft ihren Rock zurecht, streicht sich übers Haar und flüstert tonlos: „Ja, natürlich, Konrad, du hast recht. Ich habe dich noch gar nicht nach deiner Reise gefragt."
Alles in allem sei er durchaus erfolgreich gewesen, ja, man könne sogar sagen, dass es eine über alle Erwartungen hinaus erfolgreiche Reise gewesen sei, erstaunlich leicht habe er sich wieder eingefunden in die alten Kreise, innerhalb kürzester Zeit habe er sich ein genaues Bild der Lage machen können, er habe –
„Es ist nur so", unterbricht Anna ihn, „ich konnte doch nicht allein dahin gehen."
Wohin, fragt Weber.
„Es ist auch gleichgültig, jetzt. Kurt ist mit mir gegangen. Du weißt, er ist mit seinem Frotteegeschäft nach Übersee expandiert, er war nur zufällig in Hamburg, ein paar Tage, ehe er wieder nach

New York zurückfuhr, und er ist nach Bremen gekommen, als Gerda ihn darum gebeten hat.“

Kurt, wiederholt Weber.

„Es war eine schöne Feier, ja, stell dir vor, es gab Baumkuchen, wie früher, und ich weiß nicht, wo sie den herhatten.“ Annas Augen leuchten, aber sie blickt nicht um sich, bemerkt Weber, sie nimmt ihre Umgebung nicht wahr. „Kannst du dir das vorstellen, Konrad, wie lange haben wir keinen Baumkuchen mehr gegessen? Diese feinen Schichten, so zart sind die, und wir haben Kakao dazu getrunken. Danach sind wir spazieren gegangen, die anderen wollten nicht beim Friedhof bleiben, aber Kurt ist mit mir mitgekommen, und wir sind alle Wege entlanggegangen und auch an der riesigen Marmorgruft vorbei, in der sie den Jungen aus Amerika beigesetzt haben. Das weißt du noch gar nicht, Konrad, er ist auf der Überfahrt von New York nach Bremen an einer Lungenentzündung gestorben, und die Eltern, reiche Kaufleute, ich glaube, Juden waren das, die haben einen schwarzen Klotz aus Marmor für ihr Kind aufgestellt, hübsch ist der nicht, aber gewaltig, halb Bremen spricht im Moment davon, aber du kennst die Stelle, da sind wir schon vorbeigegangen, damals, weißt du nicht mehr, vor dem Krieg.“ Anna stützt sich auf seiner Schreibtischplatte ab. „Ja, und jetzt liegt Vati auch da.“

Ihre Hand rutscht zur Seite, bringt den Stapel mit der Presse vergangener Tage ins Rutschen.

Ihr Vater? Was sie damit meine, fragt Weber und versucht zugleich, die auseinanderstiebenden Blätter zu fangen. Es sei doch nichts mit ihrem Vater?

„Komisch, nicht wahr? Der Junge ist gestorben auf der gleichen Strecke, auf der Kurt jetzt heimfährt, denn wir haben doch Freitag? Heute ist doch Freitag, Konrad? Denn am Freitag fährt Kurt heim, er wollte von Hamburg aus fahren, aber nun fährt er von Bremen. Vielleicht ist es das gleiche Schiff, auf dem der Junge gestorben ist.“

Kurt fliege sicherlich und fahre nicht mit dem Schiff.
„Ja, meinst du, Konrad?“ Annas Blick ist vollkommen leer, während sie sich mit den Fingern über die spröden Lippen fährt. „Aber wie war es denn nun in Bonn?“ Sie reibt sich mit der Hand über die Augen, und plötzlich scheint sie wieder wach zu sein, wieder hier, bei ihm, Weber, und sogar die Falten, kommt es ihm vor, verlieren an Tiefe, Anna blickt ihn an mit ihrem klaren Annablick, beinah lachend fragt sie: „Hast du Palmer getroffen? Du hast ihn nicht getroffen, habe ich recht?“
Und Weber wiederholt: Palmer.
„Aber was sagt Rippler, wie sind deine Aussichten?“
Schlechte Neuigkeiten, lieber Weber.
Es brauche seine Zeit, erklärt Weber. In der Bürokratie brauche alles seine Zeit. Und das sei auch richtig so.
Ihre Akte ist verschwunden. Zusammen mit der von Palmer.
Er nickt vor sich hin, während Anna wieder zu reden beginnt, abdriftet in ihr Gemurmel, dessen Sinn sie wie in Trance folgt: „Stell dir vor, Konrad, Baumkuchen gab es! Ja. Ich habe es gar nicht glauben wollen, dass es dort diesen Baumkuchen noch gibt. Diese feinen Schichten, so zart“, sagt Anna, „und ich weiß nicht, wo die den herhatten. Das ist mir ein Rätsel, Konrad, wirklich.“

Aus Mailand kommend, trifft Weber an einem Septembertag in Berlin ein, um am Bett seiner Mutter zu knien, ehe der mit gelber, zerknitterter Haut überzogene Körper gänzlich leer sein wird, ihre Hand zu halten, die trocken und eingerissen ist wie alte Akten, bereits am Zerfallen, die Krallen eines Sittichs in seinem Käfig klackern zu hören, Weber wartend, dass sie sich regt, sie aber regt sich nicht, um zu warten, dass eine Schwester hereinkommt, die ihm erklären kann, wie es um seine Mutter steht, ihren Puls fühlen, ihre Temperatur messen und ihm sagen kann: „Fieber, Herr Weber, da kann man nichts machen.“
Aber es kommt keine Schwester herein, und Weber wartet allein mit einem klackernden Sittich und einem gelblichen Balg, die Kälte des

Bodens kriecht ihm in die Knie, in die Beine, die Kälte der vielleicht schon toten Mutter kriecht ihm in die Hände, den Puls hinauf, sein Kreuz schmerzt, durch das Fenster dringt Zugluft herein und lässt die Gardinen wie die Flügel dunkler Vögel schwingen. Und Weber, um die eigene Gesundheit besorgt, um den Termin besorgt, den er einzuhalten hat, um den Inhalt seiner Tasche besorgt, die unbewacht im Gästezimmer der Mutter steht, ein Stockwerk unter ihnen, in dem die Krankenschwester, die nicht bei der Kranken wacht, ihr Unwesen treiben könnte, Weber bemerkt, dass es bereits zu dämmern beginnt. Nicht wie das gewöhnliche Anzeichen des Abends kommt ihm diese Dämmerung vor, nicht wie ein Hinweis auf den baldigen Dienstschluss, nicht als Symptom einer bestimmten Uhrzeit, von Zeigern auf ein Zifferblatt übersetzbar, sondern als Auswuchs der Mutterstimmung. Nichts Vorübergehendes, sondern etwas, das ihn schluckt. Etwas Weberschluckendes. Er will sich von der vielleicht schon toten Hand losmachen, er will seine steifen Knie durchstrecken, ehe das Rheuma sich in ihnen einnistet, er will an die frische Luft, auf die Straße, in die Nähe nüchterner Ziffernblätter, in die Nähe von Aktentaschen und Menschen, Männern in Anzügen, Frauen in taillierten Mänteln, die durcheinanderreden und -rennen, er will raus aus dieser Stille, aber die Hand klammert sich um seine, er hört die Gardine rascheln, seine Mutter schlägt die Augen auf, fährt mit der Zunge über ihre gelblichen Lippen und flüstert: „Nimm deinen Hut ab, Junge."

Irgendwo in der Wohnung wird eine Tür geschlossen, Wasser rauscht in der Wand, auf der Straße fährt ein Auto vorbei, hupt, aber all das rückt ab, kippt über eine Grenze, die dieses Zimmer in eine Leere schließt, von nichts umgeben, und nur noch das leise Klackern von Horn auf Metall dringt aus einer Ecke des Raums. Weber, vor seiner Mutter kniend, die aufhört, seine Mutter zu sein, die überhaupt aufhört, irgendetwas zu sein oder begreifen zu wollen, der es egal ist, ob die Wirklichkeit ihrer Forderung

Nimm deinen Hut ab, Junge

Folge leisten kann, denn ihr Sohn trägt keinen Hut, hat ihn an der Gar-

derobe, bevor er das Mutterzimmer betrat, abgelegt und hält jetzt nur ihre Hand, und hinter ihnen pickt der Sittich ans Gitter seines wie ein skelettöser Mond im Zimmer hängenden Käfigs, und die gelben Lippen unterbrechen das Klackern des Sittichs
Nimm deinen Hut ab, Junge
krächzend, fast komisch.
Da zieht Weber seinen Cut aus und seine Weste, legt beides, einmal gefaltet, auf den Tisch, so, wie er vielleicht seinen Hut, hätte er einen getragen, auf den Tisch gelegt hätte, und seine Mutter, die nicht mehr begreift, dass er den Cut mit schwarzer Weste und Krawatte zu ihren Ehren angezogen hat, begreift wenigstens, wie Weber hofft, dass er ihn zu ihren Ehren auszieht, oder sie glaubt tatsächlich, er lege einen Hut auf den Tisch.
Jedenfalls lächelt sie, murmelt etwas, das Weber nicht versteht, und der Sittich krächzt in seinem Käfig, als sei er es, der nun erstickt.

Weber steht vor dem Fenster, vor Schweizer Tannen, es ist 1951, und Weber, das Kind, starrt auf die Äste, die über die Fenster streichen. Weber, ein Kind. Ja! Denn es gibt keine Besoldungsgruppen mehr, keine Beförderungen, keine Titel für ihn, und auch Anna gibt es nicht mehr so, wie er Anna erinnert, es gibt einfach keinen Grund mehr, älter zu sein als ein Kind.

Als alles vorbei ist, verlässt Weber das Zimmer, vielleicht verlässt er es einige Minuten zu früh, übereilt zumindest, denn er schließt die Tür, ohne zu merken, dass er keinen Cut mehr trägt, ohne daran zu denken, dass auf dem Tisch, einmal gefaltet, sein Cut samt Weste anstelle eines Hutes liegt.
Weber telefoniert, veranlasst alles, was nach einem solchen Vorfall veranlasst werden muss, er verrät keine Hektik in der Stimme, keine Fahrigkeit in seiner Ausdrucksweise, so als sei dies seine hundertste tote Mutter. An alles denkt Weber, sogar daran, das Tierheim über den nun verwaisten Vogel zu unterrichten.

Nach den Telefongesprächen, von der Eile ins Schwitzen geraten, zieht Weber sich im ehemaligen Ankleidezimmer seiner ehemaligen Mutter ein neues Hemd an und dazu einen Straßenanzug, grau mit farbiger Krawatte.
Gegen Mittag verlässt er das Haus, eine Aktentasche in der Hand, wegen der er nicht bis zur Beerdigung bleiben kann – aber er hat ja alles angeordnet, hat mit dem Beerdigungsinstitut einen guten Preis ausgehandelt, ein Tierheim über den im Zimmer seiner Mutter wunderlich werdenden Sittich informiert, hat eine Gaststätte in der Nähe des Friedhofs mit dem Essen beauftragt, noch nicht ahnend, dass kein einziger Gast dort erscheinen wird, nur die Totengräber, den Dreck von sich klopfend, die mit ungeschickten Gabelstichen die Erbsen über den Teller jagen werden –
Und Weber jagt in einem Taxi fort, fährt einem wahnsinnig gewordenen Sittich davon, einer toten Mutter, die umsorgt wird von Leichenwäschern, die Aktentasche auf dem Schoß, wegen der er, ist er überzeugt, nicht bis zur Beerdigung warten kann, wegen der der Muttersarg vor den Augen eines einzigen Zuschauers, eines einzigen uralten Trauergasts in die Erde gesenkt werden wird, heimlich beinah.
Die Hände um den Griff der Tasche geklammert, lässt er sich zum Zoologischen Garten fahren, der Fahrer solle sich beeilen, er müsse seinen Zug rechtzeitig erreichen, eine Ampel sei eine Ampel, ja!, aber im Krieg gerieten auch Tautologien ins Wanken, und am Boden der Tasche rollen Ketten, Perlen, Manschettenknöpfe übereinanderher.
Der Taxifahrer, nach hinten rufend: „Ich bin kein Zauberer, mein Herr! Und das rote Licht da vorne bleibt für mich rot."
Eine Ampel sei eine Ampel, ganz sicher! Aber er sei Konsul und somit über Ampeln erhaben. Für ihn gelte Logik und die Straßenverkehrsordnung anders, ein Rot sei für Diplomaten immer weniger rot. Orange, ja, so könnte man's nennen.
Der Taxifahrer, mit den Schultern zuckend, beschleunigt. „Aber, mein Herr, ein Zauberer bin ich nicht."
Am Bahnhof hastet Weber die Stufen zum Gleis hinauf, obwohl ihn sein Arzt vor dergleichen warnt: „Achten Sie auf sich, Doktor Weber. Kör-

perliche Anstrengung, ich sage Ihnen, das kann für Sie leicht zum Verhängnis werden. Sie sind ja sensibler als andere Menschen."
Da fährt der Zug ein, es pfeift und zischt und kreischt, als habe man eine der Volieren im Zoologischen Garten geöffnet, als werde Weber nicht vom Gestank der Bremsflüssigkeit überwältigt, sondern von einem Schwarm böser Vögel, die in die Gleishalle einfallen, lange genug im Käfig gehalten, um alles zu zerstören, was ihnen unter die Schnäbel kommt. Weber drückt sich seinen Shawl vors Gesicht, er wünscht sich, diese Vogelschreie nähmen ein Ende. Kann denn niemand diesen Schwarm verscheuchen, einfangen, ist denn niemand dafür zuständig, die Menschen vor solchem Lärm zu bewahren? Weber fasst sich an die Brust, quietschend werden Türen geöffnet, Menschen drängen an Weber vorbei, rempeln sich an, rempeln ihn an, fallen sich in die Arme, gackernd und kreischend.
Dann ist es still.
Es ist so lautlos um Weber, als sei in diesem Moment ein Gesetz in Kraft getreten, das jedes Geräusch unter Strafe stellt, gleichsetzt mit einem Verrat an Volk, Führer, Vaterland. Weber fährt mit der Hand über sein Jackett, sucht die leichte Wölbung des Stoffes, die den Inhalt der Innentasche anzeigt, aber da ist nichts, keine Wölbung, kein Inhalt, nur der Stoff seines Jacketts, flach über seine flache Brust fallend. Und er sieht seine Mutter, die gelblichen Lippen:
Nimm deinen Hut ab, Junge –
Menschen umringen Weber, ihre vom Krieg zerbrechlichharten Gesichter starren ihn an, er will sie wegscheuchen, seine Hand fährt über seine Brust, fasst in die Innentasche seines Jacketts: Aber da ist nichts.
Einmal gefaltet liegt sein Cut noch immer auf dem Tisch seiner Mutter, und in der Innentasche steckt ein kleines Heftchen. Sein Pass. Sein Diplomatenpass. Jenes Papier, mit dem Weber über den Dingen steht, alle Wahrheiten für ihn nur halbwahr sind, alle Gesetze für ihn Lücken zulassen, der Pass, der ihn über alles erhebt, über rote Ampeln und, wenn es sein muss, das Schwarzfahren in Zügen, mit dem er davor bewahrt wird, seine Tasche dem Zöllner zu öffnen.

Weber steht am Bahngleis, die Tasche in der Hand, die er über die Grenze bringen soll, wie er früher für Weitkamp Taschen über die Grenze brachte. Ein erstes Mal soll er diesen Botendienst für eine ihm Unbekannte ausführen, für die Gouvernante der Gattin eines Geschäftspartners. Eine Tasche ist eine Tasche, Ware ist Ware, Schmuck oder Devisen, was macht das für einen Unterschied. In der anderen Hand hält er seinen Fahrschein, gelöst bis nach Basel, und er könnte jetzt einsteigen, die Tasche also dorthin bringen, wo man sie wünscht, wo Unbekannte sie in Empfang nehmen werden, im Anschluss daran zurück nach Mailand reisen und berichten: „In Berlin ist man mit der hiesigen Arbeit vollauf zufrieden, Herr Generalkonsul." Er könnte um einen Tag Urlaub bitten, ein Trauerfall in der Familie, seine Mutter – sehr plötzlich, in der Tat – vollkommen unerwartet.
Wenn nur sein Pass –
Weber hastet die Stufen hinab, winkt ein Taxi heran, der Fahrer solle sich sputen, es gehe um Leben und Tod, ruft Weber und fürchtet, einer der Leichenwäscher könne die Papiere bereits an sich genommen haben. Was sei das für ein Tempo, er habe doch keine Sänfte, sondern ein Taxi bestellt, ruft Weber aus dem Fond des Wagens heraus, während er die Leichenwäscher fürchtet, die vielleicht schon seine Papiere auf dem Schwarzmarkt verhökern, und Weber blickt aus dem Fenster, sieht, wie das Taxi alles schneidet, was sich um sie herum bewegt, Weber, dem der Schweiß auf der Stirn steht, dem der Schweiß in sein eben noch sauberes Hemd hineinläuft, Weber ruft: Stopp! Ob der Fahrer denn verrückt geworden sei! Eine Ampel sei eine Ampel! Der Krieg setze zwar einiges außer Kraft, aber nicht die Straßenverkehrsordnung!

Mit einem Mal ist die Zeit starr. Weber sieht sich um und weiß nicht mehr, wo er sich gerade befindet. Alle Linien streben von ihm fort, alles ist still. Nichts, an dem entlang er seine Gedanken beruhigen, seine Position wiederfinden kann. Er drückt seine Faust gegen die Stirn.
Er muss zurück, weiß Weber. Zurück ins Amt, an ein Konsulat,

eine Botschaft, auf einen Posten. In sein Leben zurück, dieses Provisorium beenden. Aber niemand will ihn vom Zürcher Abstellgleis herunterholen, auf das zu gelangen ja nicht seine, Webers, Schuld war, ist Weber überzeugt. Diesem Vorruhestand, von dem ihn auch die Anrufe seiner Aktionärskundschaft nicht ablenken können. Den Ruhestand, beschließt Weber in dieser Nacht, erkennt man nicht daran, wie viel Geld man verdient –
„Wobei auch hier, meine Liebe", erklärt mein Diplomat, „der gute Weber der Meinung gewesen sein dürfte, dass ihm mehr zusteht, als er zu dieser Zeit bekommt."
Man erkennt den Ruhestand daran, dass man ohne Titel, dass man nur noch mit dem kümmerlichen Rest des eigenen Namens auftaucht. Weber, mit einem leichten Nicken des Kopfes, stellt sich seinem Spiegelbild vor, ein Gast auf seinem behelfsmäßig entworfenen Stehempfang. Und kommt da nicht ein weiterer? Weber horcht. Waren das nicht Schritte? Ob Anna wieder wach ist, durch die Zimmer schleicht? Aber jetzt ist nichts mehr zu hören.
Nichts?
Da ist ein Geräusch, ein heller Rhythmus, wie das Ticken eines Telegraphen, und Weber hört dabei zu, wie sich aus dem verstümmelten kurzlangen Knacken ein Satz bildet, er hört, wie er selbst ihn vor sich hersagt, ins Dunkel hinein:
Mohrmann erkrankt stop Rückkehr sofort stop Aufschub bis Montag nicht möglich stop
Ins Dunkel?
Oder ist es nicht vielmehr hell, ist es nicht ein Mittag im September 43? Weber steht vor den Stufen des Hauses seiner Mutter, des ehemaligen Hauses seiner ehemaligen Mutter. An jenem späten Mittag, mittlerweile Nachmittag, steigt Weber noch einmal die Stufen hinauf, dieses nun leer stehenden Hauses, aus dem ihm ein Mann mit einem Käfig in der Hand entgegenkommt, seinen Hut zieht, „Herr Konsul", und Weber, der die Eingangshalle betritt, die ihm riesig erscheint und schwan-

kend, wie ein in den Tauen knarrendes Schiff kurz vor dem Untergang, Weber hört, „Herr Konsul", ein sich wiederholender Ruf, und tatsächlich, stellt Weber fest, als er sich umdreht, es ist nicht der Bedienstete des Zoologischen Gartens, sondern ein gebrechlicher Mann in Postuniform, der dort auf der Türschwelle in übertriebenem Gehorsam den Arm nach vorn ausstreckt, hält, nicht mehr herabnehmen will, und Weber erinnert sich, dass er jetzt in Deutschland ist, tatsächlich, dass er lange nicht mehr in Deutschland war, und der Mann, der seinen steil nach vorn ausgestreckten Arm endlich senkt, spricht so abgehackt, als sei er selbst ein Telegraph: „Ein Telegramm für Sie. Herr Konsul. Aus Mailand."

Mohrmann erkrankt stop Rückkehr sofort stop Aufschub bis Montag nicht möglich stop Palmer

Mohrmann? Es gibt doch gar keinen Mohrmann.

Mohrmann ist nichts, eine Erfindung von ihm. Nicht mehr als eine Chiffre, eine Verschlüsselung in einem Telegramm, das er vor Wochen an die Wilhelmstraße geschickt hat, vor Monaten, vor Jahren, kommt es Weber vor. Mohrmann kann nicht krank werden, ist Weber sich sicher. Doch Mohrmann hat sich, wie auch immer es ihm gelang, selbstständig gemacht, läuft durch Mailand, durch Berlin und behauptet, erkrankt zu sein, fordert Weber zurück, ihn, Weber, der unmöglich vor Montag die Schweiz verlassen kann, der, wenn er ein Unglück verhindern will, Brandes und einen Herrn Rauch sprechen muss, Mohrmann zwingt Weber zurück nach Mailand, sofort, Aufschub bis Montag nicht möglich. Er erwischt Weber, als dieser ihn längst abgeheftet glaubt in einem Ordner der Wilhelmstraße.

Der Bote tritt von einem Fuß auf den anderen, er murmelt: „Herr Konsul?" Weber wacht auf aus dem Traum, dem Albtraum, er drückt dem Mann eine Münze in die Hand, eine wertlose deutsche Münze, blickt noch einmal auf das Telegramm. Mohrmann erkrankt stop *Mohrmann?, flüstert Weber. Wieso Mohrmann? Leider, er ist noch ganz und gar nicht aus dem Albtraum erwacht, und er sieht den Boten die Treppe des Hauses seiner Mutter hinunterhumpeln, ein versehrter, ein von allen Seiten angenagter Bote war das, der ihm diese Nachricht gebracht hat, und Weber wartet darauf, den Mann auf dem unteren Treppenabsatz in tausend Stücke zerspringen zu sehen.*

Weber wendet sich vom Fenster ab, geht ein paar Schritte, streicht mit der Hand über den Löwen aus Sandstein, über Annas Metallkruzifix. Kein Geräusch in der Wohnung. Nicht einmal Anna schleicht über den Flur, durch die dunklen Zimmer, auf der Suche nach etwas oder nichts, was für sie, ist Weber überzeugt, kaum einen Unterschied macht, sie rechnet in anderen Einheiten.
Sachte drückt er die Klinke der Schlafzimmertür hinunter, schiebt die Tür auf. Er hört Annas gleichmäßigen Atem. Ihr Haar liegt perfekt, wie ein Schutzhelm auf ihrem Kopf, er kniet sich vor sie, er atmet leise und in ihrem Rhythmus und streicht mit der Hand über das vom Haarspray festgeleimte Haar.
Er lauscht auf Annas Atem, Annas Schlaf, der keine Erinnerung kennt, ist Weber sich sicher, er lauscht auf Annas Schlaf, der zumindest seine, Webers, Erinnerung nicht kennt.
Und er meint, ganz schwach, aus einer Ecke des Zimmers ein Klackern zu hören, oder nein, schnelle, feste Schritte sind es, die aus dem Dunkeln auf ihn zukommen, und Weber sieht Frau Rauch vor sich, es ist Jahre her, am Tag nach dem Tod seiner Mutter ist es gewesen, und Weber weiß nicht, ob es eine Frau Rauch noch gibt in dieser Nacht Anfang der fünfziger Jahre, als er sie vor sich sieht.

Sie mustert ihn von oben bis unten, als sei er ein Vertreter, der ihr zwischen Tür und Angel eine neue Handtuchkollektion andrehen will.
„Da muss ein Irrtum vorliegen. Ich glaube nicht, dass mein Mann heute jemanden erwartet."
Aus familiären Gründen, erklärt Weber, habe sich eine Verzögerung ergeben, ein Trauerfall im engsten Kreis, er sei nichtsdestotrotz Weber, tatsächlich Weber, wie er angekündigt sei, nur eben einen Tag verspätet. Er zeigt auf die Tasche, die er neben sich abgestellt hat, sie wirft einen

flüchtigen Blick darauf, sieht schnell wieder auf, als fürchte sie, durch Blicke in eine Falle zu geraten.
Er könne sich ausweisen, sagt Weber.
Sie schüttelt den Kopf, wiederholt: „Ich glaube nicht, dass mein Mann heute jemanden erwartet."
Es ist Weber fremd, nicht erkannt zu werden, unheimlich beinah, er ist ein Kind, das man, ohne die Regeln zu erklären, in ein Spiel setzt und allein lässt, und Frau Rauch hat die Tür geschlossen, wollte ihn nicht erkennen, ist Weber sich sicher, und er hört, wie sie sich dahinter entfernt, schnelle, feste Schritte klickern davon, es klingt, als stürze ein Steinchen eine Röhre hinunter.
Verschwunden, Weber, verschwunden.
Unsinnig, hier zu warten, ist Weber sich sicher. Aus dem Haus wird keiner mehr hervorkommen, Frau Rauch wird sich, wenn er Glück hat, schemenhaft an einen Mann erinnern, der an diesem Tag vor der Tür stand, und Weber, die Tasche in der Hand, weiß nicht, wo er mit so viel Schmuck, so vielen Manschetten nun hinsoll.
Zu Brandes kann oder wagt er sich damit nicht. Brandes erwartet, dass der Handel längst vollzogen ist, dass Ketten, Ringe, Manschettenknöpfe schon vor Wochen über die Grenze kamen. Brandes, der, kurz nachdem Weber an einem verregneten Sommertag bei einer alten Frau ein Kästchen abgeholt hat, gefüllt mit ineinanderfallenden Ornamenten, Ketten, Ringen, Aureolen, Brandes also, der, kaum dass diese Kettengrube Weber angehängt worden war, dessen Geld entgegennahm und kein Wort mehr über die Gouvernante seiner Frau verlor.
Es ist doch nichts?
Weber, vor der Tür in der Basler Kälte, den Geruch einer Zuckerbäckerei in der Nase, die er nicht ausfindig machen kann, hört sich selbst sagen: „Es ist doch nichts?" Er riecht die Kriegskopie eines teuren Parfums, und Weber fragt leise, unhörbar vielleicht:
„Mama, es ist doch nichts?"
Er fährt herum, blickt die Basler Straße entlang, der Satz klingt in ihm nach. Aber das ist ja nicht er gewesen, so spricht er nicht, ist er sich sicher,

er hat so nie gesprochen. Er, Weber, hat sich an besagtem Morgen, also am gestrigen, erhoben, als er überzeugt war, dass nichts mehr zu bewachen, nichts mehr zu besprechen, dass dieser Vorgang abgeschlossen war, und hat wenig später alle nach einem Tod relevanten Menschen angerufen sowie einen Mitarbeiter des Zoologischen Gartens, Weber hat zugesehen, wie der Vogel sich mit einer masochistischen Beharrlichkeit seine Federn ausriss, so als wolle auch er den letzten Wunsch Nimm deinen Hut ab, Junge *befolgen, und Weber, in der Tür stehend, wie hypnotisiert von dem Vogel, der gegen den eigenen Körper pickte, roch die Kriegskopie eines Parfums, trat nicht noch einmal über die Schwelle des ehemaligen Mutterzimmers, sondern schlug die Tür zu.*
Und vor Weber, der den süßen Geruch einer Zuckerbäckerei in der Nase hat, nur einer Zuckerbäckerei!, wird eine Tür geöffnet, ein Mann mit bleigrauen Augen sieht ihn an: „Herr Konsul Weber? Bitte, kommen Sie doch herein."
Er berührt Weber leicht am Arm und führt ihn in einen schmalen, bis unter die Decke holzvertäfelten Gang. Weber kommt es vor, als gingen sie nicht durch ein Haus, sondern durch den Stollen in einem Holzgebirge. „Ich freue mich, dass Sie zu uns gefunden haben", sagt Herr Rauch. „Bitte, nach links."
Im Salon, den sie betreten, ist ein Teeservice gedeckt, von einer Schallplatte dreht sich piepsige Flötenmusik, und die Frau, die eben die Tür vor Weber verschlossen hat, blättert auf dem Sofa in einer Illustrierten, sieht auf und lächelt ihm zu.
An der Wand hängt eine Kuckucksuhr, die träge vor sich hin tickt. Sie hat nicht die typische Form eines Bauernhauses, aus dem dunklen Holz sind fein ziselierte Zinnen und Türmchen geschnitzt, und weit entfernt, in der feuchten Luft eines Kellers, baumelt die Voliere Wendlers.
„Bitte, Herr Konsul, nehmen Sie Platz." Rauch weist ihm einen Stuhl zu und setzt sich ihm gegenüber, direkt unter die Uhr. „Eine Tasse Tee, Herr Weber?" Ohne auf eine Antwort zu warten, gießt er Weber dampfenden, nach Holzfeuer riechenden Tee in die Tasse. Weber betrachtet den Uhrenpalast hinter Rauch und stellt sich den mit roten Bäckchen

bemalten Holzvogel vor, der im Innern, hinter der geschwungenen und mit Ornamenten verzierten Tür, auf die nächste volle Stunde lauert.
„Sie stehen in Kontakt zu unserer Verwandten?“
Nein, er bedaure, seine Position – aus zeitlichen Gründen –, antwortet Weber, der einen Moment nicht sicher ist, weshalb von Rauchs Verwandter die Rede ist. Dann erinnert er sich an die Tasche, an seinen Weg aus Berlin in die Schweiz, und der in seiner Vorstellung hektisch vor und zurück federnde Holzvogel verblasst.
Herr Brandes halte die Kontakte – er, Weber, freue sich, dass er zumindest auf diese Weise –
„Wir sind Ihnen zutiefst dankbar“, flüstert Frau Rauch vom Sofa her. „Es gibt nicht viele Menschen, die so viel Courage besitzen wie Sie.“
Es sei ja nur eine Kleinigkeit, ein Botendienst in gewissem Sinne. Weber lacht. Er habe ohnehin nach Basel gemusst, dienstlich, und ob er nun mit einer leeren Tasche reise oder einer vollen, für ihn mache das keinen Unterschied, ein Botendienst, ja, in der Tat nicht mehr, und er verabscheue Menschen, die jedes Wimpernzucken als Heldentat darstellten.
„Ich muss meiner Frau beipflichten. Sie dürfen das nicht herunterspielen“, sagt Rauch bestimmt. „Ohne Sie, Herr Weber, ohne Ihre Hilfe – Sie können sich das nicht vorstellen.“
Er halte es im Grunde für eine Selbstverständlichkeit. Jeder erwachsene Mensch, der sich nicht als Verbrecher bezeichnen wolle, sei zu solchen Handlungen verpflichtet.
„Herr Weber, wenn es mehr Menschen gäbe, die so dächten, dann wäre meine Tante nicht in dieser Situation. Dann wäre sie nicht gezwungen, ihr Hab und Gut – mit fremder – mit Ihrer Hilfe, Herr Weber!“
Weiß, ganz und gar weiß ist der Vogel, der hinter Rauch aus der Tür springt, keine roten Bäckchen, kein gelber Schnabel. Die Augen, zwei schwarze Punkte, sind kaum zu erkennen.
„So groß die Freude über Ihre Unterstützung ist“, fährt Rauch fort, „es beschämt uns, dass wir Sie darum bitten mussten. Meine Tante wollte es zuerst nicht, wir haben sie dazu überredet.“
Dass es für eine solche Zurückhaltung keinen Grund gebe, versucht

Weber zu erklären, während er zur Uhr schielt, die ihre spitzen Metallzeiger unermüdlich vordrängt – noch anderthalb Stunden, bis sein Zug fährt.

Neben dem Sofa steht die Tasche. Weber könnte gehen, er hat seinen Auftrag ausgeführt, warum entlässt ihn Rauch nicht, gibt ihm nicht die Absolution, das Geld, das sie vereinbart haben, Webers Entschädigung? Warum will Rauch ihn nur tiefer in dieses Gespräch verwickeln?

Dankbarkeit, Weber, von der du dein Leben lang zehren kannst.

Herr Rauch greift nach einem Teller voller Plätzchen und beginnt, sehr langsam an einem Oblatenkeks zu knabbern, die Stirn dabei in Falten gelegt.

„Er wird gewinnen, ich weiß es. Wenn jemand so weit kommt –"

Neben dem Plätzchenteller sieht Weber den Umschlag, warum hat er ihn zuvor nicht bemerkt, sein Name steht in königsblauer, geschwungener Schrift darauf. Weber blickt Rauch fragend an, aber Rauchs Gesicht ist ausdruckslos, nur die Lippen bewegen sich, wiederholen:

„Ich weiß, dass er gewinnen wird. Gäbe es ein ernsthaftes Hindernis, dann wäre er bereits gestürzt."

Weber dreht sich zu Frau Rauch um, auch sie bemerkt seinen Blick zuerst nicht, dann, als er mit dem Kinn auf den Brief deutet, nickt sie stumm, und ihr Mann, den Kopf wiegend, murmelt:

„Sie sind so entschieden, die Deutschen. Herr Weber, ich verstehe nicht, wie kann man nur so entschieden sein?"

Fünftes Kapitel. Devisen.

Anna atmet gleichmäßig, nichts bekommt sie mit von Weber, der vor ihr kauert, seine Knie steif vom harten Boden, seine Knie, die sich anfühlen wie an jenem Donnerstag Ende September 43, als er kaum mehr aufkam, seine Gelenke unbeweglich von der Kälte an jenem von grauen Septemberwolken verhangenen Tag, an dem das einzig Lebendige ein Sittich war, der in sein eigenes Federkleid stach, und ein Taxifahrer, der, nicht mehr sicher, was man von ihm verlangte, nach hinten rief:

„Ja, was wünschen Sie denn nun? Wollen Sie schnell ankommen oder nicht? Ich bin kein Zauberer, mein Herr, nein, ein Zauberer bin ich nicht."

Weber erhebt sich, lauscht auf Annas Atem, Annas Schlaf, der keine Erinnerung kennt, der zumindest seine, Webers, Erinnerung nicht kennt.

Im schwachen Licht, das durch die offene Tür vom Flur ins Zimmer fällt, blickt Weber auf seine Uhr. Es ist spät. Zu spät für ihn, er ist an regelmäßige Schlafenszeiten gewöhnt, und davon abzuweichen verträgt er nicht. Am Morgen, ist Weber sich schon jetzt sicher, wird er nervös sein, wird sein Herz hektisch schlagen, werden seine Augen stechen.

Seine Augen brennen, als er das Haus des Ehepaars Rauch verlässt. Er überlegt, zu Doktor Crüssli zu gehen, aber das Mädchen würde seinen Besuch in der Kartei, in seiner Krankenakte verzeichnen, er würde Spuren hinterlassen, wie Fußabdrücke im weichen Boden. Niemand soll wissen, dass er heute hier ist. Dass er für die Rauchs hier ist. Und für einen aus der Versenkung geholten Schulbau.

Dass er überhaupt irgendwo ist, denkt Weber.

So oder so: Es bleibt nicht genügend Zeit. Er muss den Zug zurück nach Mailand erreichen, er muss, obwohl es ein Freitagabend ist und vor ihm die Öde des Wochenendes liegt, das Konsulat nur notdürftig besetzt sein wird von einer Telefonistin, von Kobus und einem auf dem Grundstück hin- und hermarschierenden SS-Mann, der nicht zu zählen ist, da er mit dem Konsulat nichts zu tun hat, sich nur ungefragt einmischt in Angelegenheiten, die ihn nichts angehen, obwohl es also ein Freitagabend ist, muss Weber zurück nach Mailand.

Es ist kurz nach sechs, als er sich vom Haus der Rauchs entfernt. Seine Aktentasche ist ein wenig leichter geworden, nicht viel. Sein Geldbeutel ist ein wenig schwerer geworden, leider unwesentlich.

Er bleibt auf einer Baseler Brücke stehen, blickt auf die Gischt im Fahrwasser einer Ausflugsfähre, die über den Rhein treibt. An ihm vorbei flanieren Passanten dem Wochenende entgegen. Weber atmet ein, er reibt sich über die Augen. Es ist ruhig, der Himmel ohne Flieger, eine Straßenbahn klingelt über die Brücke. Weber nimmt seine Tasche wieder auf, sieht noch einmal auf die Uhr eines calvinistisch-kalten Glockenturms: Viertel nach sechs. Es ist ein Freitagabend. Auch die letzten Bankangestellten sind ins Wochenende geflohen.

Er findet die Villa von Brandes problemlos, obwohl er noch nie zu Fuß hierhergekommen ist. Er klingelt, ein heller, hektischer Ton, und kurz darauf öffnet ihm ein dickes Mädchen mit einer weißen Haube im Haar die Tür.

Konsul Weber, stellt er sich vor und reicht ihr seine Visitenkarte. Er sei angemeldet.

„Einen Herrn Weber haben wir schon erwartet. Aber wohl eher gestern."

Aus familiären Gründen, erklärt Weber, habe sich eine Verzögerung ergeben, ein Trauerfall im engsten Kreis, er sei nichtsdestotrotz Weber, tatsächlich Weber, wie er angekündigt sei, nur eben einen Tag verspätet. Er könne sich auch ausweisen.

Das Mädchen neigt ihren Kopf zur Seite, so dass sich links ihr fleischiger Hals in Falten legt. Und Weber denkt: Ausweisen? Was redet er für einen Unsinn, er hat ihr ja seine Karte gegeben.

„Ach, wissen Sie", erklärt das Mädchen gedehnt und sieht dabei auf

Webers Karte, „ausweisen kann sich hier heutzutage jeder. Den meisten klebt noch die Farbe von der Fälscherpresse unter den Nägeln." Sie lacht, ihr gewaltiger Busen quillt gegen die Bluse. Weber blickt zu Boden. Ausweisen. Was für ein Unsinn. Er ist müde. Zu müde, um nicht aufzufallen.

Er will auf die Aktentasche deuten. Zögert. Es kommt ihm seltsam vor, sich auf die gleiche Art vorzustellen wie bei den Rauchs. Nur dass der Inhalt der Tasche fort ist. Keine Ringe und Ketten und goldene Fotorahmen eines Bekannten des Hausherrn, die Weber per Diplomatengepäck über die Grenze gebracht hat. Die Tasche ist bis auf eine Aktenmappe leer, als Weber vor Brandes' ungeduldigem Dienstmädchen steht und nicht weiß, wie er sie von sich überzeugen soll.

„Herr Brandes ist übers Wochenende in die Berge gefahren. Kommen Sie am Montag wieder."

Aufschub bis Montag nicht möglich stop

Weber atmet leise ein und aus, sein Herz hetzt und holpert, Weber atmet ruhig, versucht, ruhig zu atmen.

Es sei dringend, es gehe um das Geld, das er Herrn Brandes zur Verwaltung anvertraut habe.

„Kommen Sie am Montag wieder."

Die Tür schließt sich vor Weber, er versucht, ruhig zu atmen.

Entfernt hört er den Rhein rauschen, oder ist es das Plätschern eines Springbrunnens?

Es ist ja nichts.

Es ist lediglich ein Tag im September. Gischt im Fahrwasser eines Ausflugsbootes. Der Spätzug nach Mailand fährt in einer halben Stunde, es ist nicht Webers Art, in letzter Minute einzutreffen, doch dieser Besuch in Basel fing bereits verspätet an, und die Verzögerung zieht sich wie ein Film über seinen Aufenthalt. Man kann darunter kaum atmen. Aber es ist gleichgültig, jetzt ist alles gleichgültig, denkt Weber, in einer unaufhörlich klingelnden Tram zum Bahnhof fahrend.

Natürlich hätte er zuerst zu Brandes, zuerst zur Bank, natürlich hätte er die Rauchs auch später noch, kurz vor der Abfahrt des Zuges, aufsu-

chen können. Doch er hat nicht gewagt, mit einer schmuckgefüllten Tasche bei Brandes zu erscheinen, ein Kilogramm Schmuggelware, Ketten, Ringe, Manschettenknöpfe, die ihren Besitzern vorauseilen, die man in Mailand kaum mehr als Personen bezeichnet. Die Stellvertreter von Unpersonen hat Weber über die Grenze gebracht, mit Ketten und Perlen klimpernd ihr Einrücken in das überfüllte Schweizer Rettungsboot verkündet.

„Solchen Menschen, Herr Weber, hilft man nicht. Wenn sie am Abhang hängen, löst man ihnen die Hände und lässt sie fallen. Dahin, wo sie hingehören. Es ist auch für diese Menschen erlösend, das sage ich Ihnen im Vertrauen. Verstehen Sie es nicht falsch – nicht, dass ich Mitleid hätte."

Weber sieht Palmer vor sich, diesen vor lauter Dummheit rosigen Mann, eine Zigarre in der Hand, er bläst Rauch an die Decke. „Setzen Sie sich, Weber. Ja, die Zeiten ändern sich."

Sie fahren nicht mehr in einem Tretboot über den Comer See, das ist vorbei. Er spürt das Schaukeln des Bodens, hört das Knarren der Sitze, er sieht die weißen, braunen und schwarzen Boote am Kai sich mit den Uferwellen wiegen, Pferde, die unruhig an ihren Zügeln zerren, die Taue quietschen über dem Wasser, die Boote warten auf Weber, wie Pferde warten. Er streicht über das lackierte Holz. Aber er fährt nicht mehr in einem Tretboot über den Comer See, das ist vorbei, das ist leider, denkt Weber, vorbei –

Die Zeiten ändern sich.

Schritte. Husten. Er muss eingenickt sein, nein, vielmehr in einen absenten Zustand gefallen, der nichts Erholendes hatte. Etwas rauscht, aber es ist nicht die Fahrt der Tram, nicht die Fontäne eines Springbrunnens, nicht die Gischt auf dem Rhein bei Basel, nur die Äste der Bäume, die gegen das Haus schlagen. Wendlers Tricks reichen bis hierher, glaubt Weber. Bis nach Zürich. Bis ins Jahr 51. Durch die Äste vor dem Fenster dringt Tageslicht herein. Webers Lider sind schwer, und er kann seinen Kopf nicht aufrecht

halten, lässt ihn wieder gegen die Sessellehne sinken, er will nicht an Wendler denken, nicht an Palmer.
Schritte, leicht und weich, wie die eines kleinen Tieres. Eine Tür fällt zu. Weber erhebt sich, seine Gelenke schmerzen, sein Nacken schmerzt, und sein Herz schlägt ungleichmäßig, irritiert von der aus dem Takt geratenen Nacht. Von der Straße her hört Weber einen Gummiball gegen eine Wand prallen, das Geräusch wiederholt sich, langsam, gleichmäßig, beinah schwermütig kommt es Weber vor, und nicht gerade wie der Takt eines Kinderspiels. Er zuckt die Achseln, er kann nichts daran ändern. An was hat er je etwas ändern können? Er schleicht sich über den Flur.
Anna sitzt am Tisch im Esszimmer, in einem Morgenmantel, den Weber noch nie gesehen hat, und blättert in einer Illustrierten. Als eine Diele unter seinen Füßen knarrt, blickt sie auf, die Haare fallen ihr strähnig ins Gesicht, ihre Augen sind gerötet, als habe sie die Nacht über nicht geschlafen. Dabei war er es, erinnert sich Weber, der nicht schlief, an Annas Bett kniete und ihren Schlaf bewachte. Ihren Schlaf oder etwas anderes, Weber weiß nicht mehr viel davon, er hat das Bild eines Brunnens vor Augen, aber er ist sich nicht sicher, was es damit auf sich hat.
„Ich habe sie gesehen, Konrad. Am Bahnhof." Mit ihrem Zeigefinger deutet Anna auf das Foto einer mageren jungen Frau in der Illustrierten. „Ihr Mann ist verschwunden. Ein Schweizer Künstler. Und gestern habe ich sie am Bahnhof gesehen, obwohl sie in Paris leben soll. Aber ich habe sie doch gesehen, Konrad!"
Seit wann sie Illustrierte lese.
Anna betrachtet ihn eine Weile, als müsse sie sich selbst erst auf den Grund für ihre neue Beschäftigung besinnen. Sie reibt sich mit dem Ärmel des Bademantels über die Augen.
„Man muss doch etwas machen, Konrad, wenn man nicht mehr klar denken kann. Dann muss man doch etwas anfangen mit sich. Die ganze Nacht habe ich nicht geschlafen. Und jetzt wird es jede Stunde heller."

Natürlich habe sie in der Nacht geschlafen.
„Aber Konrad, ich weiß doch, dass ich wach gelegen habe. Willst du dich nicht setzen? Ich habe alles gedeckt. Das Mädchen vom Hotel ist heute früh nicht gekommen. Kommt es denn nicht zu den Mahlzeiten, Konrad? Hatten wir das nicht so vereinbart?"
Das Mädchen sei krank, es habe Fieber, erklärt Weber. Da könne man nichts machen.
„Können sie nicht ein anderes Mädchen schicken?"
Was soll er mit einem anderen Mädchen, denkt Weber. Er schüttelt den Kopf.
„Konrad, setz dich doch. Willst du denn nichts essen? Orangenmarmelade gibt es keine mehr."
Frau Rothhaus haben sie verschwinden lassen –
„Das Mädchen hätte welche bringen müssen. Aber setz dich. Ich hole neues Brot und Hagebuttengelee."
Er sieht Anna nach, diesem alten, mageren Mädchen, das in einem zu weiten Morgenmantel durchs Esszimmer huscht, ein Schatten, ein Geräusch. Orangenmarmelade?
Er sieht Anna vor sich, die vertraute Anna in einem Morgenrock aus Seide.
„Kein Wunder, dass deine Marmelade nicht schmeckt, Frau Rothhaus wird keine mehr kochen."
Er schüttelt den Kopf, zieht die Illustrierte zu sich, er will nicht an Rothhaus denken,
nicht an Wendler,
Palmer.
Palmers rosiges Gesicht.
Er betrachtet die Fotografie. Die Züge der Frau sind hart, ihr Blick, als ob sie niemals blinzeln würde, ihre Stimme ist leise, zwingt zum Zuhören, ist Weber sich sicher, wenn er auch von einer Fotografie her all das nicht feststellen kann. Die Bildunterschrift behauptet, sie sei Balletttänzerin und ihr streng zurückgekämmtes Haar rot. Rot wie Hagebuttengelee, stellt Weber sich vor.

Palmers rosiges Gesicht. Palmers rosiges, gieriges Kindergesicht. Frau Julika Stiller-Tschudy verblasst auf dem Papier, ihr schmales Gesicht wird noch schmaler, bis es untergegangen ist zwischen den Linien, Buchstaben um sie her.

Dunkle Linien, die sein Gesicht zerschneiden. Die Augen Strudel. Sein in den Wellen untergehendes Gesicht. Wellen im Marmorbassin des Mailänder Konsulats. Ein Augustnachmittag. Weber ist von einer Reise zurückgekehrt, von seinem letzten Auftrag für Weitkamp in Basel.
„Sie kennen Ihren neuen Vorgesetzten ja bereits", verkündet Kobus fröhlich.
Er kenne viele Beamte aus dem Auswärtigen Amt. Vielleicht wäre Herr Kobus so freundlich, ihm einen genaueren Hinweis zu geben.
„Sie haben ihn nicht in Zusammenhang mit dem Auswärtigen Amt kennengelernt. Nein, nicht direkt." Kobus lächelt. Zu geziert, denkt Weber, zu auffällig.
„Eine Bootstour, Weber, eine kleine Bootstour in Como."
Wellen, weiche grüne Hügel, die Welt schwankt um Weber, er hört das Knarren der Bootssitze, er sieht ein rosiges Jungengesicht, eine dummdreiste Miene, halb von einer Sonnenbrille verdeckt.
Weber fragt: Palmer? Der habe doch überhaupt keine diplomatische Erfahrung. Wie könne man ihn denn auf den Posten eines Generalkonsuls setzen?
„Seien Sie vorsichtig, Weber, man hält in Berlin große Stücke auf ihn. Die diplomatische Ausbildung braucht doch heute kein Mensch mehr."
Palmer, wiederholt Weber. Sei der denn überhaupt schon volljährig?
„Vorsicht, Weber, Vorsicht."
Kobus stolziert, mit allen Gliedmaßen schlenkernd, davon. Zu auffällig, denkt Weber.
Palmer, denkt er.
Dieser Bauernjunge.
Die Fontäne spuckt unregelmäßig ihre Strahlen in die Höhe. Weber sieht hinab auf die verspiegelten Kacheln, auf sein Gesicht. Alles wegge-

spült, stellt Weber sich vor. Sein Gesicht aus Wellen. Seine Augen Wellen. Ein überhasteter Schritt, und Weber fiele hinein, ginge mit den Wellen unter, strudelte mit den von der Fontäne herabgesprengten Strahlen hinab, einen Schritt nur, und er rutschte auf den feuchten Kacheln am Beckenrand aus, ruderte mit den Armen in der Luft, der Fuß stieße ins Leere, und mit dem Rücken schlüge Weber gegen die Beckenkante, eine Stille in seinen Nerven, eine Leere in seinem Kopf, und er sinkt ins Wasser, tiefer, nur tiefer.

Weber starrt auf die Illustrierte, sieht keine Fotografie mehr, kein Gesicht, Frau Julika Stiller-Tschudy ist untergegangen zwischen den Linien, Buchstaben um sie her.

Das Stimmengewirr der Festvorbereitungen weht durch das geöffnete Fenster herein, Weber steht vor seinem neuen Vorgesetzten, der heute seinen Antrittsempfang gibt.
„Setzen Sie sich, Weber. Das hätten Sie auch nicht gedacht, dass wir uns auf diese Art wiedersehen." Palmer streicht seine Zigarre in einem elfenbeinfarbenen Aschenbecher ab, blickt auf Weber. „Ja, die Zeiten ändern sich."
Palmer schließt das Fenster. Der Rauch seiner Zigarre wird dicker und hüllt ihn ein. Er wendet sich vom Grauschleier gealtert zu Weber, der vor dem ehemaligen Schreibtisch seines ehemaligen Vorgesetzten Weitkamp Platz genommen hat. Palmer blickt auf Weber herab, lächelt.
„Eine Kleinigkeit, Herr Weber, wegen der ich Sie sprechen wollte. Mir ist bei der Durchsicht der Rechnungsbücher eine Unstimmigkeit aufgefallen. Vielleicht können Sie mir das erklären? Es handelt sich um das Geld für den Bau der Mailänder Schule. Soweit ich weiß, hat man Ihnen diese Angelegenheit anvertraut." Weber betrachtet die zackenverzierten Schulterlitzen auf Palmers Uniform. Als gäbe es kein Protokoll, als gäbe es keine angemessene Kleidung, keine Umgangsformen mehr – das Schlimmste: Es gibt sie tatsächlich nicht mehr! Der Empfang musste vorverlegt werden, da abends das Konsulat abgedunkelt wird,

und Palmer, der dreißigjährige Schnösel, spielt sich auf, als wäre er Webers Vorgesetzter.
Er ist sein Vorgesetzter, fällt es Weber ein.
„Ich hoffe, dass es nicht notwendig sein wird, einen Bericht über diese Angelegenheit nach Berlin zu schicken. Der Sicherheitsdienst interessiert sich immer für solche Dinge. Das wäre doch bedauerlich, Herr Weber, wenn ein Bericht notwendig würde, finden Sie nicht? Die Sache kommt in den nächsten Wochen ins Reine. Sie können jetzt gehen."
Sie können jetzt gehen! Gehen!
Aber wohin denn?

Weber sitzt am Esstisch, vor sich das Gedeck, Schälchen mit Konfitüren und Honig, während Palmer in der Rechtsabteilung sitzt, Besoldungsgruppe B3. Weber blickt auf die im Metallständer kalt gewordenen Brotscheiben, die Tageszeitungen – eine schweizerische, zwei deutsche, die er nicht anrührt, die er, ist Weber an diesem Morgen überzeugt, überhaupt nie mehr aufschlagen wird. Für ihn ergeben die gewohnten Tätigkeiten keinen Sinn mehr. Jede Gewohnheit ist von einer Mauer umgeben, die ihn fernhält. Er versteht nicht, wie Anna aufstehen und frisches Brot holen, sich um Hagebuttengelee und die Garderobe für den Tag kümmern kann. Er fühlt sich von jeder Handlung abgeschnitten, ein Schachläufer, für den es, so lange der Gegner am Zug ist, keine Bewegung gibt, nicht einmal die Möglichkeit einer Bewegung, es gibt nichts, als zu warten, dass der Gegner sich entscheidet, abzuwarten, ob er seinen trägen König vorrückt, um das Läuferopfer zu holen, und Weber würde sich am liebsten flach auf den Boden legen, wie ein Kind, das nicht mehr mitspielen will, Weber, ein schwarzer Läufer auf einem schwarzen Feld, so flach an den Boden gedrückt, dass man ihn übersieht, und er hört das Rauschen der Äste,
das Rauschen der Züge.

Weber erreicht, von einem Kofferträger gefolgt, der nichts weiter als eine fast leere Aktentasche hinter Weber herschleppt, den Bahnsteig des Basler Bahnhofs, erreicht das Erste-Klasse-Abteil des Spätzugs nach Mailand an einem Tag im September.
Er hat ausgeführt, was er vereinbart, was er zugesichert hat. Ausgeführt. Verschwunden. Es ist ja nichts, was sollte es schon sein? Erinnerung, ein paar Bilder, die niemand belegen kann.
Ein Schaffner mit Stecknadelaugen, schon übermüdet, bevor die Nacht begonnen hat, weist ihm sein Abteil zu, Weber wünscht, nicht gestört zu werden, auf keinen Fall wolle er gestört werden, weder in Bern noch im Grenzort Chiasso, er sei Diplomat, stellvertretender Konsul von Mailand, an keiner einzigen Station solle man ihn belästigen, und wenn er bis Neapel fahre, er wolle nicht gestört werden. Der Stecknadeläugige blinzelt, nickt und buckelt aus dem Abteil.
„Natürlich, der Herr, natürlich, ganz, wie der Herr wünschen.“
Weber lässt sich in die weichen Polster sinken, hinter schweren Vorhängen vor dem Fallen des Septemberregens versteckt, krümmt er sich in seinen Sitz, er starrt auf die Tasche, auf die nun halb leere, halb volle Tasche ohne Ketten, Manschetten, Perlenohrringe und ohne das Geld für die Schule, das er zurück nach Mailand hätte bringen müssen. Nur ein Umschlag liegt noch darin, auf dem sein Name in der sorgfältigen Schrift von Frau Rauch geschrieben steht, er öffnet vorsichtig, hinter schweren Vorhängen versteckt, das Kuvert, zieht das Geld so weit heraus, dass er die Kanten der Scheine mit seinen Fingern zählen kann. Die vereinbarte Summe. Und natürlich, was hat er erwartet? Ein Wunder? Eine fantastische Fehlrechnung zu seinen Gunsten? Eine Frau Rauch, die vom Fiepen ihres Holzvogels nervös eine Summe in das Kuvert steckt, die das Jahreseinkommen ihres Mannes übersteigt?
Weber lässt das Kuvert achtlos zurück in die Aktentasche fallen. Als wäre es nichts. Und es ist ja auch nichts. Nicht einmal für eine Anzahlung wird es reichen, nie und nimmer die Lücke in den Rechnungsbüchern füllen. Weber, den Griff seiner Tasche in der Hand, krümmt

sich in seinen Sitz, etwas zieht sich in seinem Magen zusammen. Er atmet ein, hält die Luft einen Moment lang an.
Die schweren vor dem Fenster schaukelnden Vorhänge. Weber drückt sie zur Seite, blickt auf nichts, was dahinterliegt, nur auf sein eigenes, vor der Dunkelheit gespiegeltes Gesicht, hört eine Stimme:
Es wird bald zu regnen beginnen.
Er zuckt, öffnet die Augen. Was für ein Unsinn!, es ist ja niemand hier, in diesem Abteil sitzt er allein, rumpelt durch eine dunkel ausgestopfte Gegend, über das schwarze Feld auf einem riesigen Schachbrett. Niemand außer ihm ist hier. Was für ein Unsinn! Und es wird auch gleich zu regnen aufhören!
Weber streckt sich, um einen Stift aus seiner Tasche zu holen, einen Bogen Papier, und über den kleinen Zugtisch gebeugt, schreibt er mit spitzen Buchstaben an Brandes:
„Rücktransfer umgehend erforderlich stop gesamter Betrag benötigt stop Abholung persönlich voraussichtlich Ende nächster Woche stop Weber."
Die schweren vor dem Fenster schaukelnden Vorhänge. Das Krachen unter dem Boden, als der Zug über eine Weiche fährt. Draußen das ausschließliche Schwarz eines Schachfeldes. Solange der Gegner am Zug ist, existiert nichts anderes als dieses Schwarz, nicht einmal die Möglichkeit von etwas anderem. Weber fühlt sich gefangen, eingepfercht in eine Kapsel aus Metall, die in der Dunkelheit zwischen Basel und Mailand über holprige Schienen rast. Wenn er nur das Telegramm sofort losschicken könnte! Wenn er nicht warten müsste, bis er in Mailand angekommen ist, bis sich in Mailand eine ruhige Gelegenheit ergibt, in der er Fräulein Schnoop das Telegramm – nach Basel, bitte, an Herrn Doktor Brandes – unbemerkt zukommen lassen kann, oder besser noch, wenn er es nicht vom Konsulat abschickte, ja, da liefe er doch mit offenen Armen ins Unglück hinein, besser, es von einem neutralen Ort abzuschicken, überlegt Weber, vom Konsulat aus, wie leicht könnte es sich herumsprechen, könnte Palmer davon erfahren –
Ein Stechen in seinem Magen. Er verträgt die spätabendlichen Zugfahr-

ten nicht, ist Weber sich sicher, er ist nicht mehr in dem Alter, da eine Uhrzeit wie die andere ist, er war, wenn er ehrlich ist, nie in dem Alter, und jetzt, wie ein Krüppel verbogen in seinen Sitz, eine Hand ans Fenster gedrückt, ans kühle Glas, hört er, wie Kolben stoßen,
ein Rauschen in seinem Kopf, vor seinen Augen,
Gischt von einer Brücke in Basel aus betrachten,
von einer Brücke in Berlin, in Zürich,
das Marmorbassin des Mailänder Konsulats.

Das Läuten des Telefons.
Er hört Annas wabernde Stimme, warum um alles in der Welt muss sie das Telefon beantworten, obwohl sie nicht mehr klar sprechen kann, obwohl sie, seitdem sie wieder hier ist, lallt wie ihre eigene, mit Beruhigungsmitteln in den Halbschlaf geschaukelte Großmutter? Die Tür des Esszimmers wird geöffnet, Weber sieht Anna, sieht hinter ihr einen Schachtisch, auf dem eine Figur fehlt. Weber will der Figur hinterherlaufen, will wie sie aus dem Spielfeld ausbrechen, einfach nur verschwinden, Anna, ihren Papst, Kurt Tietjen und den Anrufer hinter sich lassen, Rippler hinter sich lassen, Wendler und auch jenen Schachtisch mit einer fehlenden Figur,
aber so leicht ist das mit dem Verschwinden nicht,
und Anna, deren Haut ebenso bleich ist wie die der Balletttänzerin in der Illustrierten, die ebenso mager geworden ist und mit einer, ist Weber sich sicher, ebenso leisen, zum Zuhören zwingenden Stimme spricht wie die Rothaarige, deren Mann abhandengekommen ist, Anna teilt ihm mit:
„Herr Rippler für dich."
Und Anna teilt ihm mit: „Wendler für dich", teilt ihm mit: „Es ist Palmer für dich. Es ist mein Vater, es ist deine Mutter, es ist Kurt für dich."
Eine Tür wird geöffnet, Weber schlägt die Illustrierte zu, und Anna teilt ihm mit:

„Ein Herr Mohrmann wünscht dich zu sprechen."
Mohrmann –?
Weber, verständnislos, wiederholt: „Mohrmann?"

Sechstes Kapitel. Mohrmann.

Wieso Mohrmann?

„Was weiß ich, ich kenne ihn nicht. Er hat mir gesagt, er wolle mit dir sprechen, es sei dringend. Konrad, bitte geh ans Telefon, ich möchte nicht noch einmal mit ihm sprechen. Er war mir irgendwie – unangenehm. Ich weiß nicht. Etwas in seiner Stimme. Etwas Metallisches."

Sie sei doch verrückt, ja, langsam werde sie tatsächlich verrückt, jede Stimme klinge am Telefon metallisch, sie solle sich nicht lächerlich machen.

„Konrad, bitte, er sagt, es sei dringend."

Aus der Fensteraussicht, vor der Weber steht, den Telefonhörer in der Hand, zieht sich die Stadt zurück. Zürich ist nur noch das Bild auf einem sich lichtenden Nebel, oder ist es umgekehrt, zieht Nebel auf, der die Aussicht verdeckt? Weber, den Hörer am Ohr, weiß nicht mehr sicher, wo er sich befindet, mit wem er spricht, wer sagt:

„Nur ein Scherz, lieber Weber, du weißt, ich liebe Späße, ich brauche Humor wie mein täglich Brot!"

Weber blickt aus dem Fenster, auf den Nebel oder was immer es ist, Weber ist sich nicht mehr sicher, was Umgebung ist und was seine Einbildung, er spürt, dass etwas mit seinen Augen nicht stimmt, sein Blick greift nicht mehr das, was er greifen soll, denn das dort unten müsste doch die Steingartengasse sein, denkt Weber. Es müsste doch Zürich sein. Oder irre er sich?, fragt er gegen Wendlers lautes Lachen an, und Weber sieht sich

im Garten einer Villa auf einem Hügel, gelegen an einer schmalen Straße zwischen Como und Mailand, vielleicht glitzert in einiger Entfernung der See durch die Pappeln, er hört Glaskolben aneinander-

schlagen, hört ein feines Schnurren, wie ein Jo-Jo, das an seinem Faden hochschnurrt, ein Säuseln im Ärmel von Wendler, und kann das denn sein?

Weber, vor dem Zürcher Fenster, antwortet: Ja, fragt: Tatsächlich? Er habe davon nichts mitbekommen. Natürlich, das sei ganz erstaunlich, das sei interessant, das sei - über das Auswärtige Amt und seine Beamten - eine Artikelserie - in der Frankfurter Rundschau - sieh einer an - und man wisse nicht, was darin noch alles ans Licht befördert werde? Wie weit der Herr - wie hieß er noch? - Mankell? Mandfell? Mansfeld, ach so - wie weit er gehen werde? Weber murmelt: Ja. Natürlich. Er danke Wendler für die Information.

Langsam lässt er den Hörer sinken, hört das Klicken, als er ihn auf die Gabel legt, und draußen, vor dem geschlossenen Fenster, schreit eine Ambulanz durch die Steingartengasse.

In einen Krankenwagen wird der magenschwache Duce in jenem Sommer gestoßen, als Weber in Wendlers Garten steht. Der kleine Diktator habe wie wild getobt, bringt später die deutsche Botschaft in Rom aus verlässlichen Quellen in Erfahrung. Doch die Pfleger lassen keinen Widerspruch zu. „Wann weiß der Patient schon, was gut für ihn ist. Lassen Sie uns nur machen.“ Sie bringen ihn ins Umland, wo kein Krankenhaus steht, und der kleine dicke Mann wütet im Innern des ambulanten Kastenwagens, bis ihm im Magen ein weiteres Geschwür wächst, und niemand in den deutschen Behörden weiß zu sagen, wo er hinkommt, ob man den Duce zurückerhält und wenn ja, ob mit oder ohne Geschwür, lebend oder ausgestopft.

Lediglich, dass er getobt habe, aber das immerhin aus sicherer Quelle.

Im Mailänder Konsulat kommen zehnmal mehr Anrufe an, als es Telefone gibt, dem Fräulein Schnoop glühen die Finger vom Stecken der Drähte – Ja, ich verbinde – nein, es tut mir leid, gerade nicht zu sprechen – ja, ich verbinde – einen Moment bitte, Herr Obersturmführer!

Weber hat sich in Wendlers Garten verzogen, er braucht eine Pause, ein wenig Ruhe, ist das zu viel verlangt? Nur einmal Durchatmen, bevor er sich der Katastrophe stellt, bevor er überlegen kann, wo der Duce hinkam, wie es um die Geschwüre steht, was für ein Blatt der König tatsächlich auf der Hand hat.
Weber hört ein Säuseln, steht auf einem Hügel zwischen Como und Mailand, vielleicht glitzert in einiger Entfernung der See durch die Pappeln, er hört ein feines Surren, wie ein Jo-Jo, das an seinem Faden hochschnurrt, ein Säuseln im Ärmel von Wendler, und kann das denn sein? Hatte Wendler nicht gerade noch einen Vogel in der Hand? Vielmehr einen Käfig mit einem weißen Vogel darin, einer Taube vielleicht? Weber ist sich nicht sicher. Nicht sicher, ob es eine Taube, nicht, ob sie weiß, nicht einmal, ob sie überhaupt vorhanden war.
„Das Geheimnis eines guten Zauberers, Weber, liegt darin, dass er die Dinge, die verschwinden, wieder hervorbringt. Verschwinden und auftauschen, auftauchen und verschwinden", verkündet Wendler, und seine Klavierspielerhände greifen heute ein wenig schwerfällig durch die Luft. „Auch in der Naturwissenschaft gilt dies Prinzip. Für den Forscher, Weber, ist es leicht, etwas auftauchen zu lassen, ein neues Phänomen, eine neue Formel, ein neues Ereignis. Das, mein Lieber, ist nur der Grundkurs. Für den, der genial ist, kommt es darauf an, die Probleme, die seine Entdeckung begleiten, möglichst geräuschlos wieder verschwinden zu lassen."
Wendler macht eine seltsam ruckende Bewegung mit den Armen, als müsse er sie gegen einen Widerstand hinunterdrücken. Sein weißer Kittel leuchtet grell in der Sonne.
Es ist 1943, es ist Sommer, man hat soeben Mussolini verschleppt, der italienische König spielt eine Partie Poker mit der deutschen Regierung, aber er spielt nicht grandios, behauptet so viel, dass selbst der Führer es nicht mehr ganz glaubt, der König gibt zu verstehen:
Kapitulieren? Kollaborieren? Mit den Briten? Amerikanern? Aber nein! Die Achse! Die Mächte! Italien und Deutschland! Forza! Unità!, während man hintenrum anderes hört, in den Gassen von Rom, in der

abgehörten Leitung eines britischen Professors, im Pfeifen der Spatzen auf den Dächern,
Friedensabkommen, Verhandlungen, Kapitulation.
„Doch eins nach dem andern", ruft Wendler. Er stakst neben Weber über den Rasen, breitet seine Arme zur Seite aus, ein plumper Vogel, der niemals den Boden verlassen wird, und Weber hört das Surren in Wendlers Ärmel, oder ist nichts zu hören? Vielleicht ist nichts zu hören, denkt Weber.
„Eins nach dem andern", wiederholt Wendler. „Denn in beidem, in der Magie wie in der Wissenschaft, zählt das Zweite ohne das Erste kaum. Ein Hase, der aus einem Zylinder hüpft, den Theoriemüll eines Vorgängers zum Verschwinden bringen: nur Fleißarbeit. Das hat keine Größe."
Wendlers Bewegungen sind eckig, stellt Weber fest. Und er belässt es dabei, denkt nichts hinzu, nimmt nur die Veränderung in Wendlers Bewegungsablauf wahr, ebenso, wie er den Stein der Hofmauer wahrnimmt, die rötlichen Efeutriebe, alles das, was für ihn ohne Erklärung auskommt. Und vielleicht ist dies Webers Trick: zu bemerken, wann er eine Sache besser nicht durchschaut.
„Mir ist etwas in die Hände geraten", erzählt Wendler. „Nicht ganz unverdient, möchte ich sagen. Geheimes Material aus der britischen Botschaft in Rom. Ein ehemaliger Angestellter hat das Sammeln geliebt. Ich könnte mir vorstellen, dass es für deine Regierung von Interesse ist."
In der Tat, bemerkt Weber, oder fragt er es, oder flötet er es über die Efeumauer hinweg?
Als er einen zu schnellen Schritt macht, seinen Blick zu hastig von einem Punkt auf den anderen stößt, wankt und dreht es sich um Weber. Er lehnt sich an die Mauer, es ist das Wetter, ist Weber sich sicher, die heiße Luft, die seinen Kreislauf schwächt. Ein Glück nur, dass er weder in Genua noch in Venedig, dass er weit entfernt von der italienischen Küste ist, deren Klima er, hier wie dort, nicht verträgt. Er ruht seinen Blick auf dem Efeu aus, betrachtet die kleinen Triebe. Arme, denkt Weber, Froscharme, die sich an die raue Oberfläche des Steins saugen,

sich rötlich verfärben. Er hält seinen Blick starr auf den Efeu gerichtet. Erstaunlich, findet er, wie die Ärmchen in den Stein hineinwachsen: Als setzten sie sich darüber hinweg, dass der Stein eine festere Substanz hat als sie selbst.
Und er murmelt: Interessant, Wendler, wirklich interessant.
Weber bleibt vorsichtig. Schnelle Handlungen, rasche Bewegungen ziehen Blicke auf sich, noch aus den Augenwinkeln sind sie wahrnehmbar. Man muss sich zögernd bewegen, kriechend, so langsam, dass es für den Betrachter wie Stillstand aussieht.
Wendler allerdings hält nichts von Langsamkeiten. „Überleg es dir, Weber. Ich werde es sonst einem anderen anbieten."
Zögert Weber? Oder reagiert er sofort, lässt sich den Preis nennen, notiert die Größe der beiden mit Geheimmaterial gefüllten Koffer, ruft er nach seinem Fahrer, um zum Konsulat zurückzukehren und umgehend ein Telegramm nach Berlin zu schicken:
„Angebot britisches Geheimmaterial stop 30000 RM stop Handel erwünscht? stop Warte auf Anweisungen stop Weber."
Wendler jedenfalls fährt fort: „Ich hörte, dein Stand in Berlin sei nicht mehr der beste? Ich dachte, du würdest Weitkamp im Konsulat beerben. Und ich war, da bin ich mir sicher, in diesem Glauben wohl nicht allein. Sie haben dich warten lassen, und jetzt haben sie diesen Jungen geschickt. Eine Zwischenlösung? Willst du noch ein wenig warten, Weber? Glaubst du, dass sich das noch lohnt? Die vertrauen dir nicht! Ich an deiner Stelle würde sie schnell vom Gegenteil überzeugen. Unter uns", Wendler nähert sich mit seinen mechanischen Bewegungen, und obgleich niemand da ist, sie zu belauschen, flüstert er Weber ins Ohr: „Es muss ja nicht immer die Wahrheit sein. Lass sie doch glauben, was sich für dich lohnt. Ich sage dir, wenn die dich auf der Liste haben, dann kann es flott nach unten gehen. Gestern Botschaftsanwärter, heute abgesägt, das geht jetzt Schlag auf Schlag."
Unter Wendlers süßlichem Aftershave, dem weichen Geruch gewaschener Wolle, bemerkt Weber etwas Metallisches. Wendlers Arm, Wendlers Kittel, irgendetwas an ihm ist aus Metall. Seine steifen Bewegungen –

Als der Wind Wendlers Kittel flattern lässt, die Ärmel bauscht, ist das Glänzen eines metallenen Mechanismus unter dem Stoff zu sehen. Und bemerkt Weber es nun, das Gestell, um Wendler geschnallt und unter seiner Kleidung verborgen, ein Gestell aus Schienen und Federzügen, das einen Vogel samt Käfig an sich schnappte, Blut, Knochen- und Schnabelsplitter an Wendlers geschienten Körper presste? Ein weiterer Trick aus Wendlers Keller, aus den Kisten, die ein so übereilt in den Ruhestand geflohener Zauberer zurückließ. Bemerkt es Weber? Oder aber sucht er bei sich? Riecht er Metall in seiner Kleidung? Schmeckt er Eisen in seinem Mund? Ja, tatsächlich, ist Weber sich sicher. Er schluckt, der Geschmack breitet sich aus, an den Zähnen entlang, über den Gaumen, die Zunge. Die drückende Luft. Er fühlt sich schwanken. Der Geschmack von Eisen in seinem Mund.
Weber ist in diesem Sommer 41 Jahre alt, er hat schellackschwarzes Haar, einzig, wenn er am Morgen unrasiert in den Spiegel blickt, sind graue Stellen an seinem Kinn zu erkennen. Kaum zu erkennen. Er sei, wie ihm der Amtsarzt bei der Untersuchung erklärte, so gesund, dass er aufpassen müsse, nicht von der Luftwaffe eingezogen zu werden.
Was weiß dieser Stümper schon!, denkt Weber.
An diesem Tag hat Weber das Gefühl, dass von nun an auch ein quacksalbernder Amtsarzt ihm nicht mehr mit der Luftwaffe drohen kann. Sein Körper wird äußerlich altern, der Schellack aus seinem Haar verdunsten, so schnell wie aus einem Gewächshaus eine Glasruine werden kann, ein Raubtiergebiss, alles, was es dazu braucht, ist eine Nacht, ein paar Steine, ein paar Stangen.
Wieso Steine? Wieso Stangen? Eine Abschussliste.
Der Geschmack von Metall in Webers Mund. Er entschuldigt sich bei Wendler, er müsse ein paar Schritte gehen, im Schatten. Diese Sonne – er sei ja doch den Norden gewohnt.

Die Hand auf dem Telefonapparat, aus dem die Stimme Wendlers verschwunden ist, der Artikel, Mansfeld und die Frankfurter Rundschau, lediglich das monotone Freizeichen tönt heraus, als

Weber den Hörer ein Stückchen anhebt. Er blickt sich suchend nach Anna um, als könne sie ihm versprechen, dass es nur ein Spiel, ein Scherz, ein Trick, dass an dem Gespräch mit Wendler nichts Wirkliches war. Dass es keinen Mansfeld gibt und keine Frankfurter Rundschau.

Aber Anna hat sich zurückgezogen, um das, was von ihrem Gesicht noch übrig ist, unter einer Schicht Schminke zu verstecken. Weber stützt sich auf dem Telefontisch ab, schlägt die Zeitung auf, durchblättert sie fahrig, tappt, ohne auf seine Schritte zu achten, durch den Flur, durchs Wohnzimmer, stößt gegen einen Löwen aus Sandstein, blättert in der Zeitung noch einmal zurück. Sucht er etwas? Oder hat er Angst davor, etwas zu finden?

Eine Artikelserie – In der Frankfurter Rundschau – Über das Auswärtige Amt und seine Beamten –

Als denke er in den Regeln eines Kinderspiels: Es gewinnt, wer den anderen als Erstes sieht. Ich stelle mir diesen Mann vor, der gewinnen will, diese bestimmte Partie. Und wenn er gewänne, was dann? Dann verschwände er aus der ganzen Geschichte –

Weber läuft in das an Wendlers Hof grenzende Waldstück hinein, über einen von fehlgeleiteten Bachresten aufgequollenen Weg, Licht fällt durch die Schächte zwischen den Baumwipfeln, seine Schuhe sinken im Morast ein, feuchte Erde klebt am Leder, Weber atmet die kühle Luft, geht auf die entfernte Musik einer Parade zu, auf das Gestampfe hinter dem Wald, und Weber sieht Palmer vor sich, diesen vor lauter Dummheit rosigen Mann, eine Zigarre in der Hand, er bläst Rauch an die Decke seines Büros. „Aber bitte, setzen Sie sich. Das hätten Sie nicht gedacht, dass wir uns auf diese Art wiedersehen, habe ich recht? Ja, die Zeiten ändern sich. Bei der Durchsicht der Rechnungsbücher übrigens –“

Der Lärm der Parade rückt näher, oder ist es Weber, der geradewegs darauf zuläuft? Er bleibt stehen, horcht auf das Trommeln, Posaunen und Stiefelgetrampel. Er schlägt eine andere Richtung ein, der Weg ist abfal-

lend, nähert sich dem See. Zwischen den Bäumen sieht Weber die Wasserfläche glitzern. Tretboote. Um ihn ein Schaukeln.
Tretboote, denkt er. Palmer.
Und er stellt sich vor, dass er nach einem Wochenende das Konsulat betritt, Fräulein Schnoop auf ihn zugestürzt kommt, mit rougig geröteten Wangen erklärt: „Der Chef wünscht Sie zu sprechen, Herr Konsul." Weber stellt sich vor, wie er das Büro betritt, den Rauch von Zigarren atmet. „Weber, ich freue mich, Sie zu sehen, bitte, nehmen Sie Platz! Darf ich Ihnen eine Zigarre – ach, Sie rauchen nicht? Leider habe ich Ihnen nichts Gutes zu sagen. In Berlin gibt es seit einiger Zeit gegen Sie Bedenken, die auszuräumen ich mich immer bemüht habe. Aber Sie wissen, wie das ist: Hat jemand da oben Sie auf dem Kieker, müssen schon deutliche Zeichen – sehr deutliche – kommen, dass Sie im Sinne der Regierung und des Vaterlands um alles bemüht sind. Diese eindeutigen Zeichen konnte auch ich leider nicht finden. Mehr noch: Mir ist zu Ohren gekommen, dass Sie Informationen zurückgehalten haben, Geheimmaterial aus der britischen Botschaft, das für die Regierung sehr wichtig gewesen wäre. Sie werden verstehen, dass ich die Sachlage meinem Vorgesetzten mitteilen musste. Ich handle nicht gegen Sie, ich handle nur im Sinne meiner Treue und meines Glaubens. Es tut mir sehr leid, aber Sie sind für die Regierung nicht tragbar."

„Aber hören Sie zu!", ruft mein Diplomat. „Sie sträuben sich ja, an sein Handeln zu glauben. Damit, meine Liebe, schmeicheln Sie sich vielleicht bei Weber ein, doch Sie übertreffen so manches. Niemand hat vor, ihren Weber zu stürzen. Die Diplomaten nimmt doch niemand mehr ernst. Wissen Sie, wie man sie nennt in Berlin? Weihnachtsmänner!, ganz richtig! Wichtel!, die den ganzen Tag an Zeitungen schnibbeln, um den Ministern per Diplomatenpost Informationen zu schicken, die diese schon seit drei Wochen kennen. Vor denen hatte die Partei keine Angst.
Eine Vorsichtsmaßnahme, meinen Sie, die Weber traf, indem er sich zum Spion degradierte? Er, Diplomat alter Schule, der doch

wissen muss, wo sein Aufgabenbereich endet. Diesen Übereifer, mit dem er dem Regime zuarbeitet, halten Sie für eine Vorsichtsmaßnahme? Ich nehme an, er wähnte sich in jenem Sommer sicher. Und er tat es zu Recht! Es war, sage ich, die Beförderung, die Weber sich wünschte, die gewitterte Chance, aufzusteigen zum Generalkonsul, endlich nicht mehr der ewige Stellvertreter zu sein. Das trieb ihn, in Wendlers Keller zu steigen und einen Blick auf die Koffer zu werfen. Einen Blick, sage ich, ganz und gar aus bürokratischen Träumen."

„Aber warum denn nicht! Weshalb wollen Sie Weber verbieten zu träumen? Anzuträumen gegen ein Konsulat, das bis unters Dach nazifiziert werden soll, in dem bald jedem - selbst Kobus und Mehring - ein SS-Rang auf den Schultern zuckt. Jedem außer Weber. Bedenken Sie das. Und bedenken Sie auch: Weber fühlte sich niemals sicher, ganz gleich, wie viel Sicherheit ihn umgab. Und vielleicht war er schlauer, als wir beide derzeit behaupten. Überlegen Sie –"

Palästina, Syrien, Abessinien. Probestücke aus dem Jahr 38. Der metallische Geschmack ist aus Webers Mund verschwunden. Neben ihm Wendler, der sich nun wieder fließend bewegt, auf ihn einredet: „Überleg es dir, Weber, ich werde es sonst einem anderen –"

Merkt Weber sofort oder erst nach genauer Prüfung, während er im grellen Kellerlicht die Proben durchblättert, dass das Zeug nichts wert ist? Nichts wert für Palmer und auch nicht für das Auswärtige Amt in Berlin, nicht für den Mann mit dem Mondkraterblick, das ist der Minister fürs Außenreich oder auch Reichsaußenminister. Merkt er, dass diese Blätter über die Alliierten Schachzüge nichts verraten, was die Deutschen nicht schon lange wissen? Diese Koffer nutzen nur für eines: als Placebo, eine Hilfe für Weber, die denen da oben nicht hilft, was die da oben, wie er hofft, nicht merken werden. Und ebenso wenig Palmer.

Draußen treibt das Licht wie dünner Schnee vorbei. In diesem Jahr falle der Frühling aus, hat jemand Weber gegenüber behauptet, und Weber wünscht sich, auch der Sommer möge ausgefallen sein, Weitkamp noch in seinem Büro sitzen.

Lediglich eine Stunde früher als gewöhnlich ist Weber im Konsulat erschienen, doch durch die Wolken, die den Himmel verhängen, scheint es mitten in der Dämmerung zu sein. Den Lichtverhältnissen nach könnte es sechs Uhr früh sein, es ist bereits kurz nach acht, so oder so, es bleibt noch Zeit. Palmer wird frühestens in einer Stunde erscheinen, vielleicht erst in zwei, ist Weber sich sicher und klopft an Mehrings Tür. Nur kurz, nur für zwei, drei Sätze will er mit ihm reden, doch Mehring ist nicht an seinem Platz. In seinem Büro sitzt der junge SS-Sturmscharführer, der behauptet, Akademiker zu sein, für ein universitäres Institut den Gebrauch deutscher Worte im Ausland zu erforschen, und der alle zwei Tage im Konsulat erscheint, um Bohnenkaffee zu trinken und gegen den Kulturattaché im Schach zu verlieren. Er blickt kurz auf und wendet sich, ohne gegrüßt zu haben, wieder dem Schachbrett zu, auf dem nur noch ein paar vereinzelte Figuren stehen, fünf schwarze, vier weiße, Weber scheint es, als verliere der SS-Philologe sogar ohne Mehrings Anwesenheit.

Ob er wisse, wo Attaché Kobus zu finden sei.

Der Sturmscharfführer berührt nacheinander mehrere Figuren auf dem Brett und kratzt sich mit der Linken über seine Schulterklappen.

„Der ist wohl auswärts unterwegs."

Ob er ihm Genaueres sagen könne.

„Da müssen Sie schon einen anderen fragen. Ich bin ja hier nicht Ihr Angestellter."

Nein, noch nicht, denkt Weber. Aber vermutlich bald ein Vorgesetzter. Orientierungslos streunt Weber durchs Konsulat, läuft durch die Flure, vorbei an dem ehemaligen Büro Weitkamps, das verschlossen ist, vorbei an den eleganten Besprechungszimmern, in denen kaum noch Elegantes geschieht, vorbei an Kobus' verlassenem Büro, noch einmal vorbei an dem jungen Sturmscharführer, der, mit kaffeezittri-

gen Fingern über den Schachtisch gebeugt, einen Springer aus Mehrings Reihen zieht.
Weber betrachtet den Jungen, der hart und hager in der steifen Uniform dasitzt. Seit einiger Zeit, findet Weber, treten im Konsulat zunehmend seltsame Gestalten auf:
ein Übersetzer, der außer Deutsch keine Sprache beherrscht, ein Kunsthistoriker, der bei einem von Weber begleiteten Rundgang die spätgotische Santa Maria delle Grazie ins 17. Jahrhundert einstufte, der Seidenkrawattenimporteur, der, wo er nur kann, die Vorzüge neuer Frotteeprodukte anpreist, und jetzt dieser schachspielende Philologe, Nebenfach Philosophie, der, wie Weber in einem Gespräch mitbekam, Sils Maria für eine pommersche Spezialität aus Sülze hält.
Weber überlegt, ob er all das als Zeichen deuten sollte. Und wenn ja, als Zeichen wofür?
Gestern Botschaftsanwärter, heute abgesägt, das geht jetzt Schlag auf Schlag.
Weber sieht Palmer vor sich, dieses vor lauter Dummheit rosige Gesicht. „Der italienische Faschismus? Groß, Weber! Fast deutsch. Und dann das Wetter. Schon herrlich. Aber warum die mit den Juden nicht kurzen Prozess machen – das ist doch eine Schande fürs ganze Land." Palmer, dieser Parolen kläffende Halbstarke: „Wir sagen nicht: Auge um Auge, Zahn um Zahn, nein, wer uns ein Auge aussticht, dem werden wir den Kopf abschlagen!" Noch mehr von diesen Palmers in Führungsposition, das muss Weber verhindern, er kann diesen dummdreisten Großmeier nicht über sich ertragen, vollkommen unmöglich, weiß Weber. Und er stellt sich vor, wie einer nach dem anderen über ihn hinwegsteigt. In seinem Büro faltet er das Blatt mit seinem Telegrammentwurf zusammen und geht hinunter in den mit Drähten überwucherten Raum der Telefonistin.
Fräulein Schnoop, fast durchscheinend vor Müdigkeit, hat die Nacht hier verbracht oder zumindest einen guten Teil davon, blättert in einer Ausgabe des Völkischen Beobachters und blickt träge zu Weber auf, als er mit dem gefalteten Papier auf ihren Schreibtisch klopft.

Er müsse ein Telegramm verschicken, es sei dringend, ein Telegramm nach Berlin.
„Berlin ist groß, Herr Konsul", murmelt sie müde.
Sie steht auf und geht hinüber zum Telegraphen, ihre Spinnenfinger krabbeln über die Knöpfe. „An die Wilhelmstraße?", fragt sie.
Ob sie glaube, er wolle um diese Uhrzeit seiner Großmutter zum Geburtstag gratulieren. Natürlich an die Wilhelmstraße.
Fräulein Schnoop lehnt sich bleich und eifrig vor, einen Stift schon auf das Papier gedrückt, ehe Weber diktiert:
„Falls Kauf nicht erwünscht, bitte durchgeben: Legationsrat Mohrmann kann zur beabsichtigten Besprechung nicht kommen."
Weber, einen Schritt zur Seite getreten, einen Schritt abgewichen von seinem Tagesgeschäft, betrachtet sich selbst, wie er im Zimmer der Telefonistin steht, Weber, gespalten in Beobachter und Objekt, sieht, wie er gegen ihren trüben Blick angestikuliert, und Fräulein Schnoop, die endlich zu verstehen scheint, was er von ihr will, nickt mit dem Kopf wie ein Huhn. Wenn man ihr Körner auf den Tresen streute, überlegt Weber, würde sie danach picken.
Und er diktiert:

„Das Generalkonsulat Mailand an das Auswärtige Amt"

Verbessert sich:

„An Legationsrat Brenning. Persönlich.

Cito *Mailand, 8 Uhr 15*

Ehemaliger Angestellter der Britischen Botschaft in Rom, der seit langen Jahren laufend Telegrammdoppel, Kladden entzifferter Telegramme und Berichtsdoppel entwendet hat, lässt mir zwei Koffer voll solchen Materials anbieten. Habe ihn veranlassen können, einige zur Probe dem Konsulat zu überlassen. Es handelt sich offensichtlich um echtes

Material. Probestücke betreffen Jahre 35 bis 38 Palästina, Syrien, Abessinien. Gesamtmaterial soll bis 42 reichen.
Sofortige Entschließung nötig, da Verkäufer Material sonst Italienern oder den Westmächten anbieten lässt.
Anheimstelle Entsendung eines in Fragen englischer Politik genau unterrichteten Beamten, der beurteilen kann, wieweit Inhalt uns unbekannt und nützlich.
Falls Kauf nicht erwünscht, bitte durchgeben: „Legationsrat Mohrmann kann zur beabsichtigten Besprechung nicht kommen."
Erbitte in jedem Fall Anruf an mich persönlich morgen bis zwölf Uhr. Weber."

Die Spinnenfinger bringen den Telegraphen in Fahrt, es klackert, ein Lämpchen blinkt.
Es ist 1943.
Es könnte Juli sein.
Es könnte aber doch auch ein Tag im April sein, denkt Weber, draußen fällt das Licht wie dünner Schnee. Wäre es doch noch Frühjahr, einige Monate noch nicht geschehen. In diesem Jahr wollen die Jahreszeiten einfach nicht stimmen.

Da hat er es endlich gefunden! Da steht es schwarz auf weiß vor ihm. Weber, im Sessel, mit Brennen in den Augen und einem an diesem Morgen ohnehin schwachen Kreislauf, durchhetzt die Zeilen:
„Ihr naht euch wieder …
Einblicke in die Personalpolitik des Bonner Auswärtigen Amtes
Von Michael Mansfeld
Die Besetzung des neuen Auswärtigen Amtes muss einen besonderen Takt verlangen. Mit gutem Recht kann der Bürger der Bundesrepublik verlangen, dass seine Repräsentanten im Ausland …"
Weber überfliegt die Zeilen. „Zahlreiche Stimmen erhoben sich schon und warnten … Liste von Konsuln … in den heutigen Provisorien Persönlichkeiten tätig … Trotz erfolgreicher Entnazifi-

zierung verweigerte die französische Regierung das Visum ... als Konsul II. Klasse in Genf mit dem SD zu tun gehabt ... Weiße Weste ... Wiedergeburt der Wilhelmstraße ... Der Mann mit dem phänomenalen Gedächtnis –"

Weber, die Zeitung in der Hand, starrt auf eine begonnene Weltmeisterpartie. Er könnte jetzt alt, immer zerbrechlicher werden, nicht mehr verstehen, was die Leute ihm sagen, weil er sich den Kopf mit alten Dingen flutet, mit Bildern von, wie man sagt: früher.

Den Kopf fluten –

Doch es gelingt nicht, er wird Opfer seiner eigenen Taktik. Sobald er darauf wartet, gibt es keine Bilder mehr, nichts Altes, was flutet. Da ist eine trockene Leere, wie das Laub der Kastanien, und das, was um ihn geschieht, rückt nicht ab.

Die Bäume vor dem geöffneten Fenster knarren von staubwarmen Böen, die noch immer wie Krämpfe durch die Straßenschluchten fahren. Als wollte der Sommer in diesem Jahr nicht aufhören. Es könnte kühler sein, entscheidet Weber. Er braucht frische Luft, viel frische Luft, er will nicht mehr den Geruch der Wohnung atmen, der nach Palmer riecht, nach Wendler, nein, was für ein Unsinn, nach Anna natürlich!

Er will ihre Stimme vergessen, die unaufhörlich behauptet, er solle sich nicht sorgen, wie einem kleinen Kind verordnet sie: „Lass es doch, Konrad", und dann, zwischendurch, als steige etwas in ihr auf, eine Ahnung?, eine Erinnerung?, zwischendurch fragt sie: „Weshalb denn, Konrad? Da war doch nichts", hat es kurz darauf wieder vergessen, weist ihn erneut zurecht: „Gräm dich doch nicht!" Anna, die nichts versteht, aber sich alle paar Minuten in seine Stille einmischt, Anna, die nichts weiß, aber meint, ihn aufzumuntern, ihm durchs Haar streicht, er will, dass sie ihn allein lässt, er will ihre Stimme nicht hören, keine Stimme mehr hören, er will, dass alles ruhig ist.

Dass überhaupt nicht mehr gesprochen wird –

Reglos steht Weber im Flur, unfähig, sich zu entscheiden, ob er in sein Arbeitszimmer oder in den Salon gehen soll, gelähmt vom kleinsten Entweder-oder. Hypnotisiert von einem im elften Zug erfrorenen Schachspiel.

Weber geht in seinem Büro auf und ab. Am Vortag hat er das Telegramm geschickt, und er denkt an die Koffer im Wendler'schen Keller, an die Zaubertruhen, die ihn aus der Bedrängnis hexen, in die Gunst der Berliner Parteibonzen, die ihn, Weber, ausstaffieren sollen mit Gunst und Vertrauen, für die nächsten paar Jahre, oder immerhin Monate, oder wenigstens Wochen.
Warten Sie nicht so lange ab.
Es ist Mittag, Nachmittag, es ist Abend, und Weber starrt auf das Telefon, das nicht klingelt.
Erbitte in jedem Fall Anruf an mich persönlich morgen bis zwölf Uhr.
Er öffnet noch einmal die Mappe mit der Morgenpost, tastet sie ab, ob er womöglich eine Nachricht übersehen hat, ob nicht ein Zettel verrutscht, zerknittert, irgendwo hängen geblieben ist. Doch aus Berlin keine Nachricht.
Als komme er aus einem von Wendlers Tricks nicht mehr heraus.
Es ist zwei Tage her, es ist mittlerweile drei, es ist vier Tage her, dass er in übertriebener Frühe das Fräulein Schnoop aus ihrer Morgenlektüre riss, um ein, wie es Weber jetzt vorkommt, lächerliches Telegramm zu schicken. Palästina, Syrien, Abessinien, wen interessiert das schon? Mussolini leidet an Magengeschwüren, der König in Rom verhandelt mit London, warten Sie nicht so lange ab.
Vier Tage lang aus Berlin keine Nachricht, und die Koffer, die Weber das Leben retten sollen, oder sagen wir: den Posten, oder sagen wir gar: die Beförderung, stehen unangerührt in Wendlers Keller, zwischen Gerümpel und Käfigen voll weißer Vögel, aber stehen sie da tatsächlich noch? Überleg es dir, Weber. Ich werde es sonst einem anderen anbieten.

Weber kann nichts tun. Es ist fürchterlich, entscheidet er. Seine Weberwelt besteht aus Cocktails, auf denen hunderte Palmers herumstehen, sie haben sich das Saufen abgewöhnt, sie wissen allmählich, wie man in italienischen Schuhen geht, dass eine Seidenkrawatte wie eine Seidenkrawatte gebunden werden muss und nicht wie ein Strick, aber es sind Palmers, die auf den Cocktails stehen. Und er kann nichts tun. Nur leider: Er hat schon etwas getan.
Er wünscht sich, das Telegramm zurückziehen zu können, jenen Morgen, an dem er verfrüht im Konsulat ankam und das Fräulein Schnoop in ihrer parteitreuen Morgenandacht störte, er wünscht sich, es herauszuschneiden aus dem Geschehenen, aus seiner, Webers, Geschichte. Damit, vielleicht, wäre zu beginnen: Er hat nie ein Telegramm nach Berlin – Er hat nie Spionagematerial für die Partei –
Denn er, Weber, ist Diplomat, kein Spion.
Er ist Diplomat, und zwar einer der alten Schule! Und, er spielt nicht mit bei ihren Parteimauscheleien, bei ihren Berufsverdrehungen. Nein, er, Weber, spielt da nicht mit, entscheidet er. Oder entschiede es gern. Denn beschlossen hat es bereits Berlin: Er, Weber, spielt nicht mehr mit. Man spielt nicht mit ihm. Nicht einmal seine Nachrichten werden beantwortet.
Weber ist erschöpft wie jemand, der lange nichts mehr getrunken hat, nicht ankommt gegen die Trockenheit in seinen Muskeln, seinen Venen, seinen paar sich zusammenziehenden Organen. Wie viel er auch trinkt: vergebens.
Sie wollen ihn hinhalten, ist Weber sich sicher, sie wollen Informationen unterschlagen, ihn isolieren, sie schöpfen Verdacht, sie schöpfen Verrat, ein paar Wochen noch, Weber, dann haben sie dich ausrangiert.

Weber hört Anna durch die Zimmer streifen, das vom Fieber genesene Mädchen klappert mit einem Tablett hinter ihr her. „Aber Charlotte, Sie müssen doch damit rechnen, dass ich auch einmal früher aufstehe. Damit müssen Sie doch rechnen, Charlotte. Und haben Sie denn wenigstens neue Marmelade gekauft?“

Weber blickt auf das Schachbrett, auf die schwarzweißen Felder. Drum herum nichts. Nichts?
„Liste von Konsuln ... Hochdotierter Posten ... Trotz erfolgreicher Entnazifizierung verweigerte die französische Regierung das Visum ...“
Weber starrt auf eine begonnene Weltmeisterpartie, denn das ist es, was er noch unterscheiden kann: die schwarzen von den weißen Figuren, die quadratisch geordneten Felder. Der Rest verschwimmt, ist ein Nebel, auf dem sich Schatten bewegen, ist ein Brei aus zu vielen Farben, und Weber sucht Halt auf den schwarzweißen Feldern. Ein wenig nur, das ist doch nicht zu viel –
„Weshalb denn, Konrad? Da war doch nichts.“
Weber sieht einen Mann vor sich, eine Glasscheibe in der Hand, und die Farben, die aus Webers Umgebung verschwunden sind, tanzen über das Glas. Der Mann lächelt und flüstert etwas vom Wetter und vom Konsul, und Weber schüttelt den Kopf, er will, dass der Mann verschwindet.
Oder dass er, Weber, verschwindet.

Ob denn kein Brief übersehen worden sei, fragt Weber.
Langsam dreht Fräulein Schnoop ihr Gesicht zu ihm, hell gepudert, auf ihren Wangen Rouge, sie zieht ihre schmalen Brauen hoch. Sie lächelt schüchtern: „Ach, Herr Weber, ich war grad so in Gedanken!“
Weiß sie nicht genau, wo die Briefe liegen, weiß sie nicht, was in ihnen steht? Vielleicht ist sie es, die seine Leitung nach Berlin gekappt hat, die Briefe in einem nach Rosenwasser duftenden Schächtelchen verwahrt oder in einem Ordner, den sie wöchentlich Generalkonsul Palmer vorlegt.
Ob denn kein Brief –
Wieder ziehen sich ihre Brauen in die Höhe, sie weiß Bescheid, ist Weber sich sicher. Auch wenn sie noch so schüchtern lächelt. „Herr Weber, nein, bei mir gehen keine Briefe verloren. Sie können gern auf dem Boden nachsehen, ob der Bote einen Umschlag hat fallen lassen. Aber bei mir, Herr Weber, kommen keine Briefe –“

Da kniet er schon, kriecht auf allen vieren unter den Tischen hindurch, das Bohnerwachs, die spitzen Schuhe der Telefonistin, ihre Haut, meint Weber, hat den Geruch von Orangen. Seine Hand streicht unter einen Aktenschrank: nichts.

„Herr Weber, nein, also ich glaube wirklich – wollen Sie denn nicht wieder hochkommen?"

Sie hält ihm ihre schmale Hand entgegen, stützt ihn an den Ellenbogen hoch. „Nein, Herr Weber, da können Sie sicher sein, bei mir kommen keine Briefe abhanden. Ich werde nach Berlin telegraphieren."

Weber will einlenken, einen Grund finden, weshalb sie nicht dorthin schreiben soll, aber –

man kann ja nicht ewig warten.

Seit vier Tagen keine Nachricht.

Und sie knackt bereits Webers Nachricht per Draht nach Berlin, es riecht nach überhitztem Metall, glaubt Weber, es riecht nach Wut und auf den Teppich gefallenen Zigarren, an den Saum einer Gardine gehaltener Glut, ach was, denkt Weber, soll sie nur machen, und er denkt: Ihre Haut hat den Geruch von Orangen.

„Warum kommt denn keine Antwort? Das ist wirklich ungewöhnlich", sagt das Mädchen, zupft sich das Haar aus der Stirn, und Weber reglos, ans Fenster gelehnt, sieht den kreidigen Puder des Mädchens, sein Gesicht auf der Scheibe gespiegelt. Ist sie es, die Namen durchstreicht, die Menschen abhakt? Er starrt auf die letzten Blumen auf der Wiese, ein Gärtner schrappt mit einem Rasenmäher vorbei, das Gras sprüht vor seinen Füßen auf.

„Wünschen Sie, dass ich in Berlin anrufe?"

Nun, er sei sich nicht sicher, vielleicht warte man besser ein wenig ab?

Das Mädchen über den Apparat gebeugt: „Warten? Weshalb denn?"

Weber tänzelt, Weber blickt auf die Locken des Mädchens, mit Haarlack versiegelte Strähnen, auf seine pudrigen Wangen, man hört, es gäbe einen Zaubertunnel, *sieht, wie das Mädchen, genauer das Fräulein Schnoop, ohne auf sein Zaudern Rücksicht zu nehmen, den Tele-*

fonhörer bereits in der Hand hält, er sieht, wie sich ihre Lippen bewegen, einen Zaubertunnel, *er hört die Stimme am anderen Ende der Leitung,* Sie haben doch eine Meinung dazu?, *hört, wie die Worte den Raum einnehmen, sind sie nicht im Süden, im Ausland, weit weg von allem, was im Norden geschieht? Er sieht, wie das Mädchen sich aufreckt: „Er wünscht Sie zu sprechen, Herr Weber."*
Er wünscht Sie zu sprechen –

Ist da nicht tatsächlich das Klingeln eines Telefons? Weber findet sich wieder in seiner Zürcher Wohnung, in der wie ein überreizter Hund, den man nicht losbinden will, das Telefon kläfft. Aber vielleicht ist es nicht für ihn, vielleicht ist es eine katholische Hausfrau, die anruft, um mit Anna die Predigt des letzten Sonntags zu besprechen? Ein Geleelieferant, der einer vom Fieber erholten Charlotte erklärt, der Ingwer sei noch immer aus.
Ein Geruch von Fenchel und Veilchen, als Charlotte aus der Küche an ihm vorbeiläuft, ihm zuruft: „Herr Weber, ich glaube, Sie werden verlangt."
Er atmet aus. Noch eine Hiobsbotschaft kann er nicht ertragen. Er atmet ein, atmet aus. Mehr ist es nicht, und zu mehr fühlt Weber sich derzeit nicht fähig. Da hört er schon Annas Schritte, Annas Stimme:
„Es ist Rippler für dich."
Weber blickt vom Schachbrett auf und mitten hinein in den wabernden Nebel, in dem irgendwo Anna wartet, um ihn hinüber zum Telefon zu leiten.
Nein, das sei nur wieder so ein Trick von Wendler, er werde nicht ans Telefon kommen, er habe genug von derlei Scherzen.
„Konrad, ich habe doch seine Stimme erkannt."
Wendlers Stimme habe sie für die eines Fremden gehalten. Auf was solle er sich bitte schön noch verlassen? Auf was solle er, Konrad Weber, ehemals Konsul und heute –
„Was soll ich denn nun Herrn Rippler sagen?"

Kaum hat Weber den Hörer am Ohr, dröhnt ihm ein Brüllen vom anderen Ende der Leitung entgegen: „Weber, sind Sie denn blöd? Warum schreiben Sie an Brenning persönlich?“

Es ist Ripplers ruhige, gemäßigte Stimme, die Weber aus der Unschärfe seiner Umgebung herauszieht.
„Was wir haben, Weber, ist die Aussage von Cord. Darum rufe ich hauptsächlich an. Er schreibt, du seiest für den Sicherheitsdienst ein, hör zu: undurchsichtiger Mann gewesen. Das ist allerhand. Aber es geht noch weiter. Er führt aus, dass man dich aufgrund deiner regimekritischen Haltung, derer dich der SD verdächtigte, nicht befördert hat. Er geht ausführlich und, wie ich denke, vollkommen zu Recht auf die Beförderung ein, die dir damals vorenthalten wurde. Im Auswärtigen Amt, schreibt er, habe man dich für eine Versetzung nach A15 vorgesehen. Ich lese es dir vor: Bei passender Gelegenheit sprach der zuständige Herr Schmid mit dem Chef des Sicherheitsdienstes Schellenberg. Dieser war entschieden gegen eine Beförderung Webers. Dass die Ablehnung des SD politische Hintergründe hat, kann ohne weiteres angenommen werden.
Was sagst du dazu, Weber? Und mehr, Weber, es gibt noch mehr. Ein Fräulein Grispaldi habe ich aufgetrieben, du erinnerst dich an sie? Sie belegt glaubhaft, dass du ihr damals die Ausreise ermöglicht hast, indem du darauf verzichtetest, ein J in ihren Pass zu stempeln. Das zählt, Weber, diese Dinge sind es, die jetzt zählen! Die Karten sind neu gemischt. Wir sollten das in Ruhe besprechen. Ende September bin ich in Genf, das böte sich an, ich könnte einen Halt in Zürich einlegen.
Im Übrigen, Legationsrat Mehring ist derzeit in Rom. Die Eröffnung einer Botschaft beim Heiligen Stuhl ist seit einiger Zeit im Gespräch, und Mehring hält gut seine Finger im Spiel, wenn ich recht informiert bin. Du solltest dich bei ihm melden. Ruf ihn an, unterhalte dich mit ihm. Über das Wetter, über Gott und die Welt,

meinetwegen über das Rundschau-Debakel, hast du das mitbekommen? Ein kurzer Anruf bei Mehring in Rom, das schadet nicht. Nein, schaden kann das nicht. Vielleicht ließe sich da auch etwas für dich –“

Im Übrigen, das Rundschau-Debakel, fällt Weber ein. Was Rippler denn davon halte? Wer dieser Mandfeld, dieser Mankell, dieser wie hieß er noch, überhaupt sei?

„Dies nur im Vertrauen, lieber Weber: Es werden bereits Erkundigungen angestellt“, erzählt Rippler. „Es gilt, die persönlichen Lebensverhältnisse Mansfelds zu ermitteln, insbesondere seine politische, womöglich“ – und Mehrings Stimme springt in die Höhe – „kommunistische Einstellung festzustellen.“

Und wenn er ein Kommunist sei, was dann?

„Dann ist alles Propaganda, und alle können sich wieder beruhigen.“

Propaganda? Aber die Namen stünden doch nun einmal da, wendet Weber ein.

„Die Namen, die Namen! Man hat allgemein das Gefühl, dass viel Fantasie den Autor geleitet hat.“

Aber es habe doch Leser gegeben, flüstert Weber. Und die könnten es ja nachprüfen.

„Niemand wird irgendetwas nachprüfen. Die Leute nehmen hin, was sie lesen, und haben es am nächsten Tag vergessen. Eine der wenigen Tatsachen, auf die ich mich seit Jahren verlasse. Ein wahrer Kern könnte schon zu finden sein. Sicherlich aufgebauscht. Dennoch. Aber wer prüft es schon nach. Glaub mir, morgen ist es Altpapier.“

Widerlich aufgebauscht!, ruft Weber.

„Nun, es sind ja nicht deine Probleme, Weber. Was regst du dich so darüber auf.“

Ja, da habe Rippler vollkommen recht, seine Probleme seien das nicht. Gott sei Dank gehöre diese Angelegenheit zu den wenigen Dingen, die ihn nicht tangierten.

„Was regst du dich also auf?"
Ja, was regt er sich also auf?
Ein junger Journalist hat einen Artikel geschrieben. Das Auswärtige Amt stellt Erkundigungen über ihn an – das ist alles.

„Er wünscht Sie zu sprechen."
Eine Stimme, direkt aus Berlin, brüllt Weber ins Ohr: „Warum schreiben Sie denn an Brenning persönlich? Der ist seit vier Wochen nicht mehr im Dienst!"
Weber lacht auf: Nicht mehr im Dienst!
Das Mädchen erstaunt: „Nicht mehr im Dienst? Weshalb denn, Herr Weber?"
Aus der Leitung die zu laute Stimme: „Ja, man sah sich genötigt. Einige Unstimmigkeiten seine Person betreffend. Weber, nicht sehr günstig von Ihnen, gerade an Brenning zu schreiben. Das Telegramm, das Sie meinen, schicken Sie am besten noch mal an mich. Oder nein, lassen Sie's gut sein, ich suche es aus Brennings Unterlagen heraus – Geheimmaterial, das klingt interessant. Wir werden hier darüber beraten. Morgen erhalten Sie Antwort."
Als er auflegt, sieht Fräulein Schnoop ihn erstaunt an, vielleicht auch ist es bloß dumme Neugier. „Ja, aber Herr Weber, was ist denn nun mit Brenning geschehen?"
Weber ruft erleichtert: Nicht mehr im Dienst! So könne es gehen. Da mache man sich tagelang Sorgen.
Sie lachen sich an, das Mädchen mit den kreidigen Wangen: „Sie, Herr Weber, dass man Ihnen mal nicht den Kopf hinterhertragen muss!" Und Weber: Sie wisse ja nicht, wie viel Arbeit – da fräße die eine Akte die andere auf! Da könne man ja gar keinen klaren Kopf mehr –
aber jetzt sei ja alles klar!, ruft Weber, und er und das Fräulein lachen sich an, als sei soeben der Krieg gewonnen, lachen, als hätte er tatsächlich einen Witz gemacht, und beinah hätte Weber Fräulein Schnoop an der Hand durch das Zimmer gewirbelt, am Fenster vorbei, an dem übers Laub der Kastanie fallenden Frühlicht.

Ende September hängt alles an Rippler und an seinem Besuch. Selbst Anna wirbelt durch die Küche, weiß alles besser als das Mädchen, schimpft über zu wenig Salz am Ragout, „aber nein, passen Sie auf, jetzt versalzen Sie alles! Sie wollen Kuchen servieren? Bemühen Sie sich! Eine Mousse, eine Creme, ein Ingwerparfait, irgendwas mit französischem Namen."

Rippler. Wenn nicht er, dann kriegt niemand Weber zurück in den Dienst. Rippler kann alles. Beinah.

Denn der Zauberer, das ist ein anderer. Wer sonst könnte Vakuum schaffen, Vögel einschläfern und gewinnbringend mit britischen Geheimnissen handeln, die zwar britisch, aber keine Geheimnisse sind?

Weber vor dem Schachbrett, auf dem Boden kauernd, flüstert den Figuren seine Pläne vor: Wäre vielleicht sogar Mailand denkbar? Wenigstens Genua oder Neapel? Weber, kniend vor einem Tisch voll erstarrter Figuren, flüstert den Damen zu, den Türmen und Läufern und auch den beiden geschlagenen Springern: Mailand noch einmal. Lyon, Bern oder gar Rom. Lässt sich da denn nichts machen?

Er hört ein Geräusch in einem Winkel der Wohnung, er hört ein Lachen und einen Vogel pfeifen, er hört Wendlers Stimme, die flüstert:

Simsalabim, Weber. Simsalabim!

Zweiter Teil. Rom, der Vatikan, weiterhin Mailand.

Zeit bedeutet hier nichts.
Die Jahrhunderte kommen und gehen.
Es ist, als ob man eine vierte Dimension betritt.
Harold Macmillan

„Wenn Sie die Heiligen mit draufbekämen, das wäre wunderbar."
Der wiedereingestellte und vortragende Legationsrat I. Klasse Dr. Konrad Weber nimmt seine neue Aufgabe ernst: Er geht in die Knie, er spreizt die Ellen vom Körper ab, er verbiegt seinen Hals, er reckt seinen Kopf. Das Paar steht Arm in Arm und nachösterlich lächelnd vor dem Obelisken, und Weber, die Kamera in der Hand, kriecht, noch in der Hocke, immer weiter vor ihnen zurück. Die Heiligen sind so hoch angebracht, als hätte Michelangelo schon vor Jahrhunderten die fotografische Vermischung von Mensch und Statue verhindern wollen. Das Paar, lächerlich klein an den unteren Bildrand gedrückt, lächelt Weber, nein, lächelt der Kamera zu, Weber ist für sie nur ein Teil der Apparatur, er hat keinen Namen und keine Geschichte, ist eigentlich weniger Mensch als die Heiligen aus Sandstein dort oben.
„Eines noch", bittet die Frau, sie sei sicher, ihre Augen seien geschlossen gewesen, als Weber abgedrückt habe. Weber widerspricht, sehr hübsch habe sie gelächelt, aber er schießt noch ein Foto, er genießt diese zeitweilige Unerkanntheit, sein momentanes Verschwinden hinter der Kamera, dieses Pärchen, das ihn nicht kennt und sich nicht an ihn erinnern wird. Minutenlang zögert er das Treffen mit dem Erzbischof hinaus, um einmal weniger als ein Statist zu sein, nur zufälliger Beteiligter an einem Urlaubsspiel, das so unbedeutend ist, dass es Weber wie ein Wunder vorkommt.
Es ist der 5. Dezember 1954. Der Papst liegt einige Stockwerke über ihnen – wie es scheint – im Sterben, anders gesagt: Der Gesundheitszustand Seiner Heiligkeit ist für die diplomatischen Beobachter im Vatikan nicht anders als ausgesprochen kritisch zu bewerten, was von offizieller vatikanischer Seite dementiert

wird. Weber wird in wenigen Minuten dem Leiter der Abteilung für ordentliche kirchliche Angelegenheiten, Erzbischof Montini, seinen Antrittsbesuch abstatten und, wie Weber hofft, zwischen den Sätzen etwas über den tatsächlichen päpstlichen Gesundheitszustand heraushören. Weber nämlich hat vor zu brillieren.

Er gibt die Kamera zurück, darin der Film mit den Fotos, die er so amateurhaft geschossen hat, dass niemand ihn als Fotografen erkennen wird. Man hinterlässt erst Spuren, wenn man etwas beherrscht, ist Weber sich sicher.

Er blickt an den sandfarbenen Mauern des Palazzo hinauf, das Fenster des päpstlichen Schlafzimmers ist halb geöffnet, er sieht die helle Beleuchtung aus dem Inneren herausscheinen. Weber stellt sich Pius vor, wie er, im Krankenbett, den Rücken durch unzählige feinbezogene Kissen gestützt, mit seinen mageren Fingern Reden verfasst, Briefe beantwortet, Akten bearbeitet, Bücher studiert, nicht davon wegzubekommen ist, Pius, der sich an die Bücher, die Briefe, die Akten klammert und alles, auch noch im Fieber, mit spitzer Perfektion bewältigt, sich mehr Wissen über den Zylindermotor anliest, als ein durchschnittlicher Ingenieur es besitzt, Zylinder, Kolben und Nockenwellen in seinem Kopf hin und her wälzt, nur um ein kurzes Gespräch mit dem Besitzer eines Automobilkonzerns zu führen, Pius, der verlangt, alles zu beherrschen.

Weber beherrscht es, unauffällig zu sein. Ist er jemals auf den Gedanken gekommen, man könnte ihn einmal daran erkennen? Dass Pius mit seiner gleichförmigen Perfektion möglicherweise leichter verblasst?

Die Fotos zumindest wird niemand mit ihm in Zusammenhang bringen, diese Minuten sind ausgelöscht aus seinem Leben, nicht protokolliert, nicht festgehalten, ist Weber sich sicher, diese Minuten sind somit nicht mehr zugänglich, sobald er den Platz verlassen hat und das Pärchen den nächsten Passanten bittet, ein

Foto von ihnen vorm Pantheon, vorm Kolosseum, vorm Fontana di Trevi zu schießen.
Obwohl er in wenigen Minuten erwartet wird, biegt er von seinem Weg ab, geht auf einen Stand mit Früchten zu, der vor den Bögen des Petersplatzes aufgestellt ist. Er beugt sich über die Auslage, einen Moment ist er sich nicht sicher, weshalb er die Orangen betrachtet, er nimmt eine Frucht in die Hand, der Verkäufer steht schon mit einer Papiertüte bereit, in die er, auf Weber einredend, eine Orange nach der anderen versenkt, und er ruft: „Ah, l'ambasciatore tedesco! Piacere, signore, piacere!" Weber überlegt, ob er klarstellen soll, dass er der Botschafter direkt nicht sei, nimmt dann aber schweigend die Tüte entgegen, zahlt.

Das Mädchen sitzt vor ihm. Meine Güte, denkt Weber, wie alt mag es sein, vierzehn, fünfzehn vielleicht? Seine Hände, die es auf der Tischplatte gefaltet hat, strömen einen Geruch nach Orangen aus.

Ein Geruch nach Orangen. Endlich kann er sich erinnern. Denn er ist in Rom, er ist an der Botschaft des Heiligen Stuhls. Er ist endlich wieder Weber, denkt Weber.

Die großen Augen des Mädchens, mit denen es ihn unerbittlich ansieht. Rücksichtslos. Impertinent. Das kann man doch mit fünfzehn noch nicht, ist Weber überzeugt, aber das Mädchen ändert nichts an seiner Haltung, an seinem Blick. Als wolle es ihn hypnotisieren, denkt Weber, aber das lässt er mit sich nicht machen. Er schlägt eine Akte auf, blättert darin herum und fragt, ohne aufzusehen, ob er ihr sonst behilflich sein könne. Blättert in ihrem Pass, liest ihren Namen. Grispaldi, Carlotta.
„Oder Charlotte", unterbricht ihn das Mädchen, „Carlotta oder Charlotte, wie Sie möchten. Meine Mutter ist Deutsche."
Das behaupteten derzeit viele, murmelt Weber. Plötzlich hätte jeder Italiener einen deutschen Verwandten, zumindest hier im Norden.

„Es ist aber so", sagte das Mädchen. „Fragen Sie doch in Ravensbrück nach."
Weber knistert in seinen Akten, er spürt ein Kneifen im Nacken, aber aufsehen mag er nicht.
„Herr Konsul, Sie wissen, was man mit mir macht, wenn Sie meinen Pass nach Vorschrift ausstellen."
Es sei Krieg, murmelt Weber. Da sei es nirgendwo vollkommen sicher. Sie solle doch froh sein, dass sie in Italien lebe. Warum sich ihre Mutter überhaupt in Deutschland aufgehalten habe, fragt Weber, fügt schnell hinzu: Sie solle die Frage vergessen, es sei ja unwichtig.
„Herr Konsul, Sie wissen, wenn Sie den Pass nach Vorschrift ausstellen –"
Warum sie überhaupt zu ihm komme, unterbricht Weber sie. Er sei für diese Passangelegenheit im Grunde nicht zuständig.
„Weil Sie hier mittlerweile der Einzige sind, der nicht beim Sicherheitsdienst ist und nicht bei der SS."
Was denke sie denn von ihm?, fährt Weber sie an. Was glaube sie denn, wer er sei? Nur weil er keine Militärstiefel trage, sei er kein Partisanenkämpfer.
Das Mädchen sieht ihn an, so wie man mit fünfzehn überhaupt niemanden ansehen kann, ist Weber sich sicher. Aber in ihrem Ausweis kann er ablesen, dass sie erst fünfzehn ist. Leiser, den Blick auf ihre Papiere gerichtet, fügt er hinzu, oder er denkt es nur: Überhaupt sei er kein Held. Er mache hier nur seine Arbeit. Nein, ein Held sei er nicht und wolle das auch gar nicht werden.
Diese ganze Stempelei, erklärt Weber nun etwas lauter, das habe doch nicht er sich einfallen lassen. Er sei Diplomat und das seit den Zwanzigern, er habe mit all dem nichts zu tun, deshalb säße er doch hier, in Mailand und nicht in Breslau. Er habe ja nicht ahnen können, dass Mussolini so einfach in einem Krankenwagen zu entführen sei, die Deutschen in Italien einmarschierten und eine Republik gründen würden. Er habe mit all dem nichts zu tun – nie etwas zu tun haben wollen.
„Ja", sagt das Mädchen. „Und Sie sind im Grunde auch gar nicht dafür

zuständig." Sie lacht kurz auf, Weber hört, wie sie mit ihren Schuhen gegen das Holz seines Schreibtisches stößt. „Deshalb wäre es auch kein Vergehen von Ihnen, wenn Sie mir nichts weiter in meinen Pass hineinstempelten. Sie sind ja gar nicht zuständig dafür."
Weber hebt seinen Kopf, das Mädchen blickt ihn an, nicht bittend, nicht unsicher, beinah überlegen. Es ist Weber, als nähme es ihm für den Moment jene Verantwortung ab, die er nie hat besitzen wollen.
Im Prinzip sei er schon dazu berechtigt.
Der Schuh des Mädchens stößt wieder gegen das Holz des Tischbeins. Ihre vor ihm gefalteten Hände. Orangen.
Er sei zwar dazu berechtigt, aber genau genommen falle es eher in den Aufgabenbereich seines Kollegen Palmer. Wenn er sie, Carlotta Grispaldi, nun also auffordere, zu Konsul Palmer zu gehen, um die Ausfüllung des Passes zu komplettieren, läge es ganz in ihrer Verantwortung, wenn sie sich diesem Befehl widersetze. Solange er nichts davon wisse, läge das ganz in ihrer Verantwortung.
Das Mädchen nickt.
Das Büro von Herrn Konsul Palmer sei die zweite Tür links, informiert Weber sie und reicht ihr den Pass. Er wünsche ihr alles Gute.

Weber strafft seine Schultern, Weber reckt sein Kinn.
Ein junger Kaplan schielt ihn durch dicke Brillengläser hindurch an, schüttelt vehement den Kopf und murmelt: „Sconsolato, sconsolato, sconsolato", monoton, wie eine verwirrte Hinterlandalte ihre Gebete jammert.
Dass der Leiter der Abteilung II abwesend ist, obwohl Weber postalisch mit ihm einen Termin vereinbart hat, verwirrt ihn. Dass man keine Erklärung, nicht einmal eine Entschuldigung zustande bringt, kann er nur als skandalös bezeichnen.
Ob man ihn hier nicht erwünsche, will Weber fragen, aber er hält sich zurück, nickt stumm und fügt sich.
„In Rom", hat ihm Mehring schon vorab am Telefon erklärt, „werden Sie nicht weit kommen, wenn Sie auf reibungslose Abläufe

setzen. Gewöhnen Sie sich am besten schnell daran, Weber. Zeit bedeutet hier nichts. Oder sagen wir: Sie bedeutet etwas anderes. Die Kirche rechnet nicht in Stunden, sondern in Jahrhunderten, und das haben weder Garibaldi noch Mussolini aus den Köpfen der Leute herausbekommen."
Weber läuft, diesem Gesetz ergeben, erneut über den Petersplatz, diesmal in entgegengesetzter Richtung. Ob es vielleicht mit dem Gesundheitszustand des Papstes zusammenhängen, es mit dem alten Pacelli deutlich ernster bestellt sein könnte, als es von offizieller Stelle zugegeben wird, überlegt Weber, ob es womöglich schon eindeutig zu Ende geht, überlegt er und blickt hinauf zu den Fenstern der päpstlichen Wohnung. Er hört das Röcheln eines kathartischen Greises, er sieht das magere Pacelligesicht, das in den letzten Wochen immer magerer geworden ist, und hört er nicht jemanden die Messe lesen? Jemanden ein Luftkreuz über den hochheiligen Knochenkörper schlagen?
Betrübte Gesichter überall, ist Weber sich sicher, die Geistlichen flattern in ihren Gewändern wie Trauernde über den Platz, und die Schweizer Garde steht ein wenig strenger da als gewöhnlich, und Weber hört eine Stimme:
Nimm deinen Hut ab, Junge –
hört eine Stimme:
„Herr Botschaftsrat, verzeihen Sie!"
Weber dreht sich um und sieht den Dickbebrillten, der, heilige Fügung des Himmels, auf einmal Deutsch sprechen kann und ein wenig ins Schwitzen geraten ist unter seinen anachronistischen Gewändern.
„Herr Botschaftsrat, mir ist ein Fehler unterlaufen, ich bitte vielmals um Verzeihung. Seine Exzellenz erwartet Sie, selbstverständlich, er wartet auf Sie, bitte folgen Sie mir!"
Noch einmal sieht Weber am päpstlichen Palazzo hinauf, und da meint er – aber das kann nicht der Realität entsprechen, ist wohl die Auswirkung seiner noch nicht abgeklungenen Augenentzün-

dung – eine blasse Gestalt am halb geöffneten Fenster des päpstlichen Schlafzimmers zu sehen. Überdeutlich. Mehr eine optische Täuschung als alles andere, wird Weber am Abend Anna erzählen. Nur kurz sei die Gestalt am Fenster erschienen. Anna wird nicken, und ihr Blick wächst und wächst.
Mehr eine Erscheinung als alles andere –

Weber, zwei Stunden später zurück an seinem Schreibtisch in der Botschaft, denkt nicht mehr an die Gestalt am Fenster, sondern an den knurrenden Magen, an das gequälte Gesicht des Erzbischofs, der während Webers Besuch seinen Hunger zu unterdrücken versuchte, dreißig Minuten lang, während deren Weber herauszuhören versuchte, wie es um den Heiligen Vater bestellt sei, als Antwort aber nur bekam: „Sie waren in Mailand? Ecco, Ihre Frau versteht sich auf Vitello Tonnato?“, als Antwort bekam: „Und haben Sie schon Saltimbocca probiert? Köstlich, vor allem in Rom“, dreißig Minuten, und vom Papst kein Wort, jene blasse Erscheinung weht Weber davon, er denkt nicht mehr an sie, als er an seinem Schreibtisch sitzt und seinen ersten Bericht schreibt:

„Vortragender Legationsrat I. Klasse Weber an das Auswärtige Amt

Rom, 5. Dezember 1954

Betr.: Ankunft in Rom
Am Donnerstag, dem 1. Dezember 1954, bin ich, von Zürich kommend, auf dem Hauptbahnhof in Rom um 16.25 Uhr eingetroffen. Obwohl der Zug zweieinhalb Stunden verspätet eintraf, waren auf dem Bahnhof zahlreiche Persönlichkeiten zu meinem Empfang erschienen, die mich in herzlicher Weise begrüßten. Msgr. S. vom Collegio Teutonico di S. Maria in Camposanto, der auch zur festgesetzten Ankunftszeit des Zuges am Bahnhof erschienen war, konnte aus dienstlichen Gründen die zweieinhalbstündige Verspätung des Zuges nicht abwarten –“

Und ich stelle mir vor, dass es einen anderen, etwas weniger geglückten Einzug Webers in Rom gab, der allerdings, kaum geschehen, aus verständlichen Gründen hinter der aktentauglichen Ankunft verschwand. Denn ich stelle mir vor:

Ohne Vorsicht wuchtet der Fahrer Webers Gepäck in den Kofferraum. Weber will etwas sagen, die Sätze liegen perfekt in seinem Kopf, aber er bekommt sie nicht über die Lippen, als sei ihm etwas daran peinlich. Neben dem Wagen stehend sieht er den Handgriffen des Fahrers zu, hilflos, ein Stummer, der nicht über die Worte verfügt, einzuschreiten, sich gefallen lassen muss, was um ihn herum geschieht. Im Taxi gelingt es Weber nicht, sich in den Sitz zurückzulehnen, der Wagen schlenkert durch den Verkehr, als ginge es nicht darum, heil anzukommen, sondern darum, möglichst viele Konkurrenten auszustechen.
Sie fahren an der Villa Borghese vorbei, und Weber hört das Grölen und Schreien und Zirpen der Tiere des Zoos hinter einer porösen Mauer verborgen, auf die der Fahrer deutet, aufgeregt ruft er: „Beh, tutti gli animali in gabbia sono un po' strani. Ma che bellezza, che bellezza!“, und Weber versteht nicht oder will nicht verstehen, „un po' strani, ma che bellezza!“ Sie biegen nach rechts ab, lassen den Zoo und die Schreie der Tiere hinter sich und erreichen einen kleinen, von Hecken und schmalen Blumenbeeten gesäumten Weg, Nadelbäume strecken ihre Äste über die Straße, Via dei tre Orologi, die Straße der drei Uhren.
Weber zögert auszusteigen, überlegt, ob er den Fahrer anweisen soll umzukehren, ihn so schnell wie möglich von hier wegzubringen, aber der Mann ist bereits ausgestiegen, hat den Kofferraum geöffnet und beginnt damit, Webers Gepäck unachtsam auf die staubige Straße zu stellen. Weber bleibt keine andere Wahl, als sich dem Botschaftsportier hinter dem kleinen Fenster zu erkennen zu geben, um Hilfe zu bitten, Hilfe zumindest für das Gepäck. Wie ein ungebetener Gast schleicht er sich ein, glaubt Weber, wie

all jene Personen, die sich ohne Einladung auf die Diners und Stehempfänge mogeln, nur um das Buffet zu plündern oder sich nach heiratsfähigen Großverdienern umzusehen. Am liebsten verschwände er wieder von hier, ehe ihn irgendjemand bemerkt, staubig und verloren.
Der Taxifahrer luchst Weber ein horrendes Trinkgeld ab, dann ist er im Wagen und kurz darauf fort und Weber mit seinen eingestaubten Koffern und dem entfernten Brüllen der Zootiere allein. Ein leichter Wind bewegt die Äste der Zypressen. Weber ist erschöpft, wünscht sich zurück in die Schweiz, in sein von der Außenwelt abgeschnittenes Arbeitszimmer, in das von Marienkitsch überwucherte Schlafzimmer, in den Salon, dessen Fenster zum Zürichsee hinauszeigen, auf dem Schwäne und Ausflugsboote schaukeln, in den Flur, in dem das Schachspiel wartet, seit Jahren unbewegt, kein Bauer, der sich vorgewagt hätte, kein Offizier, der sich zu einer Regung aufraffte, Weber wünscht sich zurück zu dieser verlassenen Partie, die eine beruhigende, tote Stille ausstrahlt.
Doch das Tor der Botschaft öffnet sich, und nun muss Weber die Peinlichkeit durchstehen. Er versucht, auf das Rauschen der Zypressen zu hören, das knarrende Metalltor übertönt jeden Laut, und jetzt sieht Weber eine Person dahinterstehen, noch halb von einem Zierstrauch verdeckt, aber im Stresemann, ein Diplomat, kein Kofferträger, kein Gärtner oder Portier, und Weber überlegt, ob alles sein Fehler ist, ob er am falschen Tag ankommt, zur falschen Tageszeit, er, ein aus der Übung geratener Gesandter, der nicht einmal die einfachsten Termine beherrscht, der sich blamiert, ehe er in sein Amt eingeführt ist. Die Zypressen über ihm. Das Knarren des Tors. Weber atmet ein, hält die Luft an, sieht die strengen Streifen auf dem Anzug des zum Ausgehen bereiten Diplomaten und hört das Klirren der Gläser, das Rauschen der Stimmen, er sieht sich über das Parkett flanieren, nach links, nach rechts grüßen, sieht die auf Hochglanz polierten Gesichter, die ihm zulächeln, *Herr Konsul, welch eine Freude – Herr Konsul Weber,*

wenn Sie nachher noch eine Minute für mich hätten – Herr Konsul, was für ein wunderbares Fest! –
„Weber, meine Güte, was machen Sie denn hier? Sie sollten doch am Bahnhof sein. Man erwartet Sie dort an Gleis acht."
An Gleis acht, wiederholt Weber tonlos, den Blick in den teuren Stoff des Stresemanns versenkt. Er allerdings sei an Gleis vier angekommen.
Mehring eilt ein paar Schritte zurück, winkt jemandem zu, während Weber murmelt, ja, jetzt glaube er sich zu erinnern, eine kurzfristige Gleisänderung habe der Schaffner durchgesagt, aber das –
Ein dunkler Mercedes rollt auf sie zu.
„Weber, steigen Sie ein. Die Züge, die auf Gleis acht ankommen, halten zuvor an der Station Ostiense. Machen Sie sich keine Gedanken, mit einer Zugverspätung lässt sich alles erklären. Oder glauben Sie, die Herrschaften könnten einen Zug vom anderen unterscheiden? Man sollte die Leute niemals überschätzen. Aber denken Sie daran: Gleis acht! Wir sehen uns später!"

„Trotz der zweistündigen Verspätung", setzt Weber seinen aktentauglichen Bericht fort, „waren zu meinem Empfang erschienen: Der Leiter des Collegio Germanico-Ungarico, Pater Graf Tattenbach, der Leiter des Collegio Teutonico di S. Maria dell'Anima, Mgr. Weinbacher –"
Weber denkt an das gequälte Gesicht des Erzbischofs, der seinen Hunger zu unterdrücken versuchte, er denkt an die Gestalt hoch oben am Fenster des apostolischen Palastes.

Mehr eine Erscheinung als alles andere, erzählt Weber Anna am Abend. Sie lehnt sich vor, fasst sein Handgelenk, und bleich wie das Gesicht am Fenster flüstert sie: „Konrad, du weißt nicht, was du da sagst!"
Annas hartes Heiligengesicht, ihr Blick ohne Ausdruck, weshalb

viele sie als müde bezeichnen, als abgezehrt, was Weber nicht hören will, von was, bitte schön, soll seine Frau abgezehrt sein, von was so entsetzlich ermüdet? Und er, was ist dann mit ihm?
„Du weißt nicht, was du gesehen hast." Sie sieht Weber mit weit aufgerissenen Augen an. „Denn es war eine Erscheinung", flüstert sie, ihre Holzfinger klammern sich fest um Webers Handgelenk, ihr Blick, bemerkt Weber, ist riesig, ihr Blick, den er viel blasser und kleiner kennt, und es ist, als wolle Anna geradewegs in die Unendlichkeit schauen, was auch immer sie sich davon erhofft.
„Denn das war er, Konrad. Und er wollte ihn nicht mitnehmen."
Wer? Wen? Annas Hände, kühl wie poliertes Parkett, er will sie abschütteln, aber Anna ist in diesem Moment stärker als er, weiß Weber, und ihm bleibt nichts anderes als zu fragen: Wer? Wen?
„Christus."
Christus! ruft Weber. Natürlich! Wer sonst? Und wen habe ihr aller Heiland auf Erden getroffen?, fragt Weber, dem es reicht, der von dem ganzen Mystizismus nichts mehr hören, der Anna auf dem Teppich zurückhaben will, auf den Perserteppich vor ihnen, auf den Boden der Tatsachen, er nähme die hysterische Flugblattschreiberin und die gelangweilte Schachspielerin, wenn nur dieser Blick verschwände, wenn sie nur klar zu ihm reden würde, und Anna flüstert: „Pacelli." Sie senkt ihren Blick. „Aber Christus hat ihn nicht mit zu sich nehmen wollen."
Was rede sie für einen Unsinn?
„Aber es ist ja wahr!", ruft Anna. Und dann erzählt sie:
Der Heilige Vater habe es Pater Hentrich preisgegeben, der wiederum es den Monsignori Montini und Tardini mitteilte und über einen der beiden sei es zu den Patres Lombardi und Rotondi gedrungen und über diese an Pater Leiber, wenn Pater Leiber es nicht bereits von Pater Hentrich selbst erfahren habe.
Pater Leiber jedenfalls habe es dann der Schwester Lehnert erzählt, „die es allerdings, wie sie selbst behauptet", sagt Anna, „dem

Heiligen Vater ohnehin angemerkt hat". Ja geradezu den Schatten einer Erscheinung selbst habe die Schwester erlebt, als Jesus Christus vor den Heiligen Vater trat, da Schwester Lehnert beinah eine Seelenverwandtschaft mit dem Heiligen Vater unterhielte, wie sie selbst Anna gegenüber habe durchscheinen lassen und was ganz sicher nicht falsch zu verstehen sei, da man in der Seele nie unkeusch sein könne. Anna aber glaube nicht, dass den Heiligen Vater eine ebensolche enge Vertrautheit mit Schwester Lehnert verbinde, vielmehr sei es wohl das Wunschbild einer rigorosen Haushälterin, nicht mehr. So oder so, die Tatsache, dass der Heilige Vater eine Christus-Erscheinung gehabt habe, sei vollkommen unzweifelhaft, erklärt Anna. Es werde im Übrigen bald offen zu Tage treten, wenn nämlich, wie es ihm vorausgesagt worden sei, der Heilige Vater wieder genesen werde, was derzeit niemand aus seinem Umfeld erwartet. „Ja, sie lesen schon Messen für ihn, Konrad, kannst du dir das vorstellen? Aber warte es ab. In ein paar Tagen schon wird er wieder zu den Menschen sprechen."
Diese Schwester Lehnert, murmelt Weber, halte er für ein wenig leichtgläubig. Ein wenig, wie solle er sich ausdrücken? Ein wenig zu volksfromm? Und mit übermäßigem Missionswillen gesegnet. Man solle nicht alles glauben, was sie erzählt. Wenn sie auch, das sei unbestritten, dem Heiligen Vater näher stehe als die meisten anderen.
„So nah nun auch wieder nicht", erklärt Anna und lässt Webers Hand endlich frei.
Weber lehnt sich zurück, lächelt seiner Anna zu. Ihre Kontakte sind sensationell, sind, wie Weber zugeben muss, besser als seine. Wie hat sie das in so kurzer Zeit geschafft? Einen Monat vor ihm ist sie angereist, um eine Wohnung auszusuchen, die Zimmer herzurichten, sich um ein Mädchen zu kümmern. Denn dass sie ein Dienstmädchen brauchen, jetzt, da er wieder im diplomatischen Dienst tätig ist, da er Besuche erwarten und Visitenkarten sammeln wird, dass in seiner jetzigen Stellung auf ein Dienstmädchen

unter keinen Umständen zu verzichten sei, hat er Anna schon vor ihrer Abreise erklärt.
„Ja, eine Hilfe im Haushalt hat etwas für sich."
Nicht bloß eine Haushaltshilfe! Ein Dienstmädchen! Und warum nicht gleich zwei, ja, vielleicht seien zwei vonnöten, eins für die Küche und eins für den Empfang, und im Übrigen denke er über einen Privatsekretär nach.
„Wir fangen erst mal mit einem Mädchen an."
Auf Webers Fragen, ob er nachreisen, ob er nicht jemanden beauftragen solle für derlei Dinge, hat sie schnell, ja hektisch erwidert: „Nein, nein, Konrad", und nach einer Pause: „Ich meine, lass nur. Ich komme schon zurecht."
In der Tat, denkt Weber, und über eines ist er sich sicher: Sollte die Geschichte von Anna tatsächlich stimmen, so wird sie sich vortrefflich nutzen lassen. Für was, das wird sich noch zeigen. Auf jeden Fall vortrefflich.

„Wie sich ja auch das Geheimmaterial ganz vortrefflich für Weber nutzen ließ", ergänzt mein Uralter. „Und dieser Herr Mohrmann, kaum genutzt, ist er so anhänglich, dass er ihrem Herrn Weber an den Fersen klebt. Er folgt ihm nach, wie es eine Schwester Lehnert auf ihrer Pacelli-Jagd nicht besser könnte."
„Nun warten Sie ab. Denn das hier ist Rom, und die Zeiten haben sich zudem geändert. Ganz gewaltig geändert, möchte ich meinen, oder möchte ich doch zumindest hoffen. Und sehen Sie es so: Weber, kaum dass er auf seinem neuen Posten sitzt, ist schon der gesamten Botschaft voraus, weiß etwas, was dort sonst niemand weiß, und er wird es verwalten, bis der Moment kommt, da er es wie ein Ass aus dem Ärmel hervorholen kann, wie ein Zauberer sein Kaninchen aus dem Zylinder."
„Vergessen Sie nicht: Die wahre Kunst besteht darin, das Kaninchen auch wieder verschwinden zu lassen. Verschwinden und hervorholen. Hervorholen und verschwinden."

„4 Pferdehalter mit dem Unterdekan des Saales, 2 Sänftenträger, Seine Exzellenz mit dem Wirklichen Geheimkämmerer zu seiner Linken, die Geheim- und Ehrenkämmerer des Schwertes und Mantels mit dem Gefolge, 4 Schweizer Gardisten werden den Zug geleiten."

Er war lange nicht mehr im Dienst, muss Weber sich eingestehen, ihm kommt das Protokoll ein wenig seltsam vor, nicht ganz von dieser Welt.

Vor einer halben Stunde hat ihm das Fräulein Heversen die Mappe mit Botschaftskorrespondenz und Protokollaufzeichnungen gebracht, in der er jetzt stöbert. Durch das geöffnete Fenster hört er das Grölen und Schreien der Tiere, oder glaubt zumindest, es zu hören, denn, stelle ich mir vor, es wird eher das Bremsen und Jaulen der Autos sein, der Vespas und Straßenbahnen, die die Via Aldo Vrandi herunterfahren. Doch Weber ist überzeugt, bis in den nahen Zoo hinein zu hören.

„4 Pferdehalter mit dem Unterdekan des Saales, 2 Sänftenträger." Er schüttelt den Kopf, erhebt sich kurz, um das Fenster zu schließen, blättert weiter.

Rom, 20. August 1954. Betr.: Papstaudienz in Castel Gandolfo. Rom, 20. November 1954. Betr.: Über die Haltung des Papstes und der Alliierten zum Konkordat von 1933. Rom, 30. November 1954. Bestellung eines deutschen Rota-Richters. Rom, 4. Dezember 1954. Betr.: Verhalten des Papstes Pius XI. beim Besuch Hitlers in Rom 1938.

Er lehnt sich vor und liest:

„Herr Pater Leiber, S. J., korrigierte in einem Gespräch über den Besuch Hitlers in Rom 1938 die weit verbreitete Auffassung, dass Papst Pius XI. es damals abgelehnt habe, Hitler zu empfangen, und eigens Rom verlassen habe und nach Castel Gandolfo gefahren sei, um dies auch äußerlich zu bekunden. Der Papst habe vielmehr den Besuch Hitlers in Rom gewünscht und erwartet. Er sei während der ganzen Woche, da sich Hitler in Rom aufhielt, im

Vatikan geblieben und erst am Sonntag nach Castel Gandolfo abgereist."
Weber zieht ein Blatt Papier hervor, klickt einen der am Morgen neu gelieferten Kugelschreiber an und notiert:

Gefällige Stellungnahme zu der im Bericht erwähnten ‚weit verbreiteten Ansicht':
Meiner Erinnerung nach wurde damals – zumindest in der Auslandspresse – darauf hingewiesen, dass der Papst gerade deshalb Rom nicht verlassen habe, um die Unhöflichkeit Hitlers umso krasser in Erscheinung treten zu lassen –

als Mehring, ohne zu klopfen, in Webers Büro platzt. Er lächelt, macht eine gespielte Verbeugung und langt über den Schreibtisch nach einem der neuen Kugelschreiber. Kurz betrachtet er das Papstfoto im Osservatore Romano, den Weber zur anschließenden Lektüre neben der Mappe aufgeschlagen hat, dann sieht er Weber an.
„Weber, hören Sie zu, eine Frage, die mich seit einiger Zeit beschäftigt: Wenn Sie die Wahl hätten, entweder mit dem Teufel oder Jesus zu paktieren, für wen würden Sie sich entscheiden?"
Es käme wohl darauf an, erwidert Weber ein wenig verwirrt, wie die Verträge aussähen.
„Ach nein, Weber, darauf kommt es überhaupt nicht an!" Mehring kratzt mit dem Stift über die Zeitung, ohne eine Linie zu ziehen. „Seien Sie ehrlich, Sie würden Jesus die Zusage machen. Aber sehen Sie, Weber", Mehring langt erneut über den Schreibtisch, probiert einen zweiten Kugelschreiber aus, „gerade das ist dumm. Sie werden sich nichtswürdig vorkommen, solange das Abkommen läuft, Sie werden immer auf der schlechteren, auf der gottloseren Seite des Vertrags sitzen." Mehring greift nach einem dritten Stift. „Neben dem Teufel allerdings wirken Sie beinahe heilig."

Weber versucht, die Zeitung unter dem Gekrakel Mehrings wegzuzupfen. Mit einem lauten Klacken stößt Mehring die Spitze des vierten Stifts in das graue Pacelligesicht. „Das, Weber, ist im Faust nie klar herausgearbeitet worden."
So? Weber zieht die Brauen hoch, Mehring lächelt, und endlich gelingt es Weber, den Osservatore unter Mehrings auf und nieder hackendem Stift wegzuziehen.
„Und Weber, was ich Ihnen noch sagen wollte: Es ist schön, dass Sie wieder bei uns sind."
Weber faltet den Osservatore zusammen, blickt zum Fenster, vor dem ein Springbrunnen im Sonnenlicht glitzernde Tropfen sprüht, und beginnt verlegen zu lächeln.

Er hört Mehrings Stimme:
„Jemand, der nicht hierher gehört."

Weber spürt die Zeit vergehen, Ereignisse sacken hinter ihm ab, versinken in einer Schlucht aus Perfekt, Präteritum, und all das, was hinter ihm liegt, kann nicht mehr entscheidend sein, ist Weber sich sicher.
Ein Springbrunnen. Im Sonnenlicht glitzernde Tropfen.

Etwas abseits von der Gesellschaft steht ein Mann in einem Mantel, es ist ein Sommerabend im Juni 43, Weitkamps Entlassungsfeier, auf dem Grundstück des Mailänder Konsulats lachen Menschen, Gläser klirren aneinander, ein Hund bellt, eine Turmuhr schlägt. Anstelle einer Maske hat der Mann sich ein schwarzes Stoffband über die Augen gebunden, zwei Schlitze darin, er dreht eine Glasscheibe in der Hand, und Weber meint – aber das kann ja nicht sein! – das Blitzen des bereits verrauchten Feuerwerks darin widerscheinen zu sehen.
Wer das sei, will Weber von Mehring wissen.
„Jemand, der nicht hierher gehört." Mehring winkt einen Kellner herbei. „Ein Glas Sekt für Sie, Weber?"

Ein Hund bellt, eine Turmuhr schlägt, und Weber löst sich aus der Menge, geht auf den Mann zu.
Die Glasscheibe dreht sich.

Weber hört Wendlers Stimme: „Du wirst deine Meinung schon noch ändern, wart's ab!"

Obwohl die Sonne seit den Morgenstunden grell aus dem wolkenlosen Himmel scheint, ist die Luft draußen kalt und scharf. Weber und Mehring spazieren am Zoo vorbei und an den mit Fratzen behockten Gebäuden längs der Via della Uccelleria. Der Sand knirscht unter ihren Schuhen, ansonsten ist es still, sogar die Geräusche des Zoos sind verschwunden. Wenige Menschen sind unterwegs, nur ein paar alte Frauen und vereinzelte, junge Blumenverkäuferinnen sieht er auf den Seitenwegen über die Wölbungen der Parkfläche ziehen.
„Ist Ihnen aufgefallen, dass die alten Römerinnen Schildkrötenköpfe haben? Und was glauben Sie, weshalb?", fragt Mehring. Weber blickt sich nach einer Gruppe von drei geschrumpften Damen um und versucht, eine Schildkröte zu erkennen.
„Über die Jahre der Ehe ist ihnen der Hals weggesackt", erklärt Mehring. „Jetzt tapern sie über die Straßen, zanken im Bus um Sitzplätze, sitzen auf den Bänken im Park, und sehen Sie, Weber, ihre runzligen Köpfe scheinen sich jeden Moment noch weiter zurückzuziehen, zwischen der sicheren Panzerung der Schultern vollends zu verschwinden."
Das Knirschen unter ihren Schuhen. Ein Blumenmädchen kommt auf sie zu, hält ihnen violette Bouquets entgegen.
„Es ist auch nicht wahr", erklärt Mehring, „dass die Entstehung Roms auf eine barmherzige Wölfin zurückgeht. Eine alte im Tiber treibende Schildkröte ist es gewesen, an die sich Romulus und Remus geklammert haben, als sie vor einem Wolfsrudel in den Fluss flüchteten. Die Schildkröte, Weber, ist das eigentliche

Wahrzeichen Roms, das Pantheon zum Beispiel ein guter Beleg, wie es bucklig und genügsam in der Mitte der Stadt hockt und Jahrhundert um Jahrhundert ein wenig tiefer im Schlamm versinkt."
Weber ist sich nicht sicher, ob er lachen oder nicken soll, und läuft weiter stumm neben Mehring her. „Ja, Schildkröten. Eine kluge Erfindung. In schlechten Zeiten ziehen sie einfach den Kopf ein, schlafen sich unter ihrem Panzer aus, für den Betrachter sind sie nicht mehr als ein Stein, und wenn die Luft rein ist, fangen sie wieder zu leben an. Faszinierend, nicht wahr? Im Zoo gibt es auch ein paar Exemplare. Sie sollten den Zoo besuchen, Weber. Wäre das nicht etwas für Ihre Frau?"
Weber wehrt mit der Hand ab. Er liebe Zoologische Gärten nicht sehr, erklärt er.
„Zu viele Gitter, was?" Mehring grinst ihn an, und Weber meint, ein anderes Gesicht darin zu erkennen, ein rosiges Jungengesicht. Weber dreht sich suchend nach einem Blumenmädchen um, aber sie sind alle fort. Auch die Bänke sind leer, die alten Römerinnen haben ihre Köpfe noch weiter zwischen ihre Schultern sacken lassen, nicht mehr ist geblieben als ein paar Steine am Wegrand.
Als die beiden den Park verlassen und hinaus auf die Via Pinciana treten, dröhnt ein Krankenwagen an ihnen vorbei. Weber sieht dem flackernden Licht auf dem Dach des Wagens nach - ein Licht, das sich dreht und dreht –, Licht gespiegelt in einer Glasscheibe –

Das Glänzen des Foyers, glänzende Gesichter überall, glänzend blond gebändigtes Haar, schwarze Anzüge, Abzeichen.
„Darf ich Ihnen etwas zu trinken bringen, der Herr?"
Weber fährt herum, ein faltiger Kellner blickt ihn an, träg klappen die Lider auf und zu. So alt ist der Mann, dass er kaum noch Fleisch an sich hat, wie kann der sich aufrecht halten, denkt Weber.
„Der Herr? Etwas zu trinken für Sie?"

Weber bestellt Ceylon-Tee, lässt sich in einen Ledersessel fallen, schlägt eine Tageszeitung auf, wartet. Der Raum ist überheizt, auf Webers Stirn bilden sich Schweißtropfen, die Nähte seines Hemdes werden feucht, wer um alles in der Welt hat die Heizung so weit aufgedreht? Ist denn nicht Krieg, sollte nicht gespart werden, wo es nur geht? Ist das denn nötig, gerade jetzt, wo doch überall Mangel herrscht, Energie so zu verschwenden? Er sieht glänzend gepuderte Gesichter an sich vorbeiziehen, eine Frau leckt sich mit der Zunge über die Lippen, ein Mann, goldgelbes Haar, pomadeglitzernd, nestelt an seiner Parteibrosche, ein anderer nickt ihm zu, und sind das Zeichen?, denkt Weber. Ist eines davon ein Zeichen für ihn? Der Raum ist voller Verdächtiger. Er sitzt mitten unter ihnen, ein kleiner Junge, dessen Spielzeug ins falsche Zimmer gekullert ist. Ahnungslos ist er, harmlos, er hat mit den anderen nichts zu tun, ist Weber sich sicher, streicht sich mit der Hand durchs Haar, drückt seine im Nacken sich kräuselnde Locke wieder glatt.
„Doktor Weber?“
Ruhig, ganz ruhig bleibt Weber. Sein Puls ist so hoch, dass es im ganzen Körper schmerzt, was ist das nur, ist er sonst nicht die Ruhe selbst? Er erhebt sich, exakt, elegant, souverän, blickt sein Gegenüber an: feine Gesichtszüge. Hübsch wie ein Mädchen, denkt Weber. Nein, eigentlich hübscher.
„Ich freue mich sehr, dass Sie gekommen sind.“
Weshalb blickt die Frau dort drüben zu ihnen her? Und der Mann an der Bar, kann der sich nicht auf seine Getränke konzentrieren? Weber will zurück zu seinen Akten, seinem Schreibtisch, Weber will nie in dem Foyer gewesen, nie mit diesem Mann gesehen worden sein, der hübsch ist, ja.
Wie es mit einem Spaziergang wäre, schlägt Weber vor. Es sei hier drin reichlich warm.
Der junge Mann nickt, auch er scheint nervös, dreht etwas in der Hand. Eine runde Glasscheibe.
Die Drehtür wird von einem käppchentragenden Jungen angestoßen, Licht wird von den Flügeln reflektiert, wird mit ihnen hinausgeworfen,

flackert noch kurz über den Bürgersteig, dann steht die Tür hinter ihnen still. Das Innenleben des Hotels ist weggeschnitten, Weber atmet auf.
Sie gehen ein Stück durch die verregnete Mailänder Nacht, der Mann spricht leise, und seine Stimme klingt hier, an der frischen Luft, im Dunkeln, beruhigend. Weber schließt die Augen und stolpert neben der Stimme her, was will er?, was hat er vorgeschlagen? Weber hört nur auf den Klang, ein Wegtreiben. Ein Sorgloswerden. Wäre das nicht schön, Weber, wenn's so bliebe?
Weber murmelt: Jaja, murmelt: natürlich. Er will den Mann nicht lang unterbrechen, nur die erbetenen Antworten geben, alles, was er jetzt will, ist, dass diese Stimme nicht abbricht. Ein Fenster wird aufgestoßen, ein Motorrad trötet an ihnen vorbei: „He, hast du den gesehen?"
Aber natürlich, denkt Weber, warum nicht? Es ist keine große Sache, und Weber sagt: abgemacht, sagt: einverstanden.
Ein eigelber Umschlag, die Oberfläche fühlt sich rau an in Webers Hand. Er betrachtet das Kuvert, ohne recht zu verstehen, worum es sich handelt, hat den Zweck ihres Treffens vergessen, ihn absacken lassen in einen kalten Kellerverschlag, in dem unter weißen Laken Objekte seltsamer und seltsamer werden.
„Die erste Rate, Herr Weber. Wie viel Zeit benötigen Sie zur Beschaffung der Pässe? Zehn Tage? Zwanzig? Ich will Sie nicht drängen, Herr Weber. Es ist nur – jeder Tag zu viel könnte den ganzen Handel überflüssig machen. Wenn Sie verstehen, was ich meine."
Weber nickt, aber er denkt nur noch: Privatsekretär, wie wäre das?
„Treffpunkt ist wieder das Hotel Gallia, man ist am unauffälligsten dort, wo man auffällt."
Er könnte ihm eine Stelle verschaffen, denkt Weber, irgendwas Kleines, wenn ihm das ausreichte, Herr Heldt, was halten Sie davon? Denn er will diese Stimme behalten, dieses beruhigende Raunen besitzen, auf dessen Inhalt er nicht achtet, nicht achten muss oder will. Diese Stimme, kann man ihm so viel nicht gönnen? Kann er sie nicht mitnehmen, nach Hause, und wie einen Sittich in sein Wohnzimmer hängen, wie der Papst seinen Sittich in einer handgeschnitzten Voliere im Zimmer

singen lässt, bisweilen vorsichtig die dürre Hand in den Käfig hineinsteckt, ganz ruhig, Gretelchen, ganz ruhig, und auf dem Zeigefinger, auf dem in Segnungspose ausgestreckten Zeigefinger tippsen die Krallen des Vogels hin und her, während draußen Mussolini verschleppt wird, ganz ruhig, Vögelchen, ganz ruhig.
Ein Motorrad kracht vorbei, spuckt Geheul: „He, verdammter Bastard!"
„Herr Weber, Sie zögern. Sind Sie mit der Summe nicht einverstanden? Verlangen Sie, was Sie für richtig halten, wir werden alles daran setzen, das Geld aufzutreiben. Es ist in diesen Tagen nicht leicht, aber ich gebe Ihnen mein Wort." Der Mann fasst Weber an der Schulter, Weber, verwirrt von der Nähe, blickt in flaschengrüne Augen, gesprenkelte Iris, schnell wachsende Pupille, was ist das, denkt Weber, was um alles –
„Das muss nicht Ihre Sorge sein. Ich bitte Sie nur: Lehnen Sie nicht ab."
Das Motorrad dröhnt vorbei, was ist das, werden sie verfolgt?, kommt es Weber jetzt, erst jetzt in den Sinn.
„Es ist wohl besser, wenn wir uns hier trennen", erklärt Heldt. Sie vereinbaren einen nächsten Termin, Weber nennt eine Summe – denn schließlich, er wurde ja mehrmals aufgefordert! Heldt biegt in einen Hauseingang, nicht einmal, dass er sich verabschiedet hätte.
Weber bleibt allein auf der Straße zurück. Ein Kind, das trotzig über das Pflaster trottet, den Kopf gesenkt und vor sich die verwackelten Linien, Fugen zwischen den Steinen, Weber tappt voran, ohne einen Weg im Sinn, ohne ein Ziel, folgt einer der Linien und dann einer anderen, was macht das aus? Die Stadt um ihn her ist dumpf, eine Halde aus Steinen, Ziegeln und Menschen, manchmal grollt es aus einer Ecke, noch ist alles sauber sortiert, hier die Steine hübsch aufeinandergesetzt, zu einer Mauer in die Höhe gezogen, dort die Ziegel, kirschrot appetitlich, dort der eine Mensch, da drüben ein anderer. Da schlägt es Weber in den Magen. Was ist das. Ein Geschwür? Der Blinddarm? Eine Vergiftung? Seine Hand tastet an der Mauer entlang, das kann doch nicht sein, hat er sich nicht eben noch wohl gefühlt? Ausgesprochen wohl, und das Abendessen, war das nicht ausgezeichnet? Die Steine prasseln über-

einander, die Ziegel zerstauben zu rotem Pollenflug, einige Menschen wirbeln mit aufgerissenen Augen an ihm vorbei durch die Luft, pass doch auf, wo das Bein hinschlenkert, da liegt schon ein Kopf!
Dann Stille.
Weber an der Mauer, Stille.
Irgendwo, weit entfernt, tritt jemand in Flaschenscherben.

Achtes Kapitel. Verschuldungen.

Es ist der 8. Dezember 1954, Weber hört einen Schluckauf durch die Kirche hallen. Dringt es aus der Apsis, aus der Cappella Borghese, sendet man es als Vorübertragung aus der päpstlichen Wohnung hierher, oder, denkt Weber, ist es das Plätschern im Innern des riesigen Taufbeckens, das abgedeckt in einer der Seitenkapellen steht?

Weber sitzt in der zweiten Reihe vor dem Hauptaltar der Basilika Santa Maria Maggiore, neben sich Monsieur Viton, den belgischen Botschaftssekretär. Es ist die letzte Feierlichkeit zum Ausklang des Marianischen Jahres, und warum Anna nicht mit ihm mitkommen wollte, versteht Weber nicht. Sie, die für gewöhnlich keinen einzigen Gottesdienst verpasst.

Im Altarraum werden letzte Vorbereitungen getroffen, ein Teppich verschoben, Blumen umgestellt und an den unzähligen Kabeln gerückt, die über den Boden kriechen wie eine Meute Nattern, die sich kreuzen, ineinander verdrehen. Eine Schlangengrube.

Die späte Vormittagssonne leuchtet durch die Fenster. Weber fühlt sich umstellt von bleichen Figuren, zu menschlich, um zu einem Schachspiel zu gehören, zu groß und zu gefiedert, um Menschen zu sein, die Figuren dort oben sind nichts als überdimensionale Devotionalien, nur der Schluckauf, den Weber zu vernehmen überzeugt ist, haucht ihnen Lebendigkeit ein, und Weber denkt an das magere Gesicht Pacellis, der einen Raum betritt, die Sekretäre hantieren vor ihm mit einem Stehpult, einem Mikrofon, einer uralten, hochheiligen und vergoldeten Bibel.

Ein Knacken in den Lautsprechern, leicht zeitverzögert, von links nach rechts, es umrundet Weber, und neben ihm und hinter ihm und vor ihm wispern Menschen, drehen ihre Köpfe, als gäbe es irgendwo etwas zu sehen, dabei ist es nicht mehr als das: ein Kna-

cken in den Lautsprechern am Rand der Menge. Aufgeregte klatschen in die Hände, Kinder winken zu den mit weißgelben Stoffen geschmückten Boxen, zu der links, zu der rechts. Eine Frau auf einem Stehplatz presst ihre gefalteten Hände gegen den Mund, ihre Augen, weit geöffnet, fixieren den länglichen grauen Kasten, alles hat sich für sie zu diesem stotternden, morseartigen Knistern verengt, und was gestern war, wer könnte sagen, ob man sich richtig erinnert, ist eng und unbedeutend wie die Wohnungen in San Lorenzo, in die abends die Familien, Vater und Mutter und Kinder, zurückgelegt werden wie Puppen in ihren Verpackungskarton. All das ist jetzt nicht wirklich, und glaubt die Frau es oder glaubt sie es noch nicht, hofft sie oder wartet sie nur ab, ob aus dem Knistern die Stimme des Papstes hervortreten wird, elegant und erhaben, als sei jedes einzelne Knacken ein Steinchen in einem Mosaik? Und jetzt, ist Weber sich sicher, öffnet sich der Mund des Greisen in der Rundfunkstation auf der anderen Seite des Tibers und heraus kommt:
der Gesang eines Spatzen –
die helle Stimme: „Cari figli e figlie!" –
Monsieur Viton hat seine Hände gefaltet. Es ist still in der Kirche bis auf die hohe, beherrschte Stimme Pacellis. Aus den Augenwinkeln glaubt Weber Anna zu erkennen, ihre beige Baskenmütze. Er muss sich getäuscht haben: Als er sich ein Stück weit umdreht, trägt das Gesicht unter der Mütze sanfte Züge. Diese Frau, deren Blick weich ist wie schmelzende Butter, kann nicht Anna sein, über zwanzig Jahre kann sie ihm diese Züge nicht verheimlicht haben.
Der Singsang aus den Lautsprechern.
Weber stellt sich vor, wie der Papst in der vatikanischen Rundfunkstation seine Hände zum Segen ausbreitet, diese dünnen Arme, die abzubrechen drohen unter den schweren Gewändern, wie sollen die das Unheil von der Welt heben? Wie, fragt sich Weber, soll das bitte schön gehen? Das Unheil, schließt er, kann

nicht groß sein, geradezu lächerlich leicht, es mag das Gewicht eines Vogelkörpers haben, hohle Knochen und ein Klümpchen aus Fasern und Muskeln, so also sieht in Wahrheit ein Leviathan aus: ein Spatz, der seine Orientierung verlor und nun um die Finger des Papstes flattert.

Eine Hand greift nach Weber, er stößt vor Schreck mit dem Ellbogen Monsieur Vitons gefaltete Hände auseinander. Dann fühlt er die Kälte der Finger, die über seinen Nacken streichen, und Anna flüstert ihm ins Ohr: „Siehst du, Konrad, siehst du! Ich habe es dir gesagt! Habe ich es dir nicht gesagt? Er ist wieder da, da spricht er wieder." Sie streicht Webers im Nacken abstehende Locke glatt. „Denn er verlässt uns noch nicht", flüstert Anna. „Nein."

Weber sieht die ausgebreiteten Hände des Papstes vor sich. Das Unheil der Welt, denkt Weber, muss ein Leichtes sein.

Annas Hand löst sich, er hört ihre Schritte über den Steinboden klickern, durch die Reihen bedeutender Gäste ziehen. Als ob ihr Auftauchen durch diese Reihen nicht blamabel genug gewesen wäre. Weber sieht ihr nach, der im Kirchenschiff winzigen Anna, die stehen bleibt und aufsieht zu den sich vorbeugenden Papstbüsten, die sich aus der Wand heraus zu verneigen scheinen. Anna geht auf den Ausgang zu, auf die beiden hölzernen Eingangskästchen, wie Beichtstühle sehen sie aus, denkt Weber, dass sich da nicht mal ein Büßer versieht, und sein Blick gleitet hinauf. Hell wird es um ihn. Bunt. Farben rutschen übereinander, Weber schwindelt, die Säulen und Putten und die sich leicht vorbeugenden Papstbüsten gleiten aus dem Bild.

Weber, den Kopf zurückgelegt, blickt auf die Rosette über dem Eingang, bunte Farbsplitter, ein Feuerwerk, eine Glasscheibe, die sich dreht – dreht –

eine Glasscheibe dreht sich, ein Feuerwerk spiegelt sich darauf – ein Feuerwerk, das längst abgebrannt ist –, und Weber, den Kopf zurückgelegt, blickt auf die Rosette über dem Eingang.

In seiner Hand dreht der Mann eine Glasscheibe. Etwas abseits von der Gesellschaft steht er, es ist ein Sommerabend, ein Fest auf dem Grundstück des Mailänder Konsulats, Menschen lachen, Gläser klirren aneinander, ein Hund bellt, eine Turmuhr schlägt, und Weber löst sich langsam aus der Menge, geht auf den Mann zu.
Die Glasscheibe dreht sich.
„Vielleicht werde ich Ihnen bald danken müssen, Herr Weber."
So? Weber wippt, die Hände in den Hosentaschen, auf seinen Schuhsohlen vor und zurück. Manchmal würde er es vorziehen, wenn er anderen etwas zu verdanken habe.
Der Fremde lacht, dreht die Glasscheibe in der Hand und erklärt: „Es wird bald zu regnen beginnen."

„Monsieur Weber, vous avez besoin de quelque chose? Monsieur Weber, non si sente bene?" Monsieur Viton flüstert auf ihn ein. Vor sich, sieht Weber, sind die Bänke leer, er blickt sich um, die Menschen strömen zum Ausgang.
Herr Viton möge verzeihen, flüstert Weber. Es sei nur – die Rede – die Stimme des Papstes – das sei doch eine ganz außergewöhnliche Wirkung. Und dazu in dieser exzeptionellen Kirche. Wenn Herr Viton noch einmal hinauf zur Decke sehen wolle. Eindrucksvoll, außerordentlich eindrucksvoll.
Und hinter sich hört er eine Stimme säuseln:
Du wirst deine Meinung schon noch ändern, wart's ab.

Er hört Wendlers Stimme, durchs Telefon verzerrt: „Ich habe mir erlaubt, einem Bekannten eine Einladung für euer Fest auszustellen."
Ach, diese Person sei von ihm, von Wendler, geschickt worden?
„Ich wollte, dass du Heldt kennenlernst."
Und dafür hätte es keine passendere Gelegenheit gegeben?
„Mir schien ein Kostümball ausgesprochen passend."
Was um alles in der Welt habe diese Person ihm, Weber, zu verdanken?
„Dazu kommen wir noch, Weber, dazu kommen wir noch."

Und dass er dazu kam, dass er noch einmal zu Wendler lief, auf den Handel einging, den großen Handel mit dubiosen Papieren und viel echtem Geld, das steht fest – so weit etwas, das vorbei ist, feststehen kann und nicht vielmehr durch die Vorstellung flattert wie Taubenschatten in einem Schattenkirchturm. Immerhin, es gibt Beweise, die nicht einmal gefälscht erscheinen, Aussagen und Dokumente, lagernd im Untergeschoss eines politischen Archivs.

Die Frage, die jetzt interessiert, ist schlicht: weshalb? Denn Weber gehört nicht zu den biegsamen, sprunghaften, überhaupt nicht zu den sportlichen Menschen, die ihre Meinung wie ein Gymnastikband durch den Wind tanzen lassen, zu vorsichtig ist er für derlei Übungen.

„Sehen Sie, wir hatten ja alle unsere Gründe, Gutes zu tun." Mein Uralter wiegt seinen Kopf und lächelt mir zu. „Jeder auf seine Art. Wir hatten alle unsere Gründe. Und wenn ich eins noch hinzufügen darf: Gute Dinge passieren durch Zufall, durch die seltene Fügung, dass die Handlung fehlläuft, ohne dabei abhandenzukommen. Die Leute, die meinen, sittlich zu handeln, sitzen da mit glänzenden Augen, ein Taschentuch im Schoß, sie fangen gleich vor Rührung über sich selbst an zu weinen, und was sie sich wünschen, ist das Gefühl von Bedeutung, diese Aufregung, dieses Gliederzittern."

Ich schaue ihn an, beobachte, ob seine Glieder zittern, doch er rückt nur vorsichtig an seiner Krawatte.

Weshalb Weber seine Meinung änderte, weshalb er letztendlich über seine Angst hinauswuchs oder eine andere Angst größer wurde als seine erste – ist schwer, ist vielleicht heute überhaupt nicht mehr zu sagen. Denn das sind die Dinge, die den Akten entkamen, die einfach geschahen, ohne dass jemand sie mitschrieb. Ich stelle mir vor, es war wie folgt:

Das Dienstmädchen hat Weber Mantel und Hut abgenommen, er blickt ihr nach, ihrem Nacken, auf dem von den Schultern hinauf bis zum Rand des hochgesteckten Haars helle Sommersprossen die Haut sprenkeln. Sie verschwindet in einem Nebengang, und Weber drückt leise die Klinke von Weitkamps Krankenzimmer hinunter.

Die Luft ist stickig und süß. Er nähert sich dem Bett, in dem keine Regung zu erkennen ist. Dann die hohe Stimme: „Weber, Sie?" Ein magerer Kopf reckt sich aus den Kissen. „Das ist nett, dass Sie kommen. Letzte Besuche, was?" Weitkamps Augen funkeln über das Gebirge aus Decken und Kissen hinweg. „Ja, mit mir geht es zu Ende, das sage ich Ihnen. Auch wenn der Arzt und meine Frau nicht müde werden zu behaupten, ich übertriebe. Übertreiben, das ist doch lachhaft! Man merkt es, oder nicht? Man ist doch nicht ganz und gar abgestumpft. Aber so schlimm finde ich es nicht. Keine schlechte Zeit für einen Abgang. Jedenfalls lädt sie eher zum Gehen als zum Bleiben ein. Und diese Wespen, hören Sie die? Keine Minute lassen sie mir meine Ruhe. Tag und Nacht. Immerzu. Hören Sie das? Ich werde verrückt, ja, wenn ich mit dem Sterben nicht schnell genug vorankomme, werde ich noch verrückt von diesem Summen. Wie geht es im Konsulat?"

Es habe überraschende Neubesetzungen gegeben. Bisweilen fühle Weber sich wie in einer Auslandszentrale der Partei. Ein Verfall der Sitten, murmelt Weber. Und des guten Geschmacks.

„Und wie viele von den Alten machen da mit? Anstatt den Dienst zu quittieren oder irgendwas Anständiges mit ihrem Posten zu machen! Die kümmern sich lieber darum, dass auch sie schnell einen SS-Rang bekommen, bevor sie aussortiert werden. Die Alten sind ja mittlerweile nicht besser als die Neuen."

Das sei zu spitz formuliert, ruft Weber aus. Das wäre ja, als wolle man Äpfel mit Birnen vergleichen!

„Der Wurm ist drin, Weber, und der frisst in beidem."

Bei aller Freundschaft, aber Weitkamp sehe die Situation falsch, er habe ja das Ausmaß der Veränderungen nicht mehr mitbekommen. Diesen braunen Mob, die Männer, die mit Stiefeln am Tisch säßen, den Dreck

im Profil über das ganze Parkett verteilten, die jeden Empfang in ein Saufgelage verwandelten. Er wolle doch bitten: Diese Personen hätten nichts mit ihnen, mit den Diplomaten der Weimarer Zeit zu tun.
„Der Wurm ist drin, Weber."
Ob Weitkamp in seinem Krankenbett den Blick auf die Welt verlernt hat, überlegt Weber, und er erklärt: Es sei doch eindeutig, dass jemand, der den britischen König mit Hitlergruß grüßt, nicht zu ihnen gehöre, dass dazwischen Welten lägen! Jemand, der öffentlich so aus dem Protokoll falle und es nicht einmal merke. Dabei sei der Fauxpas so groß gewesen wie Windsor Castle.
„Sie verlassen sich zu sehr auf das, was dazwischenliegt. Ich bin ja froh, Weber, dass Sie kein dusseliger Held sein wollen. Da liefen Sie ja nur laut und wirkungslos auf Ihre Hinrichtung zu. Aber ich frage Sie eins: Können Sie rechnen?"
Natürlich könne er das.
„Dann rechnen Sie mir mal aus, wie groß ein Lager sein müsste, das so viele Arbeiter fasst, wie jeden Tag weggeschafft werden."
Er verstehe nicht ganz.
„Natürlich verstehen Sie mich, Weber. Ich jedenfalls habe noch nie so große Lager gesehen. Ich kann sie mir nicht vorstellen. Und ich glaube auch nicht, dass so große Lager gebaut werden." Ein trockener Husten unterbricht Weitkamp. An seinem mageren Hals treten die Sehnen hervor, gleich wird die Haut wie altes Laub zerreißen, ist Weber sich sicher.
„Natürlich verstehen Sie mich, Weber. Natürlich –"

„Liebes Kind, ich möchte Sie nicht enttäuschen, aber glauben Sie wirklich, es sei so gewesen? Ungern will ich Ihnen den Glauben nehmen, den Glauben ans Menschliche oder wie Sie das nennen, aber sehen Sie, ich muss doch erwähnen: So beliebt war es nicht. Und wird es nie sein. Im Übrigen, Sie haben ein zu gutes Bild von Weber."
Ich will widersprechen, doch er hebt seine Hand.
„Das Gegenteil will ich Ihnen nicht vorsetzen. Ich halte mich in

der Mitte, der grauen Zone, da, wo es sich auch Ihr Herr Weber recht gut gehen ließ. Ein Unmensch war er nicht, so will ich's nicht nennen. Nein, geradezu hochgradig menschlich hat Ihr Weber gehandelt, versteht man die Menschlichkeit als arithmetisches Mittel aus allem, was die Menschheit so an Handlung hervorbringt."

Ich nicke, aber ich frage mich, wie weit weiß er es denn, der nur wissen kann, was er wissen will, was ihm gelingt, in seine Welt zu pressen? In sein seit Jahrzehnten fester gewordenes Bild von allem, was ihn umgibt und was er erinnert.

Anna, die Weber mit ihrem Heiligenblick ansieht. Wie eine Nonne schlurft sie durch die Wohnung, wispert: „Dass du so ruhig hier sitzen kannst", säubert den Rahmen ihres Pacellibildes, obwohl sie sonst nie etwas putzt. Den Rahmen jenes Bildes – Papstprofil mit Schreibmaschine –, das aufzuhängen Weber sich lange verweigerte, bis es schließlich wie von Geisterhand hinaufgehoben an der Längswand von Annas Ankleidezimmer hing, diesem mit wenigen Kleidern und Unmengen Kitsch drapierten Raum, in dem sie Weber verkündet: „Nulla è perduto con la pace, tutto può esserlo con la guerra." Ihre staubigen Papstzitate. Ihm verkündet: „Du bist ein Unmensch, Weber!"

Es geht wochenlang so. Weber kommt heim, Weber isst zu Abend, Weber liest in einem Stuhl auf der Terrasse den Corriere della Sera, und Anna rauscht um ihn her, Anna fragt ihn aus, Anna redet auf ihn ein, Anna, die nichts anzufangen weiß mit den mitreisenden Konsulatsgattinnen, Anna, die sich nicht für Wirtschaft interessiert, nicht für Unternehmen und Renditen und Geld, nicht für Bridge und Patience, die ein wenig von Handtuchmode und Frottee versteht, aber nicht von den neusten Hutkollektionen, die sich Tag um Tag zu Tode langweilt, als ob so viel Tod noch übrig wäre im Herbst 43, als ob man den nicht besser spendete mit Socken und Silber und Suppengeld für die Front. Anna also muss, um die Zeit herumzukriegen, die Märtyrerin spielen.

Allerdings: Den Märtyrertod, den darf Weber ertragen. Sie ist nur der

Engel, die Heilige, der Ruf des Himmels, der ihn anstiften soll. Ein gelangweiltes Mädchen, denkt Weber, das sich in zu großen Kategorien verläuft, kaum dass zweimal hintereinander der Halmaabend ausfällt.

Und Anna wiederholt immer wieder mit ihrem Papst, dass es nicht gut sei, dass er doch hier nicht sitzen bleiben könne, und Pacelli in ihrem Blick, in ihren Sätzen, in ihrem Seufzen, in ihrem Gang, sie besteht nur noch aus Eugenio Pacelli, und wen hat sie geheiratet, Pius oder ihn? Dann soll doch ihr Papst mit der Faust auf den Tisch –

Anna, die, seitdem die Deutschen in Italien einmarschieren, an Weber klebt, dass er keinen Schritt mehr alleine machen kann, nicht einen Artikel zu Ende lesen, auch nicht einen kurzen, Anna, die ihm das, was an Luft noch im schwülen Klima übrig ist, dieses Rinnsal möglichen Atmens, wegschneidet, einfach weg, und Weber wie betäubt auf der Liege, auf der Terrasse unter Zitronen, er will nur seine Ruhe haben, will seinen Corriere lesen, will sein Leben leben, ist das denn zu viel verlangt?

Anna, mit ihren großen hochheiligen Augen, diesem Sonntagsblick, ihrer milchweichen Stimme: „Nulla è perduto –“

Er sei nicht Katholik!, schreit Weber sie an.

Die magere Annahand, die über seinen Nacken streicht, eine Locke, die sich quergelegt hat, beiseitedrückt, und Weber erklärt: Ihr Vater hätte damals ganz recht gehabt: Protestanten und Katholiken würden nicht zusammenpassen!

Als Antwort ihre sanfte Stimme: „Aber sieh doch mal hin.“ Weber aber will lieber seine Ruhe haben, als sich irgendwo umzusehen. Er ist ja nicht im Kino, nicht im Zoo und auch nicht auf einem Ausflug, sondern vielmehr im Alltag. Er wünscht, er braucht jetzt seine Ruhe!

Wie die Haushälterin aus der Tür zu verschwinden, wünscht er sich, durch Mailand zu laufen, bis er irgendwo ein Quartier findet, in dem es ruhig ist, niemand redet, nur die Gardinen vom trockenen Wind leise flattern.

Anna beugt sich zu ihm herab, ihr kalter Heiligenblick, und leise, aber bestimmt sagt sie: „Es war falsch, dass du Wendler nicht zugesagt hast.“

Weber schlägt die Zeitung zusammen, sagt: „Also gut!" Er ruft: Wenn sie ihm dann seine Ruhe lasse! Oder aber er sagt nichts, starrt stumm gegen den bleiernen Himmel, lässt die Zeitung neben sich auf die Fliesen fallen und meint dasselbe damit.
Er fühlt nicht mehr Annas Eishände in seinem Nacken, denn er ist entschlossen, dass er morgen weg sein wird, Anna wird vergeblich auf ihn warten, ihm nicht sagen können: „Aber sieh doch hin." Soll sie mit ihren Gedanken allein in der Wohnung verrückt werden, denn er reist nach Bern, nach Lausanne und nach Genf, er wird einen Termin nach dem anderen abhetzen, wird auf Schweizer Diplomaten einreden, auf exilierte Doktoren, auf wohlhabende Intellektuelle, auf alle, die ihm nützen können, die Unterschriften, Stempel oder bereits vortrefflich gefälschte Papiere für ihn parat halten oder Kontakte zu Personen, die diese haben, oder Kontakte zu Kontakten zu Kontakten, und Weber wird ihnen sagen: Aber sehen Sie hin!, wird Konsequenzen erklären: Wenn der Krieg vorbei ist, mit Profiten locken: Was glauben Sie, an wen danach die Aufträge gehen? Sie wollen doch nicht Ihren Ruf gefährden? Sie wollen doch nicht, dass man schlecht über Sie denkt! Und er kommt erst zurück, wenn er hat, was er will. Einen Diplomatenkoffer voller Papiere, echt oder gefälscht, er ist nicht wählerisch in diesem Punkt.
Weber, erschöpft von Annas Enge, macht sich auf den Weg, mit Wendler zu sprechen. Das Telefon wird kontrolliert, jeder seiner Anrufe auf einem Notizblock verzeichnet, glaubt Weber, er weiß nicht, wo, er weiß nicht, von wem, er weiß nur, dass es so ist und irgendwo eine zierliche Frauenhand mit einem gespitzten Bleistift Namen und eine Rufnummer ins Blatt kratzt. Weber also nimmt seinen Hut, nimmt seinen Mantel, er ruft zu Anna hinüber: Wenn sie ihm dann seine Ruhe lasse, und Anna, erstarrt neben einer erstarrten Partie Schach, sieht ihn an, als spaziere er aus einer fremden Geschichte, als könne sie dieser Handlung nicht folgen. Sie kennt doch Weber, der immun ist gegen jegliche Spontaneität.
Draußen, auf der Straße, sieht Weber gestrandete Laubboote, sieht

dumpfe Gesichter und ein italienisches Mädchen, das ihn grüßt, stramm geflochtene dunkle Zöpfe: „Buonasera, signor Console!“, und Weber ist sich nicht sicher, ob er es kennt, und was heißt denn auch kennen, Menschen verschwinden so schnell, es lohnt kaum, sich Namen zu merken, nur Verhandlungen bleiben, Protokolle, ein paar Korrespondenzen, aber nie und nimmer geflochtene Zöpfe.
Er läuft den Weg zu Wendler zu Fuß, die Serpentinen hinauf, es sind Stunden, glaubt Weber, wenn auch kaum mehr als dreißig Minuten vergehen. Sein Rücken ohnehin krank von den italienischen Matratzen, bei jedem Schritt können die Wirbel zerbrechen. Er fühlt sich nicht heil, nicht ganz. Ein provisorisch zusammengesteckter Mann. Er quält sich durch die letzte Biegung.

Wendler sitzt in seiner Halle, Wein trinkend, vor ihm eine neue Apparatur. „Ach Weber, welch nette Überraschung. Darf ich gleich fragen: Habe ich dir das schon gezeigt?“
Weber sieht das Blinken der Dioden, winzige Lichter eines Dorfes, das nicht weiß, ob Flieger kommen, und Weber will nicht hören, welche Tiere Wendler dem Vakuum aussetzt, er will keine verdrehten Hasenhälse, keine schreckstarren Schnecken sehen, er will Wendlers Einwilligung, will hören: „Natürlich, Weber, gar kein Problem, fünfzig, fünfzig, ich hole die Kunden, du rettest ihr Leben, alles geht schnell und diskret.“
Und er hört Wendler sagen: „Unglück, mein Lieber, ist meist profitabel. Je schlimmer die Lage, desto mehr ist zu holen. Die Menschen werden verrückt, sobald es Ihnen ans Leben geht. Oder an mehr. Dann zahlen die dir, was du verlangst, und du hältst bloß deine Hände auf. Ob die Visa gefälscht sind, so stümperhaft, dass jeder Trottel, der uniformiert ist, es merkt: Die Käufer werden's erst wissen, wenn ein Beamter über die Papiere lacht. Dann ist es zu spät, und was soll's, das Geld wären sie losgeworden, so oder so. Ein bisschen Hoffnung verkaufen, ist das kein ehrenwertes Geschäft? Einen Wein, lieber Weber?“
Wendler, an seinen Dioden schraubend, an Drähten ruckend und Wi-

derstände abtrennend, sieht Weber amüsiert an. „Bitte, was, lieber Weber?"

Nichts – er sei in Gedanken gewesen. Es sei ja nichts –

„Wie du meinst." Wendler beugt sich wieder über sein Versuchsfeld, erklärt: „Diese Erfindung hier ist etwas Spezielles. Du kannst dich freuen, einer der Ersten zu sein, die davon erfahren. Ich habe dir vor einiger Zeit von dem Dilemma erzählt, dass, wer etwas verschwinden lässt, es auch wieder –"

Da er gerade vom Verschwinden spreche, fällt Weber ihm ins Wort und blickt sich um, so als könne nicht er diese Unhöflichkeit verbrochen haben, als müsse hier noch jemand anderes stehen, ein unauffälliger Dritter in den kargen Hallen Wendlers, ein Schatten hinter dem Schatten Weber.

„Verschwinden, Weber?"

Der Apparat piept und zischt, und Weber vermutet, dass ihnen gleich Dioden, Drähte, Düsenteilchen um die Ohren fliegen. Seine Stimme klingt ein wenig hastig, dabei flüsternd, als er erklärt:

Die Angelegenheit mit den Pässen. Er habe nachgedacht. Möglichkeiten gesucht. Die Risiken abgewogen. Wobei er, wenn er das so sagen dürfe, zu gar keinem erfreulichen Ergebnis –

Jetzt, da Palmer –

Die Risiken seien, da müsse man sich nichts vormachen, enorm. Dennoch habe ihm die Sache keine Ruhe gelassen. Denn er, Weber, sei schließlich kein Unmensch.

„Nein, Weber, ein Unmensch bist du nicht." Wendler kichert in sein Weinglas.

Er habe doch nicht in der Zwischenzeit einen anderen –?

„Weber, keine Sorge: Eine Sache wird in diesem Krieg nie knapp werden, und das sind Leute, die in die Schweiz und nach Übersee wollen."

Die Apparatur hat sich beruhigt, rattert leise vor sich hin, und Wendler streicht mit seiner Hand darüber wie über den Rücken eines zahmen Tiers. „Ich werde gleich morgen mit Heldt sprechen. Treffpunkt ist das Foyer des Grand Hotels Gallia neben dem Bahnhof. Ihr werdet euch er-

kennen, ja, ihr kennt euch bereits, damals beim Maskenball, ich wusste, dass es nicht vergebens war. Wie sieht es mit Mittwochabend aus?"
Mittwoch schon? Weber blinzelt, die blinkenden Dioden irritieren, reizen seine Augen. Nein, leider, er sei zu einem Abendessen bei Textilunternehmer Tietjen geladen, das könne er unmöglich verschieben. Am Donnerstag?
„Donnerstag ist ausgezeichnet. Donnerstage sind Glückstage, Weber. Ich werde alles mit Heldt besprechen. Über die Summe wird man sich schnell einigen. Deine Aufwendungen sollen schließlich entschädigt werden, nicht wahr?" Wendler kichert von neuem, schenkt sich Wein nach. „Die Hälfte vorab, die andere Hälfte nach Erhalt der Pässe. Eine Regelung, mit der man sich beiderseits arrangieren kann, wie ich annehme."
Der Apparat schnurrt wie eine Hauskatze vor ihnen, die beiden Lichter an der Stirnseite gehen in gemäßigtem Rhythmus an und aus, auf- und zuschlupfende Lider, denkt Weber, und man könnte den Eindruck einer absonderlichen Gemütlichkeit, gar Ruhe in dieser Halle gewinnen, die außer von den Fliegen, die in den vergessenen Weingläsern treiben, und ein paar Wollmäusen auf dem Boden unbewohnt ist.
Weber hält Wendler sein Glas entgegen: Aber nur, darum müsse er bitten, einen ganz kleinen Schluck.

„Verehrtes Fräulein, wir bewegen uns jetzt in einem neuen Bereich", erklärt mir mein Uralter und holt mit seinem Stock weit aus. „Wir befinden uns dort, wo die Akten enden, wir stehen außerhalb des Protokolls. Dass er seine Meinung geändert hat bezüglich der Pässe, ganz recht, das steht fest, dafür gibt es handfeste Beweise, die mir nicht einmal gefälscht erscheinen. Doch die Frage, die sich uns stellt, ist das Warum. Und hier übersehen Sie ein interessantes Detail." Mein Diplomat erhebt sich, stützt sich auf seinen Stock. „Es ist ganz einfach: Ihr Weber braucht Geld!"
Er geht vor mir auf und ab, zeichnet mit seinem Stock seltsame Formen aufs Parkett. Dann deutet er mit der Spitze in eine Ecke

des Raumes, als stapelten sich dort alle Erklärungen. Ich spähe konzentriert ins Dunkle hinein: nein, nur eine silberne Vase mit einem vermutlich vor Jahren vergessenen Schirm.

„Sie erinnern sich gewiss", beginnt mein Diplomat, „an jene Szene, auf die wir im Laufe des Abends kamen: Palmer, kaum dass er im Konsulat seinen Posten bezog, bläst den Rauch seiner Zigarre an die Zimmerdecke, erzählt von Unstimmigkeiten in einem Rechnungsbuch, erwähnt den Sicherheitsdienst, und es liegt gewiss nicht am Mailänder Klima, dass Weber gehörig ins Schwitzen kommt. ‚Die Sache kommt in den nächsten Wochen ins Reine.'

In welche Reinheit hätte Weber die Sache gebracht! Denn er zögerte nicht, nach Basel zu fahren, selbst das Sterben seiner Mutter, das sich bei ihm per Telegramm angekündigt hatte, hielt ihn nicht auf. Weber hatte seine Zeit kalkuliert, er wusste, wann die Züge fuhren, er wusste, wann Brandes ins Wochenende floh, Brandes, der das Geld verwahrte, das Weber sich vom stockenden Schulbau entliehen hatte. Wie rein wäre die ganze Angelegenheit geworden, mit einem kleinen Gewinn für Weber aus Brandes' Devisenzauber. Hätte er nur seinen Pass nicht vergessen. Denn dadurch holte Palmer, holte ein zerbrechlicher Bote, holte ein erkrankter Mohrmann ihn ein. Aufschub bis Montag nicht möglich. Zumindest glaubt Weber, vom Waisenstand ein wenig verwirrt, dass es seine eigene Schuld sein muss, dass es nur am vergessenen Pass liegen kann. Hätte Mohrmann ihn nicht auch in Basel, in Zürich und am Ende der Welt eingeholt?

Weber ist überzeugt, dass es sein Fehler gewesen sein muss, er gehört zu den Menschen, die sich zu wichtig nehmen, um der Melancholie zu entgehen.

Ich sage Ihnen: Nach einem erfolglosen Versuch, Brandes in Basel zu sprechen, nach einem indignierenden Gespräch mit dem fleischigen Dienstmädchen skizziert er im Spätzug nach Mailand ein Telegramm, einen Hilferuf an Brandes, einen Entwurf nach dem anderen, der eine scheint ihm nicht dringlich, der andere nicht souverän genug. Er zieht ein neues Blatt hervor und kann sich vor allem eins nicht erklären: Wie es Palmer gelang, Mohrmann aus der Versenkung zu ziehen.

Mohrmann, den Weber beinah vergessen hat, für verschwunden geglaubt, abgeheftet in einem Ordner in der Wilhelmstraße, jetzt hat Mohrmann ihn eingeholt, Webers Erfindung, sein eigener Trick.

Es ist die Nacht von Freitag auf Samstag, über Mailand sprüht ein alliiertes Feuerwerk in den hellsten Farben, und Weber im Spätzug blickt aus dem Fenster, auf den Streifen Schwarz, der die Außenwelt für ihn bedeutet, und ist sich sicher: Mohrmann kann nicht krank sein. Er lehnt sich zurück, er möchte schlafen. Vor Montag, weiß er, ist eine Antwort von Brandes nicht möglich, vor Montag macht die ganze Anstrengung keinen Sinn.

Übernehmen nun Sie, meine Liebe. Sie wissen jetzt, worauf es ankommt. Ich vertraue Ihnen. Oder, um ehrlich zu sein, ich bin zu erschöpft, um weiter zu sprechen. Das Atmen, verstehen Sie, fällt mir nicht mehr so leicht." Der uralte Diplomat lässt sich wieder in seinen Sessel sinken. Ich bleibe vor ihm stehen, betrachte sein Gesicht, das, so nah am Fenster, im Mondlicht zerfällt. Ich trete einen Schritt zurück, um mich aus der matten Beleuchtung zu stellen, um im Schatten zu stehen, dort, wo es, wie mein Diplomat meint, auch Weber gefiel, und nur er ist im Licht, und ich bin im Dunkel, er kann meine Züge nicht mehr erkennen, nicht meinen Blick, es ist ein Verhör, das ist es schon lange, nur hat der Mond jetzt die Seiten verkehrt.

Ich trete noch einen Schritt nach hinten, ich gehe in der Geschichte einen Schritt zurück, in den späten September 43, setze mich ins Abteil zu Weber, warte die Fahrt ab, die Nacht und auch den Morgen und setze nach all dem Warten mit Anna ein:

Ihr Gesicht ist zum Fenster gerichtet. Weber folgt ihrem Blick, sieht die Silhouette der Äste zittern. In der Nacht haben sich seine Augen ein wenig erholt, doch wenn er ins Licht blickt, spürt er einen Druck im Inneren der Augäpfel. Er hält die Lider halb geöffnet, gerade so weit, wie es unbedingt nötig ist.
Die Marmelade, bemerkt er, schmecke seit einigen Tagen wenig nach Ingwer. Anna wiegt ihren Kopf im Rhythmus der schwankenden Äste. Hört sie ihn überhaupt, überlegt Weber, und er fügt hinzu: Er sei sich nicht sicher, ob er die Marmelade ohne die nötige Ingwermenge vertrage.
„Es ist kein Wunder, dass deine Marmelade nicht schmeckt." Anna dreht ihr Gesicht zu Weber, es hat die Ausdruckslosigkeit von Menschen, denen es gleichgültig geworden ist, mit wem sie reden.
Sicherlich habe Marie nicht auf das Etikett gesehen, vermutet Weber. Vielleicht woanders eingekauft?
„Nein, Konrad, es ist einfacher, viel einfacher. Frau Rothhaus haben sie abgeholt, die kocht jetzt keine Orangen mehr ein."
Weber betrachtet die glänzende, glitschige Schicht auf seinem Brot.
Es tue ihm leid, er konnte ja nicht ahnen, dass es nicht die Schuld des Mädchens –. Er streicht über die Zeitung, die an der linken Seite zerknittert ist, über die Falten, über das ins graue Papier hineingewachsene Gebirge. Aber, fragt er, ob es unter Umständen möglich sei, den Ingwer anderswo zu besorgen, die Marmelade damit anzureichern?
„Deine Teilnahmslosigkeit ist ausgezeichnet."
Das sei doch keine Teilnahmslosigkeit, verteidigt sich Weber. Das sei Pragmatismus. Man müsse eben Lösungen finden. Das Mädchen solle Ingwer in die Marmelade mischen und für andere Probleme werde es andere Lösungen geben. Bei aller Liebe, aber ihr Gejammer helfe wohl kaum jemandem.
„Hörst du eigentlich, was du redest?" Anna lässt ihr Messer auf den Teller fallen, steht auf und stöckelt über das Parkett.
Er habe doch Frau Rothhaus nicht verschwinden lassen! Sie solle doch ihren Gott fragen, ob er etwas ändern könne. Oder ihren Papst. Wofür habe sie die beiden denn? Ob sie glaube, er sei allmächtig?

Weber beugt sich über seinen Teller, bemüht, sein Frühstück schnell zu beenden, um dem Haus und seiner heute nicht in bester Laune befindlichen Gattin zu entfliehen.

Es ist kurz nach elf an diesem Septembersamstag, zwei Tage nach dem Tod von Webers Mutter, die Temperaturen liegen um null Grad, Weber schlägt den Kragen seines Mantels hoch. Hinter sich hört er noch immer Annas aufgeregtes Hin- und Herstöckeln, ein Echo, das ihm aus seiner Wohnung nachklingt. Was sie nur will, denkt er. Was sie nur immer von ihm will.
Den Geschmack von Orange im Mund, überquert er die Piazza Cavour, biegt in die Via dell'Annunciata ein. Er blickt an den Häusern hinauf, Steinadler recken ihre Hälse über die Brüstungen der Balkone, die Flügel zu dunklen Dächern ausgebreitet. Auf einen der Balkone tritt ein zierlicher Mann, er lächelt und reckt sich in der kalten Sonne. Jemand muss ihn von drinnen gerufen haben, denn er dreht sich um und spricht ins Innere des Hauses hinein. Der Schaft seiner Maschinenpistole klirrt ans Geländer.
Weber biegt ab. Seine Schritte klingen hohl, als sei die Straße, auf der er geht, nur eine dünne Schicht über einem Vakuum. Oder vielleicht ist er es selbst, denkt Weber, ein leerer Körper, der nur noch von fremden Interessen hin und her geweht wird? Vor ihm türmt sich das Castello auf. Die schweren Mauern. Die Fensteraugen, die stumpf und schwarz in die Stadt starren. Ein aus der Zeit davongelaufenes Tier, denkt Weber. Jetzt stellt es sich leblos, aber es könnte erwachen, wenn es wollte. Aber es will nicht. Der Zeit davongelaufen, denkt Weber. Er schlägt den Weg zum Konsulat ein.

„Herr Palmer erwartet Sie“, erklärt das Fräulein Schnoop, und ihre Spinnenfinger trippeln aufgeregt auf dem Tresen hin und her.
Das wisse er, andernfalls würde er einen Teufel tun, samstags hier aufzukreuzen. Ob Mehring da sei, erkundigt er sich.
„Nein, leider, Herr Weber.“

Und Kobus?
„Es ist Wochenende, Herr Weber."
Ob sie eigentlich irgendwann frei habe? Oder wohne sie mittlerweile in der Telefonzentrale?
„Ich brauche nicht viele freie Stunden. Der Dienst fürs Vaterland, Herr Weber, ist für mich die schönste Zeit."
Ja, besonders, wenn das Vaterland sich in teuren Anzügen und Zigarre rauchend als junger Schnösel zu erkennen gibt und von Kavaliersgehabe mehr versteht als von Diplomatie, denkt Weber. Langsam, sehr langsam stapft er über die dicken Teppiche die Treppe hinauf.

Eine Wolke aus schwerem, süßlichem Rauch.
„Bitte, schließen Sie die Tür, ich möchte ungestört mit Ihnen reden."
Auch noch die Tür, denkt Weber. Der Rauch wird ihm die letzten Kräfte vernebeln. Dass ohnehin niemand im Konsulat sei, will Weber entgegnen, aber er fügt sich. Er fühlt sich nicht in der Stimmung, nicht in der Verfassung, ach was, er hat schlicht und einfach keine Lust mehr, sich zu widersetzen.
„Das Material, Weber, ist ja nichts wert! Keine einzige Lira! Und Sie halten uns mit derlei auch noch auf!" Palmer saugt an seiner Zigarre, bläst Weber den Rauch ins Gesicht. „Wir haben hier in Mailand heikle Aufgaben zu bewältigen. Auf uns lastet Verantwortung. Wenn man den Italienern nicht jede kleinste Aktion genau und wenigstens hundert Mal erklärt, wenn man ihnen nicht, dalli dalli!, ein bisschen Feuer unterm Hintern macht, dann geschieht hier gar nichts. Und Sie, Weber, behindern uns mit diesem britischen Mist, mit Ihrer ganzen Mohrmanngeschichte! Sie haben uns ganz eindeutig behindert. Das Geld, das wir bei der Aktion verloren haben, will ich gar nicht erwähnen. Nun, ich möchte nicht von Sabotage sprechen, wenn auch –" Palmer lässt seinen behandschuhten Finger einen Kreis auf das glänzende Kirschholz des Schreibtisches malen. „Nun, es war sicher unwissentlich von Ihnen. Aber", Palmers Stimme wird lauter, „das nächste Mal untersuchen Sie das Material genauer, ehe Sie uns mit dergleichen blockieren!"

Palmer hat sich erhoben, er drückt seine Fäuste auf die Schreibtischplatte, fixiert Weber aus schmalen Lidern. „Im Übrigen, Weber, das Geld für den Schulbau. Ich hoffe, dass sich die Angelegenheit schleunigst klärt, andernfalls bin ich nicht sicher, ob Sie für dieses Konsulat noch tragbar sind. Man wird Berlin Bericht erstatten müssen." Palmer umrundet den Tisch, steht vor Weber, blickt auf ihn herab. Seine Handschuhhände ballen sich zur Faust, lösen sich, ballen und lösen sich. „Sie können jetzt gehen, Weber."
Sie können jetzt gehen. Wer ist er denn?, denkt Weber. Sein Vorgesetzter? Ein kleiner Junge aus der Provinz, der nicht einen korrekten Satz auf Italienisch beherrscht und der den Mailänder Mädchen hinterherstarrt mit einer Mischung aus Ekel und Gier.

Früh am Sonntag hat Weber das Telegramm an Brandes geschickt, vor Montag früh kann er keine Antwort erwarten, Brandes kehrt für gewöhnlich erst spät von seinen Gebirgsausflügen heim, jetzt, ist Weber sich sicher, steht Brandes auf einer Alm, vom Klingeln der Kuhglocken umkreist, und betrachtet in der Ferne winzige Flieger, die wie ein Geschwader Fruchtfliegen über Deutschland schwirren, glänzend in der Septembersonne, und Weber weiß: Frühestens Montag früh ist mit einer Antwort zu rechnen. Vielleicht auch erst am Mittag, oder, überlegt Weber, es könnte sich gar um einen ganzen Tag verzögern, durchaus denkbar, dass Brandes Informationen einholt, ehe er Weber antworten kann. Bis Dienstag?
Aber bis Dienstag ist es ja in der Wohnung nicht zu ertragen! Weber starrt gegen die Wand, farblos wie die Gipfel von Brandes' Alpen, er hört das Ticken von Annas Schritten, blickt auf seinen Schreibtisch, auf die übers Wochenende zu bearbeitenden Konsulatsunterlagen.
Nein, in der Wohnung ist es nicht auszuhalten: Sein Schreibtisch, das Telefon, die Unterlagen, alles erinnert an Brandes, an Rauch, an Palmer. Sie spuken durch die Zimmer, und sobald Weber sich umdreht, verschwinden sie hinter einem Schrank, einer Gardine, einer angelehnten Tür. Und obwohl vor Morgen nichts zu erwarten ist, wartet Weber

auf das Klingeln des Telefons, das Klingeln der Türglocke, auf einen Boten, der ihm mitteilt: „Herr Weber, ein Telegramm für Sie!“ Aber es geschieht nicht. Nichts und nichts. Das Haus ist geradezu umstellt davon. Er rafft sich auf, nimmt Mantel und Hut und verlässt die Wohnung. Am besten, er bliebe bis Dienstag fort. Doch wo soll jemand wie er, Weber, bis Dienstag bleiben? Selbst Doktor Niedecker hat ihm Besuche vor dem ersten des Monats untersagt, dabei wäre Doktor Niedecker der Richtige, er tastete mit seinen warmen Fingern nach Webers Puls, er blickte in die geröteten Augen und verschriebe ihm endlich eine Salbe gegen das Jucken, gegen diesen trüben Blick. Aber Doktor Niedecker lässt ihn im Stich, wie alle ihn im Stich lassen, ist Weber überzeugt. Wohin also? Nicht in die Innenstadt, so viel steht fest. Die hat er seit den Bombardements zu meiden gewusst.
Weber spaziert die Straßen um die Giardini Pubblici und das Planetario entlang. Die Gebäude hinter den Zäunen liegen nutzlos und grell zwischen den kahlen Bäumen, aus einer Mauer wächst der Kopf eines Nilpferds, dumm und überlegen grinst es Weber durch die Umzäunung des Parks an, er weicht aus, da ist der Zeitungsstand, und der Verkäufer deutet eine Verbeugung an, so gut es in der Enge zwischen den Papierstapeln geht, und Weber schwenkt ab in eine Seitenstraße, hört noch, wie der Mann hinter ihm herruft: „Ah, il console tedesco!“
Weber hat seinen Schritt beschleunigt, achtet nicht mehr darauf, wohin er geht, und findet sich bald mitten in der Innenstadt, dort, wo er nicht hineingeraten wollte. Er läuft vorbei am bröckelnden Dom, an der zerfetzten Scala, die Innenstadt ist nicht mehr als ein kariöses Gebiss, und der Gestank von Fäulnis und Schutt verstopft die Gassen. Weber versucht so schnell wie möglich, von hier fortzukommen, aber er verirrt sich nur tiefer in die Gassen, die er von nahem nicht mehr kennt. Ein kariöses Gebiss, denkt Weber. Der Geruch von Fenchel, denkt er.
Von Fenchel?
Ist es Fügung oder Voraussicht oder bloß ein um ihn kreisender Zufall gewesen, dass seine Mutter ausgerechnet jetzt starb? Weber erinnert

sich an jenen blassen Notar, der ihn über die Ränder einer Nickelbrille hinweg ansah und nach Fenchel und faulen Zähnen roch. Irgendwo in Schöneberg liegt seine Kanzlei, ist Weber sich sicher, und somit liegt irgendwo in Schöneberg auch das Testament seiner verstorbenen Mutter. Nordenberg, denkt Weber. Er klopft sich über die Jackettärmel, über die Schultern, was bei weitem nicht allen Staub aus dem Stoff herausbringt. Das Gehen fällt ihm leicht, beinah findet er es angenehm, durch die simple Abfolge von Schritten den Sonntag kürzer und kürzer, kleiner und kleiner zu treten.

Bald findet Weber aus den von Schutt verschneiten Gassen heraus und stößt auf die Piazza Castello. Die Zeit bleibt stehen, der Sonntag liegt wieder schwer und träge vor ihm, wie das Castello selbst vor den sich überschneidenden Fahrbahnen. Die starren Augen – Schießscharten, Fenster, Mauerlücken – blicken über die Passanten hinweg in die Öffnung der Straßen. Aus irgendeinem Grund, den Weber nicht benennen kann, der somit für ihn kein Grund sein dürfte – dennoch: Aus irgendeinem Grund traut er der Idee nicht, dass ein Notar mit Mundgeruch sein Retter sein kann. Weber hält sich im Schatten der alten Mauern, vielleicht strahlen sie ihre Gleichgültigkeit auf ihn ab. Diese zerfledderten Steine sind allemal besser als die Gebäude im Giardini Pubblici, als die zerbombte, stinkende Innenstadt.

Kaum dass er zurück ist, in der Garderobe sein fleckiges Gesicht betrachtet, pfeift das Telefonklingeln alle Geister zusammen, die derzeit Webers Wohnung beherrschen.

„Ein Anruf für dich. Von einem Herrn Brandes."

Dass sie sich täuschen müsse, erklärt Weber und klopft die Reste des Innenstadtstaubs vom Mantel, der wie ein zweiter, leerer Weber auf einem Bügel vor dem Garderobenspiegel hängt. Es sei doch erst Sonntag. Gerade mal – er blickt auf die Uhr – halb sieben durch.

„Sonntag?", fragt Anna. „Was hat das mit Sonntag zu tun?"

Sie sieht ihn mit ihrem Heiligenblick an, ahnungslos, was um Weber herum geschieht, was in Weber geschieht, sie ist dem Alltag längst entflo-

hen durch einen Sprung in ihren absonderlichen Katholizismus, in dem sie nur noch wahrnimmt, was sich als Zeichen für etwas anderes verstehen lässt.
Und Weber murmelt: Nein, nichts mit Sonntag. Sie werde entschuldigen, er müsse jetzt an den Apparat.

„Lieber Herr Weber, ich höre, es gibt wieder einen Pfau im Konsulat? Glückwunsch, wo haben Sie den denn aufgetrieben? Aber passen Sie gut auf die Fahrzeuge auf, Sie erinnern sich, wie es dem Lack meiner Wagen erging!"
Er erinnere sich, natürlich.
Brandes kichert, dann ist es still. Weber betrachtet seine vom Mantelabklopfen schmutzigen Finger. Er ballt sie zur Faust, löst sie wieder, ballt und löst sie. Leise, als sollten es nur die Geister in der Wohnung hören, fragt er: Ob denn das Telegramm –
„Natürlich", ruft Brandes, „Weber, natürlich! Nur, was Sie da von mir verlangen, das ist nicht ganz leicht, oder?"
Nicht ganz leicht, wiederholt Weber stockend. Aber doch sicherlich – machbar? Er glaubt, in der Ferne einen Pfau auf Lack picken zu hören. Mit der Hand streift Weber über seinen Nacken, drückt eine Locke nieder, die sich aus der Ordnung seiner Haare herausdreht. Seine Stimme ist leise. Aber doch sicherlich –
„Bedauerlicherweise nein, lieber Weber. Ich sehe mich in diesem Zusammenhang ganz machtlos. Sehen Sie, wenn Sie sich ein Mädchen angelacht haben, werden Sie das ja auch nicht so schnell wieder los. Das sollten Sie immer im Voraus bedenken. Alles braucht seine Zeit."
Die aber stehe ihm leider nicht zur Verfügung, erklärt Weber. Nach einer Pause fragt er: Ob es nicht möglich wäre, unter Umständen, wenn er, Weber, bereit wäre, Verluste in Kauf zu nehmen –
„Es ist ein außergewöhnlich ungünstiger Zeitpunkt, lieber Weber. Ich denke nicht an Verluste. Ich denke daran, ob überhaupt etwas von dem Geld übrig bleibt. Das einzig Gescheite ist, abzuwarten. Ist Ihre Frau

nicht katholisch? Sie kann ja einen Rosenkranz für Sie beten. Dann ist vielleicht in vier Monaten etwas zu machen. Aber früher – nein, früher – das scheint mir undenkbar.“

Wie klein muss die Hoffnung sein, wenn sie in die Hände eines Notars passt. Doch Weber erscheint es als elegante Lösung. Überdies ökonomisch. Das Kapital bei Brandes müsste nicht vorab gekündigt, nicht zu ungünstigen Konditionen zurückgelöst werden, könnte wachsen, bis es so dick und schwer ist wie der Reichsmarschall.

Die Hoffnung macht Weber träge. Es wird noch dauern, bis er aufwacht, rege und mit einem verzweifelten Mut, der, kurz wie ein plötzliches Fieber, einsetzt, als letzte Regung oder Widerständigkeit gegen eine Krankheit, die, wen immer sie erwischt, in vollkommene Apathie versinken lässt. Aber er gibt noch nicht nach, lässt sich noch nicht in Wendlers weit geöffnete Arme fallen.

Es braucht nicht lange, bis Weber die Nummer von Nordenberg in Erfahrung gebracht hat: zwanzig Minuten, in denen er das Fräulein Schnoop durch die Leitungen scheucht.

Notar Dr. Gernot Nordenberg. Goltzstraße 17. Schöneberg.

Berlin, denkt Weber. Er sieht den Notar am Fenster stehen, sich mit der Zunge über die muffigen Zähne fahren. Draußen peitscht die Kälte den Passanten ins Gesicht, kurz bricht die Sonne durch die Wolken. Ein Mädchen auf der Straße sieht erstaunt hinauf und lässt seine Sammelbüchse sinken.

Dass die Summe hoch sei, hat Weber nicht erwartet. Aber er hat eine Summe erwartet. Was ihm antwortet, ist ein staubiges Husten, und ist das nicht Skepsis, ist das nicht Misstrauen, was ihn da durch die Leitung hindurch anschweigt?

Weber, das einzige Kind, da seine Schwester kein Mädchen, sondern eine Fehlgeburt war, Weber also, an dem alles hängen geblieben ist, die Tote, der Sittich, die Beerdigung, die Stimme seiner Mutter, Nimm deinen Hut ab, Junge, *die immer und immer die gleichen Sätze wiederholende Stimme seiner Mutter,* Nimm deinen Hut ab, *die nicht Ruhe geben will, die nicht hinter ihrer Besitzerin her verschwinden will, vielmehr Weber nachläuft, wie ein Hund, der auf seine Fährte angesetzt ist,* Nimm deinen Hut ab, Junge. *Die Stimme, der Sittich, die tote Mutter, alles das ist an ihm hängen geblieben, weil seine Schwester vier Monate nach ihrer Zeugung die Lust am Wachsen verlor, und Dr. Nordenberg in seiner Berliner Kanzlei hat nichts anderes für ihn parat als ein staubiges Hüsteln.*

„Das Geld ist nach der Wirtschaftskrise ein Stück Seife wert gewesen. Das Haus, Herr Doktor Weber, hat Ihre Frau Mama – Gott habe sie selig – 1936 mit einer Hypothek belastet. Sie musste ja ihr Personal bezahlen. Einen kleinen Hofstaat, den sie sich nach dem Tod ihres Mannes hielt. Ich habe schon zu Beginn meine Bedenken gehegt, ob gegen ihre Einsamkeit auch nur einer der Angestellten helfe. Sie hegte diesen Zweifel erst, als das Geld der Hypothek aufgebraucht war. Es tut mir leid, Herr Konsul, ihre Frau Mama hat ihnen zwei Fotografien und die unvollendeten Memoiren Ihres Vaters hinterlassen. Das ist alles.“

„Weder mit einem Stück Seife noch mit Fotografien kann er zurückzahlen, was er sich vor ein paar Monaten so ungemein geschickt und Gewinn versprechend entlieh.“ Mein Uralter sieht mich eindringlich an. „Das ist es doch, weshalb er zu Wendler lief und noch einmal auf Heldt zu sprechen kam! Weber, ein Kind, das sein Schulgeld mit Wetten verspielte und sich nun aus der Misere ziehen lässt. Ja, nichts als ein verängstigtes Kind ist er.“

„Aber immerhin, dass er seine Meinung geändert hat“, werfe ich ein. „Das ist doch etwas. Ein wenig zumindest. Man kann es doch auch nicht wegerklären. Mit einem Stück Seife, zwei Fotografien und der Wiederaufnahme eines Schulbauprojekts.“

„Meine Liebe, Sie denken zu gut für die Welt. Oder zu sicher. Sie betrachten Katastrophen, weil Sie Katastrophen nicht kennen. Sie sind ein Kind, das im Zoo sein Gesicht ans Glas des Terrariums drückt. Und je fetter die Schlange, desto staunender sind Sie, eine Einfalt mit Augen und offenem Mund.

Wenn Sie vorhaben, mir jetzt von Gut und Schlecht, von Moral und diesem ganzen Zeug zu erzählen, sage ich Ihnen besser vorab: Ihre Kategorien, meine Liebe, greifen ins Leere. Denn Moral ist nichts, oder sagen wir so: Es ist das Register von Etiketten, die Sie und Ihresgleichen auf Ihnen fremde Erinnerung kleben, die Sie aus den Fabeln im Geschichtsbuch kennen, mit denen einem Haufen gelangweilter Schüler begreifbar gemacht wird, was sie, wäre man ehrlich, nicht begreifen können.
Ich saß in Istanbul, als die gewöhnliche Post noch so lange brauchte, dass der Hund, von dem mir mein Sohn schrieb, schon tot in seinem Körbchen lag, als der Brief bei mir ankam. Ich war in Zentralafrika, wo mein Dienstwagen vom Dorfältesten entführt worden ist, keine Chance, ihn zurückzuerhalten, wir hatten ein unterschiedliches Verständnis von Besitzrecht. Es ist schon ein Wunder, dass wir überhaupt miteinander reden können, ich meine nicht den Dorfältesten, sondern ich meine Sie und mich, ein Wunder, das über diese Geräte Jules Vernes weit hinausgeht, die mich als Kind faszinierten, Sie auch? Aber Sie, Sie sind ja noch gar nicht geboren, im Vergleich zu dem, was ich hinter mir habe. Ein Spalt, zu schmal, um hindurchzuschauen, das ist die Zeit zwischen Ihrer Geburt und jetzt. Ein Zufall, dass wir uns begegnet sind, unter hunderttausend Zufällen, die ich schon gut überstand." Seine Augen glänzen und suchen vergeblich mein Gesicht im Schatten.
Ich blicke ihn an, meine Stimme, bin ich mir sicher, wird gleich zittern, und ich denke daran, einfach zu schweigen, ihn anzusehen, meinen Uralten, und Weber für immer verschwinden zu lassen. Doch ganz gleich, was mein Uralter denkt, ich fahre, ein wenig heiser zwar, aber dennoch, fort:

Die Bezahlung ist gut, und er muss nicht einmal die Käufer treffen, die Namen wird Heldt ihm einmal nennen, dazu das Alter, vier Kinder, zwei Männer, zwei Frauen, und wie heißen sie gleich? Sei's drum, er wird nicht erfahren, ob sie durchkommen werden, die acht, sollten sie ihm etwa noch Briefe schreiben: „Lieber Herr Weber, unversehrt erreichten wir gestern das schöne Lausanne"? Keine Brieffreundschaft soll er mit ihnen beginnen, er nimmt an einem Handel teil, wird, wie soll man's biegen, ihnen helfen? Er wird nicht erfahren, ob sie durchkommen werden, weiß nur, dass er sein Geld erhält. Mehr als erwartet.

Weber betrachtet den Umschlag, einen gewöhnlichen, eigelben Umschlag.
„Die zweite Rate, wie vereinbart. Herr Konsul, ich kann Ihnen nicht sagen, wie dankbar ich Ihnen für Ihre Hilfe bin."
Heldts Lippen bewegen sich weich, ja, fließend, denkt Weber.
„Auch von Familie Rothhaus soll ich Ihnen sagen, dass man stets daran denken wird, auf welche Weise Sie sich eingesetzt haben. Risiken auf sich genommen. Dass es Menschen gibt wie Sie. In dieser Zeit. Doch, doch, es ist so, Herr Weber. Wenn auch für Teresa die Hilfe zu spät kam – aber umso klarer haben es alle empfunden, was sie für die anderen ermöglicht haben."
Weber, dieser vor lauter Vorsicht bleiche Körper, die runde Nase, der dünne Kindermund. Er blickt zu Boden, seine Wangen röten sich leicht.
„Eine Kleinigkeit noch, Herr Weber."
Heldt greift in seine Jacke, zieht etwas hervor, reicht es Weber.
Weber starrt den Umschlag an, einen gewöhnlichen, eigelben Umschlag. Er hat doch getan, was er tun sollte. Er hat sich doch genommen, was er nehmen musste.
„Fünf Jungen. Keiner älter als zwölf."
Aber er habe doch bereits – und Weber versucht, ahnungslos zu klingen. Ein Passant, unbeteiligt, der nichts zu tun hat mit Heldt, nichts mit den Rothhaus und nichts mit fünf Jungen, keiner älter als zwölf, Weber, der von allem nichts weiß und nicht, was der zweite Umschlag bedeutet.
Aber leider, Weber hat es längst begriffen. Die erste Rate einer zweiten Runde. Fünf weitere Pässe. Man setzt sich auch hier über ihn hinweg, entscheidet, ohne ihn zu fragen, will ihn nicht gehen lassen. Heldt hat in

ihm ein Opfer gewittert, jemanden, der zu schwach ist. Den man verpflichtet auf den nächsten, und wer weiß, womöglich auch auf den Handel darauf. Weber sieht Heldt an. Ein Gesicht wie ein Mädchen, denkt er. Oder sogar –

„Herr Weber, ich bitte Sie. Wir sind bereit, alles zu zahlen. Alles, was wir auftreiben können. Sagen Sie uns nur eine Summe, wenn Ihnen diese nicht ausreicht, und bitte, haben Sie ein wenig Geduld, es ist derzeit nicht leicht für uns, große Summen zu beschaffen."

Neuntes Kapitel. Kardinalfehler.

„In der Causa Donum, Herr Botschaftsrat, habe ich mir Gedanken gemacht. Ich könnte mir vorstellen, dass den Heiligen Vater ein Lavabo erfreuen würde." Der Kardinal rückt an seinem Käppchen. „Sie müssen nämlich wissen, dass in seiner Privatkapelle –"
Es ist November 1955, der Papst wird in wenigen Monaten seinen 80. Geburtstag feiern, und Weber wetzt seit Wochen im Auftrag der Kulturabteilung des Auswärtigen Amts durch das Viertel San Pietro, um ein passendes Geschenk ausfindig zu machen. Er trifft sich mit Kardinälen auf einen Caffè, den die Herren in ihrem Alter nicht mehr vertragen, spricht mit Kollegen anderer Staaten und fängt den Privatsekretär des Papstes ab, während Pius, ein paar Schritte vor ihnen, beinah in eine Kamera tapst. Der Sekretär stürzt hinzu, zieht den verwirrt lächelnden Greis aus der zu nahen Aufnahme und vergisst darüber, Weber zu sagen, welches Geschenk denn nun er für geeignet halte.
80 Jahre also, die magere Ikone Pacelli, die viele vor zwei Jahren schon abgeschrieben hatten. Damals begannen sie, über Nachfolger zu spekulieren, verwandten die Namen der Kardinäle wie Aktien, Ottaviani stand hoch im Kurs. Wer als Papst ins Konklave geht, kommt als Kardinal wieder heraus, eine einfache Regel, die auch der Protestant Weber begreift. Wer als Diplomat nach Deutschland zurückkehrt, fährt als ein Niemand wieder fort. War das nicht so? Wer allerdings als Parteiliebling nach Bonn kommt – Aber das sind nicht mehr seine Sorgen, wichtig ist jetzt, dem Herrn Bundespräsidenten ein Geschenk für den Papst vorzuschlagen. Eine persönliche Gabe soll es sein, aber dennoch dezent, etwas Dekoratives, aber gleichzeitig nützlich, denn der Papst liebt den Nutzen, er kann ja kaum schlafen, weil er den Nutzen bis in die Minuten hinein liebt und jede einzelne von sechs Uhr am Morgen bis um Mitternacht mit seiner Arbeit füllt.

Weber an seinem Schreibtisch in der Botschaft, das Knarren und Kreischen der Tiere als wirre Musik im Hintergrund, blickt auf seine Listen, die linke für in Frage kommende Gegenstände – er notiert: Lavabo –, auf der rechten jene Präsentideen, zu denen, nach allem, was Weber herausgefunden hat, unter keinen Umständen zuzuraten ist. Er notiert: Mosaikbild.

„Hier, Weber, schauen Sie sich das mal an." Wie gewohnt ohne zu klopfen, spaziert Mehring in Webers Büro, in der Hand einen Durchschlag, den er auf Webers Tisch flattern lässt. „Ich wollte Sie rechtzeitig darauf aufmerksam machen. Für den Fall, dass Sie – Sie hatten doch damals die vertraulichen Informationen in Erfahrung gebracht. Ich bin überzeugt, dass Sie hiermit", Mehring deutet auf den Briefdurchschlag, „in keiner Weise in Zusammenhang stehen. Das würde ich Ihnen nie unterstellen! Weber! Sie kennen mich! Aber ich bin mir nicht sicher, ob alle an der Botschaft Sie so gut kennen, will sagen, ob es hier allen so geht wie mir. Zudem, Ihre reizende Gattin sieht man recht häufig mit Schwester Lehnert. Nicht, dass dergleichen an sich schlecht wäre. Warum sollte sie nicht mit der Haushälterin des Papstes Kaffee trinken? Es ist nur so: Die Leute reden. Aber Weber, verstehen Sie es nicht falsch – ich dachte nur – für den Fall – bevor Sie es von einem anderen erfahren."

Weber nickt, er beugt sich über das Blatt und liest:

„Die deutsche Botschaft am Heiligen Stuhl an das Auswärtige Amt

Rom, 23. November 1955

Betr.: Bericht der illustrierten Wochenzeitschrift Oggi vom 22. November 1955 über eine Vision des Heiligen Vaters während seiner Krankheit im Dezember 1954; sein gegenwärtiges Befinden."

Auf der Titelseite und auf Seite 29–30 der Nummer 47 vom 22. November 1955 meldet die italienische Wochenzeitschrift Oggi, der Papst habe im vergangenen Jahr während der gefährlichsten Periode seiner Krankheit eine Erscheinung Christi gehabt. Ins Exerzitienbuch des Heiligen Ignatius von Loyola vertieft, sei der Papst, wie Pater Hentrich berichtet, in seinem Zustand geistig verklärt worden, wie der Pater es trotz der dem Papst immer eigenen Spiritualität noch nicht erlebt habe. Erst am Freitag habe der Papst ihm dann erzählt, ihm sei bei klarem Bewusstsein Christus erschienen, und zwar bei dem Gebet: „Seele Christi, heilige mich." Er habe die Erscheinung gebeten, ihn in die Ewigkeit mitzunehmen. Sie habe ihm jedoch gesagt, die Stunde sei noch nicht da. Er müsse noch einige Jahre in der Welt tätig sein und werde das durch Gottes Hilfe vermögen. Nach dieser Begebenheit habe sich das Befinden des Papstes ganz unerwartet gebessert.
Nur die affetuosa indiscrezione (liebevolle Indiskretion) einer der Personen, die von dieser Begebenheit wussten, habe der Zeitschrift die Erlaubnis gegeben, die Vorkommnisse publik zu machen.
Die Veröffentlichung durch die Presse wird von allen Seiten aufs äußerste bedauert.

Weber blickt auf. Das habe doch nichts mit ihm zu tun! Wie er denn von den Details habe wissen sollen, vom Heiligen Ignatius, von Pius' Bitte? Schließlich tue er nichts anderes als alle, die hier arbeiteten: Er schaue dem Papst auf die Finger, wenn dieser seine Finger blicken lässt. Vor einigen Monaten habe er genauer hingeschaut als die anderen, er habe etwas in Erfahrung gebracht, das sonst niemandem in Erfahrung zu bringen gelungen sei. Er habe geschickt Informationen gesammelt. Dafür seien sie doch hier! Das könne man ihm doch nicht vorwerfen. Nein, hiermit – er deutet auf das Blatt – habe er nichts zu tun. Er säße ja nicht dabei, wenn der Papst seine Bewusstseinsalchemie betreibe.

„Sie nicht. Aber Ihre reizende Gattin womöglich. Oder Schwester Lehnert, was sich im Geschwätz zum Gleichen vermischt."
Ob Mehring seine reizende Gattin für so liebevoll halte, will Weber wissen. So liebevoll, den Illustrierten ihre Artikel zu liefern?
„Weber, ich sagte bereits: Nicht ich! Nur eben die Leute. Die Leute reden. Und eine so enge Bindung zwischen der Frau des Botschaftsrats und der Haushälterin des Heiligen Vaters – daran ist ja nichts auszusetzen. Es fällt nur eben auf."
Frau Lehnert, der deutsche Schatten des Papstes. Und jetzt soll sie auch noch zu Webers Schatten werden? Er hat sie nie ausstehen können, diese pummelige Landpomeranze.
Er beugt sich wieder über das Blatt und liest:

Die Gesundheit des Papstes sei gegenwärtig überraschend gut. Er habe den normalen Blutdruck eines 60-Jährigen, nicht den eines 80-Jährigen. Die Hernie, die durch die Ausbeulung des Zwerchfells in der Speiseröhre entstanden war und bei jeder Bewegung des Zwerchfells den sehr schmerzhaften Schluckauf verursachte, sei so vollständig verschwunden, dass gegenwärtig nicht einmal Spuren davon festzustellen seien, ist aus vatikanischen Kreisen zu hören.

„Und, was denken Sie, Weber?"
Sie würden es einfach nicht lassen können. Das mit dem Blutdruck, das sei doch wieder übertrieben. Wie ein 60-Jähriger! Niemals! Und jetzt wolle er nichts mehr davon wissen. Er sei Protestant, er glaube nicht an solchen Hokuspokus.

Wir fragen uns, was Sie, Weber, wohl davon halten. *Weber reckt seinen Kopf aus den Kissen, Weber gräbt sich aus den Decken heraus.* Auf der anderen Seite natürlich – *Sein Atem rasselt, sein Mund schnappt nach Luft, aber alles um ihn herum ist verklebt, Fäden aus Zuckerwatte spinnen sich von einer Zimmerecke zur anderen, glitzernd flüssiges Karamell schwappt gegen das Fenster, Weber ertrinkt in einem See aus*

Süßigkeiten, und welches Fressen, um Himmels willen, hätte er Palmer damals vorsetzen müssen, um ihn zu beruhigen? Wir fragen uns, was Sie, Weber, wohl davon halten.

Weber wälzt sich herum, er liegt in keinem Bett, er liegt auf einer glatten Fläche, ohne Kuhle, ohne Höhle, ohne Schlupfloch, nichts, worin sich Schlaf finden ließe, eine glatte Fläche, wie eine Bahre, ein Präsentierteller, flach wie ein eigelber Briefumschlag, und Weber hört in der Dunkelheit: Man hört, es gäbe einen Zaubertunnel. *Immer wieder in der Dunkelheit seine eigene Antwort, die, kommt es Weber jetzt vor, gestotterten, die, kommt es ihm vor, ganz und gar unsouverän aufgesagten Sätze:* Man könnte wohl die Ansicht vertreten – Auf der anderen Seite natürlich –

Was wollte Palmer damals hören?

Er sieht Anna in der Tür stehen, weit entfernt, der Raum zwischen ihm und der Tür verzerrt, in die Länge gezogen. Alles rückt von ihm ab. Anna schwebt durchs Zimmer und reckt sich gegen eine Wand, hängt eines ihrer Holzkreuzchen auf. Als sie sich umdreht, sieht Weber, dass sie einen Zettelstapel im Arm hält. Wie ein trübes Funkenmariechen streut sie die mit Schreibmaschine beschriebenen Blätter über den Stuhl, den Nachttisch, Webers Bett und die Truhe mit der Wäsche. Flugblätter, ist Weber sich sicher, für nichts anderes gedruckt, als Anna, als ihn zu verraten. Was das solle?, ruft er durch den Vorhang aus fallenden Blättern. Anna wendet sich ihm zu und klimpert vor seinen Augen mit den Fingern. Sie holt aus und lässt einen neuen Schwung Zettel durch den Raum wehen, es sind Banknoten, glitzernd wie buntes Stanniol, und Weber überlegt, welche Währung das ist. Die Schnipsel lösen sich auf, Schneeflocken, die auf zu warmen Boden treffen.

Aber natürlich: Anna ist nicht hier, Anna liegt in ihrem mit Devotionalien überwachsenen Zimmer, er ist in einen kurzen Schlaf gefallen, immerhin, er kann ja nicht die ganze Nacht wach liegen.

Weber steht auf, tappt den Flur entlang, er braucht Wasser, ist er sich sicher, ein wenig Flüssigkeit, und seine Gedanken werden sich abkühlen, werden wieder im vertrauten Gleichmaß fließen. Seine Schritte zit-

tern die Stufen hinunter. Nur ein wenig Wasser, und alles wird gut sein. Entfernt krächzt ein Motorrad durch die Stille, und er hört Wasser um sich rauschen, dann das Knarren eines Bootssitzes und um sich das Schwanken der Berge von Como.
Was hätte er, Weber, im Frühjahr sagen sollen? Und was sollte er jetzt antworten, wenn Palmer ihn noch einmal fragte: „Ich hörte, Weber, es gäbe einen Zaubertunnel? Einen Schacht, durch den einige Menschen verschwinden." Was zum Himmel sollte er antworten? Warum sagt ihm das niemand? Das Wasser prasselt in die Spüle.
Der süßliche Rauch einer Zigarre. Ich möchte nicht von Sabotage sprechen, wenn auch ... *Eine Faust ballt sich, löst und ballt sich.* Man wird Berlin Bericht erstatten.
Mit einem Glas Wasser steht Weber vor der Garderobe, der Spiegel reflektiert in dem schwachen Licht einen Schemen, den Weber nicht erkennt. Er tastet nach seiner Manteltasche, zieht etwas hervor. Ein gewöhnlicher, eigelber Umschlag. A5, einmal gefaltet. Ohne die Lasche zu öffnen, umtastet Weber den Inhalt. Er hat die Größe von einem Stück Seife. Von einem weichen Stück Seife. Wie viel Geld das bedeutet, kann Weber nicht schätzen. Nur, dass es viel ist. Dass es zu viel ist. Denn das Geld für den Schulbau hat er ersetzt, es ist alles bereinigt, die Rechnungsbücher korrigiert, saubere Zahlen, die untereinanderstehen und nun wieder ineinander aufgehen. Er hat alles, was er von Heldt gewollt hat, und er könnte jetzt gehen, irgendwohin, wo ihn niemand kennt, denn er ließe nichts zurück, keine Lücken im Etat, keinen Rechenfehler, nichts, was auf ihn hinweist, nichts, was gegen ihn spricht.
Heldt aber lässt ihn nicht gehen, steckt ihm neue Umschläge zu und zwingt ihn zum Bleiben. Weber schleicht durch die Zimmer, betrachtet Möbel und Gefäße. Seine Schreibtischschublade mit dem kupferumrankten Schlüsselloch. Die Vase mit den exotischen Blumen. Das Schachbrett links neben der Tür. Eine Karaffe mit Cognac, den Weber weder trinkt noch jemals jemandem angeboten hat. Die Bücherregale. Noch einmal das Schachbrett.
Weber kniet sich davor nieder, betrachtet die nachgestellte Partie von

Aljechin und Euwe, die auf dem Brett steht, seitdem der eine gegen den anderen in Holland verlor, und wann war das doch? 1935? 1936? Weber kann sich derlei Daten nicht merken, ohnehin, er versteht nichts von Schach, es ist Anna, die bei jedem Umzug darauf achtet, dass sich die Position der Figuren nicht ändert, wie es auch Anna ist, die nach jedem Umzug beteuert, sie wolle nun endlich die Partie zu Ende bringen, und es doch wieder über Jahre vergisst. Nein, Weber versteht nichts von Schach, und vorsichtig, mit zwei Fingern, hebt er das Brett an. Er schiebt den Umschlag in den hohlen Bauch, in dem die Figuren lägen, würde das Spiel einmal geräumt. Und er denkt: verschwunden, einfach verschwunden, lässt die Brettkante sinken.
Keine der Figuren hat ihren Platz verlassen. Weber betrachtet die Partie, im elften Zug vergessen, Aljechin gegen Euwe, und selbst Anna, ist er sich sicher, kann sich nicht erinnern, wer eigentlich damals von den beiden gewann.

Weber im Jackett, die Krawatte perfekt gebunden, wie immer korrekt, wie gewohnt elegant gekleidet, ein fragiler Körper, in dem eine Synapse fehlgewachsen, ein Organ aus seiner Routine gefallen ist. Das Brennen seiner Augen. Der Blick, den er nicht mehr scharf stellen kann, der ihm die Umgebung zeigt, als sei sie zu weit von ihm abgerückt, die Konturen ausgewaschen, als habe nichts mehr Bestand. Sind es seine Augen, oder sind es die Umrisse der Dinge, die zerfallen, ausfasern, die Farben, die sich um den Raum streiten, nicht mehr die Grenzen einhalten, auf die sie sich einmal geeinigt haben?
Er ist überrascht, dass er die Dinge noch berühren kann, dass er sie anheben, bewegen, verstellen kann. In den letzten Tagen spielen ihm seine Augen manchmal einen Streich, und er greift daneben. Es ist, als falle er auf einen von Wendlers Tricks herein.
Du wirst deine Meinung schon noch ändern, wart's ab.
Fünf Jungen, keiner älter als zwölf.
Eine Familie, sechs Personen.
Eine Großmutter und drei Enkel.

Ein Ehepaar. Die Frau ist schwanger.
Vier Mädchen.
Es ist, als sei er aus einem von Wendlers Tricks nicht mehr herausgekommen.

Vor dem Fenster das Summen der Flieger, dieses manische Dröhnen, das Weber verrückt macht. Die bleich gefrorenen Äste schrammen gegen das Fenster. Weber kann den Winter nicht ausstehen, so wenig wie die Dinge, die sich in die Luft erheben, denn schließlich, ist Weber sich sicher, gehört dort kein Metall hin, kein Kaugummi kauender Amerikaner mit Pilotenbrille, überhaupt kein Wesen aus Fleisch und Blut, nichts, was irgendein Gewicht hat, wie ja auch er dort nicht hingehört. Gehen kann er, laufen, sich über Wasser halten, aber was sollte er in der Luft, da hat er nichts verloren, da können sich Annas Heilige hinsetzen, er, Weber, beansprucht den Platz nicht, er will mit der Gegend dort oben nichts zu tun haben.
An seinen Schreibtisch gekauert und von den schlaflosen Nächten in einen halbtauben Zustand getrieben, ist er sich sicher, ein Kind zu sein. Ein Kind, das nicht das ganze Mailand mit seinen zigtausend Einwohnern und all den Straßen und Brücken und Palazzi beschützen kann. Darf ein Kind überhaupt an einem Handel teilnehmen? Sind Kinder nicht ausgeschlossen von Verträgen, Mündigkeit und Abkommen, für all diese Dinge nicht zu zählen? Weber spürt, wie ihn jemand fortbringt, ein unsichtbarer Riese, eine gepolsterte Gondel, ein fremder Wagen, er lässt sich über Wiesen schaukeln und wiegen und wird nicht mehr gefragt: Herr Konsul, Ihre Regierung, wie erklären Sie das?, nicht mehr gefragt: Wie ist das zu verstehen, mit Verlaub?, niemand mehr wartet auf eine Antwort, denn alles wird von einem sanften Wiegen bestimmt und von Hügeln und Hügeln und Hügeln.
Das Telefon klingelt ihn aus seinem Säuglingsalter.
„Weber, wo zum Himmel bleiben Sie denn?“
Das Summen der Flieger, dieses manische Dröhnen, und er murmelt: Wie dürfe er das verstehen?

„Wir warten auf Sie, wenn Sie nicht in fünf, was sage ich, in drei Minuten hier sind, wird es Hagel und Granaten regnen!"
Er stürzt hinaus, als ginge es um Leben und Tod, dabei ist, mit Verlaub, doch ohnehin nichts mehr zu retten, er hastet den Gang hinunter, als gäbe es für ihn noch irgendetwas zu tun, dabei, verdammt noch mal!, sitzen die Alliierten in Palermo, in Bari und auch in Cagliari, daran ist doch nicht zu rütteln, man muss nur noch abwarten.
Als er Palmers Büro erreicht, hört er oder glaubt zu hören, dass hinter der Tür Palmer mit Kobus redet: „Diese Akten, die waren ja nichts wert, dieses britische Zeug, weshalb hat er uns das angedreht?"
„Ich möchte nicht von Sabotage sprechen, Herr Palmer. Wenn auch –"
„Man wird sehen. So oder so, es war auch meine Schuld. Was erwarte ich von einem Diplomaten, der sich was auf seine alte Schule einbildet, auf eine längst ad acta gelegte Zeit? Solche Leute können ja nichts anderes, als auf Empfängen rumstehen, das ist mir im Grunde klar. Die meinen, mit Reden was ändern zu können. Als ob die Welt aus Worten bestünde! Was wollen die denn, die können zufrieden sein, dass man sie nicht nach Russland schickt. Kobus, ich freue mich, Sie lassen sich eines Besseren belehren. Auf Männer wie Sie zählen wir. Und vergessen Sie nicht: lernfähig bleiben. Immer lernfähig bleiben. Wir werden Ihnen noch beibringen, wie man den Himmel baut. Übrigens, die Genehmigung der Zugdurchfahrten haben Sie weitergeleitet?"
Weber vor der Tür, unfähig, zu klopfen, unfähig, davonzulaufen, ein Kleinkind ist er, ein Säugling, etwas ganz und gar Schutzloses, das niemandem helfen, niemanden retten kann, ein Nichts ist Weber und für nichts und für niemanden verantwortlich, auch nicht für fünf Jungen, deren Namen und Alter und Gesichter er nicht kennt.

Es gibt den Termin. Immer gibt es den Termin. Und wenn Weber eine Nacht überstanden hat, mit heiler Haut oder dem, was er noch dafür halten kann, erinnert er sich an den Termin, der ihm bevorsteht. Heldt entkommt er nicht. Denn Heldt ist zu schnell, lässt keinen Raum für ein Nein von Weber. Immer gibt es den Termin.

Natürlich hat er nie eine Verabredung mit Heldt notiert, verrückt ist er nicht, nicht lebensmüde oder nur so weit, wie man ihn dazu zwingt. Aber wenn Weber seinen Kalender aufschlägt, sieht er den Eintrag vor sich, das Treffen sauber in einer Spalte vermerkt. Er blättert um, auch hier steht es, blättert weiter und weiter, auf jeder Seite ist das Treffen mit Heldt in kräftiger, schwarzer Schrift notiert, er blättert und blättert, vor seinen Augen beginnen sich die Lichter eines Foyers zu drehen, er blättert und blättert. Hält inne. Sieht genau hin: nur die gewohnten Konsulatstermine. Natürlich, er ist ja nicht lebensmüde. Acht Tage noch.

Heldts fein geschnittenes Gesicht. Die dunklen Wimpern.

Weber weiß, dass er fahren muss. Dass ihm keine andere Wahl bleibt, als noch einmal eine Entschuldigung für Palmer zu erfinden, einen Tag vom Konsulat zu verschwinden, noch einmal nach Genf zu reisen. Denn er hat ja keine Papiere, keine Pässe, weder echt noch gefälscht, auf Vorrat. Wer ist er denn? Ist er der Papst, der mit einem Wink seiner Hand alle Kirchen Roms öffnen kann, damit sie Verfolgte schlucken wie vorbeiwehende Schneeflocken? Er ist nicht mehr als ein Beamter. Er ist im Auswärtigen Dienst eines Reichs, in das ganz sicher keiner der Bittsteller einreisen will.

Acht Tage noch.

Weber will, er muss nach Genf fahren, weiß er, aber es ist, als sei ein Bann um Mailand gelegt, der ihn daran hindert, die Stadt zu verlassen. Wann immer er zu Palmer gehen will, um ihm zu erklären: Aus gesundheitlichen Gründen, er könne ja nichts dafür, aus gesundheitlichen Gründen sehe er sich gezwungen, noch einmal für einen Tag in die Schweiz zu fahren, einen Spezialisten der Augenheilkunde aufzusuchen, immer wenn er sich mit seinen zurechtgelegten Sätzen zu Palmer auf den Weg macht, kommt ihm auf dem Flur das Fräulein Schnoop entgegen, eine Dokumentenmappe im Arm, die sie ihm aushändigt: „Dringend, Herr Weber, direkt aus Berlin“, oder es tritt ihm Kobus in den Weg: „Ach, Weber, haben Sie eine Minute?“, oder Mehring, mit zerwühltem Haar, berichtet ihm auf der Treppe von seinem letzten

Goethediskurs, den er mit dem Leiter irgendeiner Kulturinstitution geführt hat, die längst aufgelöst ist, und den er nur aus Menschlichkeit, wie Mehring betont, auf einen Kaffee eingeladen habe, und dann das: „Zwei Stunden, Weber, ich sage Ihnen: vom Werther über die Wahlverwandtschaften bis zum Diwan. Es war grässlich!"
Noch sieben Tage, weiß Weber, noch sechs, er sieht Heldts Gesicht vor sich, vom Halbdunkel verzerrt, das Mädchengesicht in einen bunten Schatten gezogen, der von einer Glasscheibe widerspiegelt, die sich dreht und dreht und –
Noch fünf Tage. Bei jedem Klingeln des Telefons schrickt Weber zusammen, erwartet, Wendlers Stimme zu hören: „Weber, ich freue mich! Ich höre, dass du nun doch an meinem Vorschlag Gefallen findest. Gar nicht mehr davon lassen kannst. Du hättest mich aber einweihen sollen."
Doch nie ist es Wendler. Wendler vielmehr ist nicht mehr erreichbar, aus dem Mailänder Leben verschwunden, mit seinem Palazzo davongetrieben, wie eine Scholle, die vom Eisland abbricht und von einem Strom weggespült wird, den Weber nicht kennt, der sicher nach einem wichtigen Mann benannt ist oder nach einem Mann, der sich wichtig vorkam.
Vielleicht, überlegt Weber, weiß Wendler gar nichts von seiner Lage, nichts von einem zweiten Handel, nichts von einem dritten, nichts von dem eigelben Kuvert, das unter einem Schachbrett liegt, unberührt, wie die Figuren, die über ihm Wache halten. Figuren, mit denen kein Zug mehr gesetzt wird.
Wenn Wendler nichts weiß, überlegt Weber, wer zwingt ihn dann, zu dem Treffen zu gehen?
Wenn Wendler nichts weiß, überlegt Weber, wäre es nicht möglich –?

In drei Tagen wird Weber in den Zug steigen. Honorarkonsul Mandel hat ihm ein Treffen versprochen, vier Schweizer Visa und seinen Segen, der Bekannte eines Bekannten eines Bekannten von Weber hat Kontakte in die Fälscherszene, in der man für ein paar Lebensmittelmar-

ken mehr oder weniger gekonnte Kopien erhält, der Schweizer Attaché Krünzli ist ihm mehr zugetan, als es Weber lieb ist, hat ihm aber die Beschaffung von Stempeln zugesichert, mit denen Weber fortan selbst so viele Visa stempeln kann, bis ganz Mailand aus Salò verschwunden ist.
Drei Nächte lang erscheint es Weber unmöglich, den Zugang zum Schlaf zu finden, nur die dünnen Träume von Anna tauchen auf. Anna am Schreibtisch tippt einen Bericht – Sie wollen doch nicht, dass man schlecht über Sie denkt? –, *Anna auf der Terrasse, über die Vogeltränke gebeugt, Anna, die einem Mann, und ist das nicht Palmer?, etwas zuflüstert, ihre Lippen nah an seinem Gesicht* – Ihre Karriere für einen lächerlichen Ausflug, Weber! –, *Anna, die mit einem Tretboot durch seine Träume treibt. Wenn er nur schlafen, sich erholen könnte, dann wüsste er, ob das Wasser knietief ist, ob er sich Sorgen machen muss und wenn ja, welche.*
Tags betäubt von den Nächten, nachts aufgekratzt vom Tag, kann er über nichts urteilen, nichts einschätzen, verrutschen ihm die Maßstäbe zu einer gekrakelten Linie, die sich über das Heck eines Bootes zieht.
„Konrad, was ist denn?" Annas kalte Hand streicht über seine Wange, er schreckt zurück, blickt sie erschrocken an. Da sitzt sie mit ihrem unschuldigen Heiligenblick. Als könnten Heilige unschuldig sein! Als könnte das nicht jeder sehen, dass, wer heilig sein will, seine Unschuld als Allererstes über Bord werfen muss.
Aber Anna hat es nicht begriffen, denkt Weber, wie sie auch nichts von seiner Lage begreift, nichts weiß von ihren Gastauftritten in seinen Träumen, nichts davon, wie sie, an der Seite von Palmer, sich über eine Vogeltränke beugt, sie sitzt da mit weit geöffneten Augen, als könnte ihm das auch nur im Geringsten helfen, und flüstert: „Konrad, es ist doch nichts?"
Weber, an seiner Krawatte nestelnd, sein Jackett glatt streichend, hält sie auf Abstand und möchte am liebsten herausschreien, dass ihn die Sorgen erdrücken, ja, merkt sie das denn nicht?
Merkt das denn niemand?
Aber wie sollten sie denn? Sein Gesicht bleibt leer, seine Kleidung kor-

rekt. Dass er nicht mehr kann, dass er nicht mehr will, dass er verschwinden möchte –
Er bleibt still. Unauffällig. Er schleicht durch die Botschaftsgänge, dieser stets akkurate Mann, diese wohltemperierte Person, ein überlegter Redner ist er, ein gewandter Korrespondent, ein informierter Gesprächspartner, ein geschickter Verhandlungsführer, ein unauffälliger Beobachter, ein sehr guter, wenn auch nicht herausragender Diplomat. Und was ist er selbst? Ein Stück Glas, in dem sich fremde Interessen bündeln und brechen, wie Lichtstrahlen in einem Prisma.

Drei Nächte ist Weber ohne Schlaf geblieben, nachts nur von einer betäubenden Gaze umgeben. Jetzt ist er auf der Rückfahrt von Genf, seine Augen kann er kaum offen halten. Und wer weiß schon, ob er Herrn Mandel tatsächlich dort traf, einen Attaché oder den Bekannten eines Bekannten, ob einer von ihnen ihm aushändigte, was er Weber versprach?
Ich fixiere das marmorne Diplomatengesicht. „Oder wissen Sie es? Nein, auch für Sie ist das ein Loch in den Akten, eine fehlende Seite. Auch Sie wissen nicht mehr, als die Akten verraten. Ein wenig mehr vielleicht, das gestehe ich zu. Aber was ist dieses Wenig, wenn es um viel geht?“
Er zieht eine Braue hoch, sieht mich streng an, doch erwidert er nichts, das ist, glaube ich, ein Punkt für mich und
Weber, im Lärm der Zugfahrt, liest eine Zeitung, kratzt am Rand der Spalten säuberlich etwas aufs Papier, er beugt sich vor, wirft einen Blick auf seine Tasche. Er denkt an ein Foyer, in dem Lichter über die Decke glitzern, er denkt an das Gesicht von Heldt und an einen Umschlag, der sich rau in seiner Hand anfühlt. Die Zeitung raschelt neben ihm, er will seinen Kugelschreiber wieder anklicken, und da ist es. Dieses Stechen. Er schließt die Lider. Ein Reiben jetzt, als lägen seine Augen auf Sand.
Weber tastet sich durch den schwankenden Waggon, seine Hände an die Wände, die kühle Innenseite des Zugkokons gelegt, ein stabileres Material als das, aus dem der Weberkörper besteht. Er hört das Blut in seinen

Ohren rauschen, er fühlt eine Hand in seine Kniekehlen drücken, aber da ist nichts, denkt Weber, da kann nichts sein. Der Zug hält, sie haben einen Bahnhof erreicht, nimmt Weber an, aber auf welcher Höhe sie sich befinden, kann er nicht erkennen. Irgendwo hinter Zürich muss es sein.

Blind schwankt er weiter, seine Linke vor sich ausgestreckt, greift ins Leere, er braucht Wasser, er braucht umgehend Wasser, sonst fällt er auf den Zugboden, lässt sich durch die Landschaft rütteln. Bis er ankommt, ohne zu wissen, wo, ohne zu wissen, mit wem und wohin sie ihn bringen werden oder ob sie ihn einfach liegen lassen, ein Alter, ein Säufer, vielleicht ein Clochard, die letzten Fahrgäste werden den Zug verlassen, während er auf dem Boden liegt, der Schaffner wird am Ende des Bahnsteigs eine Zigarette anzünden, während Webers Organe langsamer werden, nicht mehr damit rechnen, dass man sie noch einmal anstößt, in ihren Ruhestand stolpern, langsamer und langsamer, und der Zug wird wieder anfahren, schneller und schneller ins Nirgendwo der Abstellgleise rumpeln.

Die Klinke. Weber drückt die Tür der Zugtoilette auf, Luft weht ihm durch das geöffnete Fenster entgegen. Wankend steht er vor dem Waschbecken, schlägt sich Wasser ins Gesicht. Schemenhaft erkennt er sein Spiegelbild. Seine Haut ist fahl. Vom Alltag abgelegt, denkt Weber.

Die Tasche! Er hat sie allein auf dem Platz gelassen!

Mit seiner feuchten Hand wischt er sich über die Augen, zwinkert, bis der Blick ein wenig klarer ist, stößt die Tür auf und eilt, so schnell es sein dunstiger Blick erlaubt, zurück zu seinem Abteil. Er reißt die Tür auf – nichts. Aber vielleicht ist das nicht sein Abteil? Er stürzt zur nächsten Tür. Vielleicht ist es auch dieses nicht? Aber da hängt sein Mantel, da liegt die Zeitung, im Gepäcknetz sein Reisekoffer, und über den Boden rollt ein Kugelschreiber.

Der Zug fährt wieder an.

Durchs Fenster sieht Weber einen Mann auf dem Bahnsteig stehen. Er hat Weber den Rücken zugekehrt, aber Weber glaubt, ihn zu kennen. An seinem Mantel ist nichts Auffälliges, sein Haar ist kurz und gewöhn-

lich geschnitten, Weber meint dennoch, ihn trüb zu erkennen, und ist sich nicht sicher: Hat er ihn auf einem Empfang getroffen, bei einem Besuch, an einem hektischen Tag im Konsulat oder nur auf einer anderen, lang zurückliegenden Fahrt von Zürich nach Mailand?
Ein Mann im Mantel trägt Webers Aktentasche die Stufen zum Bahnhofsgebäude hinauf.
Als der Zug von dem Ostschweizer Städtchen fortquietscht, lasse ich ihn allein im Abteil, denn das ist es doch, was er erwartet: Dass die Welt ihn im Stich lässt, und warum sollte ich mich dem widersetzen? Ich folge dem andern die Stufen hinauf, er dreht sich um und lächelt mich an, er sagt: „Ein Herr hat seine Aktentasche vergessen", und hebt die Tasche, als wüsste ich nicht, was eine Tasche ist! Er sagt: „Man weiß nicht, manchmal finden Dinge zurück. Verschwinden nicht so leicht, wie man es glaubt. Oder hofft. Es gibt Fundämter, Poststellen, Zeitungsannoncen, glauben Sie nicht, ich ließe den Herrn so einfach entkommen." Er verneigt sich, und er zöge den Hut, wenn er einen trüge, aber er trägt nur die Tasche, und er lässt nichts zurück, gibt mir keine Karte, wie sich's gehörte, mit seinem Namen, seiner Anschrift und seinem Posten.

Kaum in Mailand angekommen, scheucht Weber einen Kofferträger durch das Gewühl aus Mänteln und Menschen, sieht einen einzelnen Koffer gegen die Beine des Trägers schlenkern, keine Tasche, nur ein schlichter Koffer aus hellbraunem Leder, gefüllt mit Krawatte, Jackett und zweimal gefalteter Weste.
Er treibt den Kofferträger zum nahe gelegenen Hotel Gallia, um nach einem Telefon zu verlangen, um nicht warten zu müssen, bis er bei sich zu Hause angelangt ist, um keine weitere Minute mehr zu verlieren.
„Mehring!", ruft Weber, als dieser endlich abhebt. Nach dem Rezeptionisten spähend, fügt er leiser hinzu: Man habe ihm seine Aktentasche entwendet. An einer Station zwischen Zürich und Chur. Mehring müsse sie finden, es sei Webers Tasche und er verlange, dass niemand sonst über sie bestimme.

Mehring gähnt ins Telefon. „Wenn es Ihnen nur um die Tasche geht, ich glaube, bei den letzten Verhaftungen könnte was für Sie dabei gewesen sein."
Niemand, wiederholt Weber, habe über seine Tasche zu bestimmen.

„Ein Anruf für Sie, Herr Weber." Marie, kaum dass sie ihn am Morgen damit geweckt hat, ist schon wieder verschwunden. Als habe sie Angst vor ihm. Als wolle sie unter keinen Umständen mit ihm zusammen über den Flur gehen. Aber er ist doch kein Unmensch. Nein, ein Unmensch ist er nicht.
„Die Tasche ist aufgetaucht", erklärt Mehring. Verhalten klingt er, denkt Weber, verhaltener als sonst.
„Sie wird am Mailänder Hauptbahnhof verwahrt", fährt Mehring fort, „und kann morgen ab neun Uhr abgeholt werden. Vorausgesetzt, der zuständige Angestellte wird nicht für militärische Operationen gebraucht. Der Inhalt der Tasche allerdings, wenn ich davon ausgehen darf, dass es einen gab, ist verschwunden, Herr Weber."
Verschwunden?, wiederholt Weber, aber er ist sich in diesem Moment nicht mehr sicher, ob es einen Inhalt in der Tasche gab, ob Honorarkonsul Mandel ihm Visa und seinen Segen gab, ob der Bekannte eines Bekannten seine Kontakte zur Fälscherszene spielen ließ oder ein Schweizer Attaché ihm Stempel auslieh, er ist sich in diesem Moment nicht mehr sicher, ob sich tatsächlich dergleichen in seinem Gepäck befand oder ob er nur eine beklemmende Leere darin transportierte.
„Die Tasche wurde leer in einem auf den Abstellgleisen geparkten Zug gefunden", fasst Mehring zusammen.
Weber, beunruhigt, dass irgendwo etwas zurückgeblieben ist von ihm, dass er Spuren hinterlassen haben könnte, irgendwo – und er weiß nicht, wo, und er weiß nicht, welche –, er ist ihnen, unter Umständen, ausgeliefert, oder sagen wir es genauer: Sie werden ihn, unter Umständen, ausliefern – und er weiß nicht, wohin, und er weiß nicht, an wen –
„Bisweilen kann Leere verräterischer als jeder Inhalt sein", murmelt mein Uralter.

Das Stechen im Hinterkopf. Weber flüstert, „Marie, etwas Wasser", stützt sich auf dem Telefontischchen ab, und in die Stille des Salons murmelt er: Es stehe nicht gut um ihn. Sie können ihm einreden, was sie wollen. Davon werde es leider, sagt Weber, leider nicht besser. Er lässt sich in einen Sessel fallen, der groß und weich ist und so, wie Weber es kennt: Mobiliar reicher Leute, die einen Krieg nie verlieren.

Weber im Liegestuhl auf der Veranda, in eine Decke gewickelt. Die Zeitung ist auf die Steinplatten neben ihn gefallen, die Akten liegen auf seinem Schreibtisch, die Tasche in einem geschlossenen Uffici der Bahnhofsverwaltung, weit, weit weg. In eine Decke gewickelt, atmet Weber die Winterluft, so wie es ihm sein Arzt bei seinem letzten Besuch geraten hat. Mit dem Ärmel seines Kittels über den Schreibtisch wischend, hat er Weber endlich eine Kur vorgeschlagen, und Weber hat geflüstert, eine Kur, ja, das sei wohl das Richtige. Er hat den Genfer See vor sich gesehen, die Berge von Davos, Balkone, auf denen geschützt vor sich hin leidende Lungenkranke Milch trinken. Ja, eine Kur, hat Weber wiederholt. Die Schweiz, hat er geflüstert, und seine Augen sind glasig geworden, beinahe durchscheinend.

„Nun, ich habe nicht direkt an die Schweiz gedacht, eher an Ihre Terrasse. Ganz im Ernst, lieber Weber, in der derzeitigen politischen Lage ist es mir kaum möglich, Schweizer Kurplätze zu vergeben. Ich bin kein Zauberer. Aber die Luft hier kann durchaus heilsam sein. Sie müssen ein bisschen daran glauben. Dreimal täglich eine halbe Stunde an der frischen Luft, in Decken gewickelt, Sie dürfen ruhig etwas schwitzen. Und im Übrigen: Mit Ihrem Puls können Sie wirklich zufrieden sein!"

Es ist ein milder Winternachmittag im Januar 44, und Weber will nicht mehr hinein, nicht mehr auf die Straße hinaus, nie mehr wird er seine Liege auf der Terrasse verlassen, beschließt er. Hier wird er bleiben und abwarten und alles vergessen. Zeit vergeht von allein. Darum muss er sich nicht kümmern. Darum muss er sich, komme, was wolle, nicht kümmern. Er schließt seine Augen, hört Annas Schritte in seine Nähe trippeln, sich wieder entfernen. Er wird alles vergessen. Die

Tasche, die Akten, Mehring, Palmer und vielleicht sogar Anna. Ihre Schritte entfernen sich, verschmelzen mit dem Rauschen in seinen Ohren. Als alles ruhig ist, öffnet er seine Augen wieder. Eine Taube flattert über ihn weg, landet auf einem Fenstervorsprung. Der Himmel darüber mattblau. Es ist eine Ruhe um ihn, ein Frieden, dem er, und er weiß nicht, warum, misstraut. Die Taube ruckt mit dem Kopf. Weber blickt in den Himmel.

„Anna!", schreit Weber. Anna! Sie solle kommen, sie solle, so schnell sie nur könne, kommen!
Anna springt vom Sofa auf, wirft sich einen Frotteemantel über, knotet ihn beim Laufen zu und eilt zur Terrasse, Webers Schreien entgegen: Was das sei, er könne nichts sehen! Wo sie sei, Anna, ob sie schon da sei? Weber rudert mit den Armen, seine Augen weit offen, sie starren wie blöd. Ihm sei etwas in die Augen gefallen. Dreck. Schmutz. Eine Taube, stammelt Weber. Eine Taube habe über ihm gesessen.
„Ich bin ja da." Anna greift seine Hand aus der Luft.
Ob sie ihn sehe.
„Ich sehe dich, Konrad, es ist schon gut."
Aber alles sei dunkel. Da sei eine Taube gewesen.
„Ganz ruhig, Konrad. Ich bringe dich zum Arzt. Ich lasse ein Taxi kommen und bringe dich zum Arzt. Es ist schon gut, Konrad."
Aber alles, wiederholt Weber, sei dunkel.

Weiß.
Weber blinzelt, das Weiß verschwindet nicht, es brennt sich in seine entzündete Netzhaut. Eine Hand in seinem Nacken, und dann das: Kälte tropft in seine Augen, breitet sich aus, fließt unter seine Lider.
Nur die Stimme: „Sie halten bitte die Augen offen. So ist es gut. Die Augen offen halten."
Einen Moment glaubt Weber, alles um ihn her würde wegsacken, er blinzelt, hört die Stimme neben ihm: „Nicht blinzeln. Herr Weber, was habe ich gesagt? Nicht blinzeln!" Er blinzelt sich das Weiß weg, erkennt,

wenn auch verschwommen, die offen stehende Tür zum Wartezimmer, jemanden, der an ihm vorbeigeht, und er starrt gegen die Decke, wünscht sich die blinde Schicht zurück.
Weber hört den gestärkten Kittel der Arzthelferin knistern, als sie sich entfernt, ihn allein lässt auf der Liege, von der er ohne ihre Hilfe nicht aufkommt. Im Wartezimmer Mantelrascheln, Husten, wenigstens die Tür hätten sie schließen können, er ist doch kein Tier, das man hier ausstellt. Er hört eine Männerstimme nebenan: „Was zum Himmel hätte sie allein auf einem Empfang zu suchen gehabt?“
Dann eine Frau: „Das frage ich dich, Herman. Red dich nicht raus. Ich merke das doch. So stillos war sie am Ende, angetrunken, ja, eine Frau wie sie, das steht ihr gar nicht, aber darüber konntest du ja hinwegsehen. Bei ihr kannst du das ja. Ich bin nicht blind, Herman.“
„Das lassen wir den Arzt entscheiden. Im Übrigen wäre sie mir alleine auch lieber. Ihrem Mann traue ich keine zwei Schritte über den Weg. Den sollte man mal genauer unter die Lupe nehmen, wenn du mich fragst.“
Weber schließt die Augen, hört wieder die Arzthelferin an ihm vorbeiknistern.
„Herr Palmer als Nächstes!“
Palmer? Die Dunkelheit um Weber schaukelt, er hält sich am Rand der Liege fest. Dann noch einmal die Stimme der Arzthelferin, diesmal näher, deutlicher: „Herr Wallner, bitte hier entlang.“
Er wird ja verrückt, denkt Weber, er glaubt Palmer schon überall um sich. Ja, hier auf der Liege des Augenspezialisten Doktor Brügge, unter den Blicken der vorbeilaufenden Arzthelferin, wird er verrückt. Oder ist es nur sein Gehör, das seinen Augen nacheifert? Vielleicht, wenn ein Sinn ausfällt, spielen auch die anderen Sinne nicht mehr mit. Seine Hände lösen sich wieder. Was weiß er denn, was um ihn herum geschieht?
Für ihn ist alles eine verschwommene, helle Fläche, und der Rest: nichts als Mutmaßung.

Ein greller Lichtpunkt leuchtet in Webers Auge. Seine Pupille versucht zu entkommen, aber der Lichtpunkt folgt ihr. Dann ist es dunkel.
Weber sitzt in einem erhöhten Ledersessel. An der gegenüberliegenden Wand erscheint ein Quadrat, in dem sich schwarze Zeichen absetzen.
„So, Doktor Weber, lesen Sie mir bitte vor, was Sie da vorne sehen."
Er könne nichts erkennen, sagt Weber.
Ein Dia wird hinter ihm gewechselt. „Und jetzt?"
Nein, er bedaure. Nur eine trübe Fläche.
Die Dias wechseln, nein, leider, es täte ihm leid, wechseln immer schneller, nein, leider, und noch schneller, dass Weber schwindelig wird, aber der Stuhl ist weich, die Lehne hoch, Weber schließt kurz seine Augen, und als er sie öffnet, ist das Licht im Zimmer eingeschaltet. Der Arzt steht vor ihm, beugt sich herab, drückt seinen Daumen auf Webers Lid.
„Und jetzt sehen Sie auf meinen Finger."
Webers Blick rollt hin und her, er riecht den Seifengeruch der Ärztefinger, er spürt den Druck des Daumens.
„Ich verstehe nicht ganz, was Sie sich erhoffen. Weshalb geben Sie nicht zu, dass Sie erkennen, was ich an die Wand projiziere? Wollen Sie mit Brillengläsern Handel betreiben?"
Es sei nicht die Sehstärke, erklärt Weber. Keine Hornhautverkrümmung. Kein Star. Nichts Gewöhnliches, erklärt er. Aber das müsse doch zu finden sein, die Medizin sei doch nicht im neunzehnten Jahrhundert stehen geblieben, man könne doch sicher mehr als Menschen runde Glasscheiben aufzusetzen –
Er sieht eine Glasscheibe, die sich dreht, ein Gesicht, das sich in der Glasscheibe spiegelt, aber das ist nichts, das ist nur Erinnerung, und Erinnerung ist nichts –
das wolle er doch zumindest hoffen, dass er, der so ausdrücklich empfohlene, der so hoch gelobte Doktor Brügge mehr könne als Dioptrien bestimmen!
„Ganz sicher, Herr Weber." Der Arzt faltet seine Hände, lehnt sich vor. „Aber um etwas zu finden, muss auch etwas da sein. Das verstehen Sie

doch, Herr Konsul. Sie würden doch auch kein Land vertreten, das es nicht gibt, oder irre ich mich?"
Er werde bald überhaupt kein Land mehr vertreten, entgegnet Weber.
Der Arzt lacht auf, aber einzig, ist Weber sich sicher, um das Gespräch zu beenden. Er kritzelt etwas auf ein Papier, schiebt Weber ein Rezept über den Tisch.
„Lassen Sie sich das in der Apotheke geben. Ich kann Ihnen nichts versprechen, aber vielleicht hilft es. Vielleicht hilft es nicht. Alles Gute, Herr Weber."

Die Presse, die darauf wartete, eine neue Sedisvakanz auszurufen, die endlich die prunkvoll schwermütigen Fotos des Katafalks mit den mehr als menschengroßen Kerzen drum herum, die Bilder der aus aller Welt zum Konklave angereisten Kardinäle schießen, den weißen Rauch kommentieren und ihren Spekulationen über Ottaviani freien Lauf lassen wollte, muss sich noch ein wenig gedulden, denn Pacelli hat es sich anders überlegt, den letzten Atemzug noch verschoben, und, von einem Schluckauf begleitet, nimmt er die Amtsgeschäfte wieder auf, feiert Messen, erteilt mit seinen schmalen Aristokratenhänden den Segen, und allein, dass er immer weniger mit Menschen spricht, deutet darauf hin, dass er dem Tod nur knapp davongekommen ist, sich vielleicht schon auf ein unendliches Schweigen eingestellt hatte.
Kardinal Ottaviani scheiterte nicht daran, dass er als Papst ins Konklave einzog, er zog, als sein Kurs hoch stand, nirgendwo ein. Er scheiterte an einer abstrusen Erscheinung, die, ob es sie nun gab oder der vom Fieber verwirrte Pacelli sie sich nur eingebildet hatte, ihn binnen Kurzem genesen ließ und an der Weber, wie Anna überzeugt ist, auf zweifelhafte Weise teilhaben durfte, was Weber bestreitet, mit dem einfachen, wie er findet, bestechenden Argument, dass seine Augenkrankheit noch immer nicht geheilt sei.
Weber schleppt sich durch die Via Savoia, der Rücken gebeugt, die

Schultern nach vorn gesunken, auch er ist von Krankheiten besessen, weiß er, aber bei ihm nehmen sie es nicht ernst, weder der Herr Botschafter noch Mehring, noch der neue Attaché, nicht einmal Anna hört ihm zu, wenn er davon erzählt, dass der Vorfall vor Jahren, als er auf der Terrasse lag und ihm Taubendreck in die Augen fiel, noch immer nicht ausgeheilt, vielmehr, nach einer zwischenzeitlichen Besserung, nun ärger denn je sei und von Woche zu Woche schlimmer werde.

Er versteht nicht, will nicht verstehen, warum Anna all ihr Mitleid auf diesen immer verklärter werdenden Papst verschwendet. In den zwanziger, in den dreißiger Jahren ist Pacelli ein guter Diplomat gewesen, das gibt Weber zu, ein Vorzeige-Nuntius, ein ganz und gar im Protokoll aufgehender Charakter. Aber jetzt? Kaum mehr als ein Mystiker ist geblieben, der mit Vögeln redet, Visionen vom Heiland hat und vielleicht, wenn Pacelli dem Tod weiterhin nicht nachgeben will, sich in ein paar Jahren wie Jeanne d'Arc ins große Gefecht wirft, gegen die Amerikaner, gegen die Russen, wer weiß. Pacelli mit einem Spatz im Arm voran!

Als Weber die Tür zu seiner Wohnung aufschließt, hört er das Tappen eines kleinen, schweren Tiers. Das neue Hausmädchen, das die Mahlzeiten nicht so zubereitet, wie Weber es erwartet, wie er es aufgrund seines empfindlichen Magens erwarten muss, kommt ihm entgegen, schwenkt ihre prallweißen Finger und informiert ihn: „Ein Anruf für Sie, Herr Weber."

Der Geruch von Bechamel-Soße folgt dem dicken Mädchen, und Weber will ein weiteres Mal erklären, dass er diese Soße nicht wird essen können, da sein Magen nur Olivenöl vertrage, keine Butter, keine Sahne, kein Schmalz, und das Mädchen zählt auf: „Zwei Briefe, ein Einschreiben."

Weber winkt ab. Es gäbe andere Sorgen. Seine Augenentzündung habe einen bedenklichen Grad erreicht, er wisse nicht einmal, ob er bleiben oder sich noch heute in die Gemelli-Klinik begeben solle. Damals, im Krieg, sei er von einer Taube verwundet worden.

„Von einer Taube?“
Von Taubendreck, genauer gesagt. Verätzungen. Sein chronisches Augenleiden rühre daher, es sei wieder schlimmer geworden, kaum zu ertragen, ja.
„Ach, Herr Weber, so eine Taube gibt es ja gar nicht, dass Sie von dem Dreck zehn Jahre lang krank sind!“
Webers Gesicht wird fleckig, seine Blässe von einer kurzen, rötlichen Aufregung durchschossen. Was wisse denn sie schon!

Weber, in sein Arbeitszimmer verkrochen, das Hausmädchen, das Schachbrett, Annas mit Reliquien übersätes Zimmer ausgesperrt. Er ist müde, bis zur Orientierungslosigkeit erschöpft, sein Herz rast, sein Blick ist nebelig, und die Wörter, die er noch lesen kann, kriechen übereinander, bilden groteske Zusammenhänge, sie machen sich über ihn lustig, denkt Weber, nie hat er gern Romane gelesen, und jetzt erzählen ihm die Akten die Fiktionen, denen er immer hat ausweichen wollen.
Vielleicht ist er schon längst in den Bereich der Fiktion übergegangen. Vielleicht pendelt er seit jener Erscheinung am Fenster – *eine blasse Gestalt. Überdeutlich. Mehr eine optische Täuschung als alles andere* – zwischen Realität und Illusion hin und her, wie ein Blatt, das über einen Fluss weht und das, sobald es sich einem Ufer nähert, vom Fallwind fortgescheucht wird. Seit der Erscheinung, denkt Weber, oder viel länger schon, seit Jahren, seit er Wendler zum ersten Mal traf.
Ob er sich nicht lieber ausruhen wolle, fragt die Haushälterin, als sie ihm um halb neun ein zweites Abendessen bringt und das erste abräumt, in Bechamel-Soße ertränkte Spargel, die Weber nicht angerührt hat.
„Sie sehen erschöpft aus, Herr Weber.“
Ob sie glaube, dass er darauf Rücksicht nehmen könne, fährt Weber sie an. Die Haushälterin weicht zurück, und Weber selbst ist erstaunt über seinen Kontrollverlust. Er hält sich an der Stuhl-

lehne fest, sie solle entschuldigen, murmelt er, und ihm einen Tee bringen, Assam oder Earl Grey.
„Einen Schwarztee um diese Uhrzeit?“
Er würde es durchaus begrüßen, wenn sie ihm einfach brächte, um was er sie bitte. Earl Grey oder Assam.
Die Haushälterin nickt und entfernt sich. Etwas stärker als sonst, ruft Weber ihr nach, ehe sie das Zimmer verlassen hat.
Er ist wieder allein, die Stille zieht sich um ihn zusammen, seine Augen brennen, er schlägt sich gegen die Stirn, als könne er sein Hirn dadurch zwingen, schneller zu arbeiten, doch sobald er sich wieder über die Akten beugt, machen sich die Wörter von neuem über ihn lustig. Nichts, was er liest, macht Sinn, es ist, als habe jemand die Logik aus dem Tag gerissen, das, worauf Weber sich zu verlassen gelernt hat.
Er greift nach dem Telefon, wählt die Nummer der Botschaft, verlangt nach Mehring. Dieser hat, wie man ihm sagt, die Botschaft gegen sieben verlassen. Man solle ihm Mehring schicken, wo auch immer er sei, ruft Weber, er verlange, ihn umgehend bei sich zu Hause zu sprechen.
Ein kurzes Schweigen, dann die junge Frauenstimme – beinah noch ein Mädchen, denkt Weber, wie soll man seine Arbeit verrichten, wenn man von Kindern umgeben ist –: „Ich werde versuchen, Herrn Mehring noch zu erreichen, Herr Legationsrat.“
Nur wenig später – Weber jedoch kommt es wie eine weitere Ewigkeit vor – steht Mehring, außer Atem, vor seiner Tür, verbeugt sich, „Herr Legationsrat?“, und Weber winkt ihn, ungeduldig, aber erleichtert, zu sich.
Weber tippt auf die Akten, Mehring solle lesen, es ihm vorlesen, es sei etwas mit seinen Augen, unbedeutend, aber wenn er so freundlich wäre –
Mehring lächelt, vielleicht aus Verlegenheit, vielleicht aus Mitleid. Aber Weber ist in diesem Moment überzeugt: Mehring, wäre er

lauter, lachte ihn aus. Er wittert seine Gebrechlichkeit, hofft auf den frei werdenden Posten eines vortragenden Legationsrats. Was sind schon Vertraute, denkt Weber. Und kann er's verübeln? Zu viele kleine Welten.

Mehring beugt sich über die Papiere, schweigend, dicht neben Weber und von ihm getrennt durch die Schrift, die Weber nicht mehr entziffern kann.

Was da stehe, was da stehe, ruft Weber ein wenig zu heftig.

„Der Herr Bundespräsident", raunt Mehring.

Der Präsident? Was solle mit dem sein?

„Ein Antwortschreiben zu Ihrem Bericht vom 3. des Monats. Gestern schon eingetroffen, Weber."

Er solle doch endlich vorlesen.

Weber verlangt nach Sätzen, die wieder einen Sinn ergeben, will zurück in die Normalität. Und zugleich fürchtet er, auch Mehrings Sätze nicht mehr zu verstehen. Fürchtet, dass sich die Krankheit in seinen Augen schon ausgebreitet hat, dass ihm der schlichte Bezug zur Welt abhandengekommen ist.

„Betreff: Geschenk an Papst Pius XII.", beginnt Mehring. „Ich bin erstaunt, dass, ohne eine Silbe mit mir zu sprechen, Herr Weber Verhandlungen aufgenommen hat über das Geschenk, das der Herr Bundespräsident dem Papst zu seinem 80. Geburtstag zu machen wünscht. Ich bin sehr für die Selbstständigkeit des diplomatischen Verfahrens unserer auswärtigen Vertreter, aber ich denke, es sollte ein Auftrag vorliegen."

Aber es hat doch einen Auftrag gegeben, denkt Weber. Er hat das Schreiben doch selbst in Händen gehalten. Erlass der Kulturabteilung, Oktober letzten Jahres. Mehring solle das morgen nachprüfen.

„Sehr wohl, Herr Weber. Ich fahre dann fort: Der Gedanke, ich solle dem Heiligen Vater ein intimes Lavabogerät dedizieren, noch dazu mit eingravierten deutschen Architekturmotiven, erscheint mir ebenso takt- wie geschmacklos."

Mein Gott, Mehring, ruft Weber aus. Mit einem Lavabo sei doch keine Waschschüssel fürs WC gemeint!
„Ich weiß, was ein Lavabo ist", bemerkt Mehring trocken, liest weiter: „Ich freue mich, ein Protestant zu sein, der nie in seinem Leben einen antikatholischen Komplex gehabt hat. Aber das spürt doch der Dümmste …"
Mehring solle seinen Ton mäßigen.
„Ich lese nur vor, was der Herr Bundespräsident schreibt."
Dann solle er es eben so vorlesen, dass es sich anständig anhöre.
„… dass da eine Abmachung vorliegt, die unter der Würde des Heiligen Vaters, aber auch unter meiner eigenen ist."
Als ob er sich nicht informiert hätte! Mit wie vielen Leuten habe er über die Angelegenheit gesprochen? Mehring habe es doch miterlebt, ruft Weber. Diskret habe er Informationen eingeholt: Die wichtigsten deutschen Bücher würden dem Heiligen Vater von den Verlagen zugesandt, laufend. Die Päpstlichen Museen und sämtliche Vorzimmer des Vatikans quollen über vor Bildern, Statuen und ähnlichem Kram, der Heilige Vater besäße sowohl im Vatikan als auch in seiner Sommerresidenz einen modernen Musikschrank mit Fernsehapparat, in seiner Privatwohnung sei alles vorhanden, was er benötige. Aber in seiner Privatkapelle, da müsse der eine oder andere Gegenstand ersetzt werden. Ein Lavabo! Der Herr Bundespräsident wisse überhaupt nicht – was wisse er denn von den Verhältnissen hier?
„Ich fahre dann fort?" Weber nickt, seine Stirn gerötet, ein Pochen in seinen Augen. „Die Dankspende des deutschen Volkes, die unter meiner Leitung stand, wird der Kurie ein Mosaik für die Kirche San Eugenio stiften."
Na großartig, stöhnt Weber. Ein Mosaik! Genau das, worauf der Heilige Vater seit Jahren warte.
„Der Vorschlag des Botschafters kann vielleicht, um Peinlichkeiten auszuweichen, vom Herrn Bundeskanzler aufgenommen werden."
Peinlichkeiten?, fragt Weber. Wieso Peinlichkeiten?

Er sieht Palmer vor sich, in glänzenden Lackschühchen über einen Empfang trampelnd, er denkt an den Reichsaußenminister, der den britischen König mit ausgestrecktem Arm grüßt, ein Fauxpas so groß wie Windsor Castle. Das waren die Peinlichkeiten. Und da hat niemand etwas gesagt.

Nein, diesmal hat er nichts falsch gemacht, ist Weber sich sicher. Diesmal nicht. Er ist müde, seine Augen schmerzen, aber da ist noch etwas anderes, das Weber so schlicht, wie es jetzt in ihm aufkommt, nicht kennt: Er hat keine Lust mehr.

Die Nachricht des Bundespräsidenten rückt von ihm ab, wird kleiner, ferner, Weber lacht auf, denn es ist ihm gleichgültig, was der Herr Präsident über Geschenke, über Lavabos, ja, und auch über ihn denkt, über Weber, und er lacht ein zweites Mal, Mehring sieht ihn irritiert an, aber der kann ja ruhig seinen Posten haben, soll er doch beim nächsten Geburtstag ein besseres Geschenk auswählen.

Weber sieht aus dem Fenster seines Arbeitszimmer hinaus auf die Via Savoia, die Umrisse dort draußen, hinter der Scheibe, überschneiden sich, rücken wieder voneinander ab, ein Wellengang geht durch die Formen, und zwischendrin sieht Weber alles ganz klar, die Steinlöwen, die reglos auf den Balkonbrüstungen warten, die Zitronenbäume, deren magere Äste im Wind wanken, die eingeschalteten Laternen, die den Passanten Schatten anhängen, sie strecken, strecken und wieder schrumpfen lassen, und Weber überlegt, seine Geschichte hier zu beenden, die Stimme in seinem Kopf, die ihm sein eigenes Leben erzählt und wieder erzählt, zu entlassen und in eine Ruhe zu verschwinden, die lückenlos ist, die alles von ihm schluckt, seine Zukunft, seine Gegenwart, seine Vergangenheit, und er hört Mehrings Stimme durch unzählige Filter zu ihm dringen: „Was also gedenken Sie zu tun, Weber?"

Langsam, sehr langsam dreht Weber sich zu Mehring um, es ist, als läge all dies schon hinter ihm, und mit stumpfer Stimme diktiert er:

„Vortragender Legationsrat I. Kl. Weber an das Auswärtige Amt

Rom, 25. Januar 1956

Hochzuverehrender Herr Bundespräsident!

Mit Schreiben vom 21. Januar, das gestern hier ankam, hat mir das Auswärtige Amt auf Ihre Weisung hin Abschrift Ihrer Bemerkung vom 10. Januar zu meinem Bericht vom 4. Januar gesandt. Ich beehre mich, durch die Hand des Herrn Bundesministers des Auswärtigen –",

als das Telefon klingelt.

Zehntes Kapitel. Frottee.

Weber erkennt die weiche Stimme am Telefon sofort.
„Ich habe dich verfolgt, lieber Weber. Oder sagen wir: deinen Werdegang."
Eine Stimme, die nur zu jemandem gehören kann, der in seinem Leben keine größere Freude kennt als das Sterben eines Vogels in einem Glaskolben. Und kein größeres Unglück. Weber winkt Mehring, sich zu entfernen.
„Die Zeitungen haben ja darüber geschrieben. Gratulation!", ruft Wendler und fügt gleich hinzu: Wenngleich, auch über ihn sei berichtet worden. Mitinhaber eines Textilkonzerns sei er jetzt. Tietjen-Frottee. „Seit Ende des Krieges sind nicht unerhebliche Erfolge zu verzeichnen, ja, ganz erstaunliche, könnte ich sagen. Vielleicht hast du davon Kenntnis – nein?, nun, wie auch immer. Mein Geschäftspartner ist übrigens ein entfernter Bekannter, oder soll ich sagen: Verwandter von Anna. Kurt Tietjen, du wirst ihn kennen. Wenn das kein Zufall – aber nicht, dass du glaubst, ich wollte meine Geschäfte mit deinen vergleichen, das wäre ja wie Äpfel mit Birnen", ruft Wendler und streicht dabei – Weber zumindest ist sich dessen sicher – über ein Stoffmuster für die Frühjahrskollektion. „Du befindest dich jetzt in ganz anderen Sphären. Erstaunlich", sagt Wendler, und nach einem kurzen Schweigen fügt er hinzu: „Aus der Hölle ins Allerheiligste. Meine Gratulation, das ist nicht vielen gelungen."
Was er damit sagen wolle.
Wendler lacht. „Weber, ich weiß schließlich über dich Bescheid."
Was es über ihn Bescheid zu wissen gebe.
„Es ist nicht meine Art, mit verdeckten Karten zu spielen."
Nein, mit Karten, sagt Weber, habe Wendler nie gespielt.
„Ach, Weber, nur so eine Redensart. Aber wenn du schon darauf eingehst, bleiben wir dabei. Und ich schlage vor: Karten, Papiere,

Rechnungsbücher. Nimm, was du willst. Deine Akte aus Mailand ist verschwunden?"
Sie sei in der Zwischenzeit wieder aufgetaucht, behauptet Weber.
„Sicher, Weber, sicher", flüstert Wendler. Dann kommt er auf Mailand zu sprechen, auf die letzten Tage vor dem Einmarsch der Alliierten, auf Bombardierungen und die verängstigten Kinder, auf den Brand eines Textillagers in der Nähe des Castello Sforzesco. Danach die Räumung der Trümmer, die zerstörten Häuser überall, die verbrannten Stoffe, die Kinder noch immer verängstigt, selbst im Lachen verängstigt, „unschön", betont Wendler mehrmals, „alles höchst unschön".
Weber stellt sich nichts davon vor, keine Kindergesichter, keine herausgebrochenen Mauersteine, keine auf den Bruchteil ihres eigentlichen Umfangs geschrumpften Stoffballen. Er fragt sich vielmehr, wie eigentlich Kurt Tietjen aus all dem herausgekommen ist, wie er sich nach dem Krieg durchgemogelt, in welchem Waschgang er von seinen Handtüchern die NS-Embleme geschrubbt hat, die jahrelang Herzstück einer jeden Kollektion waren: Adler, die am unteren linken Rand mit steif ausgebreiteten Schwingen von der überweichen Frotteewiese endlich fortkommen wollten, dabei sehr ungeschickt aussahen.
„Aber du hast das ja alles nicht mitbekommen", ruft Wendler. „Lieber Weber, du wusstest ja, wo es sich besser aushalten lässt."
Er habe vorzeitig mit dem Regime gebrochen, erklärt Weber. Es sei ja mit dem Regime nicht mehr auszuhalten gewesen.
„Heldenhaft, Weber, wirklich heldenhaft." Wendler lacht so leise, es könnte auch das Knistern des Seidenpapiers sein, das die einzelnen Musterstücke voneinander trennt. „Von Zürich aus hast du um deine Entlassung gebeten, August 44. Zu der Zeit dürften auch deine Schweizer Wertpapiere flüssig geworden sein. Mutig, Weber, ich zöge meinen Hut vor dir, wenn ich gerade einen trüge."
Er müsse entschuldigen, aber seine, Webers, Zeit sei bemessen, der nächste Termin stünde an.

„Sicher, Weber, du bist ja ein viel beschäftigter Mann. Lass mich nur einen Gedanken zu Ende bringen. Ich habe kürzlich das Vergnügen gehabt, eine Dame kennenzulernen, deren Namen ich, das wirst du verstehen, nicht nennen möchte. Diskretion gegenüber meinen Kunden hat mir immer am Herzen gelegen. Ich bin erstaunt gewesen, ja, Weber, ich will ganz offen sein: Aus allen Wolken bin ich gefallen, wenn du mir diesen Ausdruck erlaubst, jetzt, wo du den Himmeln, Wolken und Wundern ja so nahestehst. Ich habe es zunächst nicht glauben können, nicht glauben wollen, Weber! Allein die Loyalität gegenüber meinen Kunden hat mich bewogen, die Geschichte bis zum Schluss anzuhören, auf die wir durch Zufall, durch eine Namensgleichheit kamen. Diese unschöne Geschichte aus Geld, gefälschten Papieren und einem nicht eingehaltenen Versprechen."
Was er von ihm wolle, fragt Weber. Und dann, kühl: Ob er ihn erpressen wolle.
Und natürlich, weiß Weber, ist eben dies unüberlegt, ist vielleicht dies das Geständnis, das Wendler von ihm hören will: dass er zugibt. Dass er etwas zugibt.
„Konrad, aber nein!", ruft Wendler aus. „Du musst verstehen, ich befinde mich in einem Gewissenskonflikt. Meinen Kunden gegenüber bin ich immer loyal. Und dir, Weber, nie im Leben möchte ich dir etwas Schlimmes zutrauen, ich kenne dich doch, Konrad. Den Teufel werde ich tun, dich in Schwierigkeiten zu bringen – wenn du diesen Ausdruck erlaubst, jetzt, da du –"
Ja, ja, unterbricht ihn Weber, er erlaube ihm, was immer er sagen wolle. Nur leider, die Zeit dränge, ein wichtiger Termin stünde an. Ob es noch etwas gebe, was er für Wendler tun könne, er müsse nun wirklich umgehend zu einer Besprechung.
„Sicher, Konrad, das verstehe ich doch. Ich will dich auch nicht weiter stören, das ist ja nur eine Anekdote gewesen. Etwas, das man schnell wieder vergisst. Eine kleine Bitte habe ich noch, ja, in der Tat. Eine minimale Gefälligkeit, vielleicht nenne ich es so?

Dann will ich dich nicht länger stören. Ich dachte nur, jetzt, Weber, da du Kontakte hast zum Heiligen Stuhl, wo du gewissermaßen selbst der Kontakt bist – und du weißt, unsere besten Kollektionen sind, ohne mich rühmen zu wollen, Qualität von Welt. Aus Washington kommen Bestellungen, aus London und selbst aus Paris! In New York haben wir sogar eine Filiale. Und vielleicht ... Kurz: Ich las, der Heilige Vater feiere im März einen runden Geburtstag. Eine wunderbare Gelegenheit, ihn mit den Frotteeartikeln der Firma Tietjen bekannt zu machen. Kennst du unseren Wahlspruch? ‚So viel Arbeit! So viel Ärger! Gönnen Sie sich Ihren Frieden mit Frottee der Firma Tietjen!' Weber, ich würde mich sehr freuen, wenn eine feine Auswahl nebst den besten Glückwünschen den Papst zu seinem Ehrentag erreichte. Unser neues Warenzeichen ist eine Taube, ausgesprochen passend für den Heiligen Vater. Porzellan, Bronze, alte Stiche! Konrad, selbst ein Papst wird dessen irgendwann müde. Zudem, der Vatikan birst bald vor lauter Kunst und Antiquitäten."

Woher er das nun wieder wisse.

„Konrad, ein guter Geschäftsmann hat informiert zu sein. Immer. Und über alles. Was denkst du also?"

Er werde sehen, was sich machen lasse, antwortet Weber. Jetzt müsse er wirklich aufbrechen.

Weber ahnt Spuren, Staubpartikel, die unter einem Mikroskop betrachtet ihre ganze Monstrosität entfalten. Er selbst hat keine Geschichte, ist er sich sicher, nur eine Zukunft, und selbst auf die ist er bereit zu verzichten. Aber in anderen Geschichten fällt sein Name. Über diese Geschichten hat er keine Macht, er ist nicht ihr Erzähler. Und er ahnt, dass er nur bedingt sein eigener Erzähler ist, dass sich jede Geschichte abgleicht mit den Erzählungen, die sich mit ihr überschneiden, dass es keine autonomen Geschichten geben kann und keine schweigenden Erzähler.

Nicht, dass er etwas zu verschweigen hätte! Er hat, abgesehen von

einer kleinen Misslichkeit bei der Verwaltung gewisser Baugelder, seinen Dienst, solange er im Amt war, korrekt, ja gewissenhaft erledigt, er hat im August 44 mit dem Regime gebrochen, und das ist alles, was es von seiner Vergangenheit noch gibt. Mehr ist nicht nötig. Weber hat Geschwätzigkeit nie goutiert.
Ein mustergültiger Lebenslauf, das ist alles, was von seiner Geschichte bleibt. Was davon geblieben ist, nachdem seine Personalakte verschwand. Ein kleiner, in Spalten unterteilter Rest, von Weber selbst ausgefüllt, und selbst der liegt tief in den Akten, in den Archiven verstaut. Weber lehnt sich in seinem Stuhl zurück, und da ist ein anderer Schreibtisch, da sind andere Gesichter, da ist ein Gefühl von Macht. Es ist ihm unangenehm, dieses Gefühl. Oder ist es ihm –
Aber all das hat ja nichts mit seiner Geschichte zu tun. Die Frage, wie diese Bilder in seinen Kopf geraten sind, umgeht Weber elegant, indem er sie sich nicht stellt. Er klingelt nach dem Mädchen, einen Tee solle sie ihm bringen, etwas aus Kräutern, der Magen, er könne es sich nicht erklären, bislang seien es doch vorrangig die Augen gewesen –
Er beugt sich wieder über die Unterlagen, die er nur unscharf erkennt. Der Brief des Bundespräsidenten, und dort, im anderen Stapel, die Wochenzeitschrift Oggi, er fühlt das glatte Papier, warum liegt die Zeitschrift überhaupt noch hier? Er kann den Zettel nicht lesen, der daran geheftet ist, blättert die Zeitschrift auf. Ist das nicht das Gesicht des Papstes? Nein, er hat sich geirrt. Aber dieses vielleicht?
Es klopft, die Haushälterin stellt das Teeservice auf dem Schreibtisch ab. Weber nimmt es kaum wahr, obgleich er sie anzusehen scheint. Seine Augen sind gerötet, ist er sich sicher, doch kein Arzt wird es ihm attestieren.
„Herr Mehring lässt ausrichten, dass er morgen zur Fertigstellung des Briefes –“ Sie bricht ab, da Webers Gesichtsausdruck abwesend bleibt. „Wünschen Sie sonst noch etwas?“

Sie solle sich zu ihm setzen, verlangt Weber.
Zögernd tritt die Haushälterin näher, vermutet vielleicht Schlimmeres, als Weber im Sinn hat. Sie riecht nach einem viel zu süßen Vanilleparfum, ihr Kragen sticht in die mit Haarlack verklebte Hochsteckfrisur. Weber würde gern ihre Hand nehmen, aber er weiß, was sich gehört, er hat es immer gewusst, hat sich immer daran gehalten, was sich wann wo wie gehörte.
Ob sie jemanden verurteilen würde, der Menschen das Leben gerettet hat, fragt Weber und streckt seine Hand aus.
Die junge Frau meint, er deute auf die Zeitung, die auf seinem Schreibtisch liegt.
„Es kommt darauf an", sagt sie zögernd und reckt ihren Hals, versucht zu erahnen, worauf Weber anspielt, aber erkennt nur die Fotografie eines Fußballtors. „Es kommt wohl darauf an, wie viele er umgebracht hat."
Umgebracht? Aber davon habe er doch nicht –
„Ja, oder – meinen Sie nicht?"
Webers Augen brennen, Webers Magen drückt, er sieht das Hausmädchen starr an, das dick und verunsichert die Hände umeinander dreht.
„Ja, was – was wollen Sie denn hören?" Sie wünscht sich, etwas sagen zu können, das ihn zufriedenstellt, aufrichtig wünscht sie es sich, bin ich mir sicher, aber Weber sieht sie nur an mit seinen geröteten Augen. „Was wollen Sie denn hören", wiederholt das Mädchen. Weber beugt sich über den Schreibtisch. Er wolle gar nichts mehr hören. Er hätte generell gern, dass nicht so viel gesprochen würde.

Weber, über seinen Schreibtisch gebeugt, als hockten ihm alle Wasserspeier und Sandsteinheiligen der Stadt auf den Schultern, lässt blind seine Hand mit dem Stift über das Papier fahren, skizziert einen Brief an das Auswärtige Amt:

Betr.: Christus-Erscheinung des Heiligen Vaters, Bericht in der illustrierten Wochenzeitschrift Oggi

Mittlerweile erfahre ich durch Msgr. Wüstenberg und Msgr. Bayer (diese sind aus der Umgebung des Papstes gewöhnlich gut informiert), dass die Patres Lombardi und Rotondi, S. J., die Indiskretion, Informationen über die Visionen des Heiligen Vaters an die Presse weiterzugeben, absichtlich begingen in der Erwartung, dadurch dem Kommunismus Abbruch zu tun; sie wird von allen Geistlichen, die ich sprechen konnte, sehr bedauert.

Er strafft seine Schultern. Es wäre doch gelacht, wenn er aus dieser Sache nicht herauskäme.
Aus der Sache –
Aus all dem –

Woher sollte Wendler etwas wissen? Von einem zweiten Handel, vom Kuvert, das unter einem Schachbrett liegt, auf dem keine Figur berührt, kein Zug mehr gesetzt wird. Warum, überlegt Weber, ist er so sicher gewesen, dass Wendler alles weiß, ein Mann, der aus luftleeren Träumen besteht?
Es ist der 12. Januar 1944. Weber hat eine schlaflose Nacht hinter sich, einen vor Müdigkeit aufgekratzten Tag, er trägt seine Aktentasche in der Hand, seine Krawatte ist perfekt gebunden, er ist ein unauffälliger, vielleicht zu korrekt gekleideter Mann, der, vom Planetario kommend, die Via Tadino hinaufgeht, in die Via Gregorio abbiegt, und als er nach rechts die Via Pisani einschlägt, sieht er das Bahnhofsgebäude am Ende der Straße leuchten. Er geht darauf zu, er sieht den Bahnhof immer größer werden, er sieht das Hotel Gallia links davon und denkt an das Glänzen des Foyers, glänzende Gesichter überall, ein Gesicht sticht hervor, ist hübscher als das jedes Mädchens. Heldts Augen suchen den Raum ab, verweilen auf der Eingangstür, und in seiner Hand dreht er

schneller und schneller eine bunte Glasscheibe, ist Weber sich sicher. Und Weber geht weiter, hält nicht an, die gläserne Drehtür wird angestoßen, Licht wird von den Flügeln reflektiert, wird hinausgeworfen, glitzert und dreht sich und dreht sich und dreht –

Weber, ohne seinen Schritt zu verlangsamen, geht die Via Galvani entlang, auf der Höhe der Via Gioia biegt er nach links ab. Er stellt seine Aktentasche ab, die leicht ist, leer, die er heute ganz nutzlos mit sich herumträgt. Er zieht seinen Terminkalender aus der Innentasche seines Jacketts, schlägt ihn auf. Kein Termin. Natürlich, er hat die Termine ja nie verzeichnet. Aber es beruhigt ihn, diese weiße Spalte, als könne sie rechtfertigen, nein, als diktiere sie ihm, nicht zurückzukehren zum Hotel Gallia. Die Straße vor ihm ist dunkel, aus einem der Fenster zieht der Geruch von gebratenem Knoblauch. Tellerklappern. Damenschritte. Er schert aus seinem Heimweg aus, biegt wieder nach rechts, lässt sich von der Stadt, von den Menschen auf der Straße treiben, und er denkt an ein Foyer, in dem Lichter über die Decke glitzern, aber wer weiß schon davon? Wer weiß schon, was unter einem Schachbrett liegt, das niemand zu berühren wagt, dessen Figuren seit Jahren Wache halten über eine längst verlorene Partie?

Er lässt sich treiben. Nicht mehr als ein Schatten ist er, der von den Laternen wild vor und zurück geschlagen wird, mal klein, mal groß ist, ohne dass er selbst etwas dafür kann, ein Schatten, nicht mehr, etwas, das verschwindet, wenn das Licht vollkommen gelöscht wird.

Er steht vor einer Mauer, blickt an der Mauer entlang auf den Eingang, ein schweres, gusseisernes Tor. Vielleicht sieht er an den metallenen Ranken hinauf, vielleicht an der Mauer, die die Farbe alter Haut hat. Die Spitzen der Zypressen wanken über dem Rand des Grundstücks, vom Licht der Laternen nur schwach aus der Dunkelheit herausgeholt. Italienische Friedhöfe haben Weber immer an den Hinterraum einer Apotheke denken lassen, Schubfach über Schubfach über Schubfach, alle gleich groß, und anstelle der schmalen Etikettfelder geben kreisrunde und ovale Porträts den Inhalt an, oft noch junge Gesichter, die lächelnd bezeichnen, was dahinter verfault. Vor einigen flackert eine

Kerzenflamme, schwächliches Licht, das eher an das Dahinscheiden erinnert als an eine ungesicherte Auferstehung. Webers Blick gleitet hinauf zu den Zypressen, wie Mützenspitzen kommen sie ihm vor. Mützen, die ein verstecktes Treffen verraten. Plötzlich sind sie verschwunden. Die Laternen sind tot. Irgendwo schlägt Metall auf Metall. Irgendwo zerbricht Glas.

Nach einiger Zeit, in der Weber im Nichts zu stehen glaubt, findet er sich unter neuen Lichtverhältnissen wieder. Der Mond lässt sich auch zur Nachtsperre nicht ausschalten. Aus dem Schatten oder den Büschen oder der althäutigen Mauer löst sich eine Gestalt. Weber meint, das Klirren von Schellen zu hören. Ein Murmeln, rhythmisch, Fragmente eines Lieds oder Gebets. Noch eine Gestalt taucht auf. Und noch eine. Ein länglicher Gegenstand, den sie, in helles Laken gehüllt, zwischen sich tragen. Sie ziehen nah der Mauer entlang, blicken sich nicht um, aber sie sind von einer Unruhe umgeben, die bis zu Weber Wellen schlägt. Und dann verschwinden sie, kriechen hinein in die metallenen Ranken oder lösen sich unter ihnen wie herabgefallener Blütenstaub auf. Metall ist zu hören. Die Friedhofstür wird so heimlich, wie sie geöffnet wurde, wieder geschlossen.

„Und natürlich“, fügt mein Uralter hinzu, „glaubte Weber, sich selbst dort zu sehen, verborgen zu Grabe getragen und in wendlerweißes Laken gehüllt. Denn Ihr Weber neigt doch dazu, in Katastrophen zu denken, wenn es um seine Person geht. Katastrophen sind für ihn eine persönliche Sache.“

„Was aber“, wage ich zu entgegnen, „was, wenn er sich in einem der Schatten erkennt. Könnte ihn das nicht auf den Gedanken bringen, noch einmal umzukehren, zurück zum Hotel, zum glitzernden Foyer, in dem zwar vermutlich niemand mehr wartet, sich keine Glasscheibe schnell und immer schneller dreht – aber vielleicht doch –, es noch einmal zu versuchen?“

„Sie wollen ihn überreden, die Geschichte anders verlaufen zu lassen, als sie nun einmal verlief. Aber Sie halten zu viel von Ihrem Weber. All dieses Heldenzeug hat ihn doch nicht interessiert. Weder auf der einen noch auf der anderen Seite. Das hat ihn resistent gemacht gegen eine gewisse Art von Manipulation, so viel gestehe ich ihm durchaus zu. Er hatte kein Gespür für dergleichen, hat nur verstanden, was in den Akten steht und wie man es, umformuliert, wieder verwendet.“

Weber kommt spät und so, als wäre nichts geschehen, nach Hause, legt seine Aktenmappen auf den Beistelltisch im Flur, streicht sich durch die Haare, Weber, der pfeifend in den oberen Stock steigt, die Tür zum Schlafzimmer aufdrückt: Anna?, so als wäre nichts geschehen.
Anna aber lehnt am Fensterrahmen, zittert vor Müdigkeit. Sie dreht sich zu ihm um. „Was war denn, Konrad?“ Ihre Lider blinzeln gegen ihre eigene Trägheit an, und so mager und blass, wie Anna ist, gibt sie im Mondlicht eine hübsche Somnambule ab.
Nichts sei gewesen, flüstert Weber. Nichts.
Er knöpft sein Hemd auf, legt seine Hose exakt gefaltet über den Stuhl, lässt sich auf das Bett sinken. Und kaum dass er liegt, dämmert er schon davon, so viel Zeit ohne Schlaf, sein Körper saugt die Ruhe in sich auf, und bevor Weber ganz eingeschlafen ist, murmelt er noch einmal: „Aber es war doch nichts.“
Webers kleine Welt schließt sich wieder um ihn, ein schützender Kokon, und draußen, im Geäst, an dem der Kokon hängt, geschehen Dinge, für die Weber zu müde ist. Drei Wochen ohne Schlaf. Himmel, er kann sich ja nicht um alles sorgen!

Weber fiebert in der Nacht. Seine Augen brennen, er ist erschöpft, aber er kann nicht mehr liegen, sein Herz rast. Er wünscht einen Arzt bei sich, umgehend verlangt er nach einem Arzt, aber die Wohnung ist leer, das Dienstmädchen vor Stunden gegangen, vergnügt sich mit ihrem Verlobten in einem schäbig möblierten Vorortzimmer, und Anna ist mehrere tausend Kilometer entfernt in der norddeutschen Provinz. Sie haben ihn alle allein gelassen, denkt Weber. Draußen, auf der Straße, fährt ein einzelner Laster

vorbei. Niemand macht sich Gedanken um ihn, ist Weber sich sicher. Er ist einfach aus der Welt gefallen. Vielleicht von jemandem hinausgeschubst.
Im Arbeitszimmer verkriecht er sich unter den Lichtkegel einer Leselampe. Die Buchrücken starren ihn an, sie machen ihn lächerlich, seitdem er Gedrucktes nicht mehr scharf erkennt, seitdem er es nicht mehr entziffern kann. So also geht es zu Ende mit ihm. Er hat sich wundgearbeitet, seinen Kopf wundgearbeitet, und jetzt ist er allein.
Und wofür?
Wenn er geht, werden sie über ihn lachen, denkt Weber, über ihn, der nie etwas anderes gewesen ist als ein Spielball für sie, für Wendler, für Palmer, für Weitkamp, ja, selbst für Weitkamp war er ein Spielball und hat es nicht gemerkt. Sie haben ihn geschickt, wenn die falschen Entscheidungen zu treffen waren, wenn es keine andere Möglichkeit gab, als die falschen Entscheidungen zu treffen, ist Weber überzeugt. Dann haben sie es ihm überlassen. Sie lachen, glaubt Weber in der Dunkelheit zu hören, denn das Lachen macht ihnen noch Spaß, das haben sie sich nicht nehmen lassen. Bei seinem Abgang werden sie alle über ihn lachen. Falls überhaupt jemand kommt.
Wo die Haushälterin das Fieberthermometer aufbewahrt? Weber stützt sich an der Wand ab, jeder Schritt schmerzt, er geht hinunter in die Küche, seine Augen pochen, als habe man ihm Salz hineingerieben, als habe irgendein Sandmann versucht, ihn mit Salz einzuschläfern, aber weshalb, denkt Weber, lässt das Salz ihn nicht wenigstens schlafen? Das grelle Licht schiebt die Wirklichkeit dicht an ihn heran. Er durchsucht die Küchenschränke, das Vertiko im Flur, schaut in den Regalen im Wohnzimmer nach, und warum steht da noch ein Sammelalbum vom Bau des Olympiastadions 1936? In der Kommode im Flur schließlich findet er das Thermometer, er schleppt sich zurück in sein Arbeitszimmer, hier fällt sein Alleinsein am wenigsten auf.

Zurückgelehnt in einem Sessel misst er das Fieber, beschließt, ab einer Temperatur von 40 Grad einen Arzt zu rufen, beschließt, dass jede Temperatur über 39 Grad keine andere Wahl lasse, als einen Arzt zu rufen. Er nimmt das Thermometer aus seinem Mund, liest die Zahl ab. Er kann es nicht glauben, schlägt das Quecksilber herunter und misst erneut. Aber in dieser Nacht wird das Thermometer nicht über 37 Grad steigen. Es ist, als hätten sich nicht nur die Menschen, sondern auch die Dinge gegen ihn verschworen.

Das Brillengestell wippt, und Weber hat das Gefühl, er sitze einer riesigen Katze gegenüber, die mit ihrer Beute spielt.
„Herr Weber", sagt Doktor Niedecker leise, so, wie man Diagnosen von unheilbaren Krankheiten mitteilt. „Ich habe nichts feststellen können. Nein, verzeihen Sie. Es ist nicht auszuschließen, dass ich etwas übersehen habe."
Der Arzt holt etwas aus seinem Koffer, verbirgt es in der Hand. Weber ist sich sicher, dass es eine tote Maus ist, aber eine tote Maus? Weshalb eine tote Maus? Niedecker späht auf die Uhr über der Tür. „Ich werde Ihnen etwas schreiben. Reicht es, wenn Sie es morgen mit der Post bekommen?"
Weber schüttelt den Kopf, obwohl er sich längst geschlagen fühlt. „Gut, ich lasse es Ihnen mit dem Boten schicken."
Sofort, zischt Weber. Sein letztes Aufbäumen. Ein Widerstand gegen eine Lappalie.

„Sie dürfen arbeiten. Aber nicht mehr als zwei Stunden am Tag und keine Termine außer Haus", sagt der Arzt, als er aus Webers Arbeitszimmer kommt und Weber, der im Salon gewartet hat, den getippten Bericht aushändigt. „Und halten Sie sich daran."
Weber überfliegt die Schreibmaschinenseiten, seine Sehschärfe ist noch immer getrübt, zwar weiß er, wonach er sucht, nach einem Wort, das in dem Bericht vorzukommen hat, aber die Schrift zer-

fließt vor ihm, ein Wunder, dass es nicht aus der Seite heraustropft. Ob er es ihm vorlesen könne, bittet er Doktor Niedecker.
„Ärztlicher Bericht über Herrn Legationsrat I. Klasse Doktor Weber. Grund der Inanspruchnahme ärztlicher Behandlung waren Beschwerden, die dem vegetativen Formenkreis angehören und insbesondere innere Erregungszustände, verbunden mit schweren Schlafstörungen und anfallsweisem Herzjagen. Außerdem hat Herr Doktor Weber unter hypertonen Erscheinungen zu leiden. Der Gesundheitszustand des Herrn Doktor Weber hat sich im Verlaufe meiner Beobachtungszeit so verschlechtert, dass es vom ärztlichen Standpunkt aus als unabwendbar erscheint, ihn von dienstlichen Aufgaben zu befreien. Wann mit einer Wiederherstellung der Gesundheit und voller Dienstfähigkeit gerechnet werden kann, ist schwer vorauszusagen. Sie wird aber bestimmt nicht vor Ablauf von drei Monaten zu erreichen sein."
Der Arzt sieht auf, spielt mit seinem Brillengestell.
Und die Augen?, fragt Weber.
„Was soll mit Ihren Augen sein? Sie haben gestern zu lange wach gelegen. Selbst einem Schulmädchen können die Augen brennen, wenn es zu wenig schläft. Lieber Herr Weber, ich habe Bluthochdruck festgestellt. Das ist alles, was ich für Sie tun kann."

Elftes Kapitel. Wendler.

„Entscheidungen werden nicht nach der Moral getroffen, eine Moral kann man erfinden, nachdem die Entscheidung ausgeführt wurde.“
Wilhelm Wendler
Memoiren eines Frotteeunternehmers

Hinter Wendlers Villa ist das Gewächshaus verschwunden. Nur noch die ineinandergelöteten Streben aus rostigem Eisen mitten im Grasland, nicht einmal Scherben der Glashaut sind geblieben. Weber hält Abstand zu dem rostigen Reptil, vorsichtig setzt er einen Schritt nach dem anderen ins wild wuchernde Gras. Auf der Rückreise von einem Schweizer Kurort, die ihn über Mailand führte, ist er noch einmal ausgestiegen, hinausgefahren zu Wendlers Grundstück, weshalb, das weiß er selbst nicht genau.
Die Aufschrift Casa della fortuna schnörkelt sich über dem Eingang der Villa. Im Innern, dort, wo Wendlers Instrumente lagerten, bietet ein Hochzeitsunternehmen Kleider, Torten und knallenge Strumpfbänder an. Weiße Limousinen stehen unter dem Dach eines Schuppens, ihre Schlafaugen wie die der Pferde, tiefschwarz, mit der Alltagsmelancholie vom Anblick der Koppeldrähte. Während sich drinnen Damen um die Nadeln der Schneiderinnen winden, warten Männer auf den Fahrersitzen der parkenden Autos oder an ihre Vespa gelehnt, keiner, der liest, keiner, der mit einem anderen spricht, keiner, der den herumstromernden Weber beachtet. Stumm starren sie durch die Windschutzscheiben ihrer Wagen oder die Gläser ihrer getönten Brillen.
Verwundert, als blicke er in einen Guckkasten, bleibt Weber stehen. Hier ist früher nur Mauer gewesen. Er betrachtet seine Augen, gespiegelt auf einer Fensterscheibe, zwei rote Punkte, denkt

Weber. Entzündet, in Brand gesteckt, zwei leuchtend rote Punkte müssten das sein. Aber auf der Scheibe ist nur die blassblaue, fast farblose Iris zu sehen, dahinter, rauschend weiß und den Boden des Schaufensters flutend, ein Hochzeitskleid, aus den gepufften Ärmeln staken metallene Strünke. Im Hintergrund eine Gestalt, von all den Rüschen, Spitzen und Schleifen, von so viel Weiß in den Schatten gestellt, jemand im Cut mit weißer Weste und Krawatte. Nur Draht, denkt Weber und wendet sich ab.
Während er mit steifen, aber eleganten Schritten auf das Tor zugeht, meint er von drinnen, aus dem Innern der Villa, durch die weißen Stoffwogen und die Schaufensterscheibe hindurch eine Stimme zu hören, säuselnd, aber bestimmt: „Gerade in der Ehe, meine Liebe, brauchen Sie Wärme, brauchen Sie Weichheit, Sie brauchen ein Modell aus Tietjen-Frottee!"
Aber das kann natürlich nicht Wendlers Stimme sein, weiß Weber, er bildet sie sich nur ein, hört sie dennoch.
Verschwunden, Weber, verschwunden.
Er blickt sich noch einmal um. Das rote Skelett des Gewächshauses wärmt seine Rostblasen in der Sonne.

Es könnte im Dezember 43 gewesen sein, es könnte bereits das Jahr 44 begonnen haben, es lässt sich nicht genau sagen, aus heutiger Sicht nicht mehr feststellen, da es nie in einer Akte festgehalten wurde. Da Weber selbst es an diesem Tag vergisst.
Weber lässt sich von seinem Fahrer die schmale Serpentine zu Wendlers Villa hinauffahren, der Fahrer ist vergnügt, vielleicht hat er eine Italienerin aufgegabelt, mit der er das Fräulein Schnoop vergessen kann, das Palmer ihm weggeschnappt hat, vielleicht freut er sich, für ein paar Stunden aus dem Konsulat fortzukommen. Aber muss er deshalb zu pfeifen beginnen?
Weber lehnt sich vor. Ob er wohl auch etwas anderes als Wagner kenne.
„Verzeihung, Herr Konsul", murmelt Köhler und verstummt für den Rest des Wegs.

Raureif ist über die Villa gewachsen. Auf diese Art eingefroren, sieht sie aus, als sei sie aus der Zeit herausgetrieben. Weber bittet seinen Fahrer, ihn in einer halben Stunde wieder abzuholen, aber nicht hier zu warten. Er solle eine Rundfahrt durch die Umgebung machen, ordnet Weber an, die überfrorenen Bäume, die Krähen betrachten.
„Wenn ich eine Krähe fände, würde ich sie mir zum Abendessen fangen, ich glaube aber nicht, dass noch eine übrig ist", erklärt Köhler und dann, als falle ihm auf, mit wem er spricht: „Verzeihung, sehr wohl, ich betrachte Krähen, eine halbe Stunde, Herr Konsul."
Weber sieht Köhler davonfahren, dann geht er auf die Eingangstür zu, klingelt. Er wartet eine Weile, klingelt erneut, blickt sich um, das Auto ist bereits verschwunden, Köhler auf der Jagd nach Vögeln.
Einige Schritte geht er vom Eingang zurück, ein Windstoß schlägt ihm ins Gesicht, seine Augen tränen. Ein schiefes Geräusch. Es könnte das Kreischen einer rostigen Tür in den Angeln sein oder ein Schrei. Weber blickt sich um, sieht die am Dach zerbrochene Scheibe, das Maul des Gewächshauses. Licht flackert von innen gegen die dumpfe Glashaut, strahlt aus dem geborstenen Leck heraus.
Seine Augen tränen, er zieht ein Seidentuch hervor und umtupft seine Wimpern. Wieder. Vielleicht ein Schrei. Oder ein Kreischen aus Rost. Die Tür des Gewächshauses wird aufgestoßen, Weber weicht, ohne nachzudenken, zurück, geht in Deckung, und erst dort, hinter eine Säule des Villeneingangs gedrückt, fragt er sich, warum er sich versteckt. Hat er es nötig? Er ist mit Wendler verabredet, ist Weber sich sicher oder war es zumindest, denn dort, hinter der Säule, überlegt er, ob ihm eine Verwechslung der Uhrzeit, des Datums, ob ihm irgendein Fehler unterlaufen sein könnte. Und dann ist Weber beinah sicher, dass er unter keinen Umständen heute, um diese Uhrzeit mit Wendler verabredet sein kann.
Aus dem Gewächshaus kommt, in plusteriger SS-Uniform, Palmer.
Das rosige Jungengesicht leuchtet in der Kälte, Palmer überquert im Militärstiefelgang den Hof, zu dem er endlich das passende Schuhwerk trägt, bis knapp unters Knie geschnürte Stiefel und eine dieser unförmigen Reithosen der SS.

Sie sehen sich an. Weber bleibt regungslos, wartet ab. Es ist an Palmer zu grüßen, er ist der Jüngere, Weber hat keine Veranlassung, zuerst seinen Hut zu ziehen, und er trägt keinen Hut, es ist an Palmer, zuerst einen Schritt auf Weber zuzugehen, zu nicken, etwas zu sagen, Nimm deinen Hut ab, Junge.

Palmer sieht verwirrt aus, blickt sich um, als erwarte er, dass hinter Weber eine ganze Riege unerwarteter Begegnungen aus der Deckung des Säuleneingangs hervortreten.

Weber aber ist allein.

Palmer lächelt. Ein dummes Grinsen, denkt Weber. Und ist da nicht ein Glänzen in seinen Augen, ein Zucken um seinen Mund? Weber, mit der Schulter an die Säule gelehnt, starrt in Palmers leeres Gesicht, das nicht verrät, was er hier zu suchen hat, das nicht verrät, wie viel Palmer über Webers Besuche bei Wendler weiß. Nur ein dummes, leeres Grinsen, das, was auch immer es meint, Weber nicht leiden kann, er verabscheut Mienen, die nicht an den strengen Regeln der feinen Gesellschaft geschult sind, und vermutlich entgleiten in diesem Moment ihm selbst die Züge.

Palmer zieht eine Braue hoch: „Herr Konsul."

Er nickt Weber zu, und auch Weber murmelt etwas, das Wort Konsul bekommt er ganz sicher nicht über die Lippen, denn an Palmer, denkt Weber, ist nichts, was einem Konsul gleicht, nur die Bezeichnung, die ihm ein Parteifreund in Berlin angehängt hat. Palmer setzt seinen Weg fort, trampelt über den starrkalten Rasen, ist bald hinter einer Biegung der grauweiß gefrorenen Straße aus Webers Sichtfeld marschiert.

Weber bleibt allein auf dem in der Kälte immer weiter werdenden Hof zurück. Er erinnert sich an das Schreien aus dem Gewächshaus, oder hört er es ein weiteres Mal? Hinzugehen und nachzuschauen, was dort vor sich geht, überlegt Weber nicht, oder aber der Gedanke taucht nur kurz und verdeckt von unzähligen Gründen auf, die ihn davon abhalten. Er hat sich bereits mehr eingemischt, als ihm lieb ist. Palmers Angelegenheiten gehen ihn nichts an. Sie leben in unterschiedlichen Welten. Davon ist Weber überzeugt.

Sie verlassen sich zu sehr auf das, was dazwischenliegt.
Wendler, in einen weißen Kittel gekleidet, eilt über den Hof. Sein Gesicht, eben noch stumpf und lächelnd, wirft Falten, umso schärfer, je näher er Weber kommt. Ein leichtes, kaum merkliches Schütteln des Kopfes. Er berührt Weber sachte am Arm und weist ihm mit der Hand den Weg, die Treppe hinauf. Die Ränder seiner Nägel sind verschmutzt, eine rote, fast bräunliche Farbe hat sich darunter abgesetzt.
Beim Hinaufsteigen wirft Weber einen flüchtigen Blick auf die Kreideinschrift über dem Eingang. Spitze, staubige Buchstaben, die sich dem Regenwasser auf unerklärliche Weise widersetzen, „festi vestri convertentur in lamentationem".
Der Geruch von Staub und Formaldehyd. Wendler lässt die Spitzen seines Kittels flattern und setzt sich auf den einzigen Stuhl in der Halle.
„Das ist nun ungünstig, dass du Palmer hier getroffen hast." Er zieht einen zerschrammten Teewagen zu sich heran, darauf eine Kugel und ein Gebilde aus Draht und Metallfedern. „Ich, mein lieber Weber, kann dich nun nicht länger decken."
Wieso decken, fragt Weber und blickt auf das metallene Etwas, an dem Wendler schraubt.
„Ich sage nur: Fluchthilfe, Weber. Darauf steht etwas mehr als ein Karriereknick. Dir wird doch bewusst sein, dass du dich strafbar gemacht hast. Und weiter strafbar machst, wenn du nicht aufhörst, dich in diesem Bereich zu betätigen."
Er betätige sich ja nicht mehr in diesem Bereich.
„So? Ich meinte von Heldt gehört zu haben, dass du ihm noch eine Lieferung schuldig bist?"
Nein, es sei genug damit. Er könne das nicht mehr.
Weber denkt an das Kreischen, er hört es ganz deutlich, doch er kann noch immer nicht sagen, ob es von einem Menschen oder von einer Tür mit rostigen Angeln stammt. Einen Moment, einen kurzen Moment lang überlegt er, ob er Wendler nach dem Gewächshaus fragen soll. Aber das wäre in dieser Situation natürlich absurd, entscheidet Weber.

Er hört Wendlers Stimme: „Ich, mein lieber Weber, kann dich nun nicht länger decken“, sieht Palmers leeres, grinsendes Gesicht.
„Wir betreten eine neue Stufe, lieber Weber, eine neue Stufe. Es ist faszinierend, was wir so zu sehen bekommen!“, antwortet Wendler, während er schraubt und Federn spannt.
Wir?, fragt Weber und möchte das Wort, kaum dass er es ausgesprochen hat, wieder in seinen Mund zurücksaugen, hinunterschlucken, stumm kauen.
Wendler aber hat es gar nicht beachtet, er lächelt, wiegt den Kopf und zerrt an seiner Apparatur.
„Du erinnerst dich, Weber? An den Kolben, die Pumpe, meine beiden Lieblinge und wie schön es war, als sich die beiden verrenkten? Ja, in der Tat, die Vögel sind passé. Ich forsche jetzt in anderen Größen. Hochinteressant, lieber Weber, das kann ich dir sagen. Und hier!“
Weber sieht auf die schorfrot verschmutzten Nägel, die eine Kugel in der Apparatur befestigen. Jetzt, gespannt, erinnert das Gebilde an eine übergroße Mausefalle. Wendler streicht mit seinen Fingern über den glänzenden Metallball.
„Nicht dass du denkst, dies sei ein einziger Körper. Es sind zwei, zusammengehalten durchs Vakuum. Ja, in der Tat, zwei Schalen, untrennbar durch nichts und wieder nichts, könnte man sagen.“

„Magdeburg!“, ruft mein Uralter. „Ich sehe es vor mir. Zwei Pferde, die sich zu Tode rackern. Nur um die beiden Schalen zu trennen! Es ist allerdings, wie ich einwenden muss, nicht das Vakuum, sondern der Luftwiderstand, der die Teile so fest miteinander verbindet.“
„Hier aber gilt, was Weber weiß“, entgegne ich. „Und er weiß nichts von Magdeburg, nichts von den Pferden und jenem Versuch aus dem ersten Dämmern der Aufklärung. Er weiß in jenen Minuten nur eins: Dass er heute besser nicht hier, lieber mit Köhler auf Krähenjagd wäre. Und während er an fliehende Vögel und froststarre Bäume denkt, kräht Wendler ihn in seine Halle zurück –

„Weißt du übrigens, Weber, wem zuerst der Gedanke des Vakuums kam?“, fragt er und öffnet mit einer Metallstange das schmale Fenster, das hoch oben, direkt unter der Hallendecke eingelassen ist. Feiner Hagel fällt herein. „Dieser schönste aller Gedanken, diese Erfindung einer Welt ohne Welt! Demokrit oder sein Lehrer war es. Die Idee ist einfach und dennoch grandios. Atome sind zur Bewegung nur infolge der Leere des Raumes fähig. Alles, was ist, kann nur handeln, weil nichts ist! Herrlich, Weber, nicht wahr?“
Weber blickt auf die verschmutzten Nägel, die über die Kugel, richtiger, über die beiden Halbkugeln streichen.
„Und sieh her!“
Wendler lässt eine Sicherung klappen, die Federn spannen an, wollen das Gestell zusammenschnappen, aber die Kugel reißt nicht auseinander.
„Und alles, was hält, hält nur, weil nichts ist. Eine Welt aus Nichts! Eine Welt ohne Welt!“ Er klatscht in die Hände, saugt seine Wangen hohl und nickt Weber mit riesig geöffneten Augen zu.
Da er gerade vom Nichts spreche, bemerkt Weber, oder es rutscht ihm heraus, oder er sagt es, weil er schnell ist im Rechnen, weil er weiß, dass er nichts mehr verlieren kann.
Es würden ja auch viele Menschen verschwinden. Weber blickt auf Wendlers rötliche Nägel. Auf den Ärmel des Kittels. Ob Wendler sich einmal überlegt habe, wie groß ein Lager sein müsse, das so viele Arbeiter fasse, wie täglich verschwinden? Er, Weber, könne sich ein Lager solchen Ausmaßes nicht vorstellen. Er glaube auch nicht, dass so große Lager gebaut worden sind.
Weber hört in der Ferne einen Vogel schreien. Das Klirren einer Zange gegen Glas. Vakuum in einem Kolben. Die Frage sei, murmelt Weber, wo all die Menschen blieben?
Wendler lächelt, seine Finger tanzen in der Luft. Er sagt nur ein Wort dazu: „Simsalabim.“

„Eine Elster, sehen Sie, Weber? Das ist alles."
Weber, in weiches Lederpolster gebetet, an seinem Handgelenk die warmen Finger des Arztes, Weber erinnert sich, dass entfernt ein Vogel schrie, und er öffnet die Augen und sieht Doktor Niedecker über sich gebeugt, hört vor dem Fenster einen Vogel schreien, er blickt hinüber zu den Praxisgardinen, und Doktor Niedecker begibt sich gemächlich zum Fenster, eine Ruhe aus weißem Stoff und falschen Diagnosen, er lässt die Lamellen zur Seite schnurren: „Eine Elster, sehen Sie, Weber? Das ist alles."
Der Arzt lächelt mild, weil Ärzte, ist Weber sich sicher, immer mild lächeln, um ihre unheilbaren Begriffe wie das Zergehen von Karamellbonbons klingen zu lassen.
„Wie geht es übrigens im Konsulat? Wie geht es mit der Arbeit voran?"
Weber lehnt seinen Kopf zurück, gut, murmelt er, seine heißen Hände auf den Lederlehnen kühlend. Genau genommen ausgezeichnet. Man habe ihn beauftragt, Protokoll zu führen bei einer Konferenz mit dem Reichsaußenminister. In zwei Wochen werde er nach München reisen.
Der Arzt spielt mit der Gardinenschnur, die Lamellen schnurren, und Weber hört das feine Schnurren in einem Garten vor Mailand, das einen Trick begleitende Säuseln im Ärmel von Wendler.
„Sie sollten sich stets in der Nähe von Fenstern aufhalten, Herr Weber. Meiden Sie kleine Räume, stickige Luft. Das führt bei Ihnen zu Kreislaufproblemen. Eine Reise nach München, sagen Sie?"
Ja, zu einer Konferenz. Mit dem Reichsaußenminister persönlich, betont Weber.
„Wie schön! Aber vergessen Sie auf der Reise nicht, das Fenster zu öffnen." Niedecker lässt die Gardinenschnur durch seine Finger laufen, und Weber stellt sich das schallgedämpfte Sitzungszimmer vor: Die den Raum drückende Vertäfelung, zu einem Quadrat zusammengeschobene Tische, auf denen kein Gebäck, kein Kaffee, keine Karaffe steht, die staubige und stumpfe Wärme, die Mondkrateraugen des Ministers, seine Finger, die über einen Stapel Papiere marschieren, und nach und nach haben alle Anwesenden Platz genommen. Weber sitzt korrekt und aufrecht da, im Anzug mit sorgsam gebundener Krawatte, den

Stift schon in der Hand, mit dem er Protokoll führen, mit dem er alles mitzeichnen wird. Der Reichsaußenminister beugt sich vor, sein Mund öffnet sich und heraus kommt: das Schreien eines Jungvogels?
Die Stimme des Papstes? Weber erkennt die hohe, beherrschte Tonlage. Er blickt auf die Lippen des Ministers, das glatte Gesicht, so kalt wie das kleiner Flegel, die mit Steinschleudern Spatzen töten. Er sieht die manikürten Finger, die reglos sind, als hätte jemand gerufen: Stillgestanden!, und da erst bemerkt Weber das Tonbandgerät, das wie eine Hauskatze neben der Ministerhand ruht, und aus dem Bauch zwitschert die Stimme des Papstes –
Weber hört die Stimme Wendlers.
Palmers.
Er sieht den kahlen Hof vor Wendlers Villa, das marode Gewächshaus, die ins Glas geschlagene Lücke, deren scharfen, zersplitterten Rand.
Die Lamellen tänzeln im Luftzug, der durchs Praxisfenster strömt, Vielleicht aber, gibt Weber zu bedenken, seien es eher leere Säle und offene Plätze? Er habe das Gefühl, dass sein Kreislauf gerade auf diese Orte empfindlich reagiere.
„Leere Säle? Offene Plätze? Ach, Unsinn, lieber Herr Weber. Nichts ist besser für Sie. Sie brauchen Sauerstoff, frische Luft. Machen Sie Spaziergänge. Am besten außerhalb der Stadt. Zwischen Mailand und Como gibt es herrliche Gegenden, genau richtig für Sie."
Weber blickt auf die Lamellen, hört das feine Schnurren in einem Garten vor Mailand, das einen Trick begleitende Säuseln im Ärmel von Wendler, wie ein Jo-Jo, das an seinem Faden hochspringt. Und was geschieht, was geschehen ist, läuft rückwärts vor Webers Blick ab.
Eine Elster, sehen Sie, Weber?
Wendler hält plötzlich einen Käfig in den Händen, aus dem Nichts, mit einem Vogel darin, aus der Leere aufgetaucht, der über den salzweißen Boden hüpft, seinen Kopf schräg legt, ihn durch die Gitterstäbe hindurch ansieht, ihn, Weber, ansieht, dieser Nichtsvogel, aber das, ist Weber sich sicher, bildet er sich nur ein.
Eine Elster, das ist alles.

In Wahrheit ist es anders gewesen, weiß Weber, die richtige Reihenfolge, weiß Weber, zeigte den Vogel, den Käfig und dann die Leere in Wendlers Händen, „Simsalabim, siehst du, Weber? Verschwunden! Vogel und Käfig –", weder das eine noch das andere tauchte je wieder auf, und daran erkennt Weber, dass Wendler kein Meister ist, denn ein Meister brächte wieder hervor, was er verschwinden ließ. Weber lauscht, aber er hört keinen Vogel mehr schreien, und Weber weiß, dass es nicht bloß ein fauler, dass es ein blutiger Trick sein muss, er ahnt, dass das Surren im Ärmel das Sterben des Vogels begleitet hat, dass an Wendlers Körper Federn und Augen und Knochensplitter kleben, und er horcht noch einmal, aber kein Vogelgeräusch, eine Stille –
Er sieht das Gesicht eines Mädchens. Er sieht ein weißes Kleid, das verschmutzt ist, mit feuchten Flecken übersät. Ruckartig, wie im Krampf dreht das Mädchen seinen Kopf zu ihm. Die Augen sind stumpf, als seien sie ausradiert. Noch einmal wirft es seinen Kopf herum, seine Schultern stoßen zurück, der Körper verrenkt sich um die eigene Achse. Die Trägheit von Webers Blick verwandelt alles in einen Trick Wendlers. Sehen Sie, Weber? Nur eine Elster! *Und Weber ist sicher, man kann ihm alles erzählen, denn sein Blick ist zu langsam, um zu erkennen, was tatsächlich geschieht, nur das leise Schnurren, das die Handlung begleitende Säuseln, als rolle ein Jo-Jo seinen Faden hinauf, nimmt er wahr. Ein Schreien, als kratze Metall in Rost. Der Saum eines Kleides schaukelt friedlich.*
Auf dem Platz vor der Villa steht Köhler neben dem Wagen, die behandschuhte Hand am Griff der Tür, mit der anderen zieht er flatternd die Mütze vom Kopf, der strauchelnde Flug einer geschossenen Krähe, ein Nicken des Kopfes: „Herr Konsul." Sie fahren davon über die frostnarbige Straße, entfernen sich von der Villa Wendlers, die Arztfinger tasten über Webers Arm – nur eine Elster, Weber –, *sein Blick versackt in den Lamellen des Vorhangs, nur ein Schnurren, jenes eine Handlung begleitende Säuseln, Webers Augen sind träg, bewegen sich kaum mehr. Er hört den Faden im Bauch des Jo-Jos verschwinden.*
Das ist alles.

Zwölftes Kapitel. Letzte Tänze.

Mein Uralter blickt in die starrschwarze Nacht, in der nichts ist, kein Schatten, kein Licht eines entfernt durchs Dunkel fahrenden Autos, es ist, als sei die Welt weggebrochen, als sei dieses Fenster des Hotels die Schnittstelle zwischen Nichts und Etwas, oder wie man Kategorien dieser Größe nennt, ich kenne mich mit derlei nicht sicher aus, rechne für gewöhnlich im Stundentakt, mein Uralter aber starrt hinaus, als wären die großen Kategorien sein Bereich, viel eher als die Nebensäle von Hotelrestaurants.
„Kennen Sie das Gemälde von Wright?", fragt er, ohne mich anzublicken. „Haben Sie es vor Augen? Sehen Sie genau hin: Man könnte meinen, der Vogel stürbe, aber nicht doch, weit gefehlt. Die Herren des Tricks kennen sich aus, sie wissen, wie lange der Vogel dem Vakuum standhält. Der Forscher öffnet gerade das Glas, und der Junge dort hinten, haben Sie ihn bemerkt? Er holt den Käfig von der Decke, in den man den Vogel setzt in ein paar Augenblicken."
Er starrt hinaus. Mein Uralter, bin ich mir sicher, überlegt sich in diesem Moment, ob er ein Fenster öffnen, hinausspringen, ob er die Seite wechseln soll.

Der Mann tritt unauffällig auf Weber zu. Es ist März 1944, einer von Palmers Empfängen, auf denen Weber nichts zu tun hat, als zuzuschauen, wie die anderen um ihn herum betrunkener werden und Stunde um Stunde weiter aus dem Protokoll fallen. Der Mann beugt sich vor, so als suche er etwas auf dem Boden, direkt vor seinen Füßen.
„Mein Beileid, Herr Konsul, ich hörte, Ihre Frau Mutter –"
Auch Weber sieht hinab, betrachtet sein in den Wellen des Springbrunnenbassins untergehendes Gesicht, die im Nacken abstehende Locke. Eine Flut aus Geräuschen, die ihn umgibt, und sein Gesicht zerläuft in dem nach faulem Holz stinkenden Becken.

„Eine außerordentliche Dame, ja. Ich hatte die Ehre, sie kennenzulernen, meine Eltern waren gut mit Ihrer Mutter bekannt –“

Webers Blick verliert sich irgendwo zwischen den herabfallenden Tropfen der Fontäne, er meint, ein Krächzen zu hören, das Klackern von Horn auf Metall, und dann übertönt eine kraftlose Stimme die anderen Geräusche, die schwer und lebendig zwischen den Zierpflanzen des Konsulats schwirren.

Nimm deinen Hut ab, Junge.

Behutsam, so, dass es Weber kaum merkt, leitet der Mann ihn von den Gruppen der anderen fort. Sie stehen abseits, hier hat Weber schon einmal gestanden, vor Jahren, kommt es ihm vor, wenn auch tatsächlich nur Monate seitdem vergangen sind, und Weber erwartet, dass ihm jetzt etwas über die Wetterlage verkündet wird.

Jetzt erst erkennt er ihn: Es ist Rippler, sie kennen sich aus ihrer gemeinsamen Ausbildungszeit, haben zusammen auf der Kegelbahn, dem Berliner Attachéflur, ausgeharrt, bis erst der eine, dann auch der andere befördert und wegversetzt wurde, aber so in sich gesunken, beinahe geschrumpft, hätte Weber ihn nicht wiederzutreffen erwartet.

Rippler spricht gedämpft, dass Weber ihn kaum vernimmt: „Sie müssen von hier verschwinden.“ Es könnte ebenso gut der an den Glaslampions gebrochene Wind sein oder die im Rascheln des Gestrüpps lauernde Stimme seiner Mutter.

Verschwinden? Aber wohin denn?

Er sei sich nicht sicher, ob er richtig verstanden habe, erwidert Weber nur wenig lauter.

„In Berlin liegt ein Haftbefehl gegen Sie vor.“

Er verstehe noch immer nicht ganz.

„Steht in nächster Zeit eine Reise nach Deutschland an?“

Nur ein kurzer Aufenthalt. Zwei Tage München. Protokollführung bei einer Konferenz.

„Fahren Sie nicht.“

Er sei bestellt, beim Reichsaußenminister persönlich Protokoll zu führen. Das sei nicht irgendeine Reise. Das sei die verantwortungsvollste

Aufgabe, die in diesem Frühjahr am Konsulat zu vergeben war. Er, Weber, sei bestellt – beim Reichsaußenminister.
„Unter keinen Umständen dürfen Sie diese Reise antreten, Herr Weber. Man wird Sie verhaften, sobald Sie die Grenze passiert haben."
Verhaften? Was rede er für einen Unsinn? Gegen ihn könne doch nichts vorliegen. Was solle denn gegen ihn, Konsul Konrad Weber, vorliegen?
„Herr Weber, unter uns: Ich kenne Ihre Mutter nicht im Geringsten, ich bin nur hier, um Ihnen eines zu raten: Lassen Sie sich so schnell wie möglich eine Reise in die Schweiz bewilligen. Und bleiben Sie dort. So bald wie möglich. Mischen wir uns wieder unter die Leute, wenn jemand auf die Idee kommt, dass man Sie gewarnt haben könnte, sitzen Sie fest. Dann kann Sie nur noch ein Zauberer über die Schweizer Grenze bringen."
Und während Rippler eine weitere Lobrede auf die ihm unbekannte Mutter Webers hält, kehren sie zurück in den Bauch der klirrenden, kläffenden Menge.

„Darf ich Ihnen eine Zigarre –" Weber rauche nicht.
„Dann lasse ich Ihnen einen Schluck vom Champagner –" Er trinke auch nicht.
„Tun Sie denn überhaupt etwas?"
„Er ist Protestant", erklärt Anna. „Die haben ja ihre eigenen Regeln."
„So, Protestant?" Palmer zieht eine Braue hoch, eine Miene, die er, wie Weber erahnt, lange geübt hat vor dem Spiegel, ehe er in den Nachtzug nach Mailand stieg, anrückte und das Konsulat übernahm. Weber lacht kurz auf, als er Palmers platten Hinterkopf sieht, die Stoppelhaare, die klobigen Finger, die nach zwei Glasstängelchen greifen.
Palmer reicht Anna ein Glas, prostet ihr zu und fragt Weber: „Und wie genau nehmen Sie es mit Ihrem Glauben?"
Anna an seinem Arm, Palmer vor sich, weiß Weber nicht, was er antworten soll, er tanzt auf einer Champagnerperle, die aufsteigt und jeden Moment zerplatzen wird, und natürlich entscheidet er sich für die Variante, die Palmer hören will, denn Anna droht mit zierlichen Mit-

teln: einer noch tieferen Melancholie mit noch mehr Champagner, einem Streit, einem Kurzauftritt in seinen Träumen.
Palmer beugt sich zu ihm vor: „Und in zwei Wochen geht es also nach München für Sie? Glückwunsch, Weber, den Job hätte ich auch gern bekommen."
Weber nickt, ihm ist schwummrig vom Geruch der Champagnersüße, von den ehrgeizig elegant fallenden Satin- und Seidenkleidern, die das Licht spiegeln und die Frauen als Kronleuchter verkleiden.
Er müsse entschuldigen, murmelt Weber, er werde einen Moment an die frische Luft gehen.
Weber blickt sich nach Rippler um, aber der ist so unauffällig, wie er kam, verschwunden. Vielleicht nie da gewesen, denkt Weber. Er bleibt vor der Gartenmauer stehen, dahinter die abfallende Böschung.
Die Schweiz, denkt er.

Anna am Rand des Raums, ein Stück weiter, und sie würde aus der Feier kippen, sie hat sich fallen gelassen auf einen der Stühle, die von den Bediensteten vergessen, die nicht in Reihe gestellt worden sind, und wenn die Bediensteten sie vergessen haben, werden auch die Gäste sie vergessen. Anna sitzt auf einem der Stühle, um mit ihnen vergessen zu werden, das Glas neben sich, ihre Schuhe abgestreift, fährt sie sich mit der Hand über die Ferse. Wenn sie nach etwas greift, rücken die Dinge ein Stück beiseite, und sie muss sich konzentrieren, nicht danebenzufassen. Viele kleine Wunder sind das.
Weber steht bei einer Gruppe, eine Hand in der Tasche, mit der anderen gestikulierend, er weiß, seine Gesten sind linkshändig stärker, er weiß, welche Wirkung es hat, wenn er – jetzt – seine Rechte hinzunimmt, nun beidhändig die Bedeutung dessen unterstreicht, über das er spricht. Anna betrachtet ihn, diesen Mann, der unter Kontrolle hat, was er unter Kontrolle haben will, wie sie glaubt, während sie nicht einmal sich selbst unter Kontrolle hat, Weber, der sich nicht für die Dinge interessiert, die sich seiner Kontrolle entziehen, während sie nur solche Dinge kennt. Immer hat sich alles ihrer Kontrolle entzogen, die mit der

Schreibmaschine betippten Seiten etwa hat ja nicht sie verteilt, sie war nur in ständiger Sorge, weil sie nicht wusste, ob die Blätter achtsam genug durch die Gegend flogen, nicht einem Gauleiter, einem Gestaposchnüffler, dem überkorrekten Herrn Professor von nebenan in die Hände wehten, die knisternden dünnen Blätter entzogen sich, wie sich jetzt der Raum ihrer Kontrolle entzieht, knisternd und hell, während die Webergesten einteilen, als gehöre ihnen der Saal, die Menschen darin samt ihren Ängsten, die sich hinter den dekorierten Gesichtern tummeln, übereinander herfallen oder, zu so später Stunde, schon eingeschlafen sind.

Von der Seite boxt ihm Palmer gegen die Schulter. „Lachen Sie, Weber. Ich glaube, Sie sollten mehr trinken. Das macht das Leben geschmeidig!" Er zwinkert ihm verquollen und heiter zu. „Im Übrigen, wo ist Ihre Gattin? Eine deutsche Frau, Herr Weber, hat bei ihrem Mann zu sein!" Und er stolpert davon in seinem Militärstiefelgang. Dass er sich den noch nicht abgewöhnt hat, denkt Weber, und er sieht, wie Palmer der Telefonistin um den Hals fällt, sie auf eine Lichtung zwischen den Tischen zerrt und mit ihr in etwas Walzerartiges torkelt.

Wagner geht ja noch, denkt Weber. Tristan kann er aushalten, wenn es sein muss, sogar die Nibelungen, mehrere Stunden, ja, wenn es sein muss. Aber dieser volksverdummende Schlager aus Deutschland übersteigt das, was sein Geschmack zu dulden bereit ist.

Die Telefonistin schmilzt in Palmers Armen durch den Raum, es ist natürlich noch die Telefonistin – und doch eine andere. Keine spitzen Schuhe trägt sie mehr, alles an ihr ist weich: ihre Figur, in lachsfarbenen Tüll gepackt, ihre Gesichtsfarbe, ihre Frisur, ihre Stimme. Schmelzende Butter. Anna lehnt sich an Weber, ohne mit dem Trinken aufzuhören. Sie hat nie schmelzen können, früher war sie wie Graubrot und jetzt wie das, was ihr Leben ausmacht, wenn sie nicht gerade betet. Sie legt ihren Kopf zurück, um die Reste aus dem Glas in ihren Mund tropfen zu lassen. Er muss sie bald nach Hause bringen, ehe sie allzu sehr auffällt. Die Telefonistin schmilzt weiter fort, bis sie am Morgen ranzig ist, seit Stunden dudeln die Schlager über den Saal her, und die Frauen seiner

Kollegen sitzen da mit glänzenden Augen, ein Taschentuch im Schoß, als wollten sie vor Rührung über die Musik in Tränen ausbrechen, während Zarah Leander das Hohelied des Reichs heult:

„Davon geht die Welt nicht unter,
sieht man sie manchmal auch grau,
einmal wird sie wieder bunter,
einmal wird sie wieder himmelblau.

Davon geht die Welt nicht unter,
die wird ja noch gebraucht!"

Dreizehntes Kapitel. Ämter und Würden.

Es ist nicht zu erkennen, wann, es ist schwer zu sagen, wie, aber es ist ihm gelungen: Weber hat sich auf den Weg gemacht, seine Spuren zu beseitigen. Er ist durch Archive geschlichen, er hat, als ein Niemand verkleidet, Dokumente gefordert, Blätter studiert. In den Akten sind seltsame Lücken geblieben, für die sich bislang niemand interessierte. Eine Seite fehlt hier, eine Seite fehlt dort, auf einem Protokoll ist ein Name nicht mehr zu entziffern.
Die diensthabenden Archivare im Besucherraum, verschanzt hinter ihrem Sechzigerjahretresen, umgeben von unzähligen zerfallenden Büchern, die sie für die Besucher aus den Gängen ihres Archivs hervorgeholt haben, erklären es mit kalten Metaphern: mit dem Zahn der Zeit, dem Fraß der Jahre und dem der Bomben.
Verstecktes Husten von einem der Besucherschreibtische. Vorsichtig werden Folianten geöffnet, Finger hasten über Computertasten, das zierliche Knistern des Seitenumblätterns, als wären die Dokumente aus Seidenpapier. Niemand an den Schreibtischen wagt zu sprechen, zu schlucken, kaum zu atmen. Selbst die Archivare flüstern, Lärm gefährdet die Konservierung der Akten. Alles ist still, so behördlich sicher, dass man sich nicht vorstellen kann, hier würde irgendetwas fressen, weder die Zeit noch die Jahre, und dennoch: Was bleibt, sind die Lücken. Das signifikante Fehlen eines Namens. Das Fliehen einer Person aus den Akten.
Wann Weber tatsächlich verschwand, ist schwer, ist vielleicht heute überhaupt nicht mehr zu sagen.

Früh am Morgen läuft ein Mann neben dem Tiber her. Sein Schatten schlägt auf die Steinplatten, mit denen das Ufer befestigt ist. Es könnte ein nutzloser Morgen sein, ein nutzloser Weg, und natürlich könnte es Weber sein, dieser Schatten, der über die

Steinplatten springt, an Kanten gebrochen, und sich verformt zu grotesken Figuren. Zu Schemen. Ungenauigkeiten.
Es ist ein steingrauer Morgen, als Weber in Pension geht. Der Tiber treibt träge an ihm vorbei, während er die Botschaft weiter und weiter hinter sich lässt, seine Verabschiedung, die Niederlegung seines Amtes. Sein Posten ist bereits mit einem Neuen besetzt, und am gegenüberliegenden Ufer halten zwei Jungen eine Angel ins Wasser. Sie liegen auf dem Bauch, ihre Köpfe ragen über den Uferweg hinaus, sie blicken ins Wasser unter sich, jeden Moment werden sie ihre dünnen Kinderarme gegen den Steinboden stemmen und vorspringen, einer Chimäre nach, die durchs Wasser treibt. Sie liegen auf der Lauer, ist Weber sich sicher. Die Angel ist nichts. Nur Tarnung. Ablenkung.
Einer der Jungen sieht auf: ein rosiges Kindergesicht.
Weber blickt den Flusslauf hinab, jeder Tag ist jetzt nichts als dieser Flusslauf, ein nutzloser Anblick nur noch nutzloser Tage. Er drückt seinen Mantel eng um sich, den zum Schatten gehörenden Mantel um den zum Schatten gehörenden Körper, es ist Anfang Februar 1960, und vor wenigen Tagen hat der Herr Bundeskanzler dem Papst eine Ausgabe der Bamberger Apokalypse als Gastgeschenk überreicht, die Ohren Johannes' XXIII. heben sich rötlich vor dem Hintergrund ab, und Mehring flüsternd zu Weber: „War mir neu, dass die in Bamberg eine private Apokalypse haben. Ein eigenes Weltende für so ein Kaff?"
Kaff? Immerhin sei Goethe schon einmal dort gewesen, flüstert Weber zurück.
Mehring stößt leise, doch abfällig Luft aus, und dann ziehen sie weiter, der Delegation hinterher, an Marmorsäulen, Papststatuen und rotsamtenen Absperrbändern vorbei.
Unter der Kuppel des Petersdoms besteht der Kanzler darauf, hinabzusteigen in die Grotte von Sankt Peter, zu den Gräbern, zum Grab von Pius. Alles droht aus dem protokollarischen Rahmen zu fallen, aber, die herrliche von Michelangelo gestaltete Rippen-

kuppel über sich, besteht der Kanzler darauf, zu den Gräbern, zu Pius zu kommen. Sie also steigen hinab, der Kanzler, die Delegation, Mehring und Weber, und als sie vorbei an den Gräbern der Päpste promenieren und der Kanzler die Gefolgschaft hinter sich herzieht wie eine Reihe Gänseküken, dann abschwenkt in die neuen Grotten, ist alles rettungslos aus dem Protokoll gefallen. Enge Gänge versteckt hinter dem Petrusgrab, „für meine Reste ein Ort, umso lieber, je mehr er im Verborgenen liegt“, wie Pius es in seinem Testament gewünscht hat. Alles aus dem Protokoll gefallen. Überrascht es Weber, dass ihnen das Gewölbe nicht über den Köpfen einstürzt? Dass Rom nicht zu Bamberg wird und die Tagesordnung nicht zur Öffnung der sieben apokalyptischen Siegel? Irgendwo donnert es, irgendwo riecht es nach Wermut –
È un gesto di estrema delicatezza!
Der Kanzler kniet nieder, der Kanzler betet, das Gesicht auf die gefalteten Hände gestützt, betet vor dem Grab von Pius, als sei das ein Märtyrer, der dort liegt, ein Heiliger. Der Privatheilige eines deutschen Kanzlers, denkt Weber.
Ab einer gewissen Stellung, denkt Weber, oder Position, denkt er, oder Funktion, ab einer gewissen stellvertretenden Funktion steigt man in den Stand der Heiligkeit auf, ohne dafür klettern zu müssen.

Weber allein am Tiber, ohne Posten, ohne Funktion, nur noch Hülle. Weniger als das.

Er sieht das Gesicht des Kanzlers vor sich, versunken vor dem Steinklotz, vor der Piustruhe, un gesto di estrema delicatezza!, wird es Monsignore Dell'Acqua später loben, eine Geste höchsten Feingefühls. Der Kanzler erhebt sich, und Weber weiß nicht, was er von dem Mann halten soll, diesem Alleindemokraten. An dessen Humor zumindest hat er nie Gefallen gefunden. Rheinisch, mit einem Zug ins Ordinäre.

Die Delegation klettert zurück aus der Grotte, verlässt den Petersdom, Staatswagen setzen sich in Bewegung, sie fahren Richtung Grand Hotel, und von dort aus, schnell hat man sich in einen neuen Anzug gezwängt, geht es zur Botschafterwohnung, wo der Herr Kardinalstaatssekretär den Besuch im Vatikan stellvertretend für den Papst erwidert.

Weber auf einer Tiberbrücke lehnt sich vor, reckt sich, blickt hinab: Nichts. Keine Spiegelung seines Gesichts. Weber aber ist überzeugt, dass es sich spiegeln müsste, dass es hier, da er auf Wasser blickt, eine Reflektion seiner Gesichtsumrisse geben, dass doch wenigstens dies noch funktionieren müsste. Wenigstens das.

Wenn das Nichtfunktionieren irgendwo einsetzt, denkt Weber, wenn es sich, vielleicht nur mit einem Härchen, festgefangen hat, dann breitet es sich aus, kriecht voran, bis alles stillsteht, und Weber betrachtet die sumpfige Fläche unter sich. Träges Grün. Ein Stück weiter flussauf ein hellerer Strudel. Das ist alles. Es macht ja nun auch nichts mehr.

Weber blickt den Flusslauf entlang. Zäh und moosfarben quält sich das Wasser voran. Seine Hände auf die Brückenmauer gestützt, lehnt Weber sich vor, reckt sich, blickt hinab –

Gischt von einer Brücke in Basel aus betrachten,
von einer Brücke in Berlin, in Zürich,
das Marmorbassin des Mailänder Konsulats.

Weber reckt sich, blickt hinab:

Nichts. Keine Spiegelung. Nur grüne Strudel in noch grünerer Trägheit. Die bleichen Brückenbeine. Möwen auf Löwenmäulern.

„Herr Bundeskanzler, wie kommen Sie dazu, das deutsche Volk als von Gott dafür auserwählt zu halten, einen Damm des Westens gegen den Osten zu bilden?“

Der Korrespondent der Daily Mail lächelt britisch bleich und lässt

sich wieder auf seinen gepolsterten Sitz sinken, im Saal der Pressekonferenz ist es still und schwül. Weber, der am Rand des Konferenzsaals sitzt, streicht eine im Nacken abstehende Locke glatt und wünscht sich zurück in die Grotten, in die von Steintruhen abgestrahlte Kälte.
Der Bundeskanzler holpert eine Antwort zusammen: Neinnein, er habe von keiner Auserwähltheit gesprochen, allein im Hinblick auf die jüngste deutsche Vergangenheit und die geographische Lage der Bundesrepublik von einer Pflicht des deutschen Volkes und so weiter.
È un gesto di estrema delicatezza!
In der Tat. Wo treibt sich eigentlich Dell'Acqua herum?

Das Sonnenlicht sprengt über den Tiber, über die Steinplatten, über Weber. Es ist noch kalt in Rom, der Gestank des Flusses bleibt unter der Oberfläche. *Eine Pflicht des deutschen Volkes und so weiter.* Er hat mit all dem nichts mehr zu tun. Nicht mehr als ein Tourist ist er von diesem Tag an. Sein Aufenthalt in dieser Stadt hat keine Bedeutung, besteht allein für seine, Webers, Zerstreuung oder Belustigung, für was auch immer.
Der Schatten, der über die Steinplatten gleitet, ist kleiner geworden, wird gegen Mittag für einen kurzen Moment vollständig verschwinden. Ohne Funktion, denkt Weber, ohne Bedeutung, nur noch für sich selbst ist er am lichtgefleckten Ufer vorhanden, und von heute an wird sich daran nichts mehr ändern.
Heilige Maria Mutter Gottes, denkt Weber, wozu dann alles?

Wann genau Weber sein Amt verlassen hat, ist nicht zu sagen. Die Akten zeigen nur leere Flächen, Abschürfungen, die jemand ihnen zugefügt hat und die, anders als Narben auf menschlicher Haut, nicht auf etwas hinweisen, sondern von etwas weg. Es könnten Jahre vergangen sein seit jenem Tag, als Weber sich sicher war, eine tote Maus läge in Niedeckers Hand.

Ich könnte mir vorstellen: Webers letzter Tag als Konsul folgt auf das Rosenkranzfest. Um 9 Uhr am Sonntagmorgen, am 5. Oktober 1958, erscheint der Papst auf dem Balkon des Castel Gandolfo, ein kranker Knochenmann –

Und auch Weber sähe gern so aus, aber Weber sieht ganz und gar anders, Weber sieht gesund aus, viel zu gesund für sein Alter, und warum ist in seinen Augen nichts zu erkennen von den Nadeln, die gegen die Netzhaut piken?

Er ist umgeben von einer Gruppe plastischer Chirurgen, obwohl er mit ihnen nichts zu tun hat, von diesem Beruf nichts versteht, die sich nicht für körperliche Schmerzen, nicht für das Brennen in seinen Augen interessieren, ein Jucken, ein Reiben, als lägen seine Augen auf Sand. Weber steht neben Anna, die noch einmal den Papst sehen will, weil sie sich sicher ist, dies könne die letzte Feier von Pius, die letzte Feier des lebenden Pius sein, Anna, die er hier auf den Platz des Castel Gandolfo geschmuggelt hat unter dem Vorwand, einen Arzt aus Gelsenkirchen zu begleiten, blickt hinauf, bewegt tonlos ihre Lippen.

Die helle Stimme des Papstes hallt in den Hof, es könnte ergreifend sein, dieser abgezehrte Mann, der mit dem Rest seiner Kraft zu den Menschen dort unten spricht, aber dann:

–

–

dieser Schluckauf! Wie ein Säufer klingt der Papst, dieser asketische Greis, er hält seine Predigt vor einer Gruppe plastischer Chirurgen und schluckt auf, als hätte er sich zum Frühstück mit Champagner besoffen. Pius vor den Chirurgen, vor Weber und Anna, breitet die Arme aus, er wird etwas Ergreifendes sagen, interpreti dei dolori comuni oder etwas in der Art, er hebt seine Hand, spreizt Zeige- und Mittelfinger ab zum Segen – und wird lächerlich gemacht vom eigenen Organismus, die Zeremonie von seinem Zwerchfell zerstückelt, der Segen verkommt zu einem von Schluckgeräuschen zertrümmerten Worthaufen. Übers Mikro-

fon in die Lautsprecher gehickste letzte öffentliche Papstgeräusche.
„Adesso non posso più",
stellt Weber sich vor, stelle ich mir vor, flüstert Pius, als man das bisschen, was unter den Stoffen, den Ornamenten und Insignien von ihm noch übrig ist, vom Balkon wieder hereinlässt, die Tür schließt. Nicht nur der Papst, nein, wenn man ehrlich ist: Jeder ahnt, dass er es nicht mehr lange durchhält, das Papstsein, vielleicht schon begonnen hat, es nicht durchzuhalten, seit geraumer Zeit ein Kokon aus Gewändern, aus Brokat und Seide durch die Gänge des Castels getragen wird, durch die Gänge des apostolischen Palasts, des Petersdoms, auf Balkonen aufgestellt, und von Pius ist nicht mehr übrig geblieben als ein infantiler Mystiker, der mit Vögeln spricht und sonst mit niemandem. Dass er es nicht mehr lange durchhält, ist offensichtlich.

Weber blickt einen Hang hinauf, dessen Fuß mit bröckeligen Mauern befestigt ist. Oben erkennt er schemenhaft gegen die Sonne sich abzeichnend eine Kirche, an der eine Fahne flattert. Weber kneift ein Auge zusammen, die Fahne flattert rot mit einem weißen Malteserkreuz. Licht bricht sich über dem Portal, bunte Splitter, die eine Form zusammensetzen, einen Kreis, eine Scheibe –
Splitter. Noch einmal kneift er das linke Auge zusammen. Orangegrünblau. Eine Scheibe aus Glas. Es erinnert ihn an nichts.
Weber geht ein wenig schneller, der Lungotevere und die Häuserfassaden biegen sich neben dem Tiber her, auf der anderen Seite des Flusses sind Neubauschachteln ans Ufer gedrückt, aber Weber beachtet all das nicht, blickt durch die Umgebung hindurch, die Bilder treffen zwar auf seine Netzhaut, doch er lässt sie dort, formt sie nicht in etwas Gedachtes um. Splitter.
Er bleibt stehen, dreht sich noch einmal um, atmet durch. Der Kirchhügel ist aus seinem Sichtfeld verschwunden.

Pius stirbt Anfang Oktober 58. Ein taufeuchter Morgen, an dem Pacelli nicht mehr aufwacht, wie man sagt, an dem Pacelli aber gar nicht eingeschlafen ist, wach liegt seit Stunden, wenige Minuten vor Mitternacht ist er aus dem Schlaf gerissen worden von irgendwas – von was? –, einem Geräusch, einem Gedanken, einem schlechten Traum? Oder ist er prophetisch, weiß er von dem nur wenige Augenblicke von ihm getrennten, von seinem eigenen Aufhören? Man hält ein Sauerstoffröhrchen an seinen Mund. Er dämmert dahin, und niemand bemerkt, dass er halb wach ist. Stunde um Stunde. Es ist beinah vier.

Noch einmal rafft sich der fast schon leere Körper auf, der Knochenmann schreckt aus den Kissen hoch, seine Augen, nackt ohne die runden Brillengläser, starren durchs Zimmer, aber, sind sich die Umstehenden sicher, diese Augen suchen nichts mehr zwischen den irdischen und mit feiner Tapete bespannten Wänden, dieser Blick gleitet durch all das hindurch, die Stores, die Menschen, die feine Tapete, ist schon auf weitere Räume gerichtet, sind sich die Umstehenden stillschweigend einig, doch dann: „An die Arbeit! Akten! Dokumente!", kräht er, „an die Arbeit!"

Und beinah hätte er sich mit den Akten im Diesseits gehalten, da treffen ihn die betrübten, die bereits trauernden Blicke – das Vollmondgesicht der Schwester Lehnert, die Falten um die Münder der Leibärzte, das rote Gesicht des aus Paris herbeigeeilten Doktor Niehans, der seine Frischzellentherapie diesmal nicht mehr empfiehlt – und stoßen ihn, mit bester Hoffnung, hinüber ins Jenseits. Pater Hentrich spendet die Letzte Ölung.

Bald, gegen halb fünf am Morgen, wird man einen Rosenkranz um die knöchernen Handgelenke binden, ein Kreuz zwischen die starr werdenden Finger stecken, das Letzte, was dieser Körper noch hält, Insignien einer Kirche, aus deren oberstem Amt er soeben entlassen wird. „Eugenio, dormi?" Drei Mal vom Camerlengo über das mehr und mehr zu einem Vogelkopf zerfallende Gesicht geflüstert. „Eugenio, schläfst du?" Es ist nicht mehr Pius, kein Papst, es ist Eugenio Pacelli, der dort liegt. Denn es ist niemals der Papst, der stirbt, dignitas non moritur, nur der Amtsvollstrecker ist es, der Stellvertreter einer historischen Figur, kurz: der Mensch, während das Amt bleibt, ewig, oder sagen wir: bis zum Jüngsten Gericht, oder sagen wir: bis zu einem dreizehnten Pacelli, oder sagen wir: bis der letzte leere Goldkreis in der Galerie der Basilika San Paolo fuori le mura mit einem Gesicht gefüllt ist, es gibt unterschiedliche Prognosen, der Posten zumindest wird an jenem 9. Oktober um zehn nach vier vakant. Pacelli hat sein Amt verlassen.

Auch Weber hat sein Amt verlassen, endgültig, auf ärztlichen Rat, wie es in den Akten geheißen haben könnte. Aber er ist nicht mit dem Amt zusammen verschwunden, man hat einen Rest zurückgelassen, der jetzt am Tiber entlanggeht. Eine leere Hülle. Weniger als das.

Die Oberfläche des Wassers glitzert, als sei sie aus Glas. Eine riesige, glänzende Glasscheibe, denkt Weber. Nur an den Seiten von maroden Steinwällen begrenzt. Es könnte 1961, es könnte im Herbst 58 sein, es interessiert Weber nicht mehr, welches Jahr ihn umgibt, für ihn machen Jahreszahlen keinen Unterschied mehr.

Der Leichenzug zieht sich am Kolosseum vorbei über den Tiber hinweg zum Petersdom. Vorher noch, heißt es später aus jenen wie immer gut informierten Quellen, vorher, als der Leichenzug bei San Giovanni in Laterano hielt, sollen Geräusche aus dem Sarg zu hören gewesen sein: ein Reißen, ein Stöhnen oder Platzen, auch die Quellen, wenngleich gut informiert, haben dafür nicht mit Sicherheit die richtigen Worte, da sie bislang nicht über derlei Geräusche berichtet haben. Sie beschreiben es schließlich anhand der Ursachen: Der skandalgescheuchte Galeazzi-Lisi, früherer Leibarzt Pacellis, habe, der Himmel wisse warum, die Verantwortung für die Einbalsamierung der Pacelli-Reste übernehmen dür-

fen, und nachdem er zu Pacellis Lebzeiten der Präparierung des Papstkörpers mit den Niehans'schen Frischzellen so oft zugestimmt hat, sei er möglicherweise der Ansicht gewesen, dass derart behandelte Organe über Zersetzungsprozesse erhaben seien, und habe sie an ihrem Platz gelassen.
Vielleicht, weil es ja nicht mehr die Papst-, sondern nur noch die Pacelli-Organe sind, vielleicht, weil unzählige Frischzelleninjektionen keine Erhabenheit sichern – so oder so, die Organe platzen vor San Giovanni und vermutlich schon früher, vom Klackern der Pferdehufe übertönt.

Die Marconi-Brücke. Weber bemerkt erst jetzt, wie weit er gelaufen ist, er hat sich auf der Höhe der Tiberinsel geglaubt, sah er nicht gerade noch die Synagoge aus den Augenwinkeln? Weber ist erschöpft, er muss sich setzen, braucht Schatten, kühle Luft. Ruhe. Er biegt nach links ab, entfernt sich vom Fluss.
Der Wärter am Eingang von San Paolo trägt einen Anzug mit goldenen Applikationen am Kragen. Er beachtet Weber nicht, hält den Kopf gesenkt, seine linke Hand liegt auf dem vorgestreckten Fuß der Papststatue am Eingang. Weber sieht den gebräunten Nacken des Jungen, der seine Umwelt und sein Amt vergessen zu haben scheint. Noch ein Kind, denkt Weber. So jemanden stellen sie hier als Wärter hin!
Auf Pappschildern sind Richtungen angegeben: Chiostro sinistra, Basilica destra. Weber überlegt nach links, in den Kreuzgang zu gehen, in dem die Hitze von den kalten Steinmauern zwar gedämpft ist, es aber nicht, wie in der Kirche, empfindlich kühl ist. Er biegt dennoch nach rechts ab, in die Weihrauchschwaden und die Stille des Prunks.
Die bernsteinfarbenen Kirchenfenster werfen Muster auf einige der Porträts unterhalb der Kuppel, setzen den zweiten Anastasius hinter gewichtslose Gitter. Ein Junge, etwas älter als jener am Eingang, versucht mit einem langen Stab, an dessen Ende eine

Flamme brennt, die Kerze im Altarraum anzuzünden, eine mehr als menschengroße wächserne Säule, deren Docht der Junge von seiner Position aus nur erahnen kann. Ein Priester, der in einiger Entfernung steht, ruft dem Jungen Anweisungen zu. „A destra! A destra!" Doch offensichtlich reicht die Kraft des Kindes nicht aus: Immer, wenn er mit dem Stabende den Docht der Kerze trifft, beginnt er zu zittern, der Stab schwankt und kippt auf eine Seite über.

Weber, den Kopf zurückgelegt, betrachtet die Gesichter dort oben am Kuppelrand, erstarrte Züge, aus kalten Steinchen zusammengesteckt. Gregor III. hat seine Augen geschlossen. Da oben hängen sie, Weber kann sich nicht erinnern, welche Päpste es sind, für wen die Gesichter stehen. Da hängen sie und werden dort bleiben, denn entfernte man sie, ließen sie Lücken zurück.

Weber verlässt den lichtdurchfluteten Altarraum, betritt das schattige Seitenschiff. Die Stimme des Geistlichen hallt ihm nach: „A sinistra! Avanti!" Eine der Mosaikscheiben wird angeleuchtet und aus dem Dämmerlicht herausgehoben. Weber erkennt das Profil, die harte, gebogene Nase Pacellis. Oder aber betrachtet er an jenem Tag bereits das nächste Gesicht, weich und alt, das Porträt von Johannes XXIII.? Weiter rechts jedenfalls, dort, wo die Vorgänger hängen, wo es immer weiter zurückgeht in der Zeit, blickt mit leicht schief sitzender Brille und dem skeptischen Blick eines Oberschullehrers Pius XI. ins Seitenschiff. Weber wendet seinen Kopf nach links. Leere Goldscheiben.

Lang kann es ja nicht mehr dauern. Dann wird der Strahler, der jetzt dem Papst auf die Schläfe brennt, abgeschaltet oder wie ein beschämter Blick auf den Boden gerichtet. Dann wird kein Kreis mehr aus dem Halbdunkel herausgehoben. Bis die Sedisvakanz vorüber, der Stuhl wieder besetzt, ein neuer Papst gewählt, ein neues Mosaik zusammengesetzt ist. Und danach wieder ein neues. Und noch eines. Das Amt stirbt nicht. Dignitas non moritur.

Weber hört die Geräusche um sich, exakt wie die Akustik in einer

Synchronisation, von allen Verschleifungen der Töne abgeschnitten. Das Scheuern der Schritte einer Trauerfrau. Das Rasseln des Rosenkranzes am Habit eines Patres. Das Schwanken des Stabs im Altarraum. Die Rufe: „A sinistra! Mio Dio! Non senti?" Das Aufspringen einer Flamme. Das Reiben von Stoff auf Holz. Exakt. Künstlich. Oben, am Rand des Raums, die stillen reglosen Mosaikporträts.
Er betrachtet all das, wie man einen Film betrachtet. Eine Realität, der man gerade so viel Glauben schenkt, dass man der Handlung folgen kann. Einer Handlung, in der man selbst, in der Weber nicht vorkommt. Nur Betrachter ist. Jederzeit die Augen schließen kann.
Der leere Kreis neben dem erleuchteten Porträt. Nein, lange wird es gewiss nicht mehr dauern, bis wieder ein Kardinal hinaufgewählt werden muss. Auch wenn das Amt das Amt bleibt, weiß man nie, ob es mit der neuen Besetzung ungemütlich wird. Es war besser, vorher zu gehen, ist Weber sich sicher.
Warten Sie nicht so lange ab.
Er begeht nicht zweimal denselben Fehler.
Warten Sie nicht so lange ab.
Aber welcher Fehler? Weber erinnert sich nicht. Er erinnert sich nur, dass er sich erinnern müsste. Dass es eine Verbindung gibt zwischen dem Satz, den er in seinem Kopf schwach und stechend hört, und einem Fehler, den er – oder vielleicht war es ein anderer? – begangen hat, irgendwann einmal. Wann auch immer.

Es könnte im Oktober 58, im April 61 sein oder im Januar 1960, als der Kanzler kam, es könnte kurz vor dem Geburtstag des Papstes stattfinden, kurz nach seiner Beisetzung, oder aber am Geburtstag des neuen Papstes, vielleicht ist es lediglich der Besuch eines Ministers in Rom. Ich könnte mir vorstellen, dass Webers Tibergang in jene Woche fällt, da zusammen mit einer staatstragenden Person eine deutsche Delegation nach Rom geschwemmt wird.

Es könnte auf einem Empfang, auf einem Galadiner, einem Cocktail sein, einem Maskenball, zu dem ein venezianischer Kunsthändler geladen hat. Weber wird es in dem Moment, da er die Person sieht, vergessen, er wird vergessen, wo er sich befindet, welche Kleidung er trägt (Cut mit weißer Weste und Krawatte?), er wird vergessen, welcher Tag heute ist, welcher Monat, welches Jahr, ob der Krieg schon verloren ist, eine neue Republik bereits entstanden, ob diese Delegation den Minister für Postwesen, jenen für Verkehr oder ob sie den Bundeskanzler begleitet. All das vergisst Weber während eines Blickes. Er wendet sich von einem Gespräch ab, im Mund den süßweichen Geschmack von Krabben, die tausendfach in langstieligen Gläsern von Kellnern durch den Garten getragen werden, da erkennt Weber Palmer.
Im Cut mit weißer Weste und Krawatte steht er mit dem Historiker Biasotti, dem Dirigenten Cravelli und dessen junger Frau zusammen, jeder von ihnen hält ein langstieliges Glas mit Krabben in der Hand. Weber sieht ihn lachen, sieht die hellen, umlackten Haare der Frau im Lampenschein zittern. Palmer ist mit der Delegation angereist, hält sich seit Tagen in Webers Nähe auf, läuft in seinem Windschatten durch Rom, Weber aber hat es nicht bemerkt, hat den Namen auf der Liste der deutschen Gäste übersehen, vielleicht hat er erwartet, auf einen Decknamen zu stoßen, wenn er Palmer noch einmal begegnen sollte. Aber Palmer, erinnert sich Weber, hat nie eine Deckung gebraucht, er war einer der Ersten, die wieder in den diplomatischen Dienst eingestellt wurden, beschlossene Sache war es gewesen, schon bevor es ein Auswärtiges Amt in der neuen Republik überhaupt gab. Palmer, der sich eine Stelle im Stuttgarter Friedensbüro verschafft, sich mit Blankenhorn über seine zukünftige Verwendung geeinigt hatte. Und nun steht Palmer in der Reihe der Delegierten, hat Weber nicht gegrüßt, nicht durchscheinen lassen, ob er ihn wiedererkennt, und vielleicht, überlegt Weber, erinnert Palmer sich nicht an ihn, denn auch er, Weber, erinnert sich ja nicht im eigentlichen Sinne.

Er denkt an einen eisigen Mittag auf einem Hof zwischen Mailand und Como, an das Splittern der Schritte auf dem gefrorenen Boden, an die Kälte, die den Platz weitet, Palmers Blick, der sich mit seinem trifft, die Kälte, die den Platz weitet, Palmer, der ihm zunickt
Herr Konsul!
die Kälte, die den Platz weitet, bis Weber die Grenzen seiner Umgebung verliert und, schwindelig, gerade noch von Wendler am Arm gestützt werden kann.
Was hat Wendler Palmer damals erzählt?
Ich, mein lieber Weber, kann dich nun nicht länger decken.
Weber stellt sich vor, wie Wendler, über eine Apparatur aus Metallfedern, über eine riesige Mausefalle gebeugt, Palmer von einem Zaubertunnel erzählt, von gefälschten Papieren, Webers Reisen in die Schweiz und wie gut er, Weber, sie sich von Heldt bezahlen ließ.
Was hat Wendler damals erzählt?
Palmer spießt, ohne besonders darauf zu achten, mit einer winzigen Gabel eine Krabbe auf, steckt sie sich, ohne besonders darauf zu achten, in den Mund. Und Weber ist sich sicher, ebenso könnte Palmer ihn zerkauen, es bedarf nur eines Nickens des Kopfes, einer neben vier anderen Tätigkeiten ausgeführten Bewegung der Hand, eines beiläufig fallen gelassenen Satzes:
„Wussten Sie eigentlich? Botschaftsrat Weber hat sich damals ganz gut an dem Unglück Verfolgter bereichert. Nun, wenn Sie mich fragen, ob so jemand für die Bundesregierung tragbar ist – aber kehren wir doch zur Tagesordnung zurück."
Palmer, ein Glas mit Krabben in der Hand, verlagert sein Gewicht von einem Bein auf das andere. Um ihn her wippende Federn auf Damenköpfen, Papageienkleider, Masken in der Form von Vogelschnäbeln.
Eine Villa in der Kälte vor Como.
Weber überlegt, Palmer auf jene Begegnung anzusprechen. Ihm zu

erzählen, dass er in Mailand gewesen, dass er Wendlers Villa besucht habe, dass das Gewächshaus verschwunden sei. Aber Palmer wird sich nicht an das Gewächshaus erinnern, wie ja auch Weber sich nicht wirklich erinnert. Es ist ja nur Mutmaßung, dass Weber durch die geöffnete Tür dieses Glasbaus ein Mädchen bemerkt hat, das den Kopf verrenkte wie Wendlers Sperlinge, dass er Geräusche hörte, die ebenso gut von einer rostigen Tür stammen konnten, dass Palmer aus dem Gewächshaus trat, dass es so gewesen ist, wie er es jetzt vor sich sieht, nur eine Hypothese, dass irgendwann etwas der Vorstellung in seinem Kopf entsprochen hat. Und selbst wenn es so wäre, wer redet über das, was aus dem wirklichen Umfeld verschwunden ist, was ist eine Handlung, sobald sie ausgeführt ist, sobald sie aufgehört hat? Weniger als Luft. Licht bricht sich in dem langstieligen Glas, das Weber in der Hand hält. Schritte splittern auf gefrorenem Boden.

Etwas, auf das es keinen Zugriff mehr gibt, denkt Weber. Eine Partie Schach, die vor Jahren entschieden wurde, bei einem Weltmeisterspiel zwischen Aljechin und Euwe, eine Partie, von der nichts geblieben ist als eine Reihe aus Zahlen und Buchstaben, Se5 Sxc3, nichts mehr wirklich ist als das Protokoll der gespielten Züge.

***1.** d4 e6 **2.** c4 f5 **3.** g3 Lb4+ **4.** Ld2 Le7 **5.** Lg2 Sf6 **6.** Sc3 0-0 **7.** Sf3 Se4 **8.** 0-0 b6 **9.** Dc2 Lb7 **10.** Se5 Sxc3 **11.** Lxc3 Lxg2 **12.** Kxg2 Dc8 **13.** d5 d6 **14.** Sd3 e5 **15.** Kh1 c6 **16.** Db3 Kh8 **17.** f4 e4 **18.** Sb4 c5 **19.** Sc2 Sd7 **20.** Se3 Lf6 **21.** Sxf5 Lxc3 **22.** Sxd6 Db8 **23.** Sxe4 Lf6 **24.** Sd2 g5 **25.** e4 gxf4 **26.** gxf4 Ld4 **27.** e5 De8 **28.** e6 Tg8 **29.** Sf3 Dg6 **30.** Tg1 Lxg1 **31.** Txg1 Df6 **32.** Sg5 Tg7 **33.** exd7 Txd7 **34.** De3 Te7 **35.** Se6 Tf8 **36.** De5 Dxe5 **37.** fxe5 Tf5 **38.** Te1 h6 **39.** Sd8 Tf2 **40.** e6 Td2 **41.** Sc6 Te8 **42.** e7 b5 **43.** Sd8 Kg7 **44.** Sb7 Kf6 **45.** Te6+ Kg5 **46.** Sd6 Txe7 **47.** Se4+*

Sein einziger Fehler war, denkt Weber, dass er nicht mit den Ereignissen verschwunden ist. Das ist alles, was man ihm, Weber, vorwerfen kann. Dass er noch da ist.
Weber, vor dem Springbrunnen im Garten eines venezianischen Kunsthändlers, blickt auf sein von einer Pantalone-Maske halb verdecktes Gesicht hinab. Die Fontäne spuckt einen Strahl in die Luft, das Wasser prasselt ins Becken zurück. Falten über Falten. Sein gealtertes Gesicht auf der Oberfläche. Eine Locke, die seitlich absteht. Die Stimmen um ihn her, eine Flut aus Geräuschen. Er hört hinter sich die Stimme einer von Mailand nach Rom umgesiedelten Gräfin: „Herr Mehring, haben Sie schon Signor Pevolle getroffen? Ein fabelhafter Mann!“, er betrachtet sein in den Wellen untergehendes Gesicht. Irgendwo bellt ein Hund, eine Flasche Sekt wird knallend geöffnet, und Webers Gesicht zerfließt in einem nach Chlor stinkenden Becken.
Das ist der Moment, in dem Weber seinen Plan fasst. Ich könnte mir vorstellen, dass er jemanden dort im Becken sieht, eine Chimäre, eine aus seiner Erinnerung hochsteigende Figur.
Oder aber er sieht nichts. Er blickt auf das Wasser, das sich vom Aufprall des Fontänenstrahls kräuselt, und sieht nichts. Keine Spiegelung. Keine seitlich vom Kopf abstehende Locke. Er kehrt dem Wasserbassin den Rücken und schreitet mit steifen, aber eleganten Schritten auf die Rasenfläche zu. Das könnte der Moment sein, in dem er zu verschwinden beginnt.
Weber läuft von Grüppchen zu Grüppchen, ein Missionar, der seine Botschaft in die Menge schmuggelt, der, hinter seiner Maske versteckt, fragt: „Ach, Herr Cornikus, können Sie mir sagen, ob Botschaftsrat Weber schon eingetroffen ist?“ – „Haben Sie Weber gesehen? Ich muss ihn dringend sprechen. Ja, in der Tat, unverzüglich. Aufschub nicht möglich.“ – „Ich bin auf der Suche nach Doktor Weber.“
Niemand aber hat ihn gesehen. Er lässt sich durch die Gesellschaft treiben, die Gespräche um ihn her werden undeutlich, die

einzelnen Stimmen sinken ab im verwischten Lärm der Feier. Er hört etwas über Galerien, den Kunstmarkt.

„Sie sagen es, Herr Biasotti, Sie sagen es. Kürzlich war ich mit meinem Mann in London. Dieses Gemälde von Joseph Wright of Derby – Sie kennen es?"

„Das mit der Vakuumpumpe?"

„Eben dieses, Herr Mehring! Haben Sie es vor Augen?"

„Entsetzlich, das arme Tier."

„Aber nicht doch, sehen Sie genau hin: Man könnte zwar meinen, der Vogel stürbe, doch Sie unterschätzen die Herren des Tricks. Die kennen sich aus, wissen, wie lange der Vogel dem Vakuum standhält. Der Forscher öffnet gerade das Glas, und der Junge im Hintergrund, erinnern Sie sich? Er holt den Käfig von der Decke, in den man den Vogel gleich setzen wird."

„Ihre Deutung. Ich halte das für Spekulation."

„Verzeihung, darf ich fragen, ob Herr Doktor Weber hier vorbeigekommen ist? Der Herr Legationsrat?"

„Der Legationsrat? Ach, er ist nicht da?" Die Gräfin fährt sich durchs Haar, legt ihren Handrücken an die Stirn, als werde sie gleich in Ohnmacht fallen. „Ich habe auch schon nach ihm Ausschau gehalten. Wenn Sie ihn treffen, sagen Sie ihm, dass ich hier bin. Ich habe fantastische Neuigkeiten!" Sie wendet sich ab und setzt ihr Gespräch mit Mehring und dem Unternehmer Pevolle fort.

„Sie kennen Legationsrat Weber, Herr Pevolle? Ach, die schönen Feste in Mailand! Sie hätten dabei sein sollen: Damals ging Herr Mehring als Mephisto. Köstlich, nein, wirklich köstlich!"

„Nicht der von Goethe, muss ich hinzufügen, nicht der von Goethe."

„So köstlich!", ruft die Gräfin. Lachend schwankt sie vor Mehring, greift sein Handgelenk. „Kommen Sie mit, wir sollten eine Kleinigkeit zu uns nehmen."

Sie lassen den Mann mit der Pantalone-Maske stehen, flattern auf das mit Ornamenten geschmückte Portal der Villa zu, auf die gusseisernen Ranken und die in ihren Seidenwesten glänzenden Kellner. Er sieht ihnen nach, sieht, wie nach und nach alle um ihn her Richtung Villa treiben, zu den Lachsschnittchen, Krabbencocktails, Melonenstücken, den Tabletts, auf denen der Sekt in tulpenförmigen Gläsern prickelt. Er steht, ohne sich bewegt zu haben, am Rand, kaum bemerkt, gerade so versteckt, dass es nicht auffällt.

Die Hände in den Taschen verborgen, wippt er auf seinen Schuhsohlen vor und zurück, sieht sich um, nach allen Seiten, niemand erwidert seinen Blick. Niemand nimmt ihn wahr. Die Springbrunnenfontäne vor ihm, ein solides Gebilde, ein Stab, eine Säule, ein riesiger, länglicher Kolben aus Glas. Er blickt bis zur Spitze, da zerplatzt und zerfließt es, wird unscheinbar. Wie Regen.

Langsam und steif flaniert er auf das Gartentor zu, noch einmal in die letzten im Garten verbliebenen Grüppchen grüßend. Er wirft einen Blick zurück auf den Springbrunnen, die Fontäne spuckt einen kräftigen Strahl in die Höhe, der Sekunden später auf die Wasseroberfläche klatscht, Tropfen sprüht, die Gäste tänzeln ihnen aus dem Weg, und als er die letzte Gruppe verlässt und mit steifen, aber eleganten Schritten auf das Gartentor zuschreitet –

„Zieht sich ein Lächeln um seinen Mund", wie mein Uralter mir ins Wort fallend meint. „Man könnte darüber streiten, aber ich stelle mir vor, dass etwas Würdevolles darin gelegen hat, oder wie soll ich mich ausdrücken?, etwas Entrücktes, nicht ganz von dieser Welt."

Er zwinkert mir zu, mein Diplomat, übermüdet und blass. Draußen, im großen Saal, werden Tische geschoben, Stühle gerückt, ich sehe es vor dem Fenster heller werden, erste Vögel schreien, und dort hinten, beim Teich, biegt sich das Schilf.

Wann Weber tatsächlich verschwand, ist schwer, ist vielleicht heute überhaupt nicht mehr zu sagen. Das letzte sichere Zeichen des Diplomaten Weber, soweit man von sicheren Zeichen überhaupt sprechen kann, das letzte Zeichen seiner Anwesenheit an der Botschaft liegt möglicherweise Jahre vor seinem tatsächlichen Fortgang: Am 2. März 1956 erhält der Papst ein Lavabo für seine Privatkapelle mit den besten Glückwünschen vom deutschen Bundeskanzler, ein Mosaik von Bundespräsident Heuss sowie eine erlesene Auswahl Frotteeartikel der Firma Tietjen aus Bremen.

„So viel Arbeit! So viel Ärger!
Gönnen Sie sich Ihren Frieden
mit Frottee der Firma Tietjen."

„Und nun?“, fragt mein Diplomat und fährt sich matt mit der Hand über die Augen. „Was glauben Sie jetzt?“
Das Licht vom großen Saal fällt in unseren Raum, drüben sind wenige Gäste geblieben, bleiche Gesichter, lallende Stimmen, die nur noch ihre steife Kleidung aufrecht hält. Die Tür schwingt wieder zu, mein Diplomat lehnt sich vor: „Was also glauben Sie? Dass Weber gleich hier hereingetanzt kommt? Seine Krawatte richtet und Ihnen sein Ende erzählt?“ Er schüttelt den Kopf, er lacht kurz auf. „Nein, Mädchen, Sie sind am Ende. Nicht mal schachmatt sind Sie, denn, sehen Sie genau hin, es stehen ja gar keine Figuren auf Ihrem Brett!“ Ich betrachte ihn, sein Lachen, das seine Schultern schüttelt, und je lauter seine Stimme ist, desto unschärfer wird sein Gesicht, ja, er beginnt zu verschwimmen, und ich weiß, es hat keinen Sinn mehr, sich auf eine Diskussion über Schach mit ihm einzulassen. „Geben Sie’s auf, meine Liebe, Sie können nicht die Vergangenheit, Sie können immer nur sich selbst erzählen. Und Ihr Weber ist nichts, eine Chiffre, eine Erfindung von Ihnen, mein Mädchen.“
Ich sehe ihm zu, seinen im Morgenlicht verschwimmenden Zügen, und kehre dahin zurück, wo Weber vielleicht noch immer steht, seit einer langen Nacht, die ein Uralter und ich zusammen verbrachten, vor der Fensterfront eines Hotels. Auf der Suche nach seinem, Webers, letztem Treffen. Auf dem er beseitigen will, was er für seine letzten Spuren hält.
Die Frau mit dem Käfig ist verschwunden. Vielleicht nie da gewesen, überlegt Weber. Wie auch er selbst, denkt er, eigentlich nie da war. Er ist auf dem Weg, seine letzten Spuren zu beseitigen. Es könnte ein gewöhnlicher Tag sein.
Weber bleibt einen kurzen, kaum merklichen Moment vor der Metallschwelle des Lifts stehen, mustert den Jungen, dessen weiß-

behandschuhte Finger an einer Schalterleiste darauf warten, eine der Geschossnummern zu drücken. Die Wände des Fahrstuhls sind verspiegelt. Weber sieht sein Gesicht zigmal. Überall sein Gesicht, frontal, im Halbprofil, nach links, nach rechts geneigt, überall seine Stirn, seine Brauen, seine im Nacken abstehende Locke. Seine Augen sind so hell, als seien sie aus dem Bild radiert.

„In den Zweiten, bitte."

Neben seinem Gesicht, neben seinem nach links, nach rechts und frontal auf sich selbst gerichteten, neben seinem zigfachen Gesicht der Liftboy, der ihn, Weber, betrachtet. Ihn zigmal betrachtet. Erkennt der Junge ihn? Woher, überlegt Weber, könnte dieser Junge ihn kennen? Unmöglich!

Doch was, mein Lieber, ist unmöglich?

„Zweiter Stock, der Herr."

Weber tritt in den Flur, hört, wie sich die Fahrstuhltüren hinter ihm schließen. Der bordeauxrote Teppich vor ihm erstreckt sich endlos – ist plötzlich nur ein paar Schritte lang. Eine optische Täuschung. Weber reibt sich mit der Hand über die Lider. Ein Jucken. Wieder das Stechen unzähliger Nadeln von innen gegen die Hornhaut. Als sei ein Steinchen in den Glaskörper gelangt. Ein Jucken. Stechen. Das ist alles. Alles, was übrig ist, denkt Weber.

Er klickt die Tasche auf, sieht auf die Scheine, fährt mit dem Finger über die Kanten der Bündel. Der Fahrstuhl fährt wieder an, schnell schlägt Weber die Tasche zu.

Seine Schritte vorsichtig, beinahe suchend, als könne sich der Hotelboden in einen wankenden Steg verwandeln. Als könne er irgendwo anders hinführen. Er ist sich seiner Umgebung nicht sicher, glaubt nicht, was er sieht. Zweihundertdrei. Da ist die Tür. Er greift in die Innentasche seines Jacketts, will eine Karte hervorziehen. Aber natürlich, seine Karten helfen ihm nicht mehr. Seine Hand, zur Faust geballt, klopft gegen das Holz, zaghaft. Drinnen Schritte. Husten. Wendlers Stimme: „Es ist offen, Weber. Alles ist offen."

Neue Literatur in der Frankfurter Verlagsanstalt
(eine Auswahl)

Claire Beyer. REMIS
Roman. 176 Seiten, gebunden
„Wie nur bekommt man so viel Spannung in einen so schmalen Roman? Man muss eine Zauberin zwischen den Zeilen sein – wie Claire Beyer.“ BRIGITTE

Nora Bossong. GEGEND
Roman. 128 Seiten, gebunden
„Gegend ist eines der überzeugendsten Erzähldebüts des soeben vergangenen Jahres.“ FRANKFURTER RUNDSCHAU

Hans Christoph Buch. TOD IN HABANA
Eine Erzählung. 128 Seiten, gebunden
„Eine aberwitzige Travestie, eine durch und durch respektlose Burleske. Klare, geradezu klassische Prosasprache und dazu ein Inhalt, der fluoreszierend hin und her schwappt wie kubanischer Rum, gegen's Sonnenlicht gehalten.“ DIE WELT

Ernst-Wilhelm Händler. DIE FRAU DES SCHRIFTSTELLERS
Roman. 640 Seiten, gebunden
„Wer *Die Frau des Schriftstellers* vor allem als Buch über die Zwänge und die Kälte des gegenwärtigen Literaturbetriebs liest, wird allenfalls Einzel-Aspekte dieser Kaleidoskop-Prosa erkennen – immerhin handelt es sich hier um den ehrgeizigsten und erfolgreichsten Versuch seit langem auszuloten, was Literatur überhaupt vermag.“ LITERATUREN

Zoe Jenny. Das Portrait
Roman. 205 Seiten, gebunden
„Ein Künstlerroman voll unterschwelliger Symbolik, gesehen mit den Augen einer Malerin.“ Focus

Bodo Kirchhoff. Infanta
Roman. 544 Seiten, gebunden
„Es ist ein spannendes Buch, das den Leser so in die Gegenwart der Erzählung hineinzieht, dass er die eigene Zeit vergisst. Etwas Selteneres lässt sich von einem deutschen Roman kaum sagen.“ Frankfurter Allgemeine Zeitung

Bodo Kirchhoff. Parlando
Roman. 536 Seiten, gebunden
„Ein fabelhafter Erzähler, ein großartiger Schriftsteller, eine grandiose Episode nach der anderen!“ Marcel Reich-Ranicki

Bodo Kirchhoff. Eros und Asche
Ein Freundschaftsroman. 278 Seiten, gebunden
„Bodo Kirchhoffs ganz wunderbarer Roman einer ’unerledigten Liebe‘, die weit ausschschwingende, zögernde Annäherung an eine Freundschaft, von der im 30. Kapitel Abschied genommen wird, nachdem zwei Leben mäandernd erzählt sind.“ Die Zeit

Gert Loschütz. Das erleuchtete Fenster
Erzählungen. 223 Seiten, gebunden
„Gert Loschütz bestätigt mit diesem Buch, daß er der David Lynch der deutschen Literatur ist. Wie beim englischen Kultregisseur auch liegt alles offen dar, ist genauestens beschrieben und bleibt doch ein Rätsel. Und nichts und niemandem kann man in diesen Erzählungen trauen.“ Deutschlandfunk

Marion Poschmann. Hundenovelle
128 Seiten, gebunden
„Es ist die präzise Komposition, die neben der geschliffenen, ‚glitzernd‘ polierten Sprache dieser Prosa besticht.“ Die Zeit
„Ein novellistisches Meisterstück.“ Der Bund

Minka Pradelski. Und da kam Frau Kugelmann
Roman. 256 Seiten, gebunden
„Das ist wunderschön! ... Wir haben dieses Buch beide sehr geliebt."
Elke Heidenreich und Iris Berben in der Fernsehsendung *Lesen!*

Thomas von Steinaecker. Wallner beginnt zu fliegen
Roman. 368 Seiten, gebunden
Deutscher Buchpreis Shortlist, aspekte Literaturpreis für das beste deutschsprachige Romandebüt 2007
„Ein Roman über die Zeit, über ihre Geschwindigkeit, ihre Langsamkeit und vor allem die Tatsache, daß dem Leben des Menschen die Rückspultaste fehlt – in einer Sprache, die hundert Jahre zu einem einzigen, schnellen, unvergesslichen Leseerlebnis macht." Juli Zeh

Thomas von Steinaecker. Geister
Roman. Mit Comics von D. Kohl. 212 Seiten, gebunden
„Geister vermag den Leser doppelt zu fesseln, als Studie eines armen Kerls und als gelungenes literarisches Experiment, das sich um Gattungsgrenzen erfrischend wenig schert."
Süddeutsche Zeitung

Jean-Philippe Toussaint. Fliehen
Roman. 178 Seiten, gebunden
„Manchmal kommen sie doch noch aus Frankreich, die Bücher, die man von den Franzosen erwartet. Bücher über die Liebe... In wunderbar poetischer Zartheit schildert Toussaint ein Zueinanderfinden von so makelloser Klassizität, daß man wieder daran glauben möchte, daß dies möglich sei: Liebe und Moderne zu versöhnen." Die Welt